A Promessa da Rosa

Babi A. Sette

A Promessa da Rosa

1ª edição

Rio de Janeiro-RJ / São Paulo-SP, 2022

VERUS
EDITORA

Copidesque
Lígia Alves
Revisão
Cleide Salme

ISBN: 978-65-5924-074-6

Copyright © Verus Editora, 2022.
Todos os direitos reservados.

Direitos reservados em língua portuguesa, no Brasil, por Verus Editora. Nenhuma parte desta obra pode ser reproduzida ou transmitida por qualquer forma e/ou quaisquer meios (eletrônico ou mecânico, incluindo fotocópia e gravação) ou arquivada em qualquer sistema ou banco de dados sem permissão escrita da editora.

Verus Editora Ltda.
Rua Argentina, 171, São Cristóvão, Rio de Janeiro/RJ, 20921-380
www.veruseditora.com.br

CIP-BRASIL. CATALOGAÇÃO NA PUBLICAÇÃO
SINDICATO NACIONAL DOS EDITORES DE LIVROS, RJ

S519p

Sette, Babi A.
    A promessa da rosa / Babi A. Sette. - 1. ed. - Rio de Janeiro : Verus, 2022.

    ISBN 978-65-5924-074-6

    1. Ficção brasileira. I. Título.

22-77148	CDD: 869.3
	CDU: 82-3(81)

Gabriela Faray Ferreira Lopes – Bibliotecária – CRB-7/6643

Revisado conforme o novo acordo ortográfico.

Seja um leitor preferencial Record.
Cadastre-se no site www.record.com.br e receba informações sobre nossos lançamentos e nossas promoções.

Atendimento e venda direta ao leitor:
sac@record.com.br

Para Maria Luisa, minha Kathelyn.
Para Alba Milena. Sem você esta nova versão não existiria.
Para todas as Kathelyns, corajosas, fortes e maravilhosas,
que vivem dentro de cada uma de nós.

Parte 1
A temporada da rosa

LONDRES, MAIO DE 1840

UMA DEBUTANTE NÃO DEVERIA PENSAR EM INVADIR LUGARES PARA OS QUAIS não fora previamente convidada. Uma debutante nem deveria fazer essa estranha suposição. Cabia a uma dama educada dentro das normas sociais pensar em se casar, ter filhos e… talvez, bem, talvez não pensar em nada mais.

— Está maravilhosa, Kathelyn! — sua mãe, Elizabeth, disse, com ar entre apreensivo e admirado.

— Obrigada — respondeu a jovem, que parecia uma pintura romântica. Deu um beijo pausado na testa da mulher à sua frente e depois completou: — E obrigada também por discutir com papai e conseguir a permissão para que eu fosse. Lembra quanto esperei por esse baile de máscaras? Na verdade, quanto esperei por qualquer baile.

— Um ano, eu sei. Mas se comporte. Você sabe o que seu pai pensa sobre esse tipo de festa.

— Ele acredita que o único propósito desses bailes de máscaras é o de que pessoas bem-nascidas possam se comportar, ou melhor, possam *não* se comportar em público.

A mãe suspirou com um sorriso tímido.

— Fique ao lado de sua prima e do barão, não dê liberdades a estranhos e…

— Nunca, sob nenhuma hipótese, aceitar me afastar do salão com alguém, por mais nobre que pareça.

— Sim — rebateu a mãe, arrumando o colo do vestido da filha. — Nenhum cavalheiro íntegro leva moças bem-nascidas para passear a sós, e nenhuma moça bem-nascida aceita tais convites.

— Não se preocupe, mamãe. Prometo que não farei nada que a senhora não faria.

Kathelyn se sentiu mal ao mentir para a mãe. O problema é que já estava de castigo havia quase um ano. Desses doze longos meses, sessenta dias permanecera reclusa no quarto e... contando. Conseguira decorar quantas linhas desenhavam o arranjo floral das cortinas. Quantos minutos uma joaninha, que às vezes pousava em sua janela, levava para dar uma volta completa no vidro.

Quantos passos tinha que dar para ir da cama à sala de banho, da sala de banho até a penteadeira e de lá até a porta da saída, que, infelizmente para Kathe, passava boa parte do dia trancada. Quando pôde sair do quarto, no fim da temporada anterior, a família voltara para as terras do condado e o sonho com festas, teatros e bailes tinha sido adiado por um ano.

Então, era natural que quisesse aproveitar esse baile para contar quantas valsas dançaria e com quantos cavalheiros flertaria — números com os quais uma jovem debutante estaria preocupada em sua primeira temporada.

Mas não Kathelyn, e não naquele baile específico. Ela queria mesmo era conhecer um aposento daquela mansão. Para isso, teria de estar sozinha. E essa — Kathe se convencia — era a justificativa para o laxativo colocado no lanche da preceptora naquela tarde.

Elsa Taylor estava trancada no quarto havia mais de três horas. Kathe esfregou os olhos de leve, um pouco arrependida. Não totalmente arrependida porque, se a preceptora fosse junto, Kathe não ficaria sozinha nem por dez segundos. E não conseguiria entrar onde queria.

Se fosse descoberta naquele aposento, talvez fosse para a prisão ou arruinasse a família inteira de uma única vez. *Seu pulso acelerou*. Seria cuidadosa, nada aconteceria.

Por algum motivo inexplicável, suas façanhas divertiam as pessoas. Bem, ao menos algumas delas. Seu pai, por exemplo, não partilhava desse senso de humor e não cansava de repetir:

— "Só a convidam para qualquer evento público porque eu sou um conde."

Também não cansava de repetir que o fato de ela ser uma lady de uma família tradicional e de possuir um excelente dote não era garantia absoluta de que conseguiria atrair um bom partido para se casar. Dizia insistentemente o conde, forçando um tom de voz sério:

— Cavalheiros não se casam com mulheres liberais e rebeldes. Apenas flertam com elas.

Sempre terminava o discurso afirmando que, se Kathe não tivesse ao menos uma proposta decente de casamento até o fim de três temporadas, ele a enviaria para um convento na Itália.

Convento? Sim.

Era essa ameaça medieval que o pai fazia — apesar de serem protestantes —, apenas para apavorá-la. Então, diante dele, Kathe sempre se esforçava para manter uma postura coquete e vazia, como a da maioria das debutantes de sua idade. O problema é que nem sempre conseguia.

Logo que aprontava, as broncas eram severas. Então, ela sorria e dizia que o amava, e o pai amolecia. As broncas duras e os castigos eternos diminuíam gradualmente diante da irresistível alegria de Kathelyn.

Mas da última vez, infelizmente, isso não funcionara. Afinal, sua primeira temporada fora interrompida logo depois do baile de estreia e Kathelyn só voltava aos salões londrinos agora, um ano depois, com dezenove primaveras completas e a terrível experiência de ter ficado trancada num quarto por dois meses inteiros — e por isso com muito mais sede de viver do que na temporada anterior.

Como um simples passeio a cavalo podia se transformar em um espetáculo? Isso era o que Kathe se perguntara durante muito tempo. Mais precisamente no espetáculo que conduzira a seu castigo. E, na opinião de Kathe, quem deveria ter sido punido era ele, o cavalo.

Turrão, teimoso, desobediente e irascível.

Kathe cavalgava despreocupada pela propriedade, tentando prolongar ao máximo o passeio. Moravam parte do ano em uma grande propriedade em Hampstead Heath, a apenas quarenta minutos de carruagem da região mais central de Londres. O conde alegava que os cento e quinze quartos e o enorme terreno onde ficava Milestone House eram insubstituíveis.

A casa estava repleta de hóspedes — tios e primos de todas as procedências normalmente se hospedavam lá durante a primavera. Faziam isso a fim de desfrutar dos eventos de Londres.

Era costume da família se reunir em uma grande mesa no jardim, próximo à varanda da casa, para tomarem o desjejum ao ar livre, ela sabia. Mas não entendera por que seu cavalo agiria como um alucinado viciado em açúcar. Pior, nem sabia que os cavalos poderiam, como um milagre, desenvolver um olfato sobrenatural. Ele avançara em direção à casa e não restara o que ela pudesse fazer a não ser agarrar-se com o máximo de força.

Kathe gritara para que todos abandonassem o local, o que acontecera apenas parcialmente antes de o cavalo se jogar em cima da mesa, espalhando bolos, tortas, cremes, sucos, café, pães, ovos e tudo mais que seja digno de um rico desjejum. Quando Kathelyn conseguira por fim se recompor, saltar do animal e constatar que, apesar do banho de comida, ninguém tinha sido ferido, ela não se controlara e rira até chorar.

Seu pai não tinha visto a menor graça e a agarrara pelos cabelos. Sim, foi pelos cabelos que ele a arrastou para dentro de casa. Não fosse a interferência da mãe, ela teria ficado sem metade dos compridos cachos dourados. Tinha certeza.

Para complicar ainda mais a situação, o pai reparou tardiamente que Kathe usava calças masculinas e que, portanto, montava escarranchada como uma selvagem.

Selvagem.

Fora esse o termo que o conde usara para defini-la naquela manhã.

Então, discursou, indignado:

— Havia quatro nobres e honrosos pretendentes naquela mesa querendo lhe fazer a corte, mocinha...

"Mocinha" parecia bem melhor que "selvagem".

— E você conseguiu espantar com certeza cada um deles, que, com a mesma certeza, contarão a seus pais, que são meus pares, que contarão a outros pares do reino, e em menos de uma semana você será motivo de chacota e de apostas por toda a cidade. Arrastará a mim, sua mãe e sua irmã menor ao mesmo lamentável destino de cair nas línguas ferinas de Londres. Sua primeira temporada será adiada. Ficará de castigo pelo resto da sua vida.

— E saíra, encolerizado, batendo a porta do quarto.

No fim, a vida inteira de Kathe tinha durado um ano sem que ela colocasse os pés em Londres ou em qualquer outro evento social. Segundo o pai,

Kathe não teria uma reestreia chamativa nos bailes, ou um baile em sua homenagem; isso apenas lembraria a todos o ocorrido de um ano antes. O ideal seriam algumas aparições discretas no começo: uma ida ao teatro, a um sarau, a um chá da tarde.

Tinha certeza de que o pai só a deixara ir a esse baile pelo fato de Kathe ter jurado que não removeria a máscara em hipótese alguma e que não sairia do lado de sua prima Judith e do marido dela.

Amarrava a capa para sair quando sua irmã menor entrou no quarto.

Lilian era dois anos mais nova. Tinha ficado mais ansiosa na estreia social de Kathe do que a própria debutante. Quando tudo dera errado, um ano antes, mostrara-se outra vez mais frustrada que a castigada em pessoa.

Os olhos de Lilian brilharam ao ver a irmã pronta para sair.

— Deus, Kathelyn, você está deslumbrante! E que ousado é esse vestido — disse, com uma risada nervosa. — Não tem a cor clara adequada a uma debutante, parece o traje de uma cantora de ópera.

Kathe abriu os braços e deu uma volta.

— Hoje não sou uma debutante. Voltarei a ser daqui a alguns dias. Até lá, ainda estou de castigo. O baile de hoje é só uma concessão não merecida, como intitulou papai.

Chegou mais perto da irmã e disse, em tom de cochicho:

— Vou aproveitar o fato de ninguém me conhecer muito bem e de estar usando esta máscara e farei a noite ser tão inesquecível quanto minha fantasia.

Os olhos da irmã se arregalaram um pouco, e um traço de diversão se desenhou nos lábios da jovem.

— Tenha juízo. Papai não perdoaria outro incidente.

— Eu sei. Vou tomar cuidado — Kathelyn replicou, com ar cúmplice.

O vestido azul, quase preto, era inteiramente bordado com fios prateados e pequenas contas brilhantes fazendo o desenho de estrelas. O corpete justo pronunciava o decote, evidenciando as curvas do corpo de Kathelyn. A saia se abria em uma sobreposição de tule fino, que sugeria as nuvens de um céu noturno. A máscara que lhe escondia metade do rosto também era do mesmo tom azul-escuro e tinha, em suas laterais, pequenos brilhantes em formato de estrelas. Levava os cabelos presos em um coque desalinhado, enquanto alguns cachos caíam sobre os ombros descobertos.

— Vista a sua capa de noite e saia antes que seu pai a proíba! — A mãe ajudou a abotoar a veste antes de completar: — Acredite, se vir o seu vestido, lorde Stanwell a proibirá de sair, ainda mais se descobrir que a pobre sra. Taylor não irá acompanhá-la por estar indisposta. Não sei onde estava com a cabeça quando permiti que costurassem tal roupa para você.

Pouco depois, a carruagem de sua prima Judith e do marido, o baronete Neville, encostava-se à entrada.

NO GRANDE VESTÍBULO DA CASA DA VISCONDESSA E DO VISCONDE DE Withmore, anfitriões da mais esperada festa da temporada, os convidados recém-chegados entregavam casacos e capas, cartolas e bengalas. Kathelyn notou a expressão atônita que se desenhava no rosto da prima ao observá-la.

— Está atrevidamente maravilhosa, prima. Neville terá trabalho para cumprir a promessa de mantê-la afastada de problemas.

Neville, que até então não prestava atenção, ao ouvir o comentário da esposa passou rapidamente o olhar pelo vestido ousado de Kathe e sorriu com hesitante simpatia.

— Divirta-se. Não estou aqui para bancar seu preceptor. Apenas se mantenha visível, para sabermos que tudo está bem.

— Sempre gostei de você, primo. E você, Afrodite, está divina. Acho que seu marido me concedeu certa liberdade porque estará muito ocupado mantendo os olhos em você.

Judith sacudiu a cabeça com um sorriso simpático.

— Vamos nos divertir.

Uma vez no salão, em pouco tempo Kathelyn passou a ser chamada de dama da noite. Nas festas à fantasia, poucos revelavam a identidade. E logo ela se tornou o centro das atenções de quase todos os cavalheiros, brilhando misteriosamente, lembrando uma noite de luar e estrelas, como sua fantasia propunha.

Kathelyn ria alto e mantinha conversas sobre temas variados com um grupo de pelo menos cinco homens, dentre os quais lhe chamaram mais a atenção Nero, loiro de alta estatura, que mais falava que escutava;

Shakespeare, que tinha um jeito de olhar através da máscara que a confundia; e Voltaire, que parecia querer falar mais do que Nero.

Estava tão distraída que esqueceu por instantes o motivo que a levara ao baile. Logo daria uma desculpa e se esquivaria pela mansão.

— Diga-me, Nero, acha mesmo que Voltaire deveria ser sacrificado por suas ideias liberais sobre como conduzir a conversa com uma jovem? Parece meio tirânico de sua parte.

— Acho que deveriam ser sacrificados todos os que disputam sua atenção.

— Inclusive se sua mãe estivesse aqui? Também a sacrificaria? — Kathe brincou, e um coro de risadas estalou no ar.

Shakespeare caiu a seus pés, ajoelhado, e recitou um poema com a mão no peito, antes de dizer:

— Dá-me a honra, dama da noite, da sua atenção e lhe juro que recitarei poesias a noite inteira, inspirado por sua beleza.

Kathelyn ia sorrir de volta com simpatia, mas sua atenção foi capturada por um cavalheiro todo trajado de preto, dos pés à cabeça: fraque, gravata, capa e, sim, a máscara também.

Ela piscou desconfortável quando um riso torto e sedutor curvou os lábios dele sob a máscara. Um frio envolveu seu estômago. Havia algo naquele homem — Kathe intuiu — que fazia todos os outros da festa parecerem estar fantasiados de pardais, enquanto ele se parecia com uma ave de rapina, *um falcão.*

Estava reunida com seu grupo do lado de fora, junto a uma porta francesa, sentada em um dos bancos da varanda. E o cavalheiro estava no salão, a cerca de cinco metros, encostado em uma pilastra com as mãos nos bolsos. Kathelyn desviou o olhar, inquieta, e se controlou para não voltar a encará-lo.

Voltaire chamou sua atenção.

— Posso ter alguma esperança ou devo me conformar com o medo de nunca saber quem realmente é a senhorita?

O olhar de Kathelyn estava sendo atraído, como se houvesse um imã levando-o até a coluna onde o homem de preto se encontrava minutos antes; mas ele não estava mais lá, havia saído.

— O que responde, dama da noite? — Era Voltaire, insistindo por ouvir sua voz.

Ela entreolhou o salão e o grupo a sua frente e, com o coração acelerado pela ansiedade, decidiu que era hora de pôr seu plano em ação.

— Cavalheiros, me desculpem, mas vou pedir licença e buscar minha acompanhante, ela deve estar preocupada.

Nero estendeu o braço.

— Claro, senhorita. Dê-me a honra de acompanhá-la.

— Não, por favor, permita-me — Shakespeare lutou por atenção.

— De forma alguma — um cavaleiro medieval coberto por uma armadura que devia pesar três toneladas se manifestou.

— Não, realmente. Me desculpem, com licença.

Kathe recolheu as saias e, antes que surgissem novos convites, disparou para dentro do salão. Metade do grupo protestava e a outra ainda discutia sobre quem deveria acompanhá-la enquanto ela ganhava distância.

— Santo Deus — suspirou —, como os homens podem parecer bobos em algumas situações.

Sentiu o coração disparar. Não porque fosse uma transgressão o que estava prestes a fazer, mas porque sabia o que encontraria em breve: uma enorme coleção de antiguidades. Conhecida como o maior acervo particular de relíquias da Grécia, na Inglaterra. Sorrindo com a ideia de ver pessoalmente aquilo que tinha estudado durante anos, entrou no corredor que acreditava dar acesso à biblioteca.

Sim, talvez fosse uma transgressão, porque a coleção renomada estava, pelo que tinha escutado, no escritório particular do lorde Withmore. E, com exceção de pessoas convidadas, ninguém deveria entrar.

Serei rápida.

Ela cruzou a biblioteca e analisou as duas portas brancas no fim da sala. Sua respiração acelerou. Uma delas devia dar acesso ao escritório. Os detalhes arquitetônicos dessas mansões georgianas eram todos parecidos. Testaria a porta mais próxima à janela. Seguiu com passos determinados, sentindo o coração na garganta. Girou a maçaneta dourada, e a excitação tomou conta de suas veias. Prendeu o ar. Empurrou a porta e...

Estava trancada.

Ela fechou os olhos, derrotada.

Se estava trancada, com certeza era essa porta que guardava o escritório e que escondia um mundo de tesouros. Ao menos para ela, eram. Não desistiria. Não teria por que desistir. Quando haveria uma oportunidade como aquela?

Aventura.

Essa era a palavra que a movia.

Não. Era o lema de suas veias e pelo que ansiava até os poros.

Aventura.

Esse sempre tinha sido o problema em vestir saias. Kathe gostava demais da euforia do perigo, da emoção de poder ser descoberta, daquele estado excitante em que entram todos os sentidos diante de um desafio: suor na palma das mãos, calor nas bochechas, frio no estômago. Às vezes até mesmo um formigar por cima da pele e um tremor nas pernas. Fosse o desafio qual fosse: ela gostava de todos eles.

Quando criança, era mais simples alcançá-los. Bastava subir em uma árvore, nadar escondida nos rios, estudar coisas que as damas não precisavam e não deviam aprender. Praticando travessuras, Kathe encontrava o prometido mundo de aventuras, e suas nádegas encontravam castigo.

Para sorte de suas nádegas, Kathe sempre estava com Steve, o filho da sra. Ferrel, cozinheira-chefe de Milestone House. *E o amigo, por ser mais experiente, quase nunca era flagrado aprontando.* Era ele quem conseguia os livros que Kathelyn não devia estudar e que emprestava suas calças para Kathe cavalgar.

Suspirou espantando a culpa por gostar de quebrar regras.

Se Kathelyn pudesse escolher, talvez preferisse ser mais como Lilian — a irmã caçula era a dama perfeita, orgulho de sua mãe e exemplo de comportamento. Mas Kathe nascera assim, com essa ardência interior que a levava sempre a querer mais da vida. Acontece que a vida para quem usa saias, ao menos para as saias dela, não era muito fácil. Elas estavam sempre amassadas, meio rasgadas, torcidas e com as barras sujas.

Enquanto criança, somente as saias corriam o risco de serem jogadas na lama. Agora, diante da sociedade, sabia que podia acabar com a cara e a reputação inteira enlameadas. Se isso acontecesse, arrastaria junto a família. Ou, o que ainda era pior, sua irmã inocente teria o mesmo fim.

E Kathelyn não podia minar os sonhos da irmã — suspirou novamente —, sendo o maior deles o de se casar com um bom partido e ter lindos filhos. Bordar a vida inteira em ponto-cruz, paris ou rococó. Enquanto Kathe preferia os pontos roubados em jogos de cartas que ela e Steve treinavam depois que todos dormiam.

Sinto saudade de Steve, muita saudade.

O amigo partira para tentar a sorte fazia três anos.

Ela tirou as luvas, a máscara e uma forquilha, e metade do penteado elaborado caiu em cachos dourados ao longo das costas. Anos treinando coisas pouco apropriadas para damas serviriam para alguma coisa.

"Nunca se sabe quando será necessário abrir uma porta", dizia seu companheiro de aventura.

Sim, Steve. Você estava certo.

Abaixou-se, concentrada, e começou a mover a forquilha na fechadura.

— Mais um pouco e... Apenas um pouco mais. — Girou uma e outra vez.

E ouviu o som da conquista.

Kathelyn perdeu o fôlego ao olhar para a enorme parede frontal, toda envidraçada.

— Oh, meu Deus! É muito melhor do que me contaram. — Prendeu o cabelo de qualquer jeito e, com as mãos suando por expectativa, grudou a cara no vidro e o coração nas peças. A arte da mais fascinante civilização estava ali, a poucos centímetros de distância.

— É incrível — falou em voz alta. — Se houvesse como tocar em vocês — disse para um conjunto de potes e colares. — Se não estivessem trancados. Eu seria capaz até mesmo de...

— Usar a forquilha outra vez — uma voz grave soou às suas costas.

Ela congelou olhando para o colar e rezou para que estivesse louca e que a peça voltasse a falar, mesmo que em grego.

Mas é claro que um colar grego não saberia o que é uma forquilha. Também não teria como tê-la visto agachada no chão, arrombando a fechadura da porta. Infelizmente o colar não falou e não falaria. Ela viu, pelo reflexo, um vulto se aproximar e, ainda incapaz de qualquer movimento, permaneceu gélida, encarando a coleção e querendo desaparecer.

— Seria mais fácil tentar... — dizendo isso, o corpo grande se abaixou no canto lateral da estante e *cleck*: o barulho de uma trava sendo aberta. — Agora é só correr o vidro e voltar a conversar com as peças. Continue, por favor. Finja que não estou aqui.

O homem de preto se levantou e encostou o ombro na coluna à sua direita.

Parecia muito relaxado, até mesmo... sorria? Kathelyn sacudiu a cabeça, tentando se recompor.

— Eu não estava conversando com as peças.

— E falava com quem? Com lorde Withmore?

Ela notou pelo vidro o dedo dele apontando para o quadro de Withmore acima da lareira.

Kathelyn começou a buscar com uma angústia crescente a máscara, que devia estar em cima da mesa, a poucos passos de distância. Queria colocá-la, inventar uma desculpa e tentar sumir dali.

— Procura por isto? — E, mais uma vez, viu pelo reflexo o vulto sacudir sua máscara.

O objeto balançava pendurado no indicador da mão enluvada, como o pêndulo de um relógio.

Mas como?

— Senhor, peço que me devolva a máscara, por favor. Eu preciso retornar ao baile. Com certeza já devem estar à minha procura.

— Depois de tanto esforço, vai sair sem concluir seu trabalho?

— Quem é o senhor?

— Acredito, senhorita, que você não está em posição de fazer perguntas.

— O senhor está me ofendendo. — Sabia que era uma situação difícil de explicar. Mesmo assim, sentiu-se ultrajada. — Não tenho trabalho nenhum a fazer aqui.

— Ah, não? Eu podia jurar que a senhorita estava mais do que disposta a colocar as mãos em cima dessas peças.

— Eu... eu não sou uma ladra.

— Agora quem está me ofendendo é a senhorita. É claro que não é. Uma ladra saberia abrir um mecanismo tão simples como a trava desse armário.

Apesar de sua habilidade com a forquilha, que foi... impressionante, se fosse uma ladra, seria uma das piores.

Kathelyn inspirou devagar, tentando se acalmar, e repetiu a pergunta:

— Quem é o senhor?

— Olhe para mim.

— Estou sem a máscara.

— Vou tirar a minha, assim ficamos em igualdade. — O reflexo meio distorcido revelou o rosto sendo descoberto.

— Quem é o senhor? — repetiu.

— Um amigo.

— De lorde Withmore?

— Se fosse assim, não acredita que eu já teria ido alertá-lo de que sua amada coleção está sob ameaça?

— Não sou ameaça alguma, a menos que... o senhor seja a ameaça. Então, quem deveria delatá-lo sou eu.

Ela se virou, orgulhosa e determinada, para ele. Parou, surpresa, com os olhos arregalados e a boca meio aberta ao constatar que o vulto era o mesmo homem que a observava minutos antes no salão.

O falcão.

Um sorriso lento se desenrolou dos lábios dele, mostrando dentes perfeitos e brilhantes que se chocavam contra o bronzeado da pele. Os olhos âmbar eram como a luz quente do sol de meio-dia, infiltrando-se por todas as frestas e aquecendo tudo. O rosto quadrado era esculpido com a perfeição simétrica da arte grega. Nariz reto, sobrancelhas escuras. Cabelo mais longo do que ditava a moda. Usava uma barba rala e bem desenhada que conferia uma aura quase exótica ao rosto de um deus do olimpo.

Não tinha o aspecto de um cavalheiro.

Era alto, largo, e através do tecido do colete justo Kathelyn percebeu que havia músculos, possivelmente trabalhados pela força, embaixo do sol. Ela o fitou nos olhos uma vez mais e as pálpebras dele se fecharam, como se pesassem.

Um arrepio percorreu sua espinha.

E só então teve medo.

E se ele fosse um criminoso?

Ele parecia mais um pirata do que um nobre. Ela sentiu a respiração acelerar.

O homem avançou em sua direção. Kathelyn ergueu as mãos sobre o peito, em posição de defesa. As costas bateram na estante.

— Pare... ou...

— Ou?

Não disse nada quando as mãos se fecharam sobre seus ombros. Não conseguiu dizer. Ele a virou de frente para a estante. Kathe parou de respirar. Olhou em pânico para as peças gregas pela última vez. Guardaria na memória o motivo de sua prisão *ou morte*.

— Por favor, deixe-me ir.

— Diga o que fazia aqui — exigiu ele, próximo a sua orelha, e um choque ondulou por sua espinha.

— Eu... Eu apenas... queria olhar.

ARTHUR EXPERIMENTARA ALGUNS SENTIMENTOS DESDE QUE A VIRA NA varanda pela primeira vez.

Tinha ficado admirado com sua beleza e o modo como ela regia ao bando que a rodeava, como se fosse uma rainha. Curioso, quando a viu abandonar o grupo e se esgueirar pelas sombras até a biblioteca. Intrigado, quando ela agachou e usou a forquilha para abrir a porta que, ele sabia, dava para o escritório de lorde Withmore. E indignado, quando acreditou que ela planejava roubar as relíquias que em breve ornamentariam sua coleção pessoal.

Ganhara algumas peças de lorde Withmore em um jogo, na noite anterior — eles, os colecionadores, como eram conhecidos, jogavam sempre que estavam na cidade. Nunca apostavam dinheiro, nem terras, ou joias, e sim as peças de suas coleções particulares.

Esse era o único motivo de Arthur ter ido àquela festa: reavaliar a coleção e as peças que ganhara. Então, óbvio que ficara irritado com a encenação da jovem que tentava explicar o inexplicável. Ele a encurralara.

Queria intimidá-la.

Queria que ela dissesse a verdade.

Porém, algo muito inconveniente ocorreu ao sentir o aroma feminino. Ao sentir as curvas daquele corpo macio se encaixarem com perfeição junto ao seu: sua boca secou, o ventre contraiu e ele... ficou excitado.

Santa merda!

Respirou fundo a fim de manter a razão.

— Quem a contratou, senhorita? — continuou, ainda sussurrando em seu ouvido.

— Ninguém.

— Foi o próprio Withmore?

Ele conhecia o lorde em questão. Sabia da dificuldade dele em perder suas peças. Sabia também que era capaz de simular um roubo para não ter que se desfazer das relíquias.

— Não — ela respondeu.
— Então quem?
— Eu juro, ninguém. Apenas, por favor, me deixe ir.

Kathelyn sentia a respiração dele queimar seu rosto, os braços que a prendiam como elos de ferro, a rigidez do corpo masculino.

Ele parecia muito bravo. Talvez realmente fosse um amigo do lorde Withmore. Talvez a quisesse intimidar para que, assim, ela confessasse o suposto roubo. Teria que provar sua inocência, senão... Seria o caos, sua ruína. O fim.

— Este é um lindo exemplo da escultura do período clássico — ela começou a dizer, com a respiração sofrida. — Se olhar com cuidado, notará que as representações anatômicas são muito fiéis. Existia nessa fase da escultura grega um grande idealismo nas formas e proporções.

Tomou um pouco mais de ar, com certa dificuldade, e prosseguiu:

— Se reparar na peça ao lado, verá claramente um exemplo da escultura helenística. — E apontou para outra estátua: — Nessa fase, a arte grega teve uma grande expansão, por causa de Alexandre, o Grande. As esculturas são muito mais refinadas. E ali — mostrou — temos um fundo de cálice em figura vermelha, com a cena de Ajax e Cassandra. Aquele retrata um dos meus mitos favoritos, que é o de Ártemis. Ali... ali eu pude ver que tem um... um... fragmento de papiro com o poema *Aetia*, de Calímaco.

Sentiu a pressão exercida pelos braços dele diminuir.

— A senhorita lê grego?
— Sim — respondeu, com a voz mais firme que conseguiu.
— Quem é a senhorita?

Ele a soltou. Kathe se virou para encará-lo.

— Alguns me chamariam de excêntrica. Eu apenas considero mais interessante uma coleção de relíquias que um baile.

Ele franziu o cenho, sem responder.
Kathe continuou explicando:
— Eu os estudo há anos.
— Os gregos?
— Sim.
— Como?
— Em livros.
— Não perguntei como estudava, mas como é possível que tenha estudado.
— Eu tenho um amigo que é fã de todas essas culturas antigas e ele... ele conseguia os livros para mim.

Não ia falar que roubava os livros da biblioteca de seu pai e que Steve, sabendo de sua obsessão, sempre que conseguia algum material referente ao assunto o levava para Kathe. Esse homem não precisava de tantos detalhes.

— Apenas os gregos? Ou gosta de todas as relíquias e todos os povos antigos?
— Gosto especialmente dos gregos, que, em minha opinião, foram um povo que definiu muito de tudo o que somos hoje. E, sim, sou apaixonada pela mitologia grega. Estudo o que posso, por isso aprendi a falar.
— Deixe-me mostrar isto.

Kathe o encarou, em dúvida. Já não entendia mais o que acontecia ali.
— Eu também aprecio antiguidades e viajo muito em busca de relíquias — explicou ele.

Um mercenário, então. Isso justificava a cor bronzeada de sua pele, o tamanho de seus braços, ou melhor, dos músculos, e a aura selvagem.

Sim, ao certo esse senhor devia ganhar a vida em cima de navios, provavelmente invadindo sítios arqueológicos e descobrindo tesouros, e talvez, se assim fosse, levasse a vida que Kathelyn sonhava como perfeita para si. Perfeita e impossível, o tal problema com as saias.

— O senhor ganha a vida assim?

Ele se limitou a encará-la e não respondeu. Em vez disso, apontou para um lado da estante.
— Aquelas ali são minhas; eu as ganhei ontem.
— Ganhou de lorde Withmore?

— Não posso dizer que ele me deu de bom grado. Foi obrigado a entregá-las.

— Você as roubou?

Ele gargalhou.

— Considera os jogos um roubo?

— Ganhou em um jogo de azar?

— Acho que para mim foi de sorte.

As peças que ele havia ganhado no jogo estavam separadas em outro canto da estante. Ela esticou o pescoço tentando enxergar alguns detalhes e não conseguiu.

— Vai vendê-las?

— Venha ver e me diga o que acha.

Ele estendeu a mão. Kathelyn o encarou, insegura.

— Pode devolver minha máscara, por favor?

— Prefere que permaneçamos disfarçados?

— Acho que sempre estamos.

— O quê?

— Mascarados.

E ele a fitou de maneira tão intensa que Kathelyn perdeu a sensação dos pés.

— Acho que sim — disse, entregando a ela.

— Um baile de máscaras é tão atrativo porque, quando vestimos uma máscara, esquecemos por um tempo aquelas que levamos naturalmente e nos permitimos ser mais... o que somos.

— E neste momento a senhorita está fingindo?

— Não mais que o senhor.

Ela abotoou a máscara enquanto ele permaneceu sem a dele, ainda a encarando, como se fosse possível tirar todos os disfarces e proteções de uma vez.

— Não vai colocar a sua? — perguntou, um pouco incomodada.

— Não estou fingindo.

Kathe mudou o peso de uma perna para a outra.

— Hum... Quais são as peças?

— Quem é você?

Ela suspirou.

— Trocarmos nomes, títulos ou a ausência deles nos tornará melhores? Ou colocará ainda mais uma máscara em cima do nosso rosto?
— Não se impressiona com os títulos?
Ela analisou a porta da saída e então se voltou para ele antes de responder:
— Não.
— Mas parece impressionada comigo. Estou errado?

Ele estava, sim, muito impressionado com ela. Na verdade, uma mulher nunca o impressionara tanto em tão pouco tempo. Sentia o sangue ferver diante da possibilidade de conversar sobre a segunda de suas maiores paixões com a primeira delas — belas mulheres. Ela não só demonstrava conhecer as relíquias dessa coleção como também falava grego.
Ela fala grego?
Deus.
Quem era ela?
Não se tratava de uma ladra oportunista, já tinha percebido. Mas, então, quem era?
A voz suave chamou sua atenção:
— Eu estaria impressionada se, no lugar de me encurralar, tivesse me instigado com algo novo, algum conhecimento que ainda não possuo.
Os lábios dele se curvaram em um meio sorriso.
— É um desafio, senhorita?
— Uma dama não desafia um cavalheiro.
— E um cavalheiro não recusaria um convite de uma dama.
Ela mexeu no botão da luva.
— Supondo que não tenha havido nenhum convite, então não estaria quebrando nenhuma regra.
— E se eu a convidasse?
— Um cavalheiro não faz convites a uma dama a quem ele não foi apresentado.
Ele umedeceu os lábios, com o pulso estranhamente acelerado, e olhou dela para as peças antes de dizer:

— Mostre que conhece mais do que eu sobre qualquer uma das peças que ganhei e ela será sua.

— É um convite?

— Um desafio.

— Se fosse um desafio de verdade, você teria estabelecido uma quantia ou algo a ser pago, para o caso de eu não conseguir vencer.

O pulso acelerou ainda mais.

— O que eu desejo não poderia pedir a uma dama.

Os lábios cheios se abriram um pouco, antes de ela murmurar:

— Uma dama jamais aceitaria um desafio de um estranho, e realmente, senhor, um cavalheiro jamais o faria. Então, suponho que o senhor não seja um...

— Cavalheiro?

— Ou um nobre.

— E, se eu não sou um nobre, eu sou... — Não terminou a frase, aguardando com expectativa a conclusão da jovem.

— Alguém bem distinto dos aborrecidos aristocratas.

— Aborrecidos? Todos eles?

— Sim, quase todos. Com uma ou outra rara exceção, é claro. Mas, normalmente, quanto mais alto é o título, mais enfadonho se torna o ser que o carrega.

Ele teve que se segurar para não rir.

— Suponho que um duque, então, seja um caso perdido?

— Um duque? — Sorriu, desdenhosa. — O único que conheci fungava a cada palavra que enunciava e enrolava o bigode compulsivamente com a ponta dos dedos. Como se essa torção pudesse provar aos outros sua superioridade.

Ela se desfazia do título de duque. O título que ele herdara do pai.

Arthur George Pierce Harold, assim como fora batizado, era o nono duque de Belmont. Até então, tinha muito orgulho disso. Ainda se orgulhava, *é claro*, apesar de a dama diante de si caçoar do fato. Ele nunca conhecera alguém que se desfizesse de seu título dessa maneira. Deveria estar irritado, mas, no lugar, estava cada vez mais fascinado.

Tocou-a no ombro e a conduziu até o outro lado da estante.

— São estas as peças.

— Olhe — ela disse, entusiasmada —, são cenas completas relatadas nas cerâmicas, e estão em perfeito estado. Este é Prometeu.

— Sim. Aceitou o desafio?

Arthur percebeu que ela estava tentada a dizer sim. Porém, a prudência pareceu falar mais alto.

— Não, senhor. Como posso aceitar algo sem saber se serei capaz de pagar o preço, caso perca? Além do mais, seria muita arrogância minha aceitar um desafio para avaliar peças que pertencem a alguém que acabou de ganhá-las em um jogo.

Ele curvou os lábios num sorriso, revelando parte dos dentes, antes de colocar sua máscara.

— Sem jogos, então. Apenas me diga o que acha.

Ela suspirou e voltou a atenção às peças. Observou a coleção com calma.

— Ártemis...

Era uma estátua da deusa com cerca de noventa centímetros de altura.

— A senhorita disse que era o seu mito favorito, estou enganado?

— Não, é mesmo o meu favorito.

— Por quê?

— Ártemis é a deusa da caça. Vê que está representada com o arco e a flecha?

— Sim.

— Quando ela era criança, Zeus perguntou qual era o presente que ela queria receber, e Ártemis respondeu que era a liberdade.

— A liberdade? — indagou, erguendo as sobrancelhas marcantes.

— Bom, não exatamente com essa palavra, mas ela pediu para morar no bosque e ser livre da obrigação de se casar.

— Não quer se casar, senhorita?

A jovem analisou a estátua em silêncio e respirou fundo. Ele sentia como se a deusa fosse cúmplice dos segredos dela.

— Não por obrigação.

— Deve ser terrível ter de assumir um compromisso pelo resto da vida por obrigação.

Arthur sabia quais eram as pressões sociais relacionadas ao matrimônio.

Tinha fugido disso por anos. Fugira até fazer tudo o que quisera em sua vida, ou quase tudo. Resolvera, com vinte e seis anos, que estava na hora de seguir a tradição. Mas nem sempre fora assim; chegou a pensar que morreria sem ter vontade de escolher uma duquesa. Até que quase morrera de verdade, seis meses antes. Uma tempestade atingira o navio em que viajava de volta do Egito. Havia passado dois meses em uma cama. Quando se recuperou, decidiu que queria ter filhos.

Continuidade. Esse era o motivo de ter confirmado sua presença em bailes na tão detestável temporada. Na última vez que participara de alguns, fora tão assediado por mães casamenteiras e debutantes dispostas a tudo para agarrar um duque como marido que jurara nunca mais pisar em um salão.

Quem cospe para cima inevitavelmente corre o risco de ser atingido no próprio rosto. Isso porque estava em Londres, no auge de uma temporada, e disposto a frequentar alguns eventos a fim de encontrar uma esposa.

Entretanto, já havia decidido que escolheria uma jovem adequada e que se habituasse a seu estilo de vida. Uma mulher que tivesse personalidade. Não queria uma boneca amarrada com fitas que aprendera a dizer duas frases na vida. *Sim, meu senhor. Não, meu senhor.* Queria uma mulher autêntica, que o desafiasse. Somente assim a relação não cairia no tédio.

Não se casaria para levar uma vida dupla com amantes despencando de um braço e joias para a esposa do outro, como era comum entre os nobres na Inglaterra. Ele queria alguém que... Não, não era um tolo, era quase um cínico. Não estava esperando poemas e amor. Queria apenas cumplicidade e diversão no casamento. Já que estava resolvido, aconteceria.

Tentaria encontrar uma mulher como...

O pulso dele acelerou.

Como... Esta.

Olhou para a jovem entusiasmada com as peças a seu lado. Ela possivelmente não era uma debutante. Alguém com educação e posição social adequadas para se converter em uma duquesa. Arthur sabia que o que buscava era quase uma impossibilidade. As mulheres mais interessantes não faziam parte do mundo aristocrático. Não, infelizmente ela não se enquadraria no que seria adequado para um duque.

Infelizmente existiam algumas regras que não podiam ser ignoradas. Essa jovem tão fabulosa devia ser uma artista ou a filha de algum burguês bem-sucedido. Talvez a amante de algum dos nobres da festa. Esse pensamento o fez abrir e fechar as mãos com força.

Ela poderia ser sua amante? Quem era ela, afinal? Ouviu-a continuar:

— Zeus atendeu Ártemis, e ela passou a correr pelos bosques entre feras e ninfas. Livre. — Ela tocou no vidro na frente da estátua ao prosseguir: — Enquanto o seu irmão Apolo é o sol, ela é a lua e todas as suas facetas. Nas festas em sua homenagem, sempre eram executadas danças sensuais. Ártemis pode parecer para muitos uma dicotomia.

Era ela quem parecia uma dicotomia.

— Por quê?

— Porque ela é ao mesmo tempo uma... Ah, uma meretriz — pronunciou quase em voz baixa, parecendo arrependida de ter dito.

Arthur sabia que uma dama nunca diria tal coisa; uma jovem dama nem saberia o que era a profissão.

Ela suspirou antes de prosseguir, mais decidida:

— Uma meretriz sagrada e uma donzela protetora dos partos que dança entre as ninfas e anda em meio às feras. Ela tinha um lobo como consorte. Era ele quem alimentava os seus guerreiros.

Ele deu um passo em direção à jovem, movido pelo calor que correu suas veias com a ousadia daquelas palavras.

— Um lobo? — perguntou, com os lábios quase na orelha dela, sentindo-a ofegar.

— Sim.

— E a senhorita acha que ela era mais uma amante sagrada ou uma donzela?

— Acho que ela representa a liberdade da mulher, que é tão massacrada por nossos costumes.

— Eu acho a senhorita uma mulher fascinante — revelou ele, com os lábios ainda encostados na orelha da jovem. — Jamais tiraria a sua liberdade. Só um criminoso faria tal coisa.

Kathe sentiu o hálito quente dele em sua orelha. Suas pernas amoleceram como barro antes de ser moldado. Sacudiu a cabeça, confusa. Não podia. Sabia que já havia passado muito tempo. Precisava voltar para o salão, e precisava voltar logo.

— Senhor... Eu tenho que ir.

— Dance comigo a próxima valsa.

Notou que, no fundo do ambiente, abafado pelo medo, pela surpresa, pela ousadia, pelo desafio e pelas paredes, tocava uma música. O baile já havia começado, e ela estava com um homem — um pirata, um mercenário —, sozinha, dentro de um ambiente fechado. Se alguém os visse, estaria perdida.

Lilian estaria perdida. Tudo estaria perdido.

— Eu preciso ir.

— Uma valsa, apenas isso.

— Não, senhor. Eu já estou com todas as dan...

— Onde está a liberdade, senhorita? — ele a interrompeu.

— Não existe em meu mundo.

— Talvez exista; talvez seja a senhorita que não a queira deixar fazer parte de sua vida, por... medo?

Ela inflou o peito, orgulhosa. Não tinha medo, tinha... Medo.

Kathe, que sempre enfrentara seus medos com tanta determinação, sentia-se intimidada por aquele homem. Um misto de euforia e receio. Vontade e prudência.

— Está bem, uma valsa. Deixe-me ir na frente.

Não, não seria diferente com ele.

No salão, Kathelyn se deu conta de que havia transcorrido apenas meia hora, e não uma eternidade como parecia. Respirou aliviada ao perceber que nem Judith nem Neville se deram conta de sua ausência.

Dançou duas peças antes da valsa, e então o falcão veio reclamar sua vez. E ela? Arrependeu-se no mesmo instante em que o braço forte envolveu sua cintura. Conforme os acordes iniciaram, os corpos se moldaram próximos demais e ela a olhou intensamente. Não eram adequados os escassos centímetros que os separavam. Não era apropriada a maneira possessiva como ele segurava sua cintura, retendo-a junto a si. *Junto demais.*

Não era permitida a forma como o falcão a rodava, com a experiência de um deus da dança, e roubava todo o ar de seus pulmões. O espartilho parecia apertado demais e o salão cada vez mais quente.

— Eu... Eu sinto muito, mas preciso tomar um pouco de ar.

O falcão não a soltou. Ao contrário, enganchou o braço na curva do seu antes de dizer:

— Eu a acompanho até a varanda.

Em segundos, a claridade do salão, o tremeluzir dos cristais, as risadas abafadas, a orquestra e os tecidos farfalhando sumiram. No lugar, o escuro, o tremeluzir das estrelas, a orquestra da noite.

— A senhorita está bem? — ouviu-o perguntar, notando que não estavam na varanda frontal e iluminada, onde desfilavam casais e grupos de pessoas conversavam. Estavam, mais uma vez... a sós. Agora na privacidade do escuro. No convite da noite.

Ela olhou para a frente.

A entrada do jardim.

O passeio proibido dos amantes ou daqueles que queriam experimentar algo novo. *Uma aventura.* Seria a maior de sua vida. Talvez a única oportunidade de quebrar todas as regras e nunca ser descoberta. Não poderia nem sonhar em fazer isso com alguém de seu meio. Mas com o falcão, um mercenário. Um pirata. Um burguês. O que quer que fosse, ele não fazia parte do mundo do qual Kathelyn queria escapar. Nem que fosse por uma única noite.

Ela desceu a escada que dava acesso ao jardim. Parou no limiar dela. Olhou para trás e viu um vulto engolir os degraus com as pernas.

AS ÚNICAS PERGUNTAS EM SUA MENTE ERAM: QUEM É VOCÊ? E ATÉ ONDE estaria disposta a ir? Diante da atitude dela, Arthur teve sua resposta — afinal, nenhuma dama inocente tomaria tal iniciativa. A única coisa que conseguiu fazer foi grunhir instintivamente de satisfação — obviamente — e descer a escada em apenas três passadas.

Alcançaram rápido a penumbra do jardim, e os estreitos e diversos caminhos os conduziram a uma área mais reclusa. As copas das árvores se entrelaçavam, unindo-se sobre a cabeça deles, e obliteravam a luz da lua.

Ela removeu a máscara. Era mais um convite, *não era*? Arthur avançou em sua direção, desfazendo o nó que prendia a própria máscara. Pensou em pedir permissão, em perguntar se ela tinha certeza; era o que um cavalheiro deveria fazer com uma dama.

Para os diabos com a cortesia. Tinha sido ela quem os levara até ali. Com certeza sabia muito bem o queria. Ao menos ele sabia. Puxou-a para si e cobriu-lhe a boca, entregando-se à vontade que sentira desde que a vira pela primeira vez. Os lábios cheios e mornos se encaixaram nos seus, e ele moveu a boca a fim de escorregar a língua para dentro da maciez convidativa e...

E ela parecia irresistivelmente... inexperiente.

Inexperiente?

Não, disse a si mesmo. Talvez apenas um jogo delicioso de sedução.

— Abra a boca, por favor! — pediu e se assustou com a intensidade rouca da própria voz.

Ela soltou um suspiro sensual e cedeu.

Que homem em posse de sua sanidade resistiria a um suspiro daqueles? E àqueles lábios?

Arthur era muito sensato, nem cogitou resistir. As bocas se misturaram, e um choque correu nas veias dele. A jovem tremeu em seus braços, ou era ele quem tremia? Quando ela, timidamente, *ainda cumprindo tão bem seu papel de inocência*, arriscou e colocou a língua dentro de sua boca, ele se desfez em milhões de pedaços. Todos ansiando por ela em diferentes direções e exigindo mais. Muito mais. Então ela gemeu. Um som baixo e entregue, o suficiente para arrastá-lo direto aos portões dos condenados por insanidade.

Justo ele que era tão sensato.

Mas aquela jovem tinha algo irresistível. E Arthur iria possuí-la ali mesmo, em pé, junto a uma árvore. Porque era incapaz de raciocinar ou de se deter.

— Santo Deus — murmurou. As mãos a percorriam por cima do vestido, tentando abaixar o corpete. — Qual o seu nome? — ofegou. — Quem é você?

— O quê? — ela ronronou.

— Qual é o seu nome, preciso saber — exigiu, ansioso, sem ter certeza de como soava... Próximo a um louco? *Era provável.*

Quando o ouviu perguntar seu nome, algo distante a fez retomar a esquecida consciência. Esquecida. Não: morta e enterrada consciência. Sentiu a boca dele como veludo morno passar por suas bochechas e descer até alcançar a curva do pescoço. As mãos avançavam por cima do corpete. Kathe quis ajudá-lo a remover a peça, seus seios pareciam mais pesados e sensíveis, pedindo por espaço e atenção. Não era certo; apesar de a presença dele confundir esse tal conceito de certo e errado, algo dentro dela dizia "não". Conseguiu — sem que soubesse como — reunir determinação para não se perder em um jardim com um estranho cujo nome nem sabia.

Quem era ele, afinal?

Não podia. Tinha ido longe demais, ultrapassado todos os limites. Eles nunca poderiam cruzar a linha de se tornarem conhecidos. Engoliu um nó estranho na garganta e algo se quebrou em seu interior, quando, com toda a força, o empurrou. O contato do corpo firme que se moldava com perfeição ao seu e a boca quente que a acariciava com tanta fome e paixão foram substituídos pelo frio da noite e o vazio da escuridão.

— Não podemos — gritou, ao sair correndo como se fugisse da forca.

Ao entrar no salão, estava em pânico. Não, essa era uma palavra muito sutil para definir o que sentia. Tinha entrado no jardim como uma brincadeira, um teste. Mais uma ideia magnífica de sua incessante ânsia de querer aproveitar ao máximo cada experiência da vida. Era apenas isso, até que a aventura se tornara insuportável de tão forte. Explosiva, descontrolada e abrasadora em todos os sentidos.

Demorou todo o trajeto ao longo do jardim para voltar a respirar normalmente. Nem sabia como conseguira recolocar a máscara. Então, de volta ao baile, a torrente de cavalheiros que a abordara, e que antes achara divertida, parecia-lhe insuportável.

Não queria correr o menor risco de cruzar novamente com o falcão. Vez ou outra seus olhos eram atraídos para a porta da qual supunha que ele apareceria a qualquer momento.

O que faria se a visse?

Ele a ignoraria, entendendo que seu comportamento tinha sido o normal e o esperado de uma jovem dama?

Talvez, aparentemente, não tão inocente no episódio das escadas, do jardim, da forquilha e ao desfiar conhecimentos em grego.

Será que estaria furioso pelo fato de ela ter fugido depois de beijá-lo, como se ele fosse a peste?

E, se estivesse, ele a humilharia em público?

Isso seria sua ruína, a ruína de Lilian e de pelo menos cinco gerações da família.

Kathelyn encontraria a prima e o marido, alegaria uma dor de cabeça repentina e deixaria o baile o mais rápido possível. Ao menos — *tinham trocado um beijo, balançou a cabeça* — conseguira ver a coleção de lorde Withmore.

5

ELA SE ESPREGUIÇOU. EXISTE ALGO MELHOR DO QUE DESPERTAR languidamente?

Adorava se esticar na cama e perceber os sons da manhã. Algumas vezes ainda de olhos fechados. Apesar de parecerem sempre muito iguais, para ela as manhãs eram a certeza de que tudo se renovava. Pássaros cantando, um cachorro latindo, a brisa que entrava através das janelas abertas.

Bocejou.

Ouviu a porta do quarto e abriu os olhos. Era Lilian, sua irmã, que sempre sorria por baixo do nariz delicado e dos olhos âmbar, quase dourados.

Segurou o ar com a lembrança. *Olhos parecidos com os do falcão.*

— Bom dia, querida — Kathelyn falou.

Lilian se sentou na beira da cama.

— Conte-me tudo... Como foi?

Kathe se esticou debaixo das cobertas.

— Conheci um homem. Bem, alguns homens, na verdade. Mas um em especial.

Ela se sentou e se encostou à cabeceira.

— Quem?

— Um falcão.

— Falcão?

— Parecia um falcão. Tinha os olhos dourados como os seus. — Franziu o cenho, analisando-os. — Um pouco mais escuros que os seus.

— Não quero saber dos olhos — contestou a irmã, cheia de expectativa. — Conte-me, o que aconteceu?

Kathelyn ficou séria.

— Não posso.

— Não? Mas...

— Fiz a maior loucura da minha vida.

— O que fez? — Os olhos da irmã ficaram maiores.

— Eu queria ver a coleção de relíquias de lorde Withmore e precisei invadir o escritório dele. Usei uma forquilha para abrir a porta.

— Kathe, você foi descoberta?

— Não.

— Graças a Deus.

— Depois o falcão apareceu e... — Lilian arregalou mais os olhos — nós conversamos.

A irmã suspirou.

— Então voltamos para o baile e... dançamos uma valsa.

Lilian suspirou outra vez de maneira mais audível.

— Então...

— Oras, pelo amor de Deus, está me matando! O que aconteceu?

— Eu o beijei.

Lilian soltou o ar pela boca de uma vez.

— Não é assim tão mal.

— Eu o convidei a entrar no jardim.

— Oh, meu Deus!

— Não sei nem o nome dele e não foi um beijo qualquer — contou, franzindo as sobrancelhas loiras. — Nem sabia que era possível fazer o que fizemos juntos.

E baixou o tom de voz antes de concluir:

— Ele enfiou a língua dentro da minha boca e a moveu em todas as direções.

— Céus!

— Parece nojento, não é?

A irmã apenas assentiu, arregalando mais os olhos.

— Não é, acredite em mim. E, quando achei que fosse me desfazer, eu o imitei... e... e... foi incrível. O beijo me deixou inteiramente mole, e quente, e sem ar, e...

— Mole? — indagou a irmã, perdendo a cor do rosto.

— Não de um jeito ruim. E não sei direito, mas quando dei por mim ele tentava abaixar meu vestido.

Lilian cobriu a boca.

— Ohhhh!

— *Shhhh!* Quer que todos escutem?

— Não, me desculpe.

— Então aconteceu um milagre. Antes que ele conseguisse avançar, eu o empurrei e corri como se fugisse do calor da palmatória. Dizem que é quente o tal do inferno, mas duvido que seja tão quente quanto o calor que os beijos dele — levou os dedos aos lábios — despertaram no meu corpo.

— Meu Deus, e agora? Suponho que terão de se casar, não é mesmo? Kathelyn deu uma gargalhada sufocada pelas mãos.

— Nem trocamos os nossos nomes. Além do mais, papai jamais aceitaria. A irmã mais nova arregalou os olhos outra vez.

— Pare de abrir os olhos assim ou eles vão rolar do seu rosto. Não fui desonrada.

— Não?

— É claro que não. Para isso, pelo que Steve me contou quando éramos menores — justificou-se —, para a mulher perder a honra, ela tem que estar sem roupa e o homem também, ao menos as partes mais íntimas.

— Mas ele tentou tirar sua roupa!

— Tentou, mas não conseguiu. Como falei, foi um milagre.

— Nunca mais vai vê-lo?

— Espero que não — disse Kathelyn, desejando o oposto. — Papai me mataria.

Ernest Stanwell, o quinto conde de Clifford, jamais aceitaria que qualquer uma de suas duas filhas se casasse com alguém que não descendesse de uma família tão aristocrática quanto a dele.

Kathelyn, que já decidira que só se casaria quando encontrasse alguém diferente, alguém que valesse sua entrega, arrepiava-se com a ideia de se casar com um homem cujo pensamento mais liberal era o de que uma boa esposa devia gerar herdeiros, não criar problemas e pertencer a uma boa linhagem.

Quase como um cavalo.

Casar-se com um homem que fugisse de todo esse espetáculo de horror era uma ideia tentadora e descabida na mesma proporção.

Tentadora porque, ao pensar no único homem que conhecera e que parecia ser esse tal opositor aristocrático, só conseguia vislumbrar dois olhos cor de âmbar, braços fortes e beijos que gelavam a boca de seu estômago. E descabida porque essa era uma ideia tão distante de sua realidade que era tolice perder tempo criando esse tipo de ilusão.

— Eu soube que lady Wharton convidou a mamãe e o papai para assistirem a uma ópera de Mozart que estreia amanhã, no Teatro Real — comentou a irmã, desviando o assunto.

Kathelyn piscou devagar e suspirou. Era apaixonada por óperas, e justamente quando poderia assistir a uma de verdade estava de castigo. Conhecia tantas peças quanto era possível para alguém que nunca fora a um teatro.

Mozart, Beethoven, Bach e Wagner ocuparam muitas horas de sua vida.

Além de tocá-las no piano, cantava *como um anjo*. Isso quem dizia era seu professor de música, quando se reuniam para estudar. Ele afirmava que Kathelyn poderia ser uma cantora famosa de ópera, se assim desejasse. Dizia isso quase em tom de segredo. Era um homem inteligente e que gostava de viver. Gostava ainda mais de seu emprego. O pai de Kathe, que tinha outro tipo de sabedoria, não apreciava muito a dedicação e o entusiasmo com que a filha levava as aulas de canto.

"Já toca e canta muito bem para entreter seu futuro marido e a família, não precisa mais demonstrar tanta dedicação. Vamos ocupar o seu tempo com outras atividades e parar com as lições de música", insistia o conde quase todas as manhãs.

Então, Kathelyn se desesperava, a mãe se compadecia e o pai acabava cedendo.

— Tenho uma boa notícia — Lilian puxou-a de seus pensamentos segurando suas mãos por cima das cobertas. — Ouvi mamãe conversar com papai e convencê-lo de que a discreta aparição em uma ópera é a melhor maneira de você retornar à vida social.

O pulso de Kathe acelerou.

— Verdade?

A irmã prosseguiu, entusiasmada:

— Papai ficou em silêncio durante um bom tempo, então concordou. Você irá à ópera. — Lilian olhou para o próprio colo. — Parece que ele quer que você tenha sucesso nessa temporada, pois eu devo estrear na próxima e mamãe... sabe como ela é — encolheu os ombros — ... tem certeza de que eu serei a mais cobiçada debutante, o diamante da vez.

— Não vou estragar as coisas para você, Lilian, eu prometo.

A irmã sorriu, genuína.

— Só quero que seja feliz, irmã.

Kathe pulou e a abraçou.

— E eu também, tudo o que mais quero é sua felicidade. Obrigada por vir me contar sobre a ópera. Eu te amo, minha irmã.

— Também te amo muito, Kathe. — Lilian deu um sorriso cúmplice: — Você vai ficar em um dos camarotes mais nobres do teatro.

— Não ficaremos em nosso camarote?

— Não ouviu o que eu disse? Lady Wharton, amiga de sua madrinha, recorda-se?

— Ah, sim — respondeu Kathelyn, já sonhando com as árias.

— Ela é tia-avó do duque de Belmont, e nos convidou para ficar no camarote dele. Deve ter uma localização privilegiada e a melhor visão do palco.

Kathelyn mordeu o lábio, ansiosa.

— Prometo lhe contar tudo com perfeição.

— Eu espero por isso — concluiu a irmã, dando-lhe um tapinha de leve no ombro.

༺═══༻

Naquela mesma tarde, seguiram para Londres Kathelyn, a mãe, a irmã e a prima Florence. Florence tinha a mesma idade de Kathe e passava todas as temporadas na casa de Ernest Stanwell. Quando crianças, as duas sempre brincaram juntas, mas, à medida que amadureciam, foram se distinguindo. Se a diferença fosse notada somente na aparência, poderiam ter sido grandes amigas. A questão é que tinham interesses e personalidades tão semelhantes quanto a serventia de um bule e a de um violino.

Enquanto Kathe era loira, tinha curvas acentuadas e uma altura mediana, Florence era ruiva, alta e magra. Kathe gostava de ler, se aventurar e nem pensava em se casar; Florence vivia para arrumar um bom partido, o melhor possível, e gostava de... Kathelyn não sabia do que a prima gostava, visto que elas mal conversavam fazia tempo.

Kathelyn olhou pela janela da carruagem. Iriam a uma loja de tecidos e outra de acessórios. A loja de tecidos ficava na elegante Regent Street, a primeira rua do mundo projetada para ser um centro de compras. Ali, filas de carros luxuosos e de cavalos imponentes disputavam a atenção com as ricas fachadas dos prédios simétricos.

— Podemos parar em algum livreiro? — Kathelyn perguntou, fingindo que não era esse o seu principal interesse naquele dia.

A mãe lançou um olhar entediado para fora do veículo.

— O que pretende comprar?

— O nobiliário inglês atualizado que a sra. Taylor quer que eu estude — *Rousseau*, pensou.

— Temos que passar na loja de aviamentos e logo depois iremos a Floris, em St. James — a mãe enumerava, sem desviar o olhar da rua. — Preciso comprar um pente.

— Essa loja é mesmo maravilhosa — comentou Florence. — Parece que a própria rainha usa os produtos deles.

— Eu gosto de St. James — disse Lilian. — É um bairro tão elegante. Adoro olhar os vestidos das damas que passeiam ali.

Florence ajeitou o botão da luva.

— Gosto das mansões de lá. São tiradas de contos de fadas.

— As mais bonitas estão em Upper Brook — completou Lilian.

— Eu soube que o visconde de Kent construiu uma mansão magnífica aqui em Mayfair. Ele é um dos melhores partidos da temporada.

O visconde de Kent era um dos nobres que estiveram no jardim tomando café da manhã no dia do incidente com o cavalo, um ano antes. Era possível que o pai de Kathelyn a tivesse castigado somente por causa do visconde e, claro, porque ele fora uma das pessoas que o animal mais sujara.

— É uma pena — continuou Florence. — Ele não voltou a procurá-la, verdade, Kathelyn?

— *Verdade. É mesmo uma pena.*

Talvez a mãe não quisesse passar no livreiro.

Kathe olhou para a mãe, que se abanava e coçava discretamente a lateral do pescoço. Toda vez que um assunto incomodava Elizabeth, ela coçava com dois dedos a lateral do pescoço.

— Ainda bem que os nobres que estavam lá naquela manhã tiveram a educação de não espalhar o que ocorreu — a mãe afirmou, ainda se coçando.

Será que haveria algum livro de Balzac? Queria ler o último romance dele.

Ouviu a prima continuar:

— Além do visconde de Kent, estava também o barão de Montville.

— Graças a Deus este estava — disse Lilian. — O homem veste calças de cetim azul.

— E dizem que tem uma renda de apenas mil libras por ano.

Lilian franziu o cenho.

— Sabe a renda de todos os nobres solteiros de cor, Florence?

— É claro que sim. Como poderia analisar as propostas de casamento sem ter essa informação?

Talvez houvesse algo de Charles Fourier ou de Saint-Simon.

Florence não parava de falar dos nobres solteiros e de suas rendas.

— Naquela manhã estava presente também o assustador barão de Owen. Esse sim é rico além da decência.

Kathelyn sabia por que o barão era considerado assustador. Ele havia ficado viúvo após dois anos de casamento e não tivera nenhum filho. Costumava ser grosseiro e tinha um humor sarcástico. Era conhecido como barão assassino, porque supostamente tinha afogado a esposa.

— A polícia o inocentou por falta de provas — disse Lilian. — Acho uma maldade continuarem a condená-lo depois do julgamento.

Florence riu com malícia.

— Você, Lilian, é a dama mais bondosa do mundo, capaz de perdoar e defender a todos. Se bem que, com o dinheiro e a aparência dele, eu também me arriscaria.

— Com esse trânsito, não conseguiremos fazer metade das coisas que precisamos — reclamou a mãe.

Kathe se voltou para a mãe, que olhava para fora.

— Ainda assim podemos ir ao livreiro? Picadilly é ao lado de Regent, não levará muito tempo.

— Podemos passar por Picadilly Circus? É tão movimentado e interessante. — Lilian se mexeu no banco, parecendo excitada com a própria ideia.

— Não, primeiro faremos aquilo que combinamos...

— Olhem! Meu Deus, é o duque de Belmont — Florence interrompeu Elizabeth.

A carruagem estava parada para a travessia de pedestres na Oxford Street. A ruiva grudou a cara na janela antes de prosseguir:

— É mesmo o cavalheiro mais bonito de todo o Reino Unido. Deus, eu daria as unhas das mãos e dos pés pela chance de ser cortejada por ele.

— Comporte-se, Florence! — advertiu Elizabeth.

— Ele está entrando em uma joalheria. — Florence se abanou. — Que momento mais indiscreto. Comprará joias para alguma felizarda?

— Ele é mesmo muito... elegante — arriscou Lilian, com um risinho.

Florence continuava com a testa colada no vidro.

— Ele é tudo o que dizem de atraente e ainda mais.

Kathelyn pensava em Pierre-Joseph, esse era o nome de que não conseguia lembrar. O pai do anarquismo moderno. A carruagem se pôs em movimento. O sr. Ward, o livreiro, prometera a ela que conseguiria também *Indiana*, de George Sand, uma escritora francesa feminista.

— Kathelyn — a irmã chamou-a com ênfase.

Ela piscou, assustada, retornando a atenção para as três mulheres que a encaravam.

— O quê?

— Não viu o duque, não é mesmo? — perguntou Lilian, divertida.

— Não. Estava distraída pensando no livro que a sra. Taylor comentou.

— Imagino — disse a irmã, com um riso discreto e com ar de quem sabia que Kathe não falava a verdade.

6

O NONO DUQUE DE BELMONT, ARTHUR, ACORDAVA SEMPRE MUITO CEDO. Tomava uma generosa xícara de chá preto. Cavalgava pelo Hyde Park. Lia o periódico. Organizava a agenda social com seu secretário. Tratava das finanças de suas propriedades com os administradores. Reunia-se semanalmente com seu advogado. Ia três vezes por semana ao parlamento, depois praticava esgrima ou boxe. Então, seguia para o Whites, onde enfim podia relaxar bebendo um bom conhaque, participando de alguns jogos e desfrutando da companhia de amigos.

Era sua rotina metódica, organizada e equilibrada quando estava em Londres, o que não era tão comum, visto que viajava muito para cuidar de suas propriedades e de seus interesses pessoais. Hospedava-se ao menos uma vez por ano em sua propriedade da Itália, duas na que sustentava na Espanha e em outras tantas na de Paris.

Mantinha com todo o luxo uma amante bem escolhida, que deveria ter a disposição de se deslocar e segui-lo para onde desejasse. Como viajava muito, essa disponibilidade era um item fundamental, que constava em todos os contratos entre ele e suas seletas companhias.

Rompera com Catharina havia uma semana. Tinham ficado juntos um ano e meio, e, antes que as exigências começassem a pesar e envolvessem sentimentos ou expectativas demais entre ambos, ele se afastou.

Com o rompimento, Catharina ficou com uma grande propriedade na Espanha, dois colares de diamantes e uma soma em libras suficiente para sustentá-la com conforto para o resto da vida. Arthur achava que era justo recompensar suas amantes muito bem.

Acabara de fechar um acordo com sua nova protegida, uma cantora italiana que estreava em Londres naquela noite, no Teatro Real. Como estava decidido a se casar, ela seria sua última amante. Ser o único homem em uma família de três mulheres o tinha feito aprender algumas coisas.

Jessica e Scarlet, suas irmãs, sofreram com maus casamentos.

Ele sabia que perante a sociedade era aceitável que um homem tivesse seus casos depois de casado, contanto que fosse discreto para não expor ao ridículo sua família. Apesar de ser muitos anos mais novo que as irmãs, Arthur acompanhara o sofrimento delas e o de sua mãe a distância. Na época, o pai ainda era vivo.

O escândalo em que se envolvera o marido de Jessica — sua irmã mais velha — fora tamanho que ela não suportara a humilhação e o sofrimento e acabara com tudo. O ex-cunhado morrera de forma rápida com um tiro certeiro no coração. Parece que a mulher com quem o canalha estava envolvido era casada, e foi o marido traído quem acertara as contas.

De maneira inacreditável diante de tal tragédia, anos depois, o marido de Scarlet a expunha a uma traição também pública. Era visto com a amante em eventos respeitáveis e estava quase sempre muito bêbado para poder justificar qualquer coisa. E então o covarde fugira da Inglaterra, abandonando mulher e filhos. *Tinha fugido, Cristo!* Sua irmã ficara desolada por meses e nunca mais se casara.

Arthur sempre soube que, a partir do dia em que se casasse, não humilharia a esposa e não trairia sua família. Por isso, tinha que escolher bem — muito bem — sua futura duquesa. A lembrança de uma dama vestida de azul-escuro lhe voltou à mente.

Irritado, ele logo a expulsou da cabeça.

Acabara de sair da sessão diária no parlamento e só queria descansar. Era um fim de tarde quente, terrivelmente abafado. Entrou no Whites, seu reduto de relaxamento, feliz por encontrar abrigo do sol. Cruzou com dois conhecidos, cumprimentou-os. Adentrou pelo corredor que dava acesso à sala onde os cavalheiros desfrutavam de charutos e conhaques. Logo viu Henry, conde de Portland, e Sthephen, o visconde de Essex — seus amigos de Oxford. Dois colecionadores — como ele — sentados, e já bebendo.

— Boa tarde! — cumprimentou, puxando uma poltrona.

— Boa tarde, Belmont — respondeu Portland.
— Conhaque? — indagou Essex.
— Claro.
— Soube do novo fervor das apostas? — perguntou Portland, sorrindo.
— Não.
— Todos os cavalheiros de Londres divagam sobre a identidade de uma dama do baile de máscaras de lorde Withmore — continuou Portland.
— Hum. — Lembrar-se daquela noite ainda o irritava um pouco, portanto preferia não prolongar a conversa.
Portland deu uma baforada cheia de fumaça.
— A jovem vestia a própria noite e mesmo assim ofuscou o brilho de todas as outras damas do baile.
Arthur se mexeu desconfortavelmente na poltrona.
Tinha certeza de que a mulher o largara no jardim, ardendo de desejo após tomar a inciativa e convidá-lo para beijá-la, a fim de se vingar por ele a ter encurralado no escritório de lorde Withmore. *Maldição! Vim aqui para relaxar, e não para me lembrar daquela... daquela...* — tentou buscar a palavra ardilosa, mas o que apareceu na mente o fez ficar ainda mais irritado — *... daquela deusa.*
— Você a deve ter visto — afirmou Portland. — Todos os homens da festa a viram. Inclusive troquei duas palavras com ela.
— Não a vi — respondeu Arthur, seco.
O amigo que ia descontraído sorriu com ironia.
— Engraçado. Ouvi alguns rumores de que você foi o único privilegiado a dançar uma valsa com a dama.
— Ouviu errado. Era um baile de máscaras; as pessoas se confundem.
— Você também, Arthur. Mal ficou no baile — Essex foi quem emendou a brincadeira.
— Dizem que ela ainda não foi apresentada à sociedade, por isso ninguém a reconheceu. Terá sua estreia em breve, e me parece que usou de uma boa estratégia. Será obviamente o sucesso da temporada — concluiu Portland, sorvendo um gole do conhaque. — Apostei que ela é a filha do lorde Strabolgi, a srta. Anabella. Contam que ela é estonteante.
— Não me interessa! — Arthur respondeu, ainda mais ríspido.

Portland franziu o cenho.

— O que há com você?

— Não estou com humor para apostas idiotas.

— É apenas uma brincadeira, Arthur, não devia te incomodar tanto.

— Não incomoda nada, e se quer saber o que eu acho...

Lembrou-se dos olhos cor de turquesa, da boca deliciosa, das curvas generosas, dos seios fartos, da conversa regada a risadas e... da brincadeira de mau gosto da jovem ao deixá-lo sozinho no jardim após atear fogo em seu corpo. Enervou-se com o desejo que voltou a sentir.

— Acho que temos tantos problemas sérios e reais no mundo, na Inglaterra mais precisamente, nas nossas fuças, para perdermos tempo apostando e conversando sobre frivolidades. É isso o que eu acho — concluiu, colocando a taça com força sobre a mesa. Como se o móvel fosse contestar o que ele dizia.

Portland se recostou na poltrona, surpreso.

— Alguém acordou de mau humor hoje?

— Não, estou ótimo, obrigado pela companhia. — Levantou-se e saiu com um movimento tão seco quanto o tom de sua voz.

Quem estava muito bem-humorada era Kathelyn. Radiante, olhava para todos os lugares do teatro. Estava tão feliz e realizada que nem percebeu que se tornava o centro da dirigida curiosidade, das presenças masculinas e femininas. Isso se dava por dois motivos óbvios: estava no camarote do duque de Belmont e era uma jovem de chamativa beleza. Por isso não demoraram a aparecer os primeiros comentários.

— Será a próxima amante do duque? — perguntou lady Growers.

— Não seja tola. Não percebe que é a filha do conde de Clifford? O pai da jovem, inclusive, está sentado no mesmo camarote — respondeu o marido da dama.

— Estaria o duque finalmente cortejando uma dama com interesses de matrimônio?

— Dizem que foi esse o motivo que o trouxe a Londres em plena temporada. — Ouviu-se em outro camarote.

Kathelyn não escutava nada, somente seu coração, que desejava que começasse *A flauta mágica*, ópera que ela já cantara tantas vezes. A seu lado, dois lugares vazios. A madrinha tinha explicado que o duque era um homem generoso e emprestava o camarote aos amigos e familiares. Porém, tinham que deixar sempre dois lugares desocupados. Isso somente para o caso de sua excelência resolver aparecer com companhia. A madrinha também afirmou que ele quase nunca estava em Londres, e os lugares vagos eram os melhores do camarote, quase no gargarejo do palco.

Um ser arrogante e egoísta.

Então, os primeiros acordes soaram. Fez-se silêncio na plateia. Kathelyn se emocionou antes mesmo que Antonella, a soprano italiana, iniciasse a cena.

Ouviu a porta do camarote se abrindo.

Quem seria o mal-educado capaz de adentrar um camarote quando a ópera já iniciara?

Ah, claro, imaginou de imediato. Sua excelência, que está tão acima de todos os mortais. Ele acha que pode chegar e sair a qualquer momento, de qualquer lugar, sem o menor respeito.

Foi então que algo aconteceu.

Ela percebeu que alguns dos convidados se levantaram em respeito à presença ducal. Olhou de esguelha e viu que o nobre fez um gesto, indicando que a mesura não era necessária. Então, uma de suas passadas saiu em falso e ele deu três passos tortos, caindo de joelhos no corredor estreito do camarote. Só não despencou em cima do palco, como uma fruta podre, porque pareceu ser bastante ágil e recuperou rápido a compostura. Aquilo para Kathelyn foi o suficiente para desencadear o que sempre, sempre resultava em sua desgraça.

Já estava feito. O corpo mostrava todos os sinais de que seria inútil tentar manter a coerência, enquanto o único capcioso pensamento era a imagem de um empertigado, arrogante e estúpido duque caindo em cena. Ou quase em cena, porque estavam praticamente debruçados em cima do palco. Não poderiam acusá-la de não ter tentado resistir. Quebraria um número tão elevado de regras de etiqueta que nem se arriscava a contar quantas.

Kathe tentou não as quebrar.

Mordeu os lábios com tanta força que sentiu até um gosto ferroso. Mas seu senso de humor pouco se importou. Cravou as unhas na palma das mãos e acusou as luvas de serem cúmplices do que estava a ponto de acontecer.

Começou a tremer.

Esse era o último aviso de que, em pouco tempo, tudo estaria perdido.

Elevou as mãos e *as luvas culpadas,* cobrindo totalmente o rosto, a fim de tentar disfarçar ao máximo. Estourou em uma gargalhada espalhafatosa. A mãe, sentada a seu lado direito, fincou as unhas em seu braço. Elizabeth sabia o que estava acontecendo. Uma vez que a filha começava a rir, não parava mais.

Isso era muito engraçado em determinadas situações e muito desesperador em outras. Infelizmente, Kathelyn só encontrava a parte engraçada na atual situação.

Conseguiu ver através dos dedos que o duque se sentou a seu lado esquerdo, desobedecendo, ou pouco se importando, com a convenção, que mandava os cavalheiros se sentarem sempre na fileira atrás das damas.

— Está chorando? Posso ajudá-la, senhorita? — ele perguntou em voz baixa, próximo de seu ouvido.

Agora o mundo podia acabar de maneira trágica e violenta.

Ela jamais pararia de rir.

Esqueceu-se da ópera. Esqueceu-se dos pais. Das normas rígidas com que eram educadas as damas. Esqueceu-se de tudo. Tirou as mãos do rosto e, ainda rindo sem conseguir parar, acenou negativamente com a cabeça para o nobre. Ela mal conseguia enxergar além da cortina de lágrimas que inundavam sua visão.

— Peça desculpa agora mesmo para sua excelência — Elizabeth, sua mãe, ordenou em um tom tão ríspido e gélido que ela parou.

Somente isso conseguiria a proeza de acabar com as risadas. A mãe nunca perdia a paciência, e, se ela estava brava, Kathelyn seria condenada à forca por tal comportamento. A jovem tomou três respirações para recuperar o fôlego e a voz. Fechou os olhos, sabendo que, se olhasse para ele novamente, o ataque de riso voltaria. Aproximou-*se* e disse, com a voz trêmula pelo esforço que precisava fazer para não voltar a gargalhar:

— Perdoe-me, excelência. Simplesmente não consegui evitar.

Arthur, que já estava furioso, foi invadido pela maior irritação de sua vida.

Primeiro, tinha se atrasado por causa de um maldito bêbado que se jogara na frente da carruagem. Tivera que se preocupar, obviamente, porque era humano, socorrê-lo, levá-lo até sua casa e entregar dinheiro para a família do homem. Felizmente, tirando o susto e alguns arranhões, o sujeito não se ferira.

Ao entrar no camarote, quase retrocedera. Tinha se esquecido de que o emprestara para sua tia-avó e amigos. Então resolvera seguir, afinal era noite de estreia de sua nova amante. Ele havia prometido estar presente. Fora adiante e algum imbecil se atrapalhara, deixando um pé em seu caminho. Por muito pouco Arthur não fora cumprimentar a amante, pessoalmente, no palco.

Quando por fim se sentou, reparou, um tanto intrigado, na jovem a seu lado. Ela tinha levado as mãos ao rosto e chorava copiosamente. Arthur ficara tão perplexo pela comoção da garota que fizera o que nunca fazia — tentou trazer consolo a uma desconhecida.

Quando percebeu que a jovem, no lugar de chorar, gargalhava — possivelmente à sua custa — , ele quase rosnara e teria a desafiado a se retratar se fosse um homem a seu lado, o que — *Jesus Cristo* — obviamente não era. Ela chegou próximo a seu ouvido e sussurrou um pedido de desculpa.

Tudo no mundo estremeceu.

Uma voz conhecida, um aroma conhecido — rosas.

Analisou-a: lábios cheios, cabelos dourados, a curva do busto, ombros estreitos, *fascinante*.

Era a dama que o largara queimando no jardim.

Não raciocinou mais. Estava inundado de desejo, de satisfação por reencontrá-la. Foi impossível se lembrar de Antonella ou do mundo. Fixou-se na figura a seu lado, como se admirasse uma valiosa obra de arte.

Kathelyn parou de rir ao ser invadida pela voz da soprano. Acabou toda e qualquer diversão. Nada em sua vida a tocara mais do que aquela cena. Era como se fosse ela a observada. Era como se ela estivesse sobre aquele palco cantando.

Engoliu algumas vezes o choro.

Nunca imaginou que algo poderia ser tão forte.

Na breve pausa das árias, lançou um olhar rápido para o duque. Apenas para constatar se parecia relaxado e, sendo assim, se havia esquecido o que ocorrera momentos antes.

Os olhos se encontraram.

Por Deus dos miseráveis.

Por Deus misericordioso.

Podia o próprio Mozart ressuscitar, subir ao palco e reger o restante da ópera.

Kathe não se abalaria mais.

Ele apoiava o rosto na mão fechada em punho. Encarava-a sem piscar. Mas não foi o olhar intenso a causa do frio em seu estômago e falta de ar. Ela tinha certeza de que era um pesadelo. Que em breve acordaria. Ele curvou os lábios num sorriso torto. Um riso calculado e irônico. Kathe estava delirando, só podia estar. Sacudiu a cabeça e voltou a fitá-lo.

Ele mantinha o sorriso malicioso e assentiu como quem diz: Sim, sou eu.

Meu Deus! Ela engoliu em seco.

Cristo amado!

Engoliu em seco novamente e olhou para ele uma vez mais. Acompanhou o movimento da língua dele nos lábios, imitando o gesto feito pouco antes de ela entrar... Céus! Fora ela quem entrara no jardim por livre e espontânea vontade. E ali, no Teatro Real, fizera o que podia ser feito em tão ridícula e absurda situação. Riu discretamente, nervosa, e voltou a atenção para a ópera.

Que ópera?

Kathe não ouviu mais nada.

Negaria. Juraria de pés juntos que ele era um louco se resolvesse delatá-la na frente dos pais. Sentia-se confusa, como das primeiras vezes em que pegara o grego para estudar. Não compreendia nada. *Que Deus me ajude!*

Soou o sinal do primeiro intervalo e Belmont, que sempre se retirava antes do fim do primeiro ato, resolveu ficar. Enfrentaria a turba de interesseiros, mas não perderia essa oportunidade por nada.

Aos poucos as pessoas se levantavam na plateia, e nos outros camarotes muitos olhavam em sua direção. Ele já ignorara ao menos três cumprimentos a distância.

— Meu sobrinho querido, que honra tê-lo conosco esta noite.

A jovem se mexeu, incomodada na poltrona, cochichou algo no ouvido da senhora a seu lado — provavelmente a mãe dela — e fez menção de se levantar. Arthur se levantou antes.

— Tia Jane, como vai? — emendou a pergunta ao cumprimento. — Não vai me apresentar seus convidados? — falou isso olhando para a dama diretamente.

Ela agora cravava as unhas nos braços da poltrona, e ele precisou se segurar para não rir.

— Ah... Claro, que distraída sou, não é mesmo?

Todos se levantaram:

— Este é lorde Clifford, mas acho que já o deve conhecer da Câmara de Lordes.

Sim, conhecia e conhecia as ideias retrógadas e preconceituosas do homem.

— É um prazer revê-lo, excelência — saudou o nobre. — Apesar de nos vermos no parlamento, nunca tivemos a oportunidade de conversar diretamente. Mas conheci o seu pai muito bem.

— Sim, meu lorde, o prazer é meu. E devo supor que esta é a sua senhora, a condessa de Clifford?

— Encantada, excelência — concordou a condessa.

Arthur respondeu à mesura com um gesto de cabeça.

— E esta adorável jovem... — Fez uma pausa forçada e, franzindo o cenho, como se divagasse intimamente sobre algo, segurou o próprio queixo entre o indicador e o polegar e disse: — Não me é estranha. Tenho quase certeza de que já nos vimos antes, senhorita...

— Stanwell, minha filha — foi o pai quem concluiu. — E este é o duque de Belmont.

A jovem fez uma genuflexão perfeita e o pai adicionou:

— Sobre conhecê-lo, apesar de saber que ela teria ficado muito honrada, imagino que seja improvável, já que esta é a sua primeira temporada. Por infelicidade, ela participou apenas de um baile no ano passado. Logo depois caiu acamada e levou dois meses para se recuperar. — O conde inspirou devagar. Parecia constrangido. — Mas agora está renovada e deve voltar aos bailes na próxima semana.

— Que bom que se recuperou. — Ele a olhava dentro e através dos olhos. — Uma jovem que parece tão cheia de vitalidade. É um pecado que tenha perdido sua primeira temporada acamada. Tenho certeza de que deve estar ansiosa para voltar aos bailes, admirar relíquias, dançar uma valsa ou passear por parques e jardins. — Deu ênfase à última palavra.

Afinal, era uma dama inexperiente. Isso explicava tudo, ou quase tudo, concluiu para si mesmo.

A dama em questão não concluía nada além de alguns impropérios. Estava muito ocupada tentando não lhe dar um tapa na cara. *Desgraçado! Até quando pretende levar esse joguinho?* Não ficaria mais calada. Se ela errou, ele era um duque, e não deveria seduzir jovens sem nem ao menos ter a dignidade de se apresentar.

Ele a enganara, a fizera acreditar que não pertencia à nobreza.

Só não a desonrara porque ela o tinha impedido, não é verdade?

Isso já era motivo suficiente para o pai desafiá-lo para um duelo, caso não reparasse o erro, que Deus a livrasse, o que significava se casar com ela. Kathe tinha certeza de que o nobre não estaria interessado em prosseguir com tamanha insanidade. Conhecia a fama de libertino do duque em questão. Munida dessa certeza, não ficaria mais calada.

— Que perceptivo, excelência. Há dois dias estive mesmo em um baile e conheci algumas pessoas muito interessantes. Tive também uma conversa produtiva e empolgante com um dos cavalheiros, na qual expus toda a minha admiração por seu título. Pena não ter ouvido. Vossa graça ia se sentir muito lisonjeado.

Ele abriu a boca para responder, mas não teve oportunidade. O camarote foi invadido por um grupo de dez pessoas, que o cercaram.

Kathe suspirou aliviada.

— Posso ir, papai? Realmente estou muito indisposta — suplicou, enquanto o duque era cada vez mais enterrado, em meio a uma torrente de pessoas que chegavam.

— É uma indelicadeza com sua graça e com lady Wharton. Mas, se não se sente bem... — sacudiu os ombros —, paciência. Vamos apenas nos despedir dos nossos anfitriões.

Sentaram-se e aguardaram alguns minutos, até que aos poucos a horda se dissipava. Quando havia apenas lorde Fitzwalter conversando com o duque, o conde de Clifford se adiantou:

— Lady Warthon, minha família e eu somos imensamente gratos pela maravilhosa noite que nos proporcionou. Mas minha filha não se sente bem, e, como sabe, ela esteve doente o ano passado. Achamos que não é prudente abusar da boa sorte.

Kathelyn desviou o olhar para ler a reação de Belmont. Ele franziu o cenho. Bom, aquilo não era um cenho franzido. Eram duas rugas entre as sobrancelhas, acompanhadas de um olhar sem-vergonha. Ele se apressou em se despedir de lorde Fitzwalter. Lady Warthon, a tia-avó do duque, olhou-a com ar de piedade.

— Oh, que pena. Temos que marcar outra ocasião para que consigam assistir à ópera até o fim.

— Excelência — começou Ernest —, sinto muito, mas minha filha...

— Eu ouvi, meu lorde — interrompeu —, e me preocupa muito que ela não esteja bem. Como sou anfitrião esta noite, sinto-me na obrigação de disponibilizar minha carruagem para levá-la até em casa.

Fez uma pausa e segurou um sorriso que somente Kathelyn percebeu.

— Não somente disponibilizarei minha carruagem como faço questão de acompanhá-la até sua residência. Assim, vocês podem desfrutar do resto da noite sem preocupações.

Kathelyn se desesperou, mas anos de aulas de etiqueta mantiveram sua expressão inescrutável, com a postura firme e aparentemente impassível. Seu pai e sua mãe se entreolharam.

— Meu lorde — adicionou Belmont —, vejo pela sua expressão que é um pai zeloso, e não o culpo, com uma filha tão adorável é muito prudente. Quero deixar claro que não iremos sozinhos. Meu valete me acompanha sempre nas vindas à opera. Ele é um senhor muito respeitável, e sua família nos serve há mais de quatro gerações. Ainda assim, se se sentir mais à vontade, lady Clifford pode nos acompanhar.

— Oh, sim, o senhor Scott — confirmou a tia-avó de Arthur.

O conde soltou o ar com uma expressão de alívio:

— Nem por um momento duvidaria de sua honra, excelência. Mas me alegro que compreendeu que seria inadequado uma jovem dama seguir por um longo percurso a sós com um cavalheiro, por mais honrado que ele seja.

— Compreendo e lhe garanto. Não só contaremos com a presença do meu valete como também lhe dou minha palavra de honra de que sua filha estará totalmente segura comigo.

Kathelyn, que acompanhava a discussão um pouco nervosa e impaciente, percebeu que, caso o pai cedesse, ela ficaria sem saída. Opôs-se com veemência:

— Excelência, não é necessário se dar a esse incômodo e acabar com sua noite. Além disso, já nem me sinto tão mal... Ah... é... talvez seja capaz de permanecer até o fim — apelou, estava aflita. Aflita, não: desesperada. Deus a livrasse da companhia daquele homem por uma hora inteira.

Ele a fitou com as sobrancelhas erguidas em um arco antes de declarar, com convicção:

— Não, srta. Stanwell. Mesmo que esteja melhor, é mais prudente se resguardar. Não queremos que perca outra temporada não é mesmo? É mais adequado seguir para casa.

A sobrancelha significava ameaça. O homem era perigoso. Muito mais do que ela julgara inicialmente.

— Não, não é — impôs-se sem cortesia. — Digo, não, obrigada, excelência.

Notou um sorriso patife nos lábios masculinos, cúmplice da sobrancelha em arco.

— Vá para casa com sua graça, minha filha. É o mais apropriado a fazer.

Seu pai tinha um brilho furtivo e estranho no olhar. Kathelyn o conhecia muito bem: estava querendo empurrá-la para o duque. Afinal, devia considerá-lo o melhor partido de todo o grandioso planeta. Fitou a mãe, implorando com os olhos, mas ela nunca se opunha. A última palavra era sempre do conde.

— Vamos, senhorita. — O duque estendeu o braço. — Deseja nos acompanhar até a carruagem, lorde Clifford, para conhecer meu valete?

— Não vejo necessidade. Se vossa graça diz, acredito em sua palavra de cavalheiro.

— Muito bem, então vamos!

— Lady Clifford. — Arthur fez uma breve mesura com a cabeça.

— Excelência — Elizabeth se despediu.

Saíram do teatro em uma velocidade de confundir quem assistia. No fim da escadaria, Kathelyn reclamou:

— Largue meu braço, excelência. Posso caminhar sem apoio.

— Estou tão ansioso. Você nem imagina.

— Para quê?

Ele apenas sorriu em resposta.

Quando a enorme carruagem preta com o brasão ducal dourado parou, Kathelyn sentiu um inexplicável frio na espinha. Parecia a carruagem de Hades. Os cavalos enormes, filhos do fogo das profundezas. O lacaio de libré preto e bordô abriu a porta. O calor do submundo correu em seu corpo. Ela subiu o primeiro degrau, mas deteve-se.

— Onde está seu valete?

— Não está aí dentro?

— Claro que não. Se estivesse, acha que eu perguntaria?

— Que pena, não é mesmo? Seremos só nós dois outra vez.

Kathelyn fincou os pés, determinada, antes de dizer:

— Eu não vou. Você não tem palavra, e, apesar de ser um duque, não me enganei: está muito longe de ser um cavalheiro.

Ele bufou, impaciente.

— Entre, dama da noite.

— Não.

— Entre, por favor. Não faça uma cena. As pessoas começam a olhar.

Kathelyn se distraiu e virou-se para os lados, buscando a suposta audiência, porém perdeu o equilíbrio, caindo sentada dentro do veículo.

O duque, sem perder tempo, fechou a porta e bateu no teto, indicando que se pusessem em marcha.

— Você está louco? — ela murmurou entredentes.

Arthur estendeu a mão para ajudá-la a se erguer. Kathe a puxou de volta com força. Empertigou-se e se sentou, alisando as saias, sem ajuda.

Belmont abriu a janela e deu ao lacaio as instruções quanto ao destino que seguiriam, tornou a fechá-la e encarou Kathelyn em silêncio por um breve momento.

— Quero apenas que você se explique.

— O quê?

— O que leva uma jovem debutante a tomar a atitude ousada que você tomou dois dias atrás?

Ela cruzou os braços sobre o peito.

— Você é tão arrogante que tinha certeza de que meu pai não viria averiguar se seu valete estava mesmo aqui, não é verdade?

— Srta. Stanwell, há pouco me acusou de não ser um cavalheiro. Eu também não tenho certeza se você é uma dama.

Os olhos azuis da jovem se estreitaram, cheios de fúria.

— Eu agi por impulso, e acredite em mim: sinto um arrependimento de morte.

— Estava mesmo se sentindo mal agora há pouco?

— Não. Queria só que sumisse da minha frente.

Queria beijá-lo outra vez. Ela sacudiu a cabeça.

Ele estreitou o olhar antes de dizer:

— Suponho que os meses acamada, na temporada anterior, não tenham sido motivados por uma doença quase terminal, já que parece desfrutar de uma saúde perfeita.

— Não estive doente. Eu nunca fico doente.

— Imagino, então, que o motivo deva ter sido um bem empregado castigo.

— Tem uma imaginação desenfreada, excelência.

— Perdeu-se no jardim com alguém mais e foi descoberta?

Um sorriso irônico despontou nos lábios dela.

— Não, na verdade eu tive um ataque de riso em uma situação tida como inadequada ao humor do meu pai. Entretanto, muito, imensamente divertida aos meus olhos. Semelhante à que aconteceu hoje com vossa graça, quando quase despencou seu um metro e noventa na frente de toda a boa sociedade londrina.

Kathe deu outra risada irônica.

— Imagino que, se tivesse mesmo caído no palco, sua arrogância amorteceria a queda e acabaria por sobreviver — suspirou —, para o pesar da humanidade — fez outra pausa forçada e concluiu com exagerada formalidade —, excelência.

Arthur riu sem mostrar os dentes e provavelmente sem achar graça.

— Diga-me uma coisa, senhorita. Não tem o menor decoro?

— Ah, tenho. — Kathe franziu o cenho com uma gravidade fingida. — Tenho muito decoro e o emprego frequentemente com pessoas que mereçam.

Para espanto de Kathelyn, ele parecia se divertir tirando algum proveito obscuro daquele diálogo.

— Não é uma debutante muito enquadrada nos... como disse mesmo? — Levou o indicador aos lábios, num semblante pensativo, e depois continuou: — ... nos padrões dos aborrecidos aristocratas. Diga-me, como pensa em conseguir um bom marido dessa maneira, senhorita?

— Ohhh! — Ela cobriu a boca com as mãos. — Acha que o ofendi no baile de máscaras, não é mesmo? Com meus comentários? Não, vossa *duquestade*, aquilo foi um elogio. Apesar de agora, quando repetiu minhas palavras, ter soado como uma crítica. Mas eu só posso agradecer que me tenha em tão elevado conceito e acrescentar que, infelizmente, estava enganada a seu respeito.

Abriu as mãos no ar com uma expressão desolada antes de acrescentar:

— Não posso manter a boa impressão que tinha feito do senhor. Quanto a me casar, como deve supor, estou louca para fisgá-lo.

E se abanou com as mãos de maneira exagerada.

— Vossa graça é o solteiro mais cobiçado da Inglaterra. Estou, na verdade, ansiosa para fisgar qualquer homem que disponha no mínimo de um condado. Sou muito frívola. Agora mesmo, por exemplo, penso em bater as pestanas e lhe lançar o mais irresistível sorriso afetado.

Começou a fazer caricaturas de flertes ensaiados.

— Infelizmente estou muito ocupada pensando nos lindos colares de esmeraldas e brilhantes com que possa ser presenteada durante um bom noivado para conseguir flertar com o senhor. Receio que o flerte ficará para uma próxima oportunidade.

Ao abrir os olhos e o encarar, constatou que o olhar divertido do início tinha virado um fogo dourado incandescente.

Arthur deu um tapinha a seu lado no assento.

— Venha cá.

Ela franziu o cenho e negou.

— Muito bem — falando isso, ele se moveu, sentando-se ao lado dela.

Enlaçou a cintura estreita e a trouxe para junto do corpo. Parou tão próximo que a respiração quente dele acariciou seus lábios.

Ela arfou.

— O que pensa estar fazendo?

— Você quer ser beijada, outra vez?

A potência dos músculos do peito e dos braços dele a deixava sem ar. Os olhos de falcão grudados nos lábios dela como se eles fossem a melhor refeição de sua vida. Maldição, ela queria ser beijada como naquela noite do jardim, queria que essa vontade por algo que não entendia fosse aplacada por ele. Mesmo assim, negou com a cabeça.

— Tem certeza? — ele perguntou perto de sua orelha e um arrepio de prazer percorreu sua nuca, desfazendo parte da resistência.

Soltando a respiração num silvo, Kathe se rendeu, fechando os olhos e entreabrindo os lábios.

<hr>

Arthur se controlou para não avançar sobre ela como um cachorro vadio. Não avançar, era o jeito certo de agir. Por mais impulsiva que ela tivesse sido dias atrás, era apenas uma jovem inocente. Usou da ironia, uma velha aliada para se recompor diante de situações desafiadoras; vencer a vontade de beijá-la, naquele momento, era um enorme desafio. Cruzou os braços sobre o peito e se recostou na poltrona, sorrindo do jeito mais convencido que conseguiu.

— Eu sabia.

Assistiu-a abrir os olhos e os arregalar em seguida, numa expressão indignada, as bochechas coradas, os lábios ainda mais entreabertos, uma deusa da tentação.

— Oras, seu convencido miserável. Você se acha irresistível, não é mesmo?

Não, acho você irresistível, ele quis dizer, mas em vez disso apenas encolheu os ombros e sorriu ainda mais.

Então, algo na expressão dela mudou. Os olhos se fecharam um pouco, como se pesassem, os lábios cheios foram umedecidos com a ponta da língua antes de ela se aproximar tanto de seu rosto que os lábios quase tocaram os dele.

— Acredito que seja o senhor quem está louco para me beijar outra vez. — E, ousada, deixou um beijo na ponta de seu queixo.

Arthur fechou as mãos em punho quando o ventre se contraiu de desejo e um choque correu sua espinha, alastrando-se até a ponta do pé.

— Quis me dar uma lição por ter sido deixado sozinho no jardim? — perguntou ela, sem se afastar de sua boca, os lábios dela se movendo como uma pluma sobre os dele.

— Mentiu para meu pai que seu valete estava aqui, porque é tão vaidoso que não aceita ter suas vontades contrariadas, é isso? E depois quis me humilhar com essa história de beijo. Ou talvez tenha feito tudo isso porque eu ri de vossa graça mais cedo, e pela necessidade de restaurar seu orgulho?!

Um misto de tudo isso seria a resposta mais fácil. Porém, a verdade é que ele nunca se sentira tão fraco como se sentia junto dela, e isso era na mesma medida viciante e desconfortável.

— Pare com isso — Arthur murmurou, esforçando-se para não agarrar a nuca da jovem e devorar sua boca.

Quando ela deixou um beijo suave e quente sobre seus lábios, um som rouco de desejo escapou do peito dele. Os lábios cheios sobre os de Arthur se curvaram num sorriso vitorioso antes de ela se afastar, os dois respirando com dificuldade.

— Arrogante — soprou desafiadora. — Se tem algo que odeio mais do que perder um desafio é me sentir encurralada.

— Sua inconsequente — ele acusou, com a voz rouca e baixa.

E se encararam, ofegantes, por um tempo quente demais, intenso demais. Vagamente consciente do que fazia, Arthur avançou para cima dela, ou ela avançou para cima dele, não soube quem chegou primeiro, as mãos dele na nuca de Kathelyn e as dela em seus ombros, exigindo e puxando um para o outro.

Ele se convenceu que prosseguiria apenas para provar a si mesmo que não perderia a razão como naquela noite no jardim. Entretanto, quando a sentiu de novo, quando teve aquele corpo moldado ao seu, os lábios movendo-se sobre os dele, sumiu todo e qualquer propósito, ficando apenas a fúria do desejo. Ainda mais violento do que o experimentado da primeira vez.

— Não tenha medo — murmurou. — Não vou fazer nada que não queira.

Ela passou os braços por cima do pescoço dele, aproximando-os ainda mais. Ele teve certeza de que, se não interrompesse o que começaram, não seria mais capaz de parar. Como nunca desonraria uma dama inocente, por mais ousada e inconsequente que ela fosse, ou por mais que a desejasse, o único jeito de se permitir levar as coisas adiante seria... se casando com ela.

E que Deus o ajudasse, mas faria de tudo para que ela o aceitasse.

Já havia decidido escolher uma esposa, e ela era filha de um conde. Pelo pouco que sabia, era uma dama diferente das tantas que conhecia. Não estava atrás de um marido para agarrar um título. Não se impressionava com isso e não se intimidava diante dele. Era cheia de energia e não se conformaria com uma vida ordinária. Ambos apreciavam as mesmas coisas, e possivelmente — a quem ele queria enganar? — ela seria a esposa perfeita para ele.

— Qual é o seu nome? — A voz saiu falha.

— O quê?

— O seu nome de batismo, senhorita. Qual é?

— Kathelyn — respondeu, sem fôlego.

Ele cobriu os lábios dela novamente e a possuiu com a boca. Era isso que de fato queria fazer com ela inteira. Dessa vez os dois gemeram juntos. E tudo no interior do veículo se desprendeu da realidade. O corpo dela perdeu a sustentação, e ele permitiu que ela tombasse no banco, deitando-se por cima dela.

— Kathelyn, deveríamos parar, mas — inspirou o ar com força — é tão irresistível — justificou-se e avançou novamente. Se tudo desse certo, ela seria sua noiva, sua esposa. Não havia nada de errado em aproveitarem um pouco mais, havia?

Apenas um pouco mais, disse a si mesmo.

Com experiência, desabotoou uma fileira de botões do vestido.

Um pouco mais.

Abaixou o espartilho e desnudou um seio. Perfeito e redondo, precisava prová-lo.

Um pouco mais.

A chama de todas as caldeiras do mundo ardeu no seu corpo trêmulo.

Ele tomou o seio com a boca, sentindo o mamilo entumecer entre os lábios e seu membro pulsar e contrair, apertando o cós da calça. Ela gemeu e se arqueou.

Um pouco mais.

A mão deslizou pelas panturrilhas e subiu em direção à coxa. Ele continuou, determinado, subindo entre as camadas de tecido das roupas íntimas: passando pelas meias de seda, pelas ligas, pelos laços que prendiam o calção. Desatou-os.

Um pouco mais.

Estava a escassos centímetros do ponto entre as pernas quando ela passou a mexer os quadris instintivamente e a gemer baixinho, e ele soube que estava perdido. Ou não soube nada, porque já não lembrava nem mesmo seu nome.

Tão próximo.

Mais um pouco. Alcançou o ponto de sua perdição, quente e úmido, abriu caminho entre os pelos macios e a tocou. Em resposta, um gemido alto e delicioso escapou por entre os lábios da jovem. Arthur gemeu junto, com o maior prazer que já sentira ao tocar uma mulher. Prosseguiu devagar, abrindo-a, espalhando a umidade dela entre as dobras e...

Uma pedra ou um buraco na estrada desestabilizou a carruagem, fazendo-o cair no chão.

— Maldição — grunhiu, resfolegado.

⁓

Kathelyn sentiu a brisa fria da noite. Demorou alguns segundos para se dar conta de que estava deitada, com as pernas escarranchadas, o vestido aberto, os seios expostos e trêmula de... calor, desejo, incoerência. Ele a provocara ao limite. Ela respondera na mesma moeda sem nem mesmo saber direito o que fazia. Mas o duque sabia, provavelmente desde o começo, desde que mentira sobre o fato de seu valete estar na carruagem. E agora? Encolheu-se, abraçando os joelhos.

Agora estava arruinada.

Ofegante e atordoada, sentiu as faces arderem, mortalmente envergonhada.

Arthur levou as mãos à cabeça, tentando normalizar a respiração. Somente quando pareceu mais calmo foi que se sentou ao lado dela novamente.

Kathelyn encolheu-se. Ele ergueu uma mão como se fosse tocá-la, e ela se encolheu mais.

— Não me toque — exigiu entredentes.

Arregalou os olhos, cada vez mais surpreso, ao ouvi-la se queixar:

— Eu sei que respondi a sua provocação hoje e fui impulsiva ao entrar no jardim naquela noite. Mas por que o senhor não parou? Tinha que me arruinar somente com o intuito de manter intacto o seu orgulho?

— Arruiná-la? — perguntou, confuso.

— Ou foi porque a minha explicação não satisfez o seu ego, sobre a noite no jardim?

— Kathelyn — ele a chamou.

— Não, não me diga. Fez o que fez para provar a si mesmo que sua vontade não pode ser contrariada. Você me trouxe até a sua carruagem, mentiu ao meu pai e me... me — um soluço escapou de sua garganta — me desonrou dentro de um veículo.

— O quê? — Ele exalou o ar com força. — Kathelyn, eu sei que me descontrolei, mas... Estendeu a mão para tocá-la no rosto, ela se esquivou. — Está intacta, não a desonrei. Você deve saber.

A única coisa que sabia sobre o ato entre um homem e uma mulher era que ela precisava estar nua e que ele devia tocá-la em sua parte mais íntima. Franziu o cenho, com as bochechas cada vez mais quentes, e ouviu-o continuar:

— Deus, você não sabe, não é mesmo? Sabe sobre relíquias e mitos gregos como poucos homens que conheci, sabe até mesmo recitar Platão em grego, mas não sabe nada sobre a intimidade entre um casal. — Arthur bufou, parecendo perder parte da compostura. — Para um homem desonrar uma mulher, é necessário muito mais do que o que acabamos de fazer.

Ela nunca se tocara entre as pernas. Apesar de já ter tido curiosidade e vontade, fora ensinada desde pequena a não colocar os dedos ali, a não ser com o pano, para se lavar, senão corria o risco de perder a virtude. Sem saber o que falar, ficou em silêncio, e ele afirmou:

— Acredite em mim, Kathelyn. Eu sei que fui imprudente, e peço perdão pelo meu comportamento. Só queria a chance de ficar sozinho com você novamente.

— Por quê? — ela indagou, ainda com os braços em torno do corpo.

— Não entendo muito minhas reações quando estou com você. Mas, se pudesse explicar, diria que foi porque a desejo. Jamais arruinaria a vida de uma dama ou de qualquer jovem inocente. Acredita em mim?

Ela acenou, de cenho franzido.

— Venha aqui. Deixe-me ajudá-la com o vestido.

Devagar ela se aproximou e ele fechou com agilidade os botões. Quando ia se afastar, Arthur a puxou e tentou abraçá-la, mas Kathe se contorceu na intenção de se distanciar.

— Quero apenas confortá-la. Acho que a assustei. Permita-me cuidar de você.

Ela tentou se afastar outra vez, mas ele insistiu.

— Não farei nada, apenas descanse em meu ombro — ofereceu, tentando mantê-la próxima.

Aos poucos e em silêncio, Kathe cedeu.

— Pronto, assim está melhor — Arthur falou, abrindo o braço, e sem pensar ela apoiou a cabeça no peito dele. — Está tudo bem, tudo ficará bem.

Momentos depois, o embalar constante da carruagem, a respiração ritmada dele e os beijos esparsos que ele dava em sua fronte a fizeram relaxar. Até que Kathelyn dormiu.

7

— EXCELÊNCIA — DISSE O CONDE DE CLIFFORD, PARECENDO ORGULHOSO ao entrar na sala aonde Arthur fora conduzido havia pouco pelo mordomo da mansão —, é uma honra a sua visita.

— Lorde Clifford — ele replicou, sucinto. Estava hipnotizado pela melodiosa voz vinda de algum lugar da residência. Não percebeu que ainda estava em pé.

E, apesar de ter feito o mesmo trajeto na noite anterior ao lado de Kathelyn, o caminho parecera mil vezes mais longo e tortuoso naquela manhã.

— Espera hã... está esperando há muito tempo, vossa graça? — indagou Ernest, um pouco constrangido.

— Não sei, acho que há bem pouco. Na verdade, distraí-me com essa voz tão... perfeita.

— Refere-se ao canto? Tornou-se tão comum em minhas manhãs que nem o percebo mais.

Que tipo de homem é capaz de não perceber que é agraciado todas as manhãs com um anjo cantando? Ele se perguntou e franziu um pouco o cenho em um gesto inconsciente.

— Aborrece-o, vossa graça?

— Não, muito pelo contrário, gosto muito. Há apenas uma coisa em minha vida que aprecio tanto quanto uma boa música: as antiguidades. Coleciono relíquias raras — disse, esforçando-se para não perder nenhuma nota daquele soprano perfeito.

— Como dizia, no começo me aborrecia um pouco, agora estou habituado — completou o conde.

— Poucos homens têm o privilégio de receber em sua casa um talento assim todos os dias.

O conde, que pareceu ler em seus olhos a admiração, inflou-se e desfilou sua cauda de pavão.

— Como o talento mora aqui e o conheço desde que nasceu, não é estranho que esteja habituado. Gostaria de ouvi-la na sala de música? Sei que Kathelyn ficaria honrada.

Arthur sentiu que os olhos saltariam do rosto e quase perdeu a capacidade de respirar ou responder. Tinha certeza de que estava com cara de abobado, porque o conde sorriu brandamente antes de continuar, exultante:

— Entendo que é um talento raro. Eu mesmo a incentivo para que não deixe de estudar. — Fez uma breve pausa, como se desfrutando do som. — Então, vossa graça deseja ouvi-la melhor?

Arthur tinha ido com o propósito de pedir autorização ao conde para fazer a corte a Kathelyn; piscou lentamente antes de responder:

— Sim, adoraria. Mas acho que devemos esperar uma oportunidade em que ela tenha sido avisada de minha presença.

— Não a incomodará. Kathelyn adora uma plateia, e neste momento estamos recebendo alguns parentes que assistem a sua apresentação diária. Se entrarmos em silêncio, possivelmente nem nos notará.

— Sendo assim, por que não?

Ele seguiu o conde pelo corredor até uma porta que foi aberta com cuidado, para não fazer barulho. Sentaram-se na última fileira. Na sala devia haver umas vinte pessoas assistindo à audição da jovem, embasbacadas, tão comovidas que ninguém desviou o olhar.

Kathelyn ia como uma deusa grega em cima do panteão, vestida de branco, com os cabelos meio soltos. A voz tocada pelo acorde divino esvoaçava, rodopiando pelo ar, e elevava os pobres mortais ao paraíso.

Com o pulso acelerado, ele se rendeu à compreensão de que era a criatura mais perfeita que Deus colocou sobre a Terra.

Era como se o mundo tivesse parado para contemplá-la.

Era uma luz de muitas cores se espalhando e... Quem era aquele bastardo que tocava violoncelo acompanhando-a? O homem não conseguia disfarçar a febre do olhar sobre ela. O mesmo homem detinha toda a atenção de sua futura noiva, já que ela cantava olhando para ele, retribuindo seu olhar febril.

Nem sequer piscava, o idiota.

Desde quando cavalheiros tocavam instrumentos?

Que grande disparate.

Identificou a contragosto um estranho sentimento. Se algum dia tivesse sentido ciúme, juraria que era isso.

Ele pigarreou e se moveu, desconfortável.

Murmurou um pedido de licença ao conde e se retirou. Não gostou de sentir ciúme. Gostou ainda menos da vontade que teve de deixar claro que Kathelyn seria sua noiva e talvez de esmurrar um dos olhos daquele idiota.

O conde o seguiu, inquieto.

— Excelência, não o agradou?

— Muito — respondeu, mais seco do que gostaria. — A verdade é que me esqueci de que tenho um compromisso mais tarde e devo me apressar. Ainda gostaria de conversar com o senhor sobre o motivo da minha visita.

— Ah, sim, claro — prontificou-se o conde. — Siga-me, por favor.

Entraram no escritório e se sentaram frente a frente em confortáveis poltronas de veludo verde, relaxados como velhos conhecidos. A quase imperceptível falta de relaxamento só era entregue pelo duque por um discreto tamborilar dos dedos na própria coxa e um leve franzir de cenho do conde.

Arthur respirou fundo, com a firmeza aristocrática oriunda de centenas de anos de controle. O poder que transbordava de seu sangue.

— Fuma um charuto ou aceita me acompanhar em um *brandy*? — o conde se adiantou.

— Obrigado, excelência, mas acho melhor irmos direto ao ponto.

— À vontade — o conde pontuou, solícito.

— A senhorita retornará aos bailes para sua apresentação esta semana?

— Sim, excelência — confirmou o pai.

— Gostaria de lhe fazer a corte — declarou, sem delongas. — Já tenho vinte e seis anos e creio que é hora de pensar na minha sucessão.

Ele analisou a expressão do conde. Ernest não disfarçou um sorriso aberto.

— Vim a Londres com o propósito de escolher uma noiva e sinto que a encontrei antes mesmo de começar a procura. Não vejo como qualquer outra poderia despertar minha atenção depois de conhecer a srta. Stanwell. Ela é uma jovem... É... fascinante.

Notou, um pouco intrigado, o pai de Kathelyn fechar o sorriso e ficar com a expressão séria e contida. O conde respirou fundo antes de responder:

— Nada me alegraria mais, e sinto-me tão honrado, excelência, que perdi as palavras. Nunca imaginei que... Digo — corrigiu-se —, Kathelyn tem muitos talentos e virtudes, excelência, mas, antes de prosseguirmos com esta conversa, tenho a obrigação honrosa de lhe avisar que não é uma jovem... — pigarreou, como se buscando a palavra ideal — apática — concluiu. — Tem muita vontade própria, e, quando enfia algo na cabeça, nada a demove.

— Muitos encarariam isso como uma virtude, eu mesmo, por exemplo.

Clifford olhou para o chão coberto por um tapete persa.

— Ela tem uma ideia muito romântica do mundo, e agora a novidade em que resolveu acreditar é que só se casará por amor, com alguém que ela escolha.

— Ela precisa de alguém que não se intimide — confirmou sutilmente o duque, a fim de agradar ao conde. Tinha certeza de que homens como Clifford esperavam ouvir algo assim de alguém que fosse pedir sua filha em casamento, *aquele cabeça vazia*.

— Exatamente, vossa graça.

— Precisa de alguém que seja ainda mais teimoso que ela.

— Certamente me compreendeu.

— Sei que posso ser o marido certo para ela. Por isso, lorde Clifford, quero expor minha proposta. — Apoiou o calcanhar sobre o joelho e prosseguiu, muito à vontade. — Permita-me cortejá-la até o fim da temporada. Assinamos o contrato de casamento assim que possível. Meus advogados prepararam tudo. Imagino que queira consultar seu próprio advogado. Para isso, trouxe uma cópia, que está na minha carruagem.

O conde, que talvez não esperasse por uma proposta formal de matrimônio tão cedo, arregalou um pouco os olhos e afirmou, com surpresa estampada no rosto.

— É um homem muito determinado, excelência.

— Fui ensinado desde cedo a não esperar para buscar aquilo que desejo. — Descruzou as pernas e voltou a cruzá-las, invertendo o lado do calcanhar apoiado. — Quando o fazemos, por covardia ou por indecisão, podemos perder tudo. Não quero correr esse risco com sua adorável filha.

— Sim, excelência... Uma honra, excelência, claro que ela é muito... Ah, adorável, excelência.

— Uma vez assinado o contrato, quero liberdade para visitá-la, levá-la a bailes e passeios. E, se ela disser sim, nos casaremos o mais rápido possível. Por isso quero adiantar o aborrecimento da parte burocrática. Apesar de achar um exagero, um duque não pode se casar sem que uma série de acordos sejam estabelecidos. Afinal, se ela disser sim, será uma das mais influentes nobres da Inglaterra.

E a palavra "duquesa" pareceu fazer sinos tilintarem dentro da mente de Ernest.

— Tenha certeza de que ela irá a todos os passeios, excelência, e que dirá sim, queira ou não queira, nem que eu precise dobrá-la e lhe entregar domada, como uma moça deve ser.

Arthur fechou as mãos com força, controlando-se para não sacudir o pai de Kathelyn pela gravata. Que homem mais frio e obtuso.

— Não me entenda mal, meu lorde. Uma das cláusulas estabelece que, se ela não disser sim ao pedido de casamento, por livre e espontânea vontade, o contrato será imediatamente cancelado. Compreende?

— Ela há de dizer sim, tenho certeza. Não pode rechaçar um homem com sua honra e autoridade.

Arthur apertou um pouco mais o punho e deu graças a Deus por Kathelyn ser tão diferente do pai.

— Eu quero conquistá-la, quero fazê-la feliz. A sua interferência nesse acordo termina com a concessão que fará para que ela me acompanhe em bailes e passeios, apenas isso, meu lorde. Caso pense diferente, deixemos para assinar o contrato depois que a srta. Kathelyn tiver decidido se aceita ou não compartilhar a vida comigo.

— Entendi tudo, vossa graça. Desculpe-me se o ofendi de alguma maneira.

Peça desculpas a sua filha, Arthur quis dizer.

— Então, peguemos a cópia do contrato, lorde Clifford. Me acompanha até minha carruagem?

— Naturalmente.

— Ah, sim, quase me esqueci — mentiu, pois não tinha tirado da cabeça a cena nem por um mísero instante. — Quem era o cavalheiro que tocava tão entusiasmado o violoncelo?

— Quem? — Ernest pareceu um pouco perdido. — Ah, sim — disse casualmente. — Um primo de segundo grau de Kathelyn, herdeiro do viscondado de Wheymouth. — Deu uma risada nervosa. — Cresceram juntos, sempre fizeram duetos musicais nas reuniões familiares. São como irmãos.

Arthur se levantou e foi em direção à porta, esperando o conde tomar a dianteira.

— Se assim o diz.

— Depois que pegarmos o contrato na sua carruagem, sua excelência gostaria de ter uma palavra com lady Kathelyn ou o seu compromisso o impedirá?

O pulso dele acelerou. Sim, ele adoraria trocar muito mais de uma palavra com Kathelyn.

— Obrigado meu lorde, eu adoraria. Meu compromisso pode esperar um pouco. Afinal já estou aqui, não vou perder a viagem sem cumprimentá-la.

— Ai... para, Rafael. Essa brincadeira não tem mais graça. — Era Kathelyn quem ria descontraída com o primo, sentada embaixo de uma árvore sob o respaldo de uma sombra. Havia terminado o dueto, sem nem imaginar que seu futuro estava sendo planejado a poucos metros, no interior da mansão.

Diferentemente de Florence, que não tinha nada a ver com Kathelyn, Rafael, apesar de não passar todas as temporadas na casa dos Stanwell, era um amigo e companheiro querido. Sempre se interessara em participar de algum jeito da vida de Kathe, fosse tocando o violoncelo enquanto ela cantava, fosse a incentivando a estudar o que gostava.

Já havia algum tempo, Kathe notava, por vezes, alguns olhares mais demorados e intensos do primo em sua direção. Quando isso acontecia, ela ficava um pouco desconcertada, até Rafael fazer uma piada sobre como Kathe dobraria todos os cavalheiros da Inglaterra e que teria uma fila de homens em sua porta, após sua estreia, querendo lhe fazer a corte. Completava dizendo que sorte ele tinha por ter acesso ao coração dela desde que eram pequenos e não ter que concorrer por espaço. Os dois riam e tudo voltava ao normal entre eles.

— Rafael parece que não cresceu — foi o comentário de Florence, sua prima.

A prima sempre se hospedava na casa da família de Kathe para a temporada.

— Como será por fim a sua reestreia, ou estreia, já que no ano passado você participou apenas de um baile e botou para correr os quatro primeiros nobres pretendentes? — Rafael indagou, com o intento de continuar a atormentá-la.

— Não estou preocupada. — Kathelyn se encostou no tronco. — Quero aproveitar os bailes, dançar e agitar o leque com afetação. Fui treinada por anos com o leque, tenho que encontrar alguma utilidade para tanto estudo, não é mesmo?

— Com tantas sardas, é possível que precise mesmo do leque para disfarçá-las — o primo disse, em tom de brincadeira.

Kathe arqueou as sobrancelhas loiras, falsamente atingida.

— Não tenho mais sardas há alguns anos, Rafael, e você deve continuar estrábico para não ter reparado nisso.

Obviamente os primos estavam brincando um com o outro, como de costume. Kathelyn sabia, não tinha mais sardas. Rafael, quatro anos mais velho, havia muito despertava a atenção das jovens, sardentas ou não, e não era mais estrábico. Tinha cabelos loiros, olhos azuis e rosto de uma beleza masculina arcangélica, pelo qual costumavam suspirar — sem muita discrição — as jovens admiradoras.

— Nesta temporada ele se casa — rebateu Florence.

Rafael sorriu, fazendo uma negação.

— É, talvez eu me case... Deus! — quase gritou. — Você não tem mesmo mais sardas! Ao contrário, tem uma pele de alabastro. E esses olhos verdes! Ou seriam azuis, senhorita?

Rafael se ajoelhou.

— Estou enxergando perfeitamente, é um milagre. — O primo levou a mão direita ao peito enquanto Kathelyn, Florence e Lilian riam. — Deve ser um anjo. Estou curado do estrabismo e vejo a criatura mais perfeita desta terra.

Pegou a mão de Kathelyn, que parou de sorrir, medindo cada um dos movimentos do primo, ele depositou um beijo sulcado nas costas da mão dela antes de concluir:

— Tem razão, prima Florence, devo me casar esta temporada com a dama mais linda de toda a Terra. — Rafael parou de sorrir e disse, em tom de sofrimento: — Case-se comigo, Kathelyn, minha salvadora.

Ela o encarou em um longo silêncio, como se analisasse a sério a proposta antes de arrancar a mão que estava entre as dele.

— Não!

E ele caiu para trás, como se atingido por uma bala no peito. Todos gargalharam.

— Ainda bem — afirmou Lilian entre risadas —, vocês são irritantemente bonitos demais e perfeitos demais em seus duetos. Se casassem, seriam insuportáveis.

— Ainda bem mesmo! — o primo zombou.

— Senhorita — a sra. Taylor, sua preceptora, a distraiu das brincadeiras com os primos e a irmã.

Olhava para ela com uma ruga entre as sobrancelhas, que indicava desaprovação pela cena descontraída no gramado. A sra. Taylor tinha as bochechas cheias e dois furinhos rosados surgiam nelas quando sorria. Ela era responsável pela educação de Kathelyn e pelos cuidados à etiqueta exigidos de uma jovem dama. Podia garantir sua estreia com sucesso na sociedade. Essa era a promessa.

Horas de estudo e treinamentos diários sobre como fazer mesuras. Como fazer uma genuflexão perfeita. Como se dirigir a um barão, a um visconde, a um conde, a um duque. O nome das principais famílias dos nobres solteiros da Inglaterra. Como se portar à mesa, como servir o chá, abanar o leque, organizar um baile, um jantar, pestanejar, dançar com quem e quantas vezes, responder aos cavalheiros e se dirigir a mães ou pais ou irmãos, primos, cunhados, aos cachorros deles, ou como... como... como...

Quando, com quem, por quê...

Uff. Kathelyn exalou o ar com força ao se lembrar das intermináveis aulas.

Elsa Taylor era uma das preceptoras mais famosas do reino. Educara uma duquesa, três condessas, duas viscondessas e carregava a notoriedade de sempre conseguir os melhores casamentos do reino. Por isso o pai de Kathelyn a havia contratado.

Por isso ela a analisava com aquela careta de reprovação.

Quando Kathelyn, um ano antes, destruíra sua estreia na sociedade com o episódio do cavalo, ela tinha sido a primeira... Não, tinha sido a segunda a quase matá-la de remorso — o primeiro fora o pai. A preceptora dissera na ocasião:

— Vou-me embora, senhorita. Você será minha ruína. Anos construindo uma reputação impecável para ser estragada em poucos dias com suas ações inconsequentes.

A sra. Taylor chegou a fazer as malas e a se despedir, ou pelo menos começou a se despedir. No meio do abraço ela mudou de ideia:

— Impossível, senhorita. Estou aqui há três anos. Não posso, nunca abandonei uma dama. Não tenho coragem de fazê-lo. Mas, por favor, tenha juízo, ou ambas seremos arruinadas.

A voz firme da sra. Taylor a trouxe de volta ao jardim. A preceptora ia toda vestida de preto e empunhava uma bengala com a ponta grossa de prata.

— Seu pai quer vê-la. Tem um cavalheiro com ele.

— Quem? — perguntou Kathelyn, levantando-se.

— Não sei, mas, pelo tom de urgência do sr. Alex, deve ser alguém importante — concluiu, dando vários tapas no vestido de Kathe, e em seguida ajeitando a fita de seu cabelo. — Está toda suada, como um serviçal.

— Está um calor dos infernos!

— Não devia estar no jardim a esta hora, o sol lhe mancha a pele. E não pragueje, pelo amor de Deus! — irritou-se.

— Eu estava na sombra.

— Vamos, deixe-me olhar para você. — Virou-a de frente. — Deus, está um horror — disse, exagerada. Tirou um lenço do bolso e enxugou o rosto de Kathelyn. — Vai ter que servir. — Tirou do outro bolso um frasco de perfume e passou no colo, nas mãos e braços da jovem.

— Vem preparada para uma guerra? — Kathe perguntou, de bom humor.

— Sempre — Elsa replicou, arrumando os cachos da jovem.

Ela entrou no salão amarelo, onde a aguardavam seu pai e o duque... O duque? Piscou lentamente para confirmar.

Sim, o duque de Belmont e toda a sua matinal... percorreu-o com os olhos e concluiu: arrogante elegância.

Mas o que fazia sozinho com seu pai?

Sentiu as mãos gelarem. Tinha contado algo para ele?

A garganta secou e a visão nublou. Kathelyn demorou um tempo a mais para fazer os esperados cumprimentos. Logo que percebeu, os fez rapidamente e continuou em silêncio.

Seu pai finalmente falou:

— Sua excelência veio tratar de alguns negócios do parlamento comigo e pediu para falar com você um pouco. Vou deixá-los a sós. Espero que não se importe, Belmont. Tenho o administrador a me esperar.

— Fique à vontade, Clifford.

Ela os seguia com os olhos, como se acompanhasse uma partida de críquete.

Fitou o pai, incrédula.

— Devo chamar a sra. Taylor, papai?

— Sua excelência quer apenas uma palavra, não vejo necessidade.

Qual era o problema com seu pai? Será que não percebia que tipo de homem perigoso era Belmont? Um falcão. Ela não se enganara. Os olhos de rapina. Silencioso, sorrateiro, veloz e mortal.

Suspirou quando a porta se fechou, isolando-os. E começou a analisar as paredes amarelas e pálidas, o chão de madeira lustrado, o teto de gesso, as porcelanas de florais e frutas, os quadros de caçadas, piqueniques e jardins...

Jardins. Engoliu em seco.

Não o viu se aproximar, veloz e silencioso. Como era típico a um predador.

Ele tocou seu rosto com as costas dos dedos. Um arrepio gelado percorreu sua espinha.

Ela sabia que ele iria se aproximar.

Iria beijá-la? O pulso acelerou. Mordeu o lábio inferior. Queria ser beijada. Isso era muito pior do que estar sozinha novamente com ele.

Suspirou, rendendo-se, e se preparou para o beijo. Chegou a entreabrir os lábios, a fechar os olhos devagar, a inclinar a cabeça, a estar pronta para morrer novamente nos braços dele.

Um som bem diferente de uma respiração alterada, ou de um grunhido de satisfação, ou mesmo do estalar de lábios, a despertou da quase morte.

Uma risada reprimida?

Arthur mais uma vez tomou seu rosto entre as mãos; ela esperou o ataque e ele ria? Abriu os olhos e confirmou: sim ele ria. Ela fechou a boca com rigidez. Dessa vez não cairia naquele joguinho de pagar na mesma moeda. Tivera prova suficiente de que ele era muito mais experiente do que ela — por mais que odiasse admitir qualquer derrota —, e simplesmente não valia a pena.

— Apesar de desejar beijá-la, até arrancar todo o ar de seu corpo — Arthur murmurou —, aqui não é o local nem a hora adequados para isso.

Então ele passou o polegar em seu lábio inferior até abri-lo e depositou em seguida um beijo em sua testa. Aquele ridículo polegar foi o suficiente para deixá-la com as pernas bambas e sem ar. Empurrou-o.

— O mesmo arrogante miserável de ontem.

— Bom dia, minha gentil dama.

Kathe permaneceu em silêncio, aguardando uma explicação racional para tudo aquilo. Ele também ficou em silêncio, até que a jovem explodiu.

— Pois não, excelência. Acabou comigo? Bom dia, então, passar muitíssimo bem. — Virou as costas e deu um passo em direção à porta, mas seus pés ficaram suspensos no ar. A mão firme enlaçou sua cintura, detendo-a.

A boca dele colou em seu ouvido para sussurrar:

— Estou louco, louco, desesperado para acabar com você. Mas infelizmente não será aqui nem agora, como já falei.

Ela se virou para encará-lo, ouvindo-o concluir:

— Quis falar com você porque sei que vai voltar aos bailes da sociedade e estará na festa de lorde Growers, depois de amanhã, então gostaria que me reservasse duas de suas valsas.

Kathe, que ainda estava zonza pela proximidade entre eles, respirou fundo e franziu o cenho, em dúvida.

O duque de Belmont saiu de seu palácio londrino — franziu mais o cenho —, viajou durante dois terços de hora para chegar à sua casa — franziu o cenho mais um pouco —, olhar nos olhos de uma debutante — mordeu o lábio inferior — e pedir que dançasse duas valsas com ele? Sacudiu a cabeça. Tinha escutado direito?

Arthur gargalhou.

— O que se passa?

— Saiu de Londres para vir até aqui me pedir duas valsas? Penso que isso parece ainda mais ridículo do que se tivesse se estatelado no palco da ópera.

— Não seja tão convencida, milady. Vim até aqui porque precisava tratar de negócios com seu pai. Aproveitei a visita para garantir minhas valsas. Já que, imagino, será a debutante mais solicitada da temporada, por ser uma novidade.

— Sou uma novidade?

— Sim, muito boa a sua estratégia de estrear em uma temporada já em andamento.

— Não.

— Não?

— Não reservo as valsas — replicou, fitando as unhas através da luva rendada. — Se tivesse vindo até aqui exclusivamente para me pedir isso, eu as reservaria. Mas, além de arrogante, me parece que você não sabe como impressionar uma mulher. Minha resposta é não.

Ele gargalhou, rouco, uma vez mais.

— Vamos fazer um trato.

— Um trato?

— Conceda-me as duas valsas e eu a levo a duas óperas esta temporada. Pude ver como gostou do primeiro ato de *A flauta mágica* e — estreitou os olhos —, acredite em mim, tenho convites para apresentações exclusivas para a rainha e uma seleta parcela da corte. São as melhores montagens e sempre as mais imperdíveis atuações.

Kathe ficou em silêncio por um tempo. Então um sorriso se desenhou no canto dos lábios.

— Isso é suborno.

— Sim. Um imperdoável jogo sujo.

— Duas valsas por duas óperas exclusivas? Aceito, é claro. Não percebe que está em tremenda desvantagem? Ainda terá de me suportar por horas, em duas noites distintas — completou, olhando para as luvas novamente, com ar de superioridade.

— Eu ganho duplamente, milady. As valsas e o privilégio de sua companhia.

Então ela ficou séria.

— Excelência, é impressão minha ou está me cortejando?

Arthur sorriu sem responder e beijou a mão dela, despedindo-se.

Antes que ele saísse, Kathe chamou, detendo-o.

— Belmont.

— Sim?

— Só para avisar: caso esteja mesmo me cortejando, eu seria uma péssima duquesa. A única que prefere ser subornada com óperas ou livros no lugar de joias ou vestidos.

— Caso eu estivesse te cortejando, acho que isso lhe tornaria uma duquesa excepcional.

— Excelência — ela o deteve outra vez —, se engana.

Ele não respondeu e ela não interferiu mais em sua saída.

Não soube se haviam se passado minutos ou horas depois que Belmont se foi. Kathe continuava em pé no meio da sala, estranhamente afetada por aquela visita, quando Lilian irrompeu em uma tormenta porta adentro.

— Kathelyn, pelo amor de Deus.

Foi necessário a irmã aparecer à beira do desespero para lhe trazer de volta à realidade.

— O que foi, Lilian? — perguntou, já sabendo o tipo de problema que deixava a irmã tão abalada.

— Aquele gato horrível outra vez.

— Pegou um camundongo?

— Não — Lilian agarrou-a pela mão e a puxou em direção à porta. — Você precisa vir ajudar. Ele está a poucos passos de derrubar mais um ninho.

Ouvindo isso, Kathe saiu correndo com a irmã, que quase nunca corria, a não ser quando encontrava alguma criatura indefesa precisando da sua ajuda.

8

LONDRES NA TEMPORADA ERA... *LONDRES NA TEMPORADA*.
Kathelyn não encontrava palavras que pudessem descrever. Tudo cintilava, borborejava e transbordava vida.

Teatros, óperas, concertos, balés, saraus, diversos e grandiosos bailes toda noite em salões estonteantes. Reuniões distintas de damas em casas de chá e salas de costura, e de cavalheiros em clubes muito sóbrios, em antros de jogos e em casas de reputação nada discreta.

Era temporada, e isso era Londres. Uma enorme fila de carruagens se enfileirava na entrada da mansão de lorde Growers na Hanover Street.

No vestíbulo, cavalheiros vestiam casacas elegantes e camisas perfeitamente engomadas. Tão lisas que deviam limitar os movimentos. Pedras preciosas prendiam os elaborados nós de gravatas de seda. Eles entregavam cartolas, capas e bengalas. As damas, ornamentadas de joias e desfilando vestidos que concorriam em beleza e criatividade para despertar o maior número de olhares das gravatas e casacas, entregavam xales e capas.

Kathe sentiu a mão do pai se fechar na curva de seu braço.

Seu coração acelerou.

Estava nervosa, como se fosse encontrar seu futuro ali, logo depois de cruzar as portas duplas para o salão de baile. Mesmo sabendo que o futuro que sonhava não era muito parecido com o que então encontraria.

Um ano antes, no baile de sua estreia, era o exemplo da passividade e da total tranquilidade. Agora, porém, sentia as mãos levemente trêmulas e a respiração seguia um pouco alterada. Não se deu conta de que as mãos não tremiam pelo magnífico salão iluminado por centenas de velas. Nem pelos gigantescos lustres de cristal.

A respiração não falhava pelas paredes laterais douradas com pinturas em tons de rosa e azul, nem pelos espelhos emoldurados por adornos de ouro, que refletiam as centenas de flores arranjadas e as dezenas de portas francesas e, mais além, a convidativa varanda.

Não sentia o coração dançar no peito pelos cavalheiros que a olhavam como se ela fosse um pedaço de bisteca assada exposta em uma vitrine.

Não entendeu as reações de seu corpo até que encontrou os olhos do duque de Belmont.

Somente então Kathelyn se deu conta de que percorria os rostos sem ver nada, à procura daquele par de olhos âmbar. Ele elevou a taça que segurava, com os lábios curvados em um sorriso de franca admiração, como se lhe oferecesse um brinde. Depois disso, mal se viram. Ele, cercado por uma infinidade de damas casamenteiras acompanhadas das mães. Ela, rodeada por muitos cavalheiros que disputavam a tapa a oportunidade de lhe pegar uma limonada ou de preencher sua caderneta de danças. A sra. Taylor seguia a seu lado como um cão de guarda e chegava realmente a assustar alguns dos jovens menos comportados somente com um olhar.

Dançou uma, duas, depois três vezes mais.

Viu Belmont dançar com damas tímidas e outras pouco recatadas.

Irritou-se.

O baile já seguia havia um bom tempo e Arthur parecia ter se esquecido de suas valsas. Melhor para ela; não se esqueceria de cobrar as óperas. Enquanto rodava pelo salão nos braços do barão de Ducville, buscou-o mais uma vez. Encontrou-o rodeado por um grupo de cinco damas. Não eram bem damas, já que duas lhe agarravam a lapela do casaco, enquanto disputavam quem iria cochichar em seu ouvido ducal.

Bufou.

Ele sorriu para uma das coquetes. Aquele sorriso ladino e sedutor.

Ordinário.

— Não acha, senhorita?

— O que, perdão?

— Que a noite está muito agradável...

— Ah, muito.

— Ainda melhor agora, senhorita.

Arregalou os olhos. Belmont cochichava algo no ouvido de uma dama... e ela ria. Um sorriso insípido e afetado.

Mas por todo o Espírito Santo de Deus. O que se passava com ela? Estava com ciúme do ridículo, arrogante, prepotente duque de Belmont?

— Ouviu, senhorita?

Ela soprou o ar pela boca.

— Lorde Ducville, está muito quente. Faria a gentileza de me acompanhar até a varanda?

— Claro, senhorita. Seria um grande privilégio.

Ela flertaria com todos os homens da festa como uma desmiolada. Foi o último pensamento de Kathe antes de ver uma mão enluvada se fechar sobre o ombro de seu acompanhante. O movimento revelou parte da camisa branca, a pele morena do punho largo e uns pelos pretos e esparsos.

— Com licença, senhor, mas a srta. Stanwell me prometeu a próxima valsa.

Kathe franziu o cenho enquanto analisava a expressão fechada de Belmont. Rapidamente desviou a atenção para sua caderneta de danças afirmando:

— Se engana, excelência, apesar de que eu me sentiria honrada.

Ela notou que Belmont olhava fixamente para seu cartão de danças antes de concluir, com uma satisfação cínica:

— Não. Uma pena... Não está aqui. — Sentia-se irritada demais para deixar passar em branco todo aquele espetáculo de paquera descarada por parte dele, é claro.

Arthur a fitou com os olhos estreitos.

— Olhe novamente, senhorita. Deve ter deixado passar.

Ela seguia com uma fingida expressão de atenção, analisando o papelzinho atado ao pulso por uma fita de seda. Franziu o cenho e abriu a boca para responder. Antes que conseguisse dizer qualquer coisa, o duque, em um movimento rápido, pegou a caderneta de seu pulso.

— Está bem aqui, senhorita — afirmou, tocando o papel.

Lorde Ducville, que os encarava em silêncio, empertigou-se com a insistência de Belmont e se pronunciou, defensivo:

— Este cavalheiro a está importunando, senhorita?

Ao perceber a tensão se instalando entre os dois, ela colocou o mais doce e simpático sorriso no rosto. Um pouco — só um pouco — arrependida.

— Não, lorde Ducville, foi apenas uma brincadeira de sua excelência. Solte o cartão, Belmont. Posso ver sozinha quem está ou não nele.

Ao olhar a caderneta, prosseguiu com o mesmo sorriso cordial:

— Está bem aqui, como sou distraída. Perdão, excelência.

Os homens ainda se encaravam, tensos. Somente quando Arthur lhe ofereceu o braço ela suspirou aliviada. Havia acabado de voltar para os bailes depois de um ano, e era só o que faltava o duque de Belmont se pegar em uma briga com lorde Ducville porque ela resolvera humilhá-lo não cumprindo o acordado.

Suspirou aliviada outra vez mais.

O silêncio foi mantido durante toda a valsa. Olhares cruzados como duas labaredas. A prova de que ele ainda estava contrariado com sua atitude era uma mão firme em suas costas.

Quando a orquestra parou, Kathe fez menção de se separar. Arthur a deteve em seus braços e falou pela primeira vez desde que colocaram os pés no salão.

— Dançaremos mais uma.

— Todos vão comentar. Não podemos dançar duas valsas seguidas.

— Tenho certeza de que as pessoas estarão ocupadas demais admirando sua beleza para falar sobre qualquer outra coisa; mesmo que me rechaçasse pouco antes, ninguém notaria.

Apesar de ter feito um elogio, o clima entre eles estava longe de parecer cordial.

Dançaram mais uma valsa em silêncio, o que era considerado uma descortesia, já que as peças duravam bons minutos. Isso, em si, seria motivo de falatório. Kathe sabia que, pela etiqueta, deveria manter algum tipo de conversa fútil com seu par. Mas sabia também, pela maneira como ele a encarava, que Belmont não gostaria de falar sobre o clima nem sobre o efeito da luz das velas nos cristais do lustre. O que restava era o silêncio. Assim que a orquestra parou de tocar, ela enganchou seu braço na curva do dele e se deixou conduzir para a saída do salão.

— Para onde estamos indo?

— Vou levá-la para casa.

— Mas o baile não acabou — contestou, confusa.

— Quero conversar em particular.

Ela quase teve de correr, dada a velocidade que Belmont impôs nos passos.

— A sra. Taylor — protestou, ao perceber que se dirigiam ao vestíbulo.

— Já pedi permissão a seu pai para levá-la.

— Ele acredita que o seu valete está nos acompanhando?

Arthur não respondeu. Parecia muito irritado, e Kathelyn achava que estava, na mesma medida, irresistível. Estaria ficando louca? Não devia acompanhá-lo, devia virar as costas e voltar para o salão, mas Kathe se sentia tentada a tirar satisfações com ele. Por isso, não resistiu. Uma vez no interior do veículo, Belmont tirou as luvas. Passou a batê-las na coxa, tão nervoso quanto era possível a um duque parecer.

— Aonde ia levá-la o lorde Ducville? Ao jardim? — perguntou ele com ironia.

— O senhor é ridículo. Esta casa mal tem um jardim.

— Responda — pediu baixinho, nem por isso menos contrariado.

— Não, nunca fui ao jardim com nenhum outro homem. Com pesar, concluo que ou o senhor é tão inepto quanto grosseiro, ou simplesmente não aprendeu a contar. Este foi meu segundo baile oficial.

Ela levantou dois agitados dedos e depois disse:

— Você foi o único homem que eu beijei. — Agitou outra vez um único dedo. — A propósito, o que isso lhe interessa?

— Aonde ia com o lorde Ducville? — repetiu, mais suave.

— Não entende minha língua? Perguntei o que isso te interessa. E por que vive me levando embora dos lugares na sua carruagem sem a companhia adequada? Quer me arruinar? E se descobrirem que estamos sozinhos?

— Srta. Stanwell, responda à minha simples pergunta.

— Íamos à varanda, seu arrogante.

— Depois de flertar descaradamente a noite inteira com todos os homens, iria acompanhar um mulherengo salafrário até a varanda? Sozinhos?

Ela riu, debochada.

— Que falso moralismo, excelência. Estou na carruagem de outro notório mulherengo, a sós com ele.

— É diferente! — Ele apoiou o queixo na mão fechada.

— Quem é você para me falar sobre a conduta moral do flerte quando a noite inteira não conseguiu desviar os olhos de qualquer ser de saia que lhe dirigisse a palavra?

Ele manteve silêncio. O silêncio dos culpados. Kathe prosseguiu, irritada:

— Gracinhas ao pé da orelha e sorrisos ordinários, foi só o que eu vi vossa graça dirigir à metade das mulheres presentes. Inclusive às de reputação duvidosa. Portanto, me poupe. Sou incapaz de acompanhar sua hipocrisia.

Aos poucos, a expressão dele relaxava e a de Kathelyn se crispava mais.

O que ele pensava? Que podia sempre levá-la até sua carruagem e interrogá-la? E, Deus, como odiava se sentir tão encurralada. Deixaria isso claro.

— Vossa excelência não tem o direito de me deixar à sua mercê. Muito menos de me fazer alvo de seu descontrole emocional. Não tem o menor direito de me conduzir até sua carruagem e de me expor aos olhos culposos da sociedade. Não pode, não deixo, não permito mais que faça isso, entendeu? Ou precisarei usar métodos mais eficazes para que compreenda quanto não gosto de me sentir como um coelho preso numa armadilha?

O escuro da carruagem não permitia ver, mas ela jurava. Tinha quase certeza de que ele segurava um sorriso.

— Que método mais eficaz seria esse?

Ela estreitou o olhar, mesmo sabendo que seria impossível ele notar.

— Me provoca?

— Não, senhorita. Estou apenas muito curio... Ai, maldição — grunhiu ele. — Me pisou no pé?

— Não é bonito vossa graça praguejar na frente de uma dama. Já que não conhece o uso das boas maneiras, vejo que terei que lhe ensinar.

Belmont gargalhou alto, parecendo se divertir. Kathe franziu o cenho, sem entender.

— Que tolos nós somos.

Sem se dar conta do que acontecia, em um momento estava suspensa no ar e, no seguinte, sentada ao lado dele.

— O quê?

— Como somos turrões e bastante vaidosos, penso que alguém tem que ceder para que as coisas funcionem por aqui.

O cenho delicado se franziu ainda mais.

— Que coisas?

— Não se faça de tola. Sabemos o que aconteceu hoje no baile.

— E o que aconteceu?

— Ficamos morrendo de ciúme um do outro e agimos de maneira bastante infantil.

— E por que eu teria ciúmes de... — parou quando Artur segurou sua mão.

E assistiu com o pulso acelerado a ele desabotoar o botão de pérola que prendia sua luva e a remover, enrolando o tecido devagar, enquanto os dedos, um pouco ásperos, tocavam a pele de seu antebraço. Até mesmo respirar se tornou difícil.

— Vou te provar que sim. Você teve ciúme, assim como eu, minha querida.

— Não me chame de querida.

E começou a beijar os dedos dela, e depois mordeu e sugou cada um deles, lentamente, como se fossem a melhor iguaria do mundo. Aquela sensação de veludo macio e quente, distribuindo carícias na pele sensível de sua mão, era tão boa e inebriante e se estendia espalhando arrepios de prazer pelos braços e nos seios. Kathe se viu obrigada a fechar os olhos.

— Admita que você se sentiu como eu — insistiu ele.

A mão hábil se moveu como uma libélula em suas costas. E ele abriu, sem demorar, uma fileira inteira de botões.

— Fale que você quer que eu pare de te tocar e eu prometo que paro.

Sem conseguir pensar ou respirar, Kathelyn ficou quieta e permitiu que ele prosseguisse desabotoando o vestido enquanto a encarava com paixão, medindo suas reações. Um ombro foi desnudado, e ele beijou a pele recém-exposta como quem se apossa de um bem vital.

Kathe arquejou, sentindo uma espécie de dor prazerosa, e seu ventre se contraiu, seu estômago foi coberto por ondas geladas e um calor se espalhou no centro de suas pernas, fazendo a necessidade por contato aumentar. Ela não entendia do que precisava, mas fosse o que fosse sabia que Belmont podia lhe dar e nunca em sua vida se sentiu tão exposta e rendida.

Pescoço e ombro foram varridos por beijos, mordidas, e pela respiração cada vez mais alterada dele.

— Admito, eu o provoquei — disse, com a voz entrecortada. — A verdade é que — continuou e o viu erguer os olhos e fitá-la com atenção — não gostei de vê-lo rodeado por outras mulheres — confessou.

Não havia mais o menor sentido em não o fazer. Estava rendida, esmorecida, derretida, e, se ele continuasse a tocá-la, seria capaz de ficar ainda mais vulnerável a ele.

Um pavor de morte a invadiu só de pensar que corria o risco de se apaixonar. E, se continuassem a se ver, Deus a livrasse, Kathe não resistiria por muito mais tempo. O duque de Belmont era a antítese de tudo o que sempre sonhara sobre o homem por quem se apaixonaria um dia.

— Por favor, me solte — pediu baixinho, sem ter certeza se era isso mesmo o que queria.

Com o olhar triste, ele respirou profundamente.

— Minha atenção e meu toque são tão desagradáveis assim?

— Não, não é isso. É que... É que... — Engoliu em seco e mirou o chão da carruagem, incapaz de terminar.

Belmont levantou seu rosto, segurando o queixo entre o polegar e o indicador.

— Não tenha medo do que está acontecendo entre nós, Kathelyn.

Abriu a boca para contestá-lo, mas parou porque, sim, estava apavorada. E, como sempre detestara se sentir daquele jeito, odiava a mais vaga ideia de se privar de algo por medo, assentiu quando ele se aproximou novamente e pediu permissão com os olhos para continuar.

A boca dele caiu sobre a sua, movendo-se e exigindo que ela abrisse passagem. A mão envolveu seus cabelos, direcionando a cabeça dela a pender para trás. Kathelyn abriu os lábios e sentiu a língua quente que a invadiu sem hesitação. Quanto mais ela cedia, sentindo o corpo perder a sustentação, com mais força e ânsia ele a beijava.

Os dois arfando, gemendo e tentando ir cada vez mais fundo.

Após alguns beijos que fariam o grego se misturar com o inglês, tonta e movida pelo instinto, querendo apenas senti-lo mais perto, remover todas as camadas que os separavam, se friccionar nele do jeito que era possível, Kathelyn se virou, abrindo as pernas e se sentou no colo de Arthur, as saias subindo e embolando na altura dos quadris.

Ele murmurou sem desgrudar os lábios dos seus:
— Ahhh, Kathelyn.
Ela o sentiu estremecer e o coração pulsar, acelerado. Levou os lábios aos dele com suavidade, enquanto suas mãos subiam, contornando o maxilar quadrado, a nuca, até alcançarem as ondas dos cabelos na base do pescoço. Fechou os dedos com força, exigindo que o beijo se aprofundasse ainda mais.

Ouviu um grunhido rouco e lento vindo do peito dele; e perceber que causava tantas sensações naquele homem a arrastou para um mundo novo e inebriante. Intuitiva, ela deixou as mãos passearem sobre o torso forte e o notou endurecer os músculos. Em um ato ainda instintivo, beijou-o no rosto, na barba, que pinicava seus lábios de um jeito bom, e no pescoço. Sentia a respiração masculina, que se tornava cada vez mais acelerada. Sem entender o que fazia, apertou-se ainda mais contra ele. Em resposta, mãos firmes se fecharam em suas nádegas e a puxaram de encontro à prova do desejo dele.

Kathelyn suspirou, gemendo, conforme a evidência dura e quente do desejo dele pressionou o ponto exato em que ela mais precisava ser tocada. Sem inibição, ela ondulou os quadris, se esfregando nele, atrás de alívio. Um grunhido longo e um olhar que a incendiou foram a resposta dele à sua ousadia.

— Solte os cabelos para mim — ele pediu, rouco.
Ela enfiou os dedos dentro do penteado.

Belmont assistiu, embevecido, à espessa cortina dourada envolta pela penumbra da noite despencar sobre os ombros e prosseguir desenrolando conforme Kathelyn sacudia a cabeça, até cair na altura da cintura.

Se acreditava que antes estava perdido, o sentido da palavra perdição ecoou em todo o interior da carruagem. Em todo o seu ser. Em toda a grande Inglaterra. Duvidava não ter ecoado também por todas as terras do mundo quando a ouviu declarar, enrubescida e ofegante, com os olhos acesos de paixão:

— Belmont, eu... — Deteve-se, mirou o chão, então subiu o olhar para ele, determinada. — Eu sinto, eu quero algo que eu não sei bem, mas eu... eu preciso tanto — e completou sua perdição.

— Arthur... me chame de Arthur.

— Arthur, eu preciso muito de algo que — ela ofegou — eu não entendo. Mas é como se eu fosse morrer se não tiver isso.

Ele fechou os olhos, rendido, ao ouvir seu nome de batismo ser pronunciado por entre as curvas dos lábios dela e o desejo contido nas palavras, com aquela voz que o enlouquecia.

— Sim, querida, eu sei. Entendo, eu também preciso muito.

Nada mais existia ou importava.

Não havia mais escolha. Ele a faria dele ali mesmo e depois se casariam. Algo rápido e discreto. Seria um escândalo, mas, enfim, não havia mais o que pudesse ser feito.

Ele lhe baixou o corpete, nada o impediria.

Desfez as fitas e baixou o espartilho, nada o privaria.

Desnudou os seios fartos e fechou os lábios nos mamilos, nada era tão fabuloso.

Sim, havia algo ainda mais extraordinário: o gemido entregue e agoniado que escapou da garganta dela... *Ah, meu Deus, o gemido.*

Subiu-lhe as saias, o frufru da seda em movimento, nada era tão hipnótico. A não ser os murmúrios dela que continuavam conforme ele a estimulava nos pontos certos. Tirou o casaco, ela o ajudou. Destruiu o laço da gravata sem parar de beijá-la. Abriu a camisa, ela hesitou com a mão erguida. Olhou-o como se pedindo permissão.

— Toque-me, Kathelyn. Toque-me, por favor.

E ela tocou, no peito, apertou a pontinha dos mamilos, imitando o que ele fizera havia pouco com ela, e depois o acariciou na barriga, no umbigo, arrancando gemidos roucos e tremores do corpo dele. Os dois perderam a noção do tempo e do espaço. O único percurso sobrevivente se resumia às linhas de seus corpos, um tocando o outro.

Beijavam-se. Cada beijo mais profundo e entregue.

O peito dela subia e descia rapidamente junto ao seu. E então os seios nus tocaram o peito dele, simultaneamente ao beijo.

Acabou.

Ele nunca mais poderia respirar algo diferente do ar daquela boca.

Não pensou em mais nada, exceto nos beijos, no discreto e inexperiente movimento dos quadris femininos, pressionando seu membro e o enlouquecendo, no doce embalar dos sussurros e... na brusca parada da carruagem.

— Kathelyn — murmurou no ouvido dela, ainda muito entorpecido, sem entender nada. Ela não facilitava o entendimento, esfregava-se contra ele, tão entregue e apaixonada.

O cabelo em seu nariz, o pescoço em sua boca. O ponto quente entre as pernas, em sua ereção sob a calça dolorosamente apertada. A mão que explorava o seio perfeito e o mamilo paralisou quando o clarão da razão se fez presente. Logo abririam a portinhola e lá estaria ele, com sua futura duquesa seminua em seu colo. E também em total desalinho, a calça aberta, sem gravata, sem colete, sem camisa, sem o fraque.

Santo Deus.

Ele sentia a maior dor de desejo de sua vida, e o que esteve prestes a fazer? Quase tinha deflorado sua futura esposa numa carruagem.

Estava furioso. Era impossível que não estivesse. Consigo mesmo e com todo aquele desejo insuportável que sentia e que teria que vencer sozinho.

— Kathelyn, querida, vista-se, rápido.

— O quê?

— Eu sei, eu sei, meu bem, escute, não temos tempo. — Afastou-a gentilmente.

A carruagem se pôs em movimento mais uma vez. Deviam ter atravessado o primeiro portão. Muito em breve estariam na frente da casa de sua futura noiva. Arthur queria, precisava acreditar que ela o aceitaria.

⁓

Kathelyn finalmente entendia o que estava acontecendo e levou as mãos à boca, horrorizada.

— Não temos tempo, depois você entra em pânico. Agora, apenas se vista! — O tom de voz dele era suave, mas havia um desespero contido em sua expressão. — Depois conversaremos — concluiu enquanto também se vestia.

Ela subiu o espartilho e então o corpete. Aprumou o vestido no ombro e alisou as saias com uma agilidade que provocaria inveja em qualquer assistente de quarto. Apesar de nunca ter feito isso sozinha, acreditou que o desespero movia montanhas, fechava espartilhos e desenrugava sedas.

Respirou, ganhando fôlego, e se desesperou.

— As forquilhas — pediu, com a voz trêmula.

— O quê? — Ele refazia muito toscamente o nó da gravata.

— As malditas forquilhas — ela repetiu, irritada. Afinal, tinha sido ideia dele que soltasse o cabelo.

Ele conseguiu pescar duas forquilhas no chão da carruagem, em um abrir e fechar de olhos. Kathelyn supôs que tal velocidade se dera pela prática que o descarado devia ter em arrumar com eficiência damas em situações comprometedoras.

— Preciso de todas. Faltam três.

— Vai ter que servir.

Ela bufou, impaciente, e se pôs a dar voltas no cabelo. Após um breve instante, prendeu-o em um coque desalinhado.

A carruagem diminuiu sua marcha e, por fim, parou.

Momentos depois, o ajudante do cocheiro abriu a porta e acendeu a luz da lamparina de dentro do veículo. Estendeu a mão para ajudá-la a descer e a voz dele soou firme.

— Espere um momento, já saltaremos. — O homem continuou a postos, junto à porta aberta.

— Pelo amor de Deus, afaste-se um pouco da carruagem. Já lhe chamo para ajudar a senhorita a descer.

O ajudante obedeceu tão rápido que sua saída provocou uma brisa. Somente então Kathe se fixou na figura do duque.

Os lábios começaram a tremer, descontrolados, e uma onda voluptuosa passou a dominar seus sentidos. Estourou em uma profunda, alta e nada contida gargalhada, em mais um ataque de riso inevitável e inconveniente, já que era sua reputação que estava em jogo.

O cenho franzido de Arthur só agravou a situação.

— Santo Deus! — ela exclamou entre as risadas.

— O que foi? — Ele indagou, com seriedade. — Posso saber qual é a graça desta situação nada divertida?
— É porque não se vê.
— O que foi? — repetiu ele, intrigado.
— Parece que saiu de um bordel. Apesar de nunca ter visto um homem sair de um, imagino que seja parecido com isto.
— Senhorita, não percebe o apuro que passamos?
— Ah, sim — ela respondeu, ainda sem conseguir parar de rir. — E suponho que levar minha faixa de cintura rosa toscamente amarrada no pescoço no lugar do seu lenço de seda branco não deve melhorar nossa situação.
— O quê? — ele se escandalizou. Abaixou o rosto e comprovou, perdendo parte da compostura. Rendendo-se ao bom humor, jogou a cabeça para trás e gargalhou.
Após parar de rir, ele concluiu, em tom de brincadeira:
— É a última moda em Paris, senhorita. Não devia se desfazer.
Mas uma sonora onda de gargalhadas ecoou de dentro da carruagem.
Os lacaios do duque e o sr. Alex, o mordomo do conde de Clifford, olhavam tudo a alguma distância e possivelmente não entendiam nada. Desfeita a confusão de peças e uma vez que haviam se acalmado, Arthur segurou sua mão antes de voltar a chamar pelo ajudante de coche.
— Kathelyn, quero te cortejar oficialmente. Como se sente em relação a isso?
Um breve silêncio se fez enquanto ela absorvia as palavras.
Oh, meu Deus, ele teria, eles teriam? Ela não era mais...
— Segue donzela, senhorita. Já te disse uma vez que nunca desonraria uma jovem dama. Minha conduta não se alterou.
Graças a Deus não estava comprometida. Ainda assim, devia admitir a si mesma que viviam uma espécie de corte, talvez algo que fosse além da corte.
— Kathelyn, você está me matando. Por favor, responda à minha pergunta.
— Está certo, eu aceito o cortejo. — Ela baixou os olhos. — Entendo o que falou.
Arthur suspirou parecendo... aliviado? Sim, ela achou que sim.
— Amanhã cedo venho te ver e quem sabe fazemos um passeio a cavalo pela propriedade.
— Está bem.

— Mas também não é direito que isso volte a acontecer. Quero cortejá-la como ditam os costumes. Estaremos sempre acompanhados a partir de agora.

Ela assentiu com a cabeça e saiu em direção à casa depois de murmurar um muito educado e correto:

— Boa noite, excelência. Até amanhã.

9

AS COISAS EM SUA VIDA FUGIAM DO CONTROLE DE FORMA ESPANTOSAMENTE rápida. Em um momento tudo estava tranquilo; em outro, tudo era uma sucessão de ações tempestuosas e reações vulcânicas.

Naquele momento, Belmont era uma tempestade vulcânica desabando em sua vida, e Kathe não queria que acabasse. Apesar de não entender direito o que vinha acontecendo entre eles, ela se conformara com uma resposta que Arthur dera, quando questionado, duas semanas antes:

— Por que o senhor está me cortejando se todos dizem que não tem intenção de se casar tão cedo?

Arthur ficou em silêncio, encarando com tanta intensidade que os dedos dos pés de Kathe se encolheram. Precisava falar algo, pôr as coisas em seus lugares:

— Eu mesma não sei se me sinto pronta para dar esse passo agora e...

— Quero conhecê-la melhor e que me conheça melhor também. Deixemos o futuro nas mãos do tempo. Além do mais, gosto muito de sua companhia.

E Arthur provara ser verdade o que falava. Fazia um mês que ia visitá-la todos os dias.

Cavalgavam juntos, faziam piqueniques, passeios pelo Hyde Park e outros compromissos muito comportados.

Não houve mais carruagens a sós ou lugar algum a sós.

O máximo de contato físico que mantinham era um beijo muito casto nas costas da mão. Dois beijos, na verdade. Um no cumprimento e um na despedida.

Kathelyn estranhava demais o que vinha acontecendo. Porque, enquanto o pai se esforçava para criar situações em que pudessem ficar sozinhos, Arthur se esquivava disso como se fugisse da forca.

Se não fosse pela forma como Belmont ainda a encarava com aqueles olhos que queimavam sua pele e gelavam seu estômago, ela teria certeza de que não passavam de bons e velhos conhecidos.

Mas havia algo além. Todos estavam muito estranhos.

E Elsa era, de todos, a mais esquisita.

Portava-se como uma alucinada. Tratava o duque com mimos e carinhos que só se dirigem a um filho ou sobrinho. Isso era bonito de ver. Exceto pelo ciúme que Kathe sentia. Nem a ela Elsa mimava tanto.

Um dia, quando tomavam o chá da tarde juntos, Elsa Taylor serviu-os como de costume e se levantou, dirigindo-se a ele:

— Veja, excelência, trouxe alguns recortes de novas descobertas arqueológicas advindas da região do Vesúvio. As peças serão leiloadas na próxima semana em um antiquário de Covent Garden. Imaginei que gostaria de saber.

— Muito obrigado, sra. Taylor. Não somente irei como, se me derem a honra, adoraria levá-las comigo.

— Oh, que empolgante! — exclamou a preceptora, sem a menor vergonha.

Era uma das manias de Elsa, sempre recortando e colecionando notícias: tinha todas as matérias que saíam sobre Belmont e Kathelyn catalogadas e organizadas por data. Apesar da resistência da jovem em querer ouvi-las, vez ou outra Elsa lia em voz alta, ignorando seus protestos.

— Dizem que sua excelência está apaixonado — foi o que a preceptora trouxe de notícia em uma manhã.

— Não seja tola, Elsa — respondeu, mas aquela ideia incoerente fez seu coração dar um salto.

— Dizem que ele a olha de um jeito nos bailes que envergonharia até mesmo uma mulher experiente. Eu acho muito provocante e penso que deve se sentir lisonjeada. Não é mesmo?

Os comportamentos estranhos não eram só esses. Sempre que tinha uma oportunidade, ela exaltava Arthur às alturas, sem a menor discrição:

— Como sua excelência estava elegante hoje, com aquela casaca verde e a calça bege, não concorda?

— Não reparei — mentiu.

Kathelyn achava-o cada dia mais atraente. Isso lhe parecia algo tão improvável que ela travava consigo mesma apostas descabidas, duvidando de que no próximo dia Arthur pudesse parecer mais atraente do que no momento em questão.

Perdia sempre. *Era humilhante*. Mesmo sendo somente ela quem sabia de suas constantes derrotas. Era horrível não ganhar uma única vez.

— Só uma cega não repararia — insistia quase diariamente a dedicada preceptora.

Em outra ocasião, enquanto tomavam o chá da tarde, Elsa se levantou e serviu um generoso pedaço de bolo com creme a Arthur.

— Soube que este é seu bolo favorito, o de limão. Pedi à sra. Ferrel que o preparasse para sua excelência.

Ele sorrira em um simpático agradecimento.

Eram assim as manhãs e as tardes. Elsa trazia notícias que interessavam a ele, bolos de que ele mais gostava, chás que apreciava. Conhaque ou uísque, sucos, quitutes e afins pelos quais vez ou outra o duque comentava casualmente sua preferência pareciam estar anotados na infinita agenda de Elsa Taylor. Possivelmente no mesmo livro enorme em que ela catalogava as notícias referentes aos dois e que saíam diariamente nos jornais. Kathe entendeu, por fim, por que Elsa era considerada a melhor preceptora do reino.

Lembrou que no decorrer dessas semanas, Arthur a levara a uma das óperas prometidas.

O espetáculo fora inesquecível. Quando viu que ficariam praticamente juntos à rainha, ela teve a certeza de que o mundo estava invertido. Kathelyn, que nunca se importara muito com esse tipo de notoriedade, estava lá, sentada a poucas cadeiras de distância de sua monarca. Junto à mais seleta corte.

Havia apenas uns cem convidados, e isso tornava o espetáculo extraordinário.

Em todos os sentidos.

Kathelyn sentia um carinho cada vez maior e apreciava cada vez mais a companhia de Arthur, como ele fazia questão de ser chamado por Kathe. Esperava-o em todas as suas apresentações matinais, e ele sempre, sempre ia. Esperava com a mesma ânsia pelos passeios que faziam à tarde e pelos bailes ou saraus de que participavam à noite. Ele a divertia, a fazia se sentir especial e a olhava sempre de uma maneira que a convertia em um ser invertebrado.

⌒〜⌒

Arthur e Kathelyn foram juntos a alguns leilões de antiguidades. Alguns deles ficavam em áreas não muito seguras, como Tower Hamlets. Naquele momento estavam próximos da área portuária, nos arredores de St. Katherine Docks.

— Esta foi a última ampliação do porto, feita em 1828. — Arthur apontou para o lado do rio Tâmisa.

— E esses muros altos? — Kathelyn quis saber.

— Desde o início do século as docas são construídas assim, para proteger as cargas da pirataria.

— Como descobre esses lugares, Arthur? — perguntou, lançando olhares curiosos para fora.

— Todos em Londres que possuem relíquias sabem da minha obsessão, então sou convidado a me juntar a esses leilões mais "exclusivos".

— Que tipo de exclusividade devemos esperar encontrar aqui? — inquiriu a sra. Taylor, que forçava um horror maior do que sentia.

— Nada que as coloque em perigo. Na realidade, nesse tipo de evento é onde se encontram as peças mais raras e as mais valiosas por um valor mais acessível. Você ficará encantada, Kathelyn. É uma coleção de peças egípcias raras.

Ela olhava pela janela, muda.

— Kathelyn — o duque a chamou outra vez.

Ela piscou lentamente e voltou o olhar perdido para dentro do veículo.

— O que aconteceu? — insistiu Arthur.

— Nada, por quê?

— A senhorita está pálida.

Arthur desviou o olhar para fora da carruagem, que estava parada por causa da travessia de alguns pedestres. Viu o motivo da palidez de Kathelyn. Uma mulher largada na calçada com as roupas sujas e uma criança igualmente imunda nos braços. Ele fechou as cortinas com um movimento brusco.

— Não devia tê-la trazido.

— Eu sabia que existiam pessoas miseráveis, mas nunca tinha visto crianças nessa situação. Como ficar bem diante disso?

— Desculpe.

— Não peça desculpas. Me sinto mal por nunca ter visto essa realidade. Sinto como se vivesse em uma redoma. Não é de verdade, eu acho.

— O quê, querida?

— O nosso mundo.

— É real para quem faz parte dele.

— Existe algo que possamos fazer para ajudá-la? Eu... eu gostaria de ajudá-la.

Arthur pensou por um minuto, então bateu no teto da carruagem, a fim de que parassem.

— Fique aqui — pediu ele —, vou ver o que posso fazer.

— Deixe-me ir.

— Não, Kathelyn, é uma região... Não! Fique aqui. Prometo ajudá-las — falando isso, ele desceu e bateu a porta atrás de si.

Kathelyn se esticou na janela da carruagem a fim de tentar enxergar algo.

— Feche a cortina, Kathelyn, e sente direito — exigiu a sra. Taylor.

— Vou sair.

— Não se atreva, Kathelyn Stanwell.

— Tente.

— O quê? — perguntou a preceptora, confusa.

Kathe enfiou a mão na maçaneta e abriu a porta com um vigoroso empurrão.

— Me impedir — disse, já fora do veículo.

Cerca de dez minutos depois, Arthur voltava satisfeito consigo mesmo para a carruagem. Havia dado uma quantia para a senhora e lhe oferecido um emprego em Belmont Hall. A residência ducal, em Gloucestershire. Dera dinheiro suficiente para ela e a criança se alimentarem e se manterem por alguns dias. Além da verba para o transporte até a propriedade.

Enviaria uma carta ao sr. Lagford, mordomo da casa, avisando-o da senhora e de sua filha. Sim, sentia-se bem. Na verdade nunca tinha feito nada parecido com isso. Kathelyn... Fizera por ela, para agradá-la. No fim, sentia-se tão estranhamente feliz que, resolvera, faria isso outras vezes. A verdade era que Kathelyn enchia a sua vida de...

— Mas o quê? — Olhou alguns metros à frente. A sra. Taylor corria em sua direção, branca como as anáguas de uma matrona.

Ele analisou ao redor, apavorado, tentando entender o que acontecia. Não viu nada. Afoito, correu até a mulher.

— A... — Elsa ofegou — A... — tentou outra vez. — ... senhorita.

— Fale — pediu, desesperado, já prevendo o que viria.

— Ela saiu... chegou a andar — ofegos —, então um jovem...

— Pelo amor de Deus, onde? Fale!

— Ali. — Apontou para o outro lado e completou com dificuldade: — Um jovem arrancou-lhe o colar e — a preceptora levou a mão aos olhos, como se estivesse prestes a desmaiar — correu, e quando seus criados perceberam — continuou, ofegante — já havia...

Arthur não esperou a conclusão da fala mais demorada que tinha ouvido na vida. Saiu correndo como se atrás dele viessem todos os titãs do mundo.

Como se disso dependesse algo muito maior que a própria vida.

Procurava, em vão, em desespero crescente.

Corpos, esbarrões, empurrões e...

— Saia, maldição. — Desviou-se de dois homens que carregavam caixas, vindo na direção oposta a ele.

Pernas e cotoveladas.

Pessoas gritando, amaldiçoando-o pelos trancos e cestos caídos.

Nunca uma rua fora tão movimentada.

Rostos, desespero. Desespero.

Branco.

O mundo entrou no branco absoluto.

Não havia vozes nem pessoas. Nem tropeços, nem corrida, ou lama, ou cavalos.

Vácuo e vazio.

Eram apenas ele e a violenta necessidade de encontrá-la. Até que a viu.

Luz do sol. Calor.

A vida retornando para o lugar, e o pulso... Sim, ele tinha um pulso — bem acelerado, na verdade. Respiração, o ar ainda entrava e saía do seu peito e o mundo ainda existia ao seu redor. Deteve-se a poucos metros, a fim de entender o que acontecia. Kathelyn aparentemente conversava com um jovem, e seus criados iam atrás dela. O rapaz parecia segurar algo em uma das mãos, porém não a ameaçava. Ele a escutava?

Maldita seja. Maldita. Teimosa.

Ela gesticulava, e o jovem olhava alternadamente para ela e para a rua, provavelmente calculando a fuga. Arrancou o casaco e, em dois pulos, se jogou na frente de Kathe, amparando-a em suas costas.

— Você está bem? — perguntou, sem afastar os olhos do jovem.

— Sim, é claro.

— Afaste-se, Kathelyn.

Ela não respondeu. O rapaz, que até então estava relaxado, armou-se em uma postura de briga.

— Saia daqui, Arthur. Está confundindo o garoto — Kathe disse, em um tom tranquilo.

— Você não tem saída, menino. Olhe à sua direita, dois policiais caminham para cá. — No pequeno movimento de olhos do jovem, Arthur o imobilizou em uma gravata.

— Me diga por que eu não devo te dar uma surra — murmurou, próximo à orelha do jovem. Pensou em Kathelyn e no que poderia ter ocorrido. Lembrou-se dela, acuada. *Certo*, ela não parecia acuada.

— Arthur, solte o jovem! — ordenou ela, firme.

— Mas o quê?

— Não percebe que o está assustando?

— Assustando? — Ainda estava desnorteado. Ele, sim, estivera apavorado por ela.

— Ele ia me devolver o colar. Estávamos apenas conversando.

— Me ajudem aqui, vamos entregá-lo à polícia.

— Não! — ela gritou.

— Não?

Os lacaios seguraram o jovem, que se debateu, xingando-os.

— Ele está apavorado, é somente um menino, Arthur. Eu prometi a ele que não o entregaria e que o ajudaria. Agora mesmo ele estava me contando por que precisava roubar e...

— Imagino a classe de história comovente que te contou.
— Ele vai trabalhar em Milestone House.
— O quê?
— Eu disse, senhorita — o garoto se contorceu, ofegante —, não há chance para mim neste mundo.
— Soltem-no agora! — ela ordenou aos criados, que fitaram Belmont.
— Não ousem fazê-lo.

Kathelyn se aproximou do menino.

Só então ele reparou que ela mancava e grunhia de dor enquanto se movimentava.

— Está ferida? Ah, meu Deus!

E avançou até o jovem.

— Eu caí enquanto o perseguia.

Ela se virou de frente para Arthur, impedindo-o de alcançar o rapaz, antes de concluir:

— O garoto parou quando notou que eu havia caído, preocupou-se comigo e se arriscou ser preso só para me ajudar.

— Arriscou-se a ser preso porque roubou — Arthur disse, indignado.

— Arriscou-se a ser preso porque parou de fugir a fim de me ajudar! — Ela fez uma careta de dor.

Arthur a pegou no colo sem avisar.

— Vamos, vou chamar o médico da minha família.

— Não há necessidade. Me ponha no chão.

— Leve o garoto para a carruagem — ordenou, analisando o rapaz. — Resolveremos o seu caso depois que a senhorita tiver sido atendida.

Após revistarem o jovem, colocaram-no dentro da carruagem. Durante o percurso, a sra. Taylor cheirava seu vidrinho de sais, tentando não desmaiar.

Kathelyn mordia os lábios para não grunhir de dor com as sacudidas do veículo, e Arthur estava impaciente.

Bateu três vezes no teto da carruagem.

— Devagar — disse, colocando a cabeça para fora da janela. — Passem em mais um buraco e saltarei para conduzir eu mesmo a viagem.

— Você está bem, querida? — perguntou, enquanto retirava o lenço do bolso e o deslizava na testa de Kathelyn.

— Sim, já disse que não é nada.

Ela tentava controlar as caretas de dor e os murmúrios involuntários.

— Ahh! — Não conteve mais um lamento, e Arthur lançou outro olhar excruciante em direção ao jovem.

— Ele cheira a esterco, Santo Deus — reclamou Elsa, tapando o nariz com o lenço.

— Pare, Elsa — pediu Kathelyn. — Mais um comentário seu ou um olhar mortal de Arthur, e creio que ele sumirá dentro do banco.

Fitou o rapaz encolhido.

— Qual é o seu nome? Você ia me dizer, mas então fomos... Aahh...

Outra sacudida e outro gemido de Kathe, seguido por três estrondosas pancadas de Arthur no teto.

— Jonas, senhorita — o menino respondeu.

— Sabe lidar com cavalos, Jonas? — Kathe perguntou.

— Não muito, senhorita.

— Não tem problema, aprenderá. Me parece que você é um menino esperto.

— Senhorita, não está pensando... — A sra. Taylor fixou os olhos em Kathelyn com o cenho tão enrugado que serviria de leito a um rio. — Oh! Está, não é mesmo? Quer levar esse meninote para casa.

— Não discutiremos isso agora — rebateu Arthur.

— Nem depois, está resolvido. Nós daremos uma chance a ele — Kathe ofegou. A verdade é que seu tornozelo estava doendo. Muito mais do que deixava transparecer.

— Rápido! — Arthur bateu outra vez no teto da carruagem.

— Vai enlouquecê-los assim, Arthur.

— Você está pálida — comprovou ele. — Encoste-se e coloque o pé machucado no meu colo. Iremos para minha casa.

Kathelyn arregalou os olhos, surpresa.

Arthur explicou:

— Se seguirmos viagem até sua casa, eu jogarei esse garoto para fora da carruagem, ou o condutor.

Exterior palladiano na Upper Brook Street, dentro, um saguão que poderia substituir dois salões de baile. Um lustre de cristal do tamanho de um quarto. Paredes brancas ovaladas, colunas gregas e uma escada em caracol toda de mármore. Poderia ser branco demais, se não fosse o enorme vitral do chão ao teto. Vinte metros de transfusão de cores pelo sol. Degraus que não tinham fim, cobertos por um tapete vermelho.

Arthur subia a escada com ela no colo como se Kathelyn não estivesse em seus braços. Como se ela não pesasse mais que uma luva. Não se notava qualquer alteração na respiração dele, nem na expressão.

No meio da escada, um pouco desconcertada, ela pediu:

— Eu posso ir andando.

— Não.

— Eu acho que poderia ficar na biblioteca até o médico chegar.

— Não, Kathelyn.

Ela viu um corredor enorme, a perder de vista para qualquer das direções.

— Quantos quartos tem aqui?

— Trinta e sete.

Ela não fez nenhum comentário, mas achou um enorme desperdício de espaço.

Nunca entendera por que os nobres acreditavam precisar de tantos quartos sem uso em suas casas. Em Milestone House havia cento e quinze, e a maioria deles ficava desocupada boa parte do ano.

Depois de alguns minutos percorrendo o corredor com Kathe nos braços, Arthur ainda agia como se não levasse nada. Então ela concluiu, um tanto contrariada, que ele devia ter muita experiência em atravessar escadas e corredores carregando peso. Peso de mulheres.

— O senhor é... — deteve-se.

— O quê?

— Forte — disse baixinho.

Na boca dele surgiu a sombra de um sorriso vaidoso.

— Está acostumado a carregar mulheres?

O sorriso desapareceu.

— Que pergunta ousada, senhorita.

— O senhor não se alterou, nem mesmo precisou respirar mais forte. Deve estar habituado.
— Nunca na minha casa.
— Então, fora dela imagino que já tenha feito isso muitas vezes.
— Vamos mesmo ter essa conversa, Kathelyn? — ele se esquivou, empurrando uma porta com o pé.
Entraram.
Kathelyn inspirou o cheiro de rosas recém-colhidas.
O quarto era um jardim.
Amplas janelas convidavam a luz do sol a entrar. O azul nas paredes fazia as vezes de céu. Nos móveis, o branco das nuvens. Uma cama enorme com dossel de flores que seguia colorindo as poltronas, o tapete e as almofadas. Era um quarto feminino recém-decorado?
Seria o quarto da futura duquesa?
Pelo tamanho e luxo, parecia.
Não, não poderia ser. Não seria apropriado. Mordeu a boca para não perguntar.
Essa sim seria uma pergunta ousada.
Arthur a colocou na cama e se inclinou sobre ela para arrumar os travesseiros em suas costas. Kathelyn respirou o aroma dele: sabão fresco e almíscar.
Foi invadida pela percepção da aura masculina sobre si — o calor, o cheiro que fazia seu sangue esquentar e as lembranças da boca de Arthur sobre a sua; havia tempo que não se beijavam. Não os beijos que ela ainda sentia, aqueles que a faziam corar somente com a lembrança.
Arthur fechou os olhos e respirou fundo.
Parecia pensar o mesmo que ela. Queria que ele a beijasse. Apesar da dor no tornozelo, desejava mais os beijos que o próprio alívio da dor ou o ar.
Ele subiu sua saia devagar até a altura do tornozelo.
— Vou tirar o sapato — a voz grave soou ainda mais rouca.
Kathelyn não teve força nem vontade de argumentar. Gemeu baixinho quando sentiu os dedos dele tocarem o ponto dolorido, e logo o sapato escorregou de seu pé.
Ele voltou a se inclinar para cobri-la.
Seria tão fácil beijá-lo.

Era só levantar o rosto e abrir a boca e...
Arthur se afastou para longe, como se impelido por uma força oculta.
— Ah... Onde está a sra. Taylor? — Kathe perguntou, fitando as cobertas.

Sentiu-se um cretino.

Quase a beijou na cama que seria dela depois de se casarem. A imagem que o assolou era de Kathelyn deitada, os lábios entreabertos, a respiração acelerada, os olhos brilhando.

O cheiro.

Maldição, o cheiro de rosas era o principal culpado. Ela estava ferida, e ele só conseguia imaginá-la sem roupa, com os cabelos soltos jogados no travesseiro, com ele por cima dela, com ela por cima dele, em volta dele. Gemendo e gritando de prazer. *Ela estava ferida, Deus.*

Onde estava o médico? Se não chegasse em cinco minutos, iria ele mesmo buscá-lo.

— A sra. Taylor logo subirá — respondeu, tentando esconder a excitação descabida e a preocupação exacerbada.

— Excelência — o mordomo do duque, o sr. Tremore, entrou no quarto —, o médico já chegou. Está lá embaixo.

— Mande-o subir.

A primeira a entrar foi a sra. Taylor.

— Obriguei o menino a tomar um banho. Disse-lhe que sem um banho ele nem ao menos teria o direito de ser ouvido. — A preceptora se deslocou como uma bala perdida no quarto. — E o senhor, excelência, não conhece a decência? Desde quando é permitido instalar uma dama solteira em um quarto, na casa de um cavalheiro também solteiro?

— Sra. Taylor — Arthur replicou com forçada paciência —, visto que a dama está acompanhada de sua preceptora, não vejo onde está a agressão à decência.

— Está certo. Isso agora é o de menos. Como se sente, Kathelyn?

— Estou bem. Na verdade, acho que podemos ir para casa.

— O médico está subindo — replicou Arthur.

Elsa foi para o lado da cama como uma leoa.

— O senhor, por favor, nos dê licença.

— Não sairei deste quarto, sra. Taylor.

— Com licença — pediu o médico ao entrar.

— Boa tarde, dr. Haydon — cumprimentou Arthur.

— Boa tarde, excelência. Vim assim que pude.

— Essa é a srta. Stanwell.

— Muito prazer, senhorita. — O doutor a fitou com atenção. — A fama de sua beleza é totalmente fundada — terminou, ajustando o monóculo.

— Obrigada, doutor.

— Muito bem, o que aconteceu?

Kathelyn começou a contar o que havia acontecido, mas foi interrompida por uma decidida preceptora. Sem entrar em detalhes, Elsa contou que ela havia caído ao descer da carruagem.

— Vamos examinar esse tornozelo. Com sua licença, senhorita. — O médico puxou a coberta, liberando os pés de Kathelyn.

— Excelência — disse Elsa —, faça o favor de ao menos se virar.

Arthur respirou fundo algumas vezes.

— Sra. Taylor, esta é a minha casa. — *Kathelyn será a minha esposa*, pensou, e concluiu, enfático: — Não sairei daqui enquanto não ouvir o que o médico tem a dizer. — E não saiu.

— Ai! — Kathelyn reclamou quando o médico tocou seu tornozelo.

— O quê? — Arthur pulou.

— Doeu.

O médico bufou e continuou o exame.

— Humm — gemeu ela outra vez.

— O senhor quer fazer o favor de ir mais devagar? — Arthur pediu, sem cortesia.

O médico franziu o cenho e o encarou com uma expressão de desaprovação. Impassível, continuou o exame.

— Humm — ela tentou não gemer, mas não conseguiu.

Arthur estava a um passo de distância do médico e tirou as mãos dele de cima do tornozelo de Kathelyn com um movimento abrupto.

— Ou o senhor será mais cuidadoso ou eu vou ignorar o fato de que atende minha família e a própria rainha há anos e chamarei outro médico.

— Excelência, me deixará trabalhar? Ou aconselho que chame mesmo outro médico.

— Arthur — Kathelyn falou devagar —, deixe o doutor.

— Saia, excelência. Será melhor para todos — sugeriu o médico.

— Não — murmurou, contrariado —, continue.

E começou a andar de um lado a outro do quarto enquanto o médico a examinava. A cada gemido de dor que Kathelyn soltava, ele olhava para o médico como se fosse matá-lo, e para Kathelyn, como se fosse ele a sentir a dor. No fim, Kathelyn gargalhava da reação exagerada de Arthur, e ele então pareceu relaxar um pouco.

Dr. Haydon explicou que fora apenas uma pequena entorse e determinou que Kathelyn ficasse de repouso absoluto durante cinco dias. Após isso, ela poderia, aos poucos, começar a colocar o pé no chão. Disse que a viagem de volta para Milestone House não era indicada nesse primeiro período. O ideal seria permanecer sem se movimentar.

Depois da resistência inicial de Kathelyn e da sra. Taylor de ficarem hospedadas na casa do duque, a preceptora interrogou o médico com uma fúria desconfiada e, por fim, foi alojada no quarto da frente do de Kathelyn.

10

UM MAU HUMOR EVOLUTIVO SE APODEROU DO DUQUE NO DECORRER DOS dias. Isso quem comprovava eram todos que o cercavam, com exceção de Kathelyn, que passou a contar menos com a presença dele a seu lado.

Os criados começaram a evitá-lo, desviando pelos corredores. Não se ouviam vozes na enorme residência, apenas cochichos tímidos e respostas educadas.

Arthur, que sempre tratava a todos com elegante distanciamento ou solicitude e respeito, nos dias da presença de Kathelyn em sua casa despejava sobre o mundo um exagerado autoritarismo. Trabalhava em um ritmo demoníaco e manteve ocupado o batalhão de trinta e dois criados da mansão.

Supervisionou todos os contratos com os prestadores de serviço de suas propriedades e os dos fornecedores. Duas vezes despediu e readmitiu o advogado, e despediu sem readmitir o administrador.

As pessoas entravam no escritório dele pálidas e saíam de lá como se houvessem enfrentado o diabo.

No fim do dia, ele ia ao clube de esgrima e voltava como se houvesse matado todos os adversários. Até mesmo Scott, seu valete, que sempre soubera lidar com a personalidade de Arthur, sentia-se um tanto perdido, mas não intimidado.

Scott ainda era o único que o enfrentava com divertida ironia.

Naquela manhã, o valete e Elsa entraram no quarto em que Kathelyn estava hospedada.

— Bom dia, senhorita.

— Bom dia, Scott — ela respondeu, encostando-se nos travesseiros.

— Bom dia, Elsa.

— Bom dia — respondeu a preceptora, terminando de abrir as cortinas do quarto.

— Desculpe incomodá-la tão cedo. É que sua excelência pediu, aliás, ah... exigiu que te entregasse isso logo na primeira hora da manhã.

Kathe viu um maço de folhas amareladas que o valete estendia.

— O que é isso?

— Manuscritos gregos.

— Verdade? — perguntou, dando um pulinho de excitação.

— Sim, senhorita.

Kathe pegou os papéis com cuidado, como se pudessem se desfazer nas mãos.

— Muito obrigada.

— Agradeça à sua excelência.

Ela fitou as cobertas, mordeu os lábios por dentro e confessou:

— Ele não tem vindo muito me ver nesses últimos dias, apesar de saber que estamos na mesma casa. — Levantou os ombros e continuou: — Escuto-o falando alto pelos corredores.

— Ele não é sempre assim.

— Não?

— Difícil de acreditar — murmurou Elsa, sentada na poltrona ao lado da cama.

— Mas é verdade. — O homem suspirou. — Minha família serve a família do duque há quatro gerações, eu o vi nascer... ele foi muito esperado.

Kathelyn se ergueu mais na cama.

— Esperado?

— Sim, a duquesa já tinha trinta e nove anos quando o teve, e havia sofrido quatro abortos anteriores. Lembro como se fosse hoje o dia do nascimento dele.

Kathe olhou para a cadeira junto à mesa, na frente da janela do quarto, antes de sugerir:

— Sente-se, por favor.

— Com licença — pediu o homem e puxou a cadeira, aproximando-a da cama. Jogou um olhar perdido para o tapete e somente depois continuou:

— Simon Harold, o pai de sua excelência, quase enlouqueceu de felicidade quando nasceu seu herdeiro.

— Imagino — Kathe respirou com pesar. — Se meu pai tivesse tido um herdeiro, ficaria do mesmo jeito.

— O oitavo duque — prosseguiu o valete — reformou uma ala inteira do palácio, e, quando milorde, digo, sua excelência fez seis anos, mudou o menino para lá. Cercou-o dos mais conceituados tutores. Entretanto, com isso, acabou privando-o de conviver com a mãe e as irmãs.

— Apenas seis anos, pobrezinho.

— Não se compadeça! — A boca do valete se curvou num sorriso discreto. — Ele foi o menino mais mimado que já se viu nesta terra. A única mulher presente na ala norte, a ala do palácio em que ele foi educado, era a pobre babá.

— Pobre babá? — perguntou a sra. Taylor.

— Isso porque nenhuma ficava mais de seis meses com ele. Sua excelência era uma criança muito criativa. As brincadeiras mais amenas que as babás enfrentavam eram insetos ou répteis colocados em suas camas.

— Mas que horror! — reclamou Elsa.

Kathe riu com Scott.

— E a duquesa-mãe, o que fazia? — ela perguntou, rindo, com a imagem de Arthur criança

— O duque não a deixava fazer nada para interferir. Como disse, ele tinha todas as suas vontades atendidas.

— Acho que ainda tem, não é mesmo?

O valete inflou o peito de ar e depois respondeu:

— Uma das vantagens de ser um duque ou... desvantagem. Depois que ele parou de atormentar as babás, foi para Eton, o internato para meninos nobres, e mais tarde foi enviado a...

— Deixe-me adivinhar — Kathe o interrompeu. — Oxford, onde deve ter virado um perito em atormentar as mulheres, mas de outra maneira.

— Senhorita — ralhou uma brava preceptora —, onde aprendeu tais coisas?

— Estou apenas curiosa.

— Ele é um bom homem, senhorita, apesar de certas condições trazidas pelo título. Sua excelência sempre ajuda aqueles que precisam. Nunca admite que fez o suficiente. Está sempre tentando melhorar a condição de vida daqueles que o servem. — Scott olhou para o tapete outra vez. — Enxergue-o além do título, há um homem... — O valete arrumou a luva nos dedos e concluiu: — Há um homem cheio de... de paixão e vida.

— Bom dia, sr. Scott. — Elsa levantou-se, pronta para expulsá-lo. — Creio que essa conversa já se estendeu por tempo suficiente.

Kathelyn sufocou uma risada.

— Com sua licença, senhorita. Tenho mesmo que ir atender sua excelência. Ele já deve ter despertado.

⁓

— Engomo a camisa mais uma vez, meu lorde? — Scott perguntou no início daquela mesma manhã, logo que saiu do quarto de Kathelyn.

— Como vou saber? Ainda não a vi.

— Penso em ganhar tempo, já que ontem tivemos que repassar todas elas três vezes.

— Se estivessem fazendo direito, não precisariam passar nem uma vez a mais. Entretanto, como fui obrigado a me inteirar da qualidade do serviço que cabe a você fazer, acho que hoje não vestirei o rosto de uma centenária.

— Acho que o problema das rugas hoje ocorrerá com os lenços de seda para as gravatas.

Arthur, que jogava água no rosto, deteve-se.

— O que acontece com as gravatas ou com as camisas, Scott, não deveria entrar na lista das coisas que eu tenho que averiguar pela manhã.

— Sinto muito, excelência. Já mandarei repassar as gravatas, assim estarão do seu agrado.

— Eu nem vi as malditas gravatas. Repasse o quarto de roupas inteiro, mas não me traga esse tipo de problema.

— Acontece que a dama ainda está aqui, excelência.

Arthur, que já se ocupava de lavar o rosto, deteve-se outra vez.

— O que, Cristo, isso tem a ver com as rugas das gravatas, Scott?

— Bom, pelo que percebi, parece que a presença dela ajuda a criar as rugas das gravatas ou das camisas — pigarreou. — Quantos dias a senhorita ainda ficará conosco?

— Hoje é o último. — Ele ergueu as sobrancelhas. — Acabou o seu destempero matinal ou falaremos de rugas por mais tempo?

— A minha preocupação não é de fato com as rugas da sua vestimenta, já que estão como sempre estiveram, desde que trabalho para sua excelência.

— Scott, Scott, temo que a sua visão esteja tão comprometida quanto o seu juízo. Está senil, pobre homem? Teremos que conseguir um ajudante mais jovem para o auxiliar?

— Temo, excelência — continuou, com ar tranquilo —, que as rugas não estão nas roupas, mas em seu semblante cansado. Não dorme direito desde que instalou a senhorita no quarto de sua futura duquesa. Isso é apropriado, excelência? Uma jovem debutante dormir tão ao alcance de um cavalheiro solteiro?

— O que não é apropriada é essa sua língua de trapo, Scott — Arthur replicou, ríspido.

— A não ser que sua excelência já a tenha escolhido para ser a senhora da casa.

— Não tenho que te dar satisfações.

Ouviram o barulho da água sendo vertida na banheira do quarto ao lado.

— Ah, aí está o problema — o valete disse para si mesmo. — O senhor a escuta, não é verdade? Escuta a água do banho, a movimentação noturna. Conhecendo-o, arrisco dizer que até o ouvido na porta de comunicação sua excelência já colocou. Talvez até os olhos na fechadura, ou quem sabe...

— Acha que sou um moleque imbecil? Cale-se ou seu nariz vai decorar a sua fronte.

— É que a senhorita é mesmo a dama mais bonita e encantadora que eu já vi. Eu, um velho, reparei nisso. Imagine então um jovem no auge da virilidade. Sim, acho que é por isso que milorde anda pela casa há dias como uma assombração perdida, e é por isso que está colocando todos como loucos. Sim, é claro.

O valete ignorou a expressão dura e os músculos que pulsavam no maxilar de Arthur e continuou:

— É porque essa beleza dorme intocada ao lado de sua cama que o senhor está mastigando os ossos de todos que o cercam e...

— Mais uma palavra desrespeitosa sobre a futura senhora desta casa e eu o faço lavar os estábulos todos os dias.

— Eu sabia, excelência — disse o homem, com a voz abafada de alegria —, como me faz feliz saber que já elegeu a sua duquesa. A nova senhora da casa.

Aos poucos, a expressão de Arthur relaxava.

— Isso ainda é um segredo, velho metido. Você tem a coragem de me desafiar porque sabe que eu não o mandarei para o olho da rua, não é verdade?

O valete fez uma reverência e acrescentou, separando as peças de roupa que o duque vestiria:

— Quando souberem, todos na casa ficarão muito alegres. Sem exceção. Os que a conheceram têm-na por uma dama muito gentil e bondosa. Veja o que ela fez pelo menino Jonas. Ele, que parecia um ratinho assustado no primeiro dia, já sorri e fala. Apesar de pouco, ele fala. Também está aprendendo muito depressa a cuidar dos cavalos. O senhor precisa ver como está diferente.

Kathelyn o enlouquecera até Arthur consentir com esse disparate de ajudar a criatura que a roubara. Ele ainda não se sentia confortável com a situação, mas tinha de admitir que ouvir seu valete falar o enchia de uma sensação... Orgulho?

Sim, sentia orgulho de Kathelyn.

Ouviu Scott continuar.

— Graças à bondade da senhorita, todos comentam que a dama é de rara beleza e bondade. Parabéns. Até que enfim se prova um homem inteligente, meu senhor.

— Ora, não me tenha em tão alta estima, Scott. Logo se sentirá aborrecido. Se perder o alvo de seus ataques matinais, o que te restará nesta vida?

O valete espalhou espuma de barbear no rosto de Arthur.

— Do jeito que andam os humores por aqui, um ou outro elogio podem surtir um efeito suavizador, excelência.

— Quem está de mau humor? Desde quando um homem querer andar vestido com o mínimo de decência, comer ou viver adequadamente e cuidar de suas propriedades é estar de mau humor? Você está muito sensível.

— Não, senhor, mas também me alegro. — Começou a deslizar a navalha no rosto masculino. — Em dois dias as coisas voltarão ao normal. As camisas voltarão a estar bem passadas, a casa voltará a estar limpa, os cavalos voltarão a estar de seu agrado e todos cumprirão suas tarefas como lhes é devido. Talvez, quem sabe, com sorte, até mesmo fiquem curados da moléstia que os atingiu de súbito.

— E que moléstia é essa?

— Uma tremedeira irracional disparada pelo som de sua passada e de sua voz.

— Que pouca sorte a minha você não ter caído vítima dessa moléstia.

A verdade é que Arthur estava molestado pelo maior desconforto que já sentira. Sabia o motivo disso. Um constante e doloroso aperto nas calças. A imagem de Kathelyn na cama, no quarto ao lado, vestida com nada mais que uma camisola, causava essa condição. Ele, que no primeiro dia não saíra do lado dela, nos últimos três visitara-a escassas vezes.

O que agravava o mau humor, mas não diminuía o incômodo, era a presença irritante e constante do cão de guarda — a sra. Taylor.

Qualquer mínimo barulho. Qualquer abertura de porta, independentemente de acontecer no meio, no início ou no fim da noite, a mulher saía do quarto e olhava para ele, parecendo querer arrancar até o último cabelo íntimo de seu corpo. Como Arthur estava encontrando alguma dificuldade para conciliar o sono com o volume extra nas calças, tinha saído algumas vezes do quarto durante as noites a fim de buscar qualquer distração diferente das fantasias armadas em sua mente entre ele e Kathelyn.

No último encontro noturno com o cão de touca de dormir, ele não resistira e levara a mão até a maçaneta do quarto de Kathelyn — a mulher havia avançado.

— A senhora acha que, se eu quisesse invadir o quarto, não seria mais fácil fazê-lo por dentro do meu próprio quarto?

— Considerando que a chave que os liga está guardada embaixo do meu travesseiro, não. Acho que o caminho mais fácil seria este, ou a janela.

Arthur sorriu de maneira forçada, sem responder. Não perderia tempo e o que restava de sua paciência discutindo com esse dragão de penhoar. Não enquanto ele sabia que só não invadira o quarto ao lado porque essa criatura e seu valete haviam escondido as duas cópias da chave da porta de comunicação.

— Descanse, sra. Taylor. Se permanecer montando guarda no corredor, padecerá de algum problema circulatório nas pernas — dizendo isso, Arthur saiu em direção às escadas.

Naquela noite, ao voltar para o quarto, cego de cansaço, quase retrocedeu quando entrou. Creditou o que via à meia garrafa de conhaque ingerida horas antes, na tentativa de relaxar.

Kathelyn estava sentada ali, vestida apenas com um penhoar branco. Embelezada por uma longa trança dourada que caía da lateral do pescoço. Ele parou, catatônico, no batente da porta e lançou alguns olhares para fora, esperando o dragão preceptor se materializar e vir devorá-lo. Quando não foi devorado, olhou para dentro, a fim de comprovar a imagem de Kathelyn envolta na nuvem do desejo que o consumia durante dias.

— Desculpe — ela disse, com o olhar baixo —, acho que não foi uma boa ideia. — Fez menção de se levantar.

A boca de Arthur secou. As mãos perderam a estabilidade e talvez as pernas também. O único que se mantinha erguido e muito convencido do que queria era o membro entre as pernas.

— Não... Ah — a voz dele saiu rouca e baixa —, fique onde está!

Ele fechou a porta devagar e entrou. Olhou para a porta de comunicação entreaberta. Kathe mostrou uma forquilha e mordeu o lábio para conter o sorriso.

Ele gargalhou.

— *Shhh*... quer acordar a sra. Taylor?

— Não, Deus nos livre. — Arthur deu alguns passos em direção a ela. — E o seu tornozelo, como está?

— Já quase não dói. Eu estava me sentindo muito só e, como você tem ficado pouco comigo esses dias, tomei a liberdade de visitá-lo. Não se importa?

⌬

Kathelyn agira por pura impulsividade. Sentia-se realmente muito só e aborrecida dentro do quarto. Mas nem por um instante pensara em quão inadequada pareceria visitando o quarto de um homem durante a noite. Arrombando a fechadura para conseguir entrar. Vestindo apenas uma camisola e um penhoar.

Talvez ela tenha, em algum canto proibido da mente, evocado a imagem de beijos e carícias. Não de qualquer beijo ou carícia, mas dos beijos, dos lábios e das carícias das mãos de Arthur.

— Me perdoe — ele se desculpou —, estive muito ocupado.

— Tudo bem — suspirou. — Eu vim também agradecer por ter trazido minha mãe e minha irmã para me visitarem hoje, por todas as flores, pelos livros e pelos manuscritos gregos.

— Era o mínimo que eu podia fazer para que se sentisse em casa.

Kathe fechou o penhoar com a mão, apesar de já estar fechado por fitas e botões.

— Você já os tinha?

— Alguns, sim, outros comprei de um dos maiores estudiosos aqui em Londres.

Arthur se sentou na cadeira de frente para ela.

— Eu queria conversar, talvez. — Ela fitou a bandeja de prata à sua frente. — Se você não estiver muito cansado, é claro — acrescentou.

— Eu adoraria conversar.

Kathe o encarou e sorriu.

— É sempre tão ocupado?

— Não, nem sempre — ele respondeu com um olhar intenso. Olhar que Kathelyn não entendeu, mas que fez suas bochechas arderem ainda mais.

— É verdade que conhece muitos lugares no mundo?

— Conheço a Espanha, a França, a Grécia, o Egito, a Índia, o Marrocos, a Itália, a Rússia e a Turquia.

— Eu adoraria viajar tanto assim.

— Quem sabe um dia eu a leve comigo.

Ela prendeu o ar e fugiu da resposta ao convite.

— Como foi crescer em Belmont Hall?

— Fui educado desde muito cedo como um duque. Convivi pouco com minhas irmãs e minha mãe.

— E hoje, encontra-se com elas mais vezes?

Arthur lançou um olhar perdido para a janela do quarto.

— Vejo Scarlet algumas vezes por ano, quando vou visitar minha mãe e quando vou a Belmont Hall. Ela mora lá desde que o marido abandonou a ela e aos dois filhos.

— Eu sinto muito. Você tem apenas essa irmã?

— Tinha uma irmã mais velha que ela. — Outra vez o olhar perdido.

— Tinha?

— Jéssica. Ela foi traída pelo marido também, antes de Scarlet. Acontece que o infeliz não era discreto e a humilhava em público; resolveu se envolver com uma mulher casada. Houve um duelo entre ele e o marido traído... E... ele morreu.

Kathelyn levou a mão à boca. Arthur continuou olhando pela janela.

— Jessica não suportou a tristeza e — ele respirou fundo — tirou a própria vida.

Kathelyn abafou um gemido com a mão.

— Desculpe. Eu não sabia.

— Poucos sabem. Contamos que ela ficou doente e não resistiu.

— Desculpe. — Kathe sentiu os olhos encherem-se de lágrimas.

Arthur a encarou, um olhar diferente de todos os outros que já haviam trocado.

— Por isso nunca trairei minha esposa.

— Entendo. — Ela engoliu o choro.

— Quero ser o único para minha futura duquesa, e ela também será a única para mim.

— Você pensa em se casar logo? — Quando perguntou, se arrependeu. Não devia perguntar isso. Era inadequado.

— Sim, penso.

— É claro, precisa ter um herdeiro. — Kathe sabia que os nobres se casavam pensando na continuidade do título.

— Eu acreditava que era somente por isso, antes... — E ali estava o olhar que tirava todo o ar da terra.

Infância. Esse era um assunto bem distante de casamento e talvez levasse a corrente elétrica que os envolvia para longe. Munida dessa certeza, ela disse:

— Fui uma criança bem ativa. Eu tinha sardas, e meus vestidos também, quer dizer, eles viviam pintados de lama.

— Posso imaginar — afirmou, divertido. — Qual foi a pior coisa que você já aprontou quando criança?

Kathe parou e pensou por um momento. Um sorriso se abriu em seus lábios e uma expressão sapeca tingiu suas bochechas de rosa.

— Coloquei fogo em Clifford Hall.

— O quê?

— Conseguiram controlar. Apenas um tapete e duas cortinas morreram.

Arthur gargalhou.

— Como foi isso?

— Eu tinha sete anos e fazia experimentos com uma vela e uma folha de papel. Queria deixar o papel com aspecto envelhecido para imitar um mapa de tesouro. Queimei toda a borda do papel e estava muito orgulhosa do resultado. Então, apoiei a vela no chão para escrever no mapa. Acho que a cortina queria ficar velha junto com o papel e...

Arthur gargalhou uma vez mais, e Kathe o seguiu.

— E o mapa do tesouro a levaria até onde?

— Relíquias e ouro — ela disse, com os olhos brilhando. — Sempre gostei de antiguidades e tesouros. E você? Faz tempo que gosta de antiguidades?

— Sim. Acho que, quando estudamos nossa história, entendemos o que nos tornamos e visualizamos o que nos tornaremos.

Ela acreditava nisso também.

— Acho que os mitos ou fábulas dizem muito mais do que contam. São espelhos da nossa natureza. Na aparência alguns parecem simples; outros, infantis; alguns são mais pretensiosos, outros nos fazem chorar. Mas nunca revelam tudo. As palavras neles são como as roupas do corpo, deixam ver apenas uma parte.

— E você, Kathelyn? Quão fundo devo ir para te descobrir?

Ela perdeu o ar com a pergunta.

— A verdade é que ninguém pode chegar ao fim de outra pessoa — respondeu, sem graça.

— Você tem tantos segredos assim?

— Tenho tantos que nem mesmo os conheço.

Arthur encostou os braços na mesa, aproximando o rosto do dela.

— O que devo fazer para que revele ao menos os conhecidos?

— Os que conheço são fáceis de vir à tona.

— Eu ficaria honrado em retirar algumas peças que te cobrem.

As narinas dele se expandiram, e Kathelyn acreditou que Arthur interpretava literalmente o sentido das palavras.

— Nunca chegará a tirar todas, é impossível — ela retrucou.

— Impossível?

— Por isso os mitos e fábulas são espelhos de nossa essência. Por mais que os deixemos nus, voltam a estar cobertos. A nudez é ilusória.

— Sinto-me tentado a comprovar.

Arthur apertou as mãos no braço da cadeira, como se fosse se levantar. Kathelyn instintivamente se recostou, em um movimento de fuga.

— Acho que quem gosta muito de história é quem idolatra a natureza humana — disse ela, rápida, tentando desfazer a eletricidade que voltava a estalar entre eles. — No meu caso é isso, não me canso de observar as pessoas. Sou fascinada pelo infinito de cada um e acho que...

Arthur se levantou e deu alguns passos em sua direção. Kathe prosseguiu, atropelando as palavras:

— Se olharmos qualquer pessoa, veremos, entenderemos que somos uma eterna mudança, como as borboletas. Mas nunca é...

Mãos firmes se fecharam em seus braços e ele a levantou. Kathe engoliu em seco.

— Veja os mitos, eles... Ah... revelam muito daquilo que está oculto dentro de... Aahh... — ela gemeu quando os lábios dele percorreram toda a lateral de seu rosto a caminho de sua boca.

— Eu... Eu acho que vou voltar para o meu quarto.

— *Shhh...* — Ele a beijou de leve.

Os dois respiravam com dificuldade. Arthur passou os braços pela cintura fina até estarem colados.

— Eu vou tirar todas as suas roupas. — Uma trilha de beijos deixada no pescoço. — E vou deixá-la nua, sem nenhuma ilusão.

Outra labareda de fogo marcada em seu rosto pelos lábios dele.

— E vou amar você com tanta intensidade que, quando acabarmos, não restará nada seu que não tenha revelado e nada meu que permaneça oculto.

※

Mais beijos suaves foram deixados sobre os lábios dela, enquanto ele sustentava todo o seu corpo, abraçando-a.

— Estou louco por você — murmurou ele sem se afastar.

Kathelyn ouviu batidas abafadas na porta do quarto ao lado, sendo jogada de volta para a realidade. O que poderia fazer? Seria sua ruína. Estava sozinha no quarto de um homem. De um famoso libertino.

Somente de camisola.

Quase o beijando.

Novas batidas à porta, um pouco mais fortes, irromperam. Ela o empurrou. Arthur tentou segurá-la. Ofegante, ainda quis beijá-la.

— A sra. Taylor... está aí, na porta do meu quarto.

— O quê?

Ela fez uma negação com a cabeça, se desvencilhando dos braços fortes, e correu como um gato queimado em cinco pulos para dentro do próprio quarto.

Fechou a porta de comunicação no espaço de uma batida do coração.

Ouviu Arthur resmungar:

— Besta preceptora. Vou trancá-la no porão.

Ela sorriu nervosamente e travou a porta. Usou a forquilha para trancar. Levou pouco mais de um minuto até conseguir.

As batidas na porta se intensificaram.

— Senhorita. Está bem? Abra a porta.

Ela correu com passos leves, agachou e começou a trabalhar com a forquilha na porta que ligava o quarto ao corredor da casa.

Pouco depois, entre os murros da preceptora, ela destravou a fechadura. Em um pulo, meteu-se embaixo das cobertas.

— Onde está ele? — Ouviu Elsa, afetada, avançar para dentro do quarto. Kathelyn fingiu que dormia.

— Não se faça de espertinha comigo, Kathelyn.

E foi sacudida pelos ombros com suavidade.

— Deus, o quê? O que houve?

— Quem trancou a porta deste quarto?

— O quê? Do que a senhora está falando? Me deixe dormir.

— Estou falando da porta que estava trancada.

— Como, se não há chave nela? A senhora... bebeu?

— Não me provoque, senhorita. — A mulher foi como um raio checar a porta de comunicação, que estava trancada.

Foi até a janela e a abriu. Olhou o jardim com minuciosa atenção. Voltou a olhar para Kathelyn, que tinha um discreto sorriso nos lábios.

— Se eu desconfiar, se ao menos desconfiar de que a senhorita ou sua excelência — aumentou o tom de voz ao dizer — têm algo a ver com isto, eu os obrigo a seguir para Gretna Green, na Escócia, e se casarem sob a mira de uma pistola.

Kathelyn bufou.

— Está delirando. Deixe-me dormir.

— Graças a Deus iremos embora amanhã. Mais um dia nesta tensão e eu teria um ataque.

Kathelyn bocejou. Queria desviar a atenção da preceptora.

— Já comunicou a papai que levaremos Jonas conosco?

— É claro que sim. Não entendo o que viu naquele molecote malcheiroso, mas... Sim, já arrumei tudo para a instalação dele em Milestone House. Perdemos um funcionário recentemente e esse rapaz será treinado para ocupar o lugar dele.

Kathelyn conhécia todos os funcionários da casa e tinha muito carinho por eles.

— Quem?

— O sr. Trevor.

— O que houve com ele?

— Decidiu voltar para a sua terra natal. Dizia estar velho demais para ficar fora de casa.

— Bom para ele. Assim descansará junto à família.

A preceptora se acomodou na poltrona ao lado da cama.

— Agora durma. Amanhã cedo sairemos daqui.

Kathelyn se acomodou na cama. Passados alguns minutos, olhou para Elsa, largada na poltrona.

— A senhora não vai dormir?

— Vou dormir aqui e fazer o que deveria ter feito desde o primeiro momento nesta casa.

— E o que é?

— Não sair do seu lado um único momento.

11

PASSADOS POUCOS DIAS DO RETORNO A MILESTONE HOUSE, KATHELYN estava recuperada e retornava devagar às atividades da temporada. Naquela tarde, como de costume, estava metida na cozinha enquanto a sra. Ferrel a ensinava a fazer um bolo de pêssego.

— Não devia fazer isso, sabia? — disse a sra. Ferrel, mãe de Steve.

— Sei, mas a adoro porque sempre cede e me deixa participar.

No início, Elsa quase morria ao vê-la na cozinha. Com o passar dos anos, acostumou-se à teimosia irremediável de Kathelyn e já não discutia ou a castigava mais.

— Jonas — chamou Kathelyn —, você deve provar esse bolo. Não faz ideia da mágica que a sra. Ferrel é capaz de fazer com açúcar, farinha e ovos.

A mulher de avental e touca, bochechas vermelhas e olhos azuis, sempre sorridente, falou:

— Você, senhorita, os tem reproduzido direitinho.

E ergueu a colher de pau enquanto falava.

— Quando o conde provou na sobremesa do jantar o último que você fez, jurou que era o melhor que eu já havia feito na vida. Fez questão de me chamar à mesa para dizer.

— Eu vi. Segurei-me para não desatar a rir.

— Nem pense. — A sra. Ferrel balançou a colher no ar.

— Pobre papai, nem desconfia que foi preparado pelas minhas mãos.

— Se ele descobre que permito que se instale na minha cozinha, irei para a rua.

— Nunca. Papai prefere a ruína a perdê-la.

Jonas esticou o pescoço, espiando Kathelyn bater a massa.

— Eu jamais imaginei que a comida pudesse ser algo tão maravilhoso. Na verdade, acho que nunca havia comido algo diferente de pão e, claro, batatas. As batatas eram a melhor coisa que eu já havia provado na vida.

A jovem o encarou, consternada. Todos na cozinha também o encararam.

Jonas era um menino sempre calado; quando falava, atraía a atenção de todos. As pessoas deviam acreditar que as palavras dele eram algo muito importante para serem tão poupadas.

Kathe limpou as mãos nas saias do vestido.

— Bem, isso agora acabou, não é? Não passará mais fome, nunca mais.

Os olhos do menino refletiram a massa do bolo, cheios de emoção.

— Obrigado, senhorita. Se não fosse por você, acho que não estaria mais vivo.

Jonas contou que vinha dormindo em um galpão sujo próximo ao porto. Fazia isso sem o conhecimento do dono do local. Quando foi descoberto, o homem exigiu que ele pagasse pelo uso clandestino do lugar, quase abandonado. Deu um prazo de dois dias para que Jonas conseguisse dez xelins. Uma quantia exorbitante para o menino. Ele dificilmente recebia algo diferente de comida como pagamento pelos trabalhos que realizava. Esse foi o motivo, segundo Jonas, que o levara a tentar roubá-la.

— O próximo bolo que farei será para comemorar o seu aniversário — Kathelyn disse.

— Eu não sei, senhorita, não sei quando nasci, não sei nem mesmo a minha idade.

— Escolheremos um dia e passaremos a comemorá-lo todos os anos. Quanto à idade, me parece que tem uns quinze anos. O que acha, sra. Ferrel?

— Eu diria uns doze.

— Não — Kathe ajeitou a tigela em cima da mesa —, ele já tem até um pouco de barba.

— É, pode ser — a mulher afirmou, espremendo a massa com as mãos.

— Gosta de ter quinze ou prefere doze?

— Gosto de quinze — o menino respondeu, enfiando as mãos no bolso.

Kate intuiu que Jonas não se expressava muito, talvez porque não soubesse falar direito.

— Posso te ensinar a ler e a escrever, Jonas, o que acha? — Kathe quebrou dois ovos sobre a farinha de trigo.

A sra. Ferrel parou de espremer a massa e passou a encará-los em silêncio. Jonas olhou para baixo, com as bochechas vermelhas.

— Não quero te dar esse trabalho, senhorita.

— Não será trabalho algum.

— Eu...

— Está resolvido. Faremos as aulas no horário em que eu normalmente estaria cavalgando. — Kathelyn colocou açúcar na tigela em que trabalhava antes de concluir: — Usaremos a sala ao lado do estábulo, que está desocupada, assim ninguém nos aborrecerá! — *Ou me matará.*

A sra. Ferrel ainda os fitava em silêncio.

— Não acha uma boa ideia, sra. Ferrel? — Kathe perguntou, analisando a receita que preparava.

— Acho que, se o conde souber, a senhorita ficará um mês inteiro de castigo. Mas adianta dizer alguma coisa?

Jonas ficou ainda mais vermelho de vergonha.

— Senhorita, eu não quero causar...

— Não causará nenhum problema, está resolvido. Começaremos amanhã.

12

A PRESENÇA DE ARTHUR SE TORNOU TÃO CONSTANTE QUE KATHELYN NÃO percebeu quando foi exatamente que passou a ser essencial. Tomou plena consciência disso quando ele não apareceu no baile daquela noite.

Sentia-se mal-humorada, irritada e muito mais afetada do que gostaria.

A cada novo nome anunciado, ela elevava o olhar, numa clara, evidente e descarada expectativa de vê-lo adentrando o salão.

Ele não dera certeza se conseguiria ir, disse que tinha que resolver assuntos de suas propriedades com alguns advogados. Conforme as horas se arrastavam e a presença dele não se confirmava, Kathe, sem perceber, tornava-se uma companhia desagradável.

Seu primo Rafael resolveu fazer o teste.

— Senhorita, me dá a honra da próxima valsa?

— Não estou com humor para dançar.

— Ah, já entendi tudo. A dama mais bonita da festa segue isolada como uma matrona encalhada porque o seu duque não está presente. Bom, verdade seja dita, a ausência dele não faz diferença. Você segue isolada quando ele está presente da mesma maneira.

Kathe bufou, impaciente. Rafael devia ter percebido, mas continuou implacável:

— Em poucas semanas ele conseguiu afastar de cima de você todos os homens, solteiros ou casados, de Londres.

Kathelyn ergueu a mão em um pedido de trégua.

— Pare, Rafael.

— Sabe qual aposta corre agora nos principais clubes de cavalheiros de Londres? — O primo olhou-a com fingida diversão.

— Não me interessa.

— Quem será o primeiro a que Belmont desafiará a um duelo, somente por olhá-la ou por pedir uma dança — ignorou-a.

— Mentira.

— Analise o seu cartão de baile, prima. Segue tão vazio quanto o da mais encalhada solteirona.

— Fui eu que não aceitei os pedidos de dança, alegando que estava com todos comprometidos. Não estou com humor, Rafael.

— As pessoas estão olhando. Vamos terminar esta conversa na varanda.

O primo passou a mão na curva do braço de Kathelyn. Começou a conduzi-la sem muita delicadeza na direção de uma das portas francesas.

— Pare, está me machucando.

— Pare você, está criando uma cena — disse ele, entredentes.

— Me solte, Rafael, ou juro que vou mesmo criar uma.

— E ser responsável pelo meu duelo com Belmont? Imagino que, se criar uma cena, talvez ele se sinta obrigado a defender sua honra me desafiando.

Kathe abriu a boca para responder, mas calou-se, enquanto caminhavam para a varanda. Uma vez lá fora, Rafael desabafou.

— Vamos, admita — ele disse, ríspido. — Até mesmo de mim ele conseguiu afastá-la. Assuma, prima. Com tantos homens por quem se apaixonar, parece que caiu sob o encanto do único que mostra ser a perfeita divergência de tudo o que você sempre admirou. Ele é o seu pior pesadelo, descrito por você mesma diversas vezes.

— Acabou? Ou vai continuar a ofender o duque e a mim sem que eu tenha lhe feito nada?

— Esse é o problema, não percebe? — Rafael parecia indignado. — Você não faz absolutamente nada há quatro semanas a não ser acompanhar ou esperar esse homem. Mal se dirige a mim, mal se dirige a qualquer pessoa.

Isso não era verdade.

— Se eu não o conhecesse desde criança, diria que está com ciúme.

— Ciúme? Sim, acertou. Estou morrendo de ciúme. Não do jeito que um homem sente por uma mulher a quem deseja, e sim aquele que um irmão sente da irmã. Estou doente de preocupação com você.

O primo segurou com força o guarda-corpo da varanda e depois continuou:

— Estou cego de raiva daquele homem, que parece só enxergar a si mesmo. Que desfila com a senhorita como se fosse um prêmio a ser exibido e nem sequer te propôs casamento ainda.

Ele fechou a mão em punho e deu um murro na balaustrada. Kathelyn se sobressaltou, ouvindo-o continuar:

— Que trucida com o olhar qualquer homem que a olha, como se você fosse uma de suas propriedades.

— Ele não faz nada disso! Você está louco. Recebo diariamente visitas de cavalheiros querendo me cortejar.

Rafael fez uma voz caricata de tão séria:

— Eu possuo a dama mais bela e desejada de Londres e estou tão acima de todos que nem mesmo a pedi em casamento, e ela está tão cega que parece não ver mais nada a sua volta a não ser minha perfeição. *Mas saibam, ela é uma égua, e logo a descartarei por uma mais jovem e veloz.* Isso, querida prima, são as segundas apostas mais concorridas dos clubes, ou seja, quanto tempo ele demorará para trocá-la por alguma aventura mais interessante. Depois disso sua reputação estará arruinada e...

Kathe acertou a palma da mão no rosto dele.

Os olhos dela, verde-azulados como a água, encheram-se de lágrimas.

Ela se virou para se afastar, mas ele a segurou.

— Perdoe-me, Kathe. — Negou com a cabeça. — Mas estou tão furioso. Perdoe-me, fui grosseiro.

Ele ainda a segurava, totalmente indiferente a todos, que começavam a prestar atenção. Tinham acabado de cruzar as portas francesas de volta ao salão.

— Solte-me, Rafael! — ela ordenou, com a voz abafada.

— Não sem antes você me desculpar.

— Se não me soltar, vou esmurrar a sua cara, que é o que estou com vontade de fazer. Se não quer que o nosso espetáculo seja ainda maior, sugiro que me deixe sair.

Rafael afrouxou a mão que circundava o braço da prima, e ela se desvencilhou, saindo à procura da mãe e de Elsa, que estavam do outro lado do salão.

Mas o primo não a deixou em paz. Passou a segui-la rente às suas costas.

— Vamos, perdoe-me. Não sei o que deu em mim. Acredite, estou apenas preocupado.

— Está bem, Rafael. Agora me deixe sozinha.

Ele saiu de perto dela sem dizer mais nada.

— Kathelyn, estava justamente dizendo a lady Westland — sua mãe falou quando Kathe se aproximou — quão encantador é o duque de Belmont. Como ele a trata bem.

A mãe parecia um bem-te-vi exibido em todos os eventos que frequentavam. Sabia apenas ladrar sobre esse assunto, empoada e orgulhosa. Exibia-a tanto que Kathelyn se sentia um objeto de estudo científico, analisado minuciosamente com olhares, e logo submetida a teses.

Colunas de fofocas. Clubes de cavalheiros. As matronas da alta sociedade. As jovens da alta sociedade. Os criados. Todos, absolutamente todos, pareciam estudá-la, dar palpites sobre o comportamento adequado para alguém a quem um duque corteja. Como ela seria uma encantadora ou péssima duquesa. Suportou isso por tempo demais. Naquele momento, não quis mais suportar.

Nem se dirigiu às damas ao lado de sua mãe, como era devido.

Virou-se para ela antes de falar:

— Mamãe, eu vou embora.

— Minha filha — Elizabeth riu sem graça —, mas sua excelência ainda pode aparecer. Você não devia.

Kathe estreitou os olhos e engoliu meia dúzia de blasfêmias. Aproximou-se discretamente e disse no ouvido de Elizabeth:

— Não me importo nem um pouco se sua excelência vai ou não aparecer.

E então olhou para Elsa:

— Vamos. Parece que minha mãe quer ficar um pouco mais. Peço que me acompanhe até em casa.

Saiu sem esperar uma resposta ou sem se despedir de qualquer um dos presentes.

Estava furiosa com Rafael, por tudo o que ele lhe tinha feito. Estava brava de verdade consigo mesma. Percebeu que já não havia saída nem motivo para continuar se enganando. Estava completamente apaixonada. Decidiu que, para ela, Arthur jamais seria o título que ele carregava. Entendeu também que, se ele a pedisse em casamento e a amasse, poderia ser feliz ao lado dele. Kathe não deixaria regras sociais e títulos aristocráticos comandarem sua felicidade. Seu coração? Ela soube, já estava comandado por Arthur.

∽∼∾

Um lugar mágico era aquele dos concertos dentro do palácio. Cadeiras de veludo azul e ouro. Cortinas pesadas e tetos rebuscados. De leve só a música que enchia todos os espaços. O compositor famoso era o mais próximo de um gênio tocado por Deus que ela já tivera o privilégio de ouvir — Chopin.

Ele dava voo à música e fazia tudo dentro dela flutuar. As notas no ar. As mãos. Os olhos compunham lágrimas, subiam e dançavam em harmonia com os cristais do teto, com os anjos pintados, volteando nas ondas da valsa.

Belmont ofereceu-lhe um lenço, era um cavalheiro dentro ou fora do concerto. Kathe aceitou, com os olhos inundados, sem desviar a atenção do pianista. O lenço se abriu na mão enluvada e pesou. Quase o derrubou. Então, ela o analisou, intrigada.

Lenços não pesam.

Kathelyn viu o brasão de Belmont bordado no tecido e algo cintilar, despojando uma refração de luz junto às velas.

Mas... o quê?

Lenços não trazem diamantes na ponta.

Não era um diamante preso ao lenço, era... era...

Santo Deus, era isso mesmo?

A respiração se elevou com a música. Enquanto o ar abandonava o concerto.

Era um anel, com uma pedra enorme, um diamante.

Sem entender direito, ela encarou Arthur, que olhava apenas para ela. Como se não houvesse rainha, ou música, nem voo de notas ou anjos curiosos no teto. Ele foi ao seu ouvido:

— Kathelyn, você me daria a honra de ser minha duquesa?

Ele sorria, parecendo um pouco inseguro.

Estaria nervoso?

Ela não respondeu. Venceu a distância da cadeira e se atirou na boca dele.

Beijou-o, afinal não havia mais ninguém.

Arthur expirou devagar e, com os lábios curvados num sorriso largo, deu beijos leves nos lábios de Kathelyn. E como sempre eles se perdiam. Logo o beijo discreto se aprofundou, e Arthur segurou o rosto dela entre as mãos. Logo estavam ofegantes e se beijando apaixonadamente.

Alguém pigarreou atrás deles.

Envergonhada, Kathe se lembrou de onde estavam.

Deus Santo, beijavam-se como se estivessem em uma casa de reputação duvidosa. Kathe imaginou que nem mesmo na intimidade permitida pelas paredes de um quarto os nobres beijavam a esposa com tanta entrega e paixão. Somente as amantes. Ela sorria ruborizada, e Arthur pareceu não se envergonhar nem se arrepender.

— Minha Kathelyn — sussurrou, escorregando o anel no dedo anelar dela. — Minha futura duquesa.

No dia seguinte, muito divididos, os jornais lutavam para decidir qual notícia teria mais destaque. De um lado, a notícia formal do noivado do nono duque de Belmont. De outro, a notícia da fofoca espalhada pelas línguas, ditas santas, dos beijos despudorados que o duque trocara no concerto dentro do palácio com a srta. Kathelyn Stanwell.

O casal não se importou com a divisão das colunas nos jornais. Estavam apaixonados demais para perder tempo com qualquer assunto que não fosse apressar ao máximo a celebração das bodas.

<hr>

O comentado casamento estava marcado para o fim de setembro.

— Dois meses — foi o decreto de Arthur diante do pai de Kathelyn, da sua mãe, de Lilian, de Caroline Harold, a duquesa viúva, e de todos que falavam ser impossível cumprir tantas formalidades em menos de seis meses.

Uma festa de noivado, convites para mais de mil pessoas, a organização da festa de casamento e outra infinidade de eventos de que eles deviam participar juntos, como noivos.

— Dois meses ou saímos daqui agora, consigo uma licença especial e nos casamos em poucos dias... sem festa, sem nada.

— Você não seria louco — murmurou a duquesa viúva.

Arthur respondeu com o silêncio.

Não é preciso dizer que em pouco tempo de conversa ele perdeu a paciência. Passou a falar em trinta dias, enquanto todos os outros lutavam para conseguir os dois meses do prazo original.

Afinal, estavam apaixonados e provavam isso em público.

Quanta descortesia e falta de princípios. Era o que todos achavam quando o casal permanecia junto o tempo todo em bailes, dançavam todas as valsas, percorriam Londres de mãos dadas ou abraçados. Continuavam trocando beijos vergonhosos em qualquer lugar.

Os jornais insistiam em afirmar que essas demonstrações entusiasmadas de afeto por parte de uma dama só eram perdoadas pela alta sociedade no caso de a dama em questão estar prestes a se tornar uma duquesa. Quase qualquer coisa é perdoável quando se tem um ducado lhe amparando.

Kathelyn tinha acabado de dar a aula matinal de escrita para Jonas. Após um mês, o menino fizera progressos notáveis. Mas continuava sem falar muito.

Agora ela lia um livro de George Sand, uma obra que abordava o adultério, o divórcio, o sonho do casamento romântico. Um protesto contra as convenções sociais que cerceavam as mulheres. Fazia isso com um tecido de bordado no colo. Caso alguém entrasse, estaria protegida pelo disfarçar das agulhas. Voltou ao livro, cercada pelo som do piano de Lilian, que tocava na sala ao lado.

Havia cem mil maneiras de perder o amor de uma mulher? Era uma frase da autora que estava lendo. Conseguia pensar em umas dez maneiras, mas cem mil? *Dentre as possíveis cem mil, justo a que não se tinha previsto é a que se realiza?* Seriam as mulheres seres tão maravilhosamente complexos assim?

— Aqui está você — Florence entrou na sala —, a noiva mais feliz deste mundo.

Kathelyn já havia colocado o livro no colo, sob o tecido, e trabalhava dois pontos toscos na tela redonda.

— Bordando? Acho que um título de duquesa tem poderes descomunais.

— O quê? — Ela olhava com atenção para a emenda de linha, que resultava em pontos malfeitos.

— Você bordando, merecia uma pintura — a prima falou e se sentou diante dela.

Apesar de Kathelyn não ser amiga de Florence, tinha algum carinho pela prima. Mesmo assim, começava a concordar com a opinião da sra. Taylor sobre Florence. Lembrou-se da primeira visita oficial de Arthur a Kathe e das palavras da preceptora quando a prima deixara seu quarto após um entremeio:

— Santo Cristo, Kathelyn — a prima dissera após Kathelyn contar que receberia a visita do duque. — Eu me pergunto se o segredo para atrair os melhores partidos do reino é rejeitá-los ou aprontar como você faz.

— Não fale besteira, Florence. Mal fui cortejada por alguém.

A prima puxara de brincadeira uma das tranças de Kathelyn.

— Até parece que não. Em apenas um baile no ano passado você teve quatro nobres interessados, e mal retornou aos salões e já tem um duque atrás das suas saias.

— Ele não está atrás das minhas saias.

— Eu não vejo nenhum duque me acompanhar a passeios matinais ou piqueniques.

Kathe se sentou à penteadeira, enquanto a camareira dava voltas em seu cabelo. A sra. Taylor ficara sentada junto à cama em um silêncio analítico.

— Belmont é apenas um amigo. — Kathelyn lembrara os beijos na carruagem.

Talvez mais do que um amigo, concluíra para si mesma.

— Para você, querida — dissera a prima, tomando a direção da porta —, eles sempre são amigos.

Quando Florence saiu, a sra. Taylor abrira a boca.

— Não gosto da maneira como ela a olha e fala com você.

— Florence?

— Ela inveja você e todos que são felizes de verdade.

Desde que ouvira a preceptora, Kathelyn começara a reparar em alguns comportamentos estranhos de Florence. A prima estava sempre pegando suas coisas emprestadas. Mesmo as de uso pessoal, como pentes e meias. Às vezes fazia isso sem pedir. Em algumas ocasiões, entrou no quarto e viu Florence sentada à sua penteadeira. No dia em que Kathe anunciou o noivado com o duque, a prima sofreu com uma urticária pelo corpo. A sra. Taylor dissera que era um acesso nervoso.

— Sabe aquele vestido que usou na sua reestreia? — Florence perguntou, chamando sua atenção para a biblioteca e para o presente.

— Sim, sei.

— Se importaria se eu fizesse um igual?

Não, ela não se importava com esse tipo de coisa, mas, se Elsa estivesse presente, condenaria a prima.

— Pode fazer.

— Que bom. Eu sabia que não iria se importar.

A prima se levantou ao mesmo tempo em que a porta da biblioteca se abriu, outra vez.

— Bom dia, Florence. Bom dia, Kathe — cumprimentou Lilian ao entrar.

— Bom dia — Florence foi em direção à porta. — Me deem licença. Posso pegar o vestido para levar à minha costureira?

— É claro.

— Obrigada outra vez. Que bom que é tão generosa e desprendida. — Dizendo isso, saiu, encostando a porta da biblioteca.

— O que ela queria? — Lilian perguntou, ainda olhando para a porta pela qual Florence saíra.

— Um vestido meu para copiar o modelo.

Lilian abriu as mãos no ar.

— Outro? Isso é muito estranho.

— As pessoas copiam umas às outras.

— Florence copia você desde que é pequena. Até o seu jeito de andar e falar ela imita. — A irmã enrugou o nariz e concluiu: — Acho que ela ensaia na frente do espelho.

— Você e a sra. Taylor podem abrir um clube de observação da Florence.

Kathe mesma começava a se incomodar um pouco com certas... manias da prima.

Lilian se sentou junto à irmã.

— Florence é uma moça bonita, mas não parece estar satisfeita com o que tem.

— Ela come muito bem, e sempre a escuto dizer que está satisfeita depois do jantar — Kathelyn brincou.

Lilian achou graça notando a tela do bordado nas mãos de Kathe antes de perguntar:

— O que está lendo?

— George Sand — Kathe respondeu com um sorriso torto, assim como estava sua tentativa de bordado.

13

COMO KATHE ADORAVA OS DIAS DE VERÃO. ENCHER O PULMÃO DE VERDE, amarelo-campestre, azul-floral e translucidez solar.

Adorava os dias quentes, daqueles em que ninguém aguentava permanecer fora de casa. O jardim ficava vazio e tudo ao redor era verde-azulado e cheio de sol. Os murmúrios dos leques abanando, das plumas cortando o ar e das lamúrias grudentas ficavam fechados dentro de casa. Lá fora, só um murmúrio, o das águas do rio e dos pássaros menos calorentos, que faziam esse trabalho sempre.

Mirou o relógio do saguão. Tinha ainda um par de horas até Arthur chegar.

Olhou outra vez e aproveitou que os parentes estavam escondidos do calor em seus quartos. Alguns prolongavam sua estadia um pouco mais, mesmo com o recente fim da temporada. Aproveitou que Elsa cochilava na cadeira da sala íntima e saiu.

— Augusto! — Olhou ao redor no jardim. Assobiou. — Augusto — chamou com mais ênfase.

Augusto era um cachorro de caça malhado da cor do carvão e das nuvens.

— Au-au — Augusto respondeu.

— Isso, garoto, venha cá. — Kathe se ajoelhou e o cão lambeu-a no rosto. — Chega, chega, vamos nos divertir.

— Au — Augusto concordou, o rabo comprido balançando entusiasmado.

Kathe correu ao estábulo e pediu que selassem sua égua.

Partiu galopando com Augusto a seu lado.

Quinze minutos depois, saltava do animal em frente ao rio. A porção onde sempre nadava nos dias mais quentes. Quer dizer, onde nadava às escondidas nos dias mais quentes. Porque nadar no rio era coisa de criança e nunca, jamais, de uma dama. Que dirá de uma futura duquesa.

Deus, jamais!

Por isso não mergulharia completamente. Queria apenas se refrescar. Não poderia molhar o cabelo. Entraria até a metade do corpo, molharia a nuca e o rosto e já estava bom demais.

A culpa da quebra de protocolo era do calor e, obviamente, do rio. A visão daquelas águas não a deixava esquecer quanto era um alívio se refrescar nesses dias de verão. Olhou ao redor, certificou-se de que estava sozinha e tirou o vestido.

Usava apenas a camisa fina de baixo e os calções. Era mais fácil nadar sem espartilho. Era mais fácil qualquer coisa sem um espartilho. Fez uma trouxa organizada com as roupas descartadas. Os pés foram os primeiros a receber as carícias geladas.

— Hummm — murmurou de prazer. As pernas ciumentas cobravam a mesma atenção. — Ai, Deus, que delícia.

Entrou devagar e logo estava coberta até a cintura. Molhou o rosto com cuidado. Teria que sair logo, para estar de volta antes de qualquer pessoa chegar ou se levantar.

Aquela era uma das únicas partes do rio em que a forte correnteza se curvava em um bolsão. Era possível nadar sem ser arrastada para baixo como uma pedra. O rio era mesmo muito generoso, e logo todo o calor foi substituído por alívio. E ela sentiu a corrente de energia que adorava.

— Augusto! — Olhou para o cachorro que corria na margem, eufórico. — Vamos, entre, está uma delícia. Venha garot... Não, largue isso! Augusto, solte já. Solte isso agora mesmo! Não, não, Augusto, deixe aí... nããooo. Solte! Volte para a margem. Ah, nããooo!

Nadou desesperada enquanto assistia a seu vestido ser arrastado pelo fluxo de água. Deu braçadas e pernadas e entrou na parte do rio em que a correnteza era forte, forte demais. E foi envolvida pela água, sentindo desespero e aflição.

Morreria arrastada pelo rio, como um tronco. Atrás de um ridículo vestido. Até mesmo sua morte seria escandalosa. Ela não podia morrer vestida de um jeito discreto e comum?

Lutou. Lutou muito nadando em diagonal. Engoliu água, tossiu e continuou lutando.

Conseguiu, após um esforço sobre-humano, alcançar um galho. Segurou com toda a força das mãos, dos braços, toda a força que tinha no corpo. Após um tempo, que pareceu uma eternidade, conseguiu se erguer das águas e saiu. Estava na margem oposta do rio. Olhou para a roupa fina e ensopada.

Estava toda molhada, os cabelos e tudo. E agora?

Grande coisa estar molhada. O maior problema era a ausência de roupa. Estava quase nua.

Kathelyn correu pela margem até o ponto seguro, sem correnteza. Augusto abanava o rabo e latia do outro lado, onde ela deveria estar. Do lado em que deveriam estar suas roupas secas, se o cachorro não tivesse soltado seu vestido no rio.

— Eu vou atravessar este rio — gritou. — É bom você ter fugido daí porque, se eu te pegar, você é um cachorro morto.

— Au-au-au!

— Não ouse me responder ou eu vou acabar com a sua raça.

Entrou no rio, fuzilando o cão com olhar.

— Au-au-au-au!

Quando estava com a água até a cintura, Augusto entrou no rio e se jogou em cima dela, lambendo-a.

— Seu verme peludo. O que deu em você? — Lambida. — Está bêbado? — Lambida, lambida, lambida. — Olhe o problema que você me arranjou! — Lambida. — O que vou fazer? — Lambida. — Se me matarem, você morre comigo! — Lambida e mais lambida.

Kathelyn, com anos de prática em se livrar de situações complicadas, não conseguiu pensar em uma só saída que não representasse sua ruína, seguida de morte. Se descesse o rio contornando a margem por uns três mil metros, a propriedade acabaria e a segurança também. Essa ideia podia levar à morte. Se subisse em direção à casa, considerando a hora mais avançada do dia, todos já estariam fora do quarto, possivelmente na varanda ou em qualquer lugar e com todos os parentes. Essa ideia era a ruína.

Fez o que podia. Desceu a pé vários metros, para poder se esconder com mais facilidade se precisasse, e olhou até o limite que alcançava. Não viu nem sombra do vestido. Voltou até onde estava a égua. Augusto ia a seu lado abanando o rabo e cheirando tudo.

— Cachorro estúpido.

Sentou-se com as pernas dobradas junto ao peito. Quanto tempo até começarem a procurar por ela? Olhou para o céu. Pela posição do sol, Arthur já devia ter chegado a Milestone House. E a duquesa viúva, sua tia-avó e toda a horda de parentes ainda vivos que ele pudesse ter. Iam resolver detalhes do casamento. Em pouco mais de quinze dias ela seria uma duquesa, e estava ali daquele jeito, nua e molhada.

Por que essas coisas acontecem comigo?

Viu-se de cima, como se estivesse fora do corpo, sentada quase nua na margem de um rio, com um cavalo e um cachorro. Ela, a futura duquesa de Belmont. Nona duquesa de Belmont.

Pensou no tamanho da árvore genealógica necessária para fazer nove duques. Centenas de anos de tradição e muitos leques, chás, normas e mais tradição.

Com certeza, se puxasse um braço ou uma perna da árvore, encontraria reis, rainhas e princesas. Os nobres eram todos parentes. Ela mesma devia ser prima de sexagésimo terceiro grau de Belmont.

Era uma mistura de braços e pernas nobres.

Puxa de lá da prima da tia-avó, de cá do irmão do primo do bisavô e pronto, você se encontra no meio de uma encruzilhada de parentes esnobes e de tolices sem fim.

Será que alguma duquesa já desfilou seminua por uma casa cheia de nobres aparentados e afetados?

A duquesa nua de Belmont. Kathe riu do recém-criado título. A risada virou uma gargalhada. A gargalhada foi abafada pelo barulho familiar de um trote.

Alguém estava na trilha de cima, a cavalo. Era sua única saída. A menos chamativa. Com sorte seria alguém bom o bastante para ajudá-la e não contar nada a ninguém.

Subiu um pouco o barranco para ver.

— Meu Deus, não pode ser... é? — Abanou os braços, desesperada. — Steve.

Ele voltou?

O homem deteve o cavalo e levou a mão até a testa. E Kathe? Esqueceu que estava ensopada e meio sem roupa. Saiu correndo em uma louca disparada.

— Steve?

— Sardenta?

— Sim, você voltou? — ela gritou correndo. — Deus, como? Quando?

Alguns metros a mais andados com o cavalo e ele saltava à frente dela. Abraçou-a, entusiasmado.

— Que saudade, sardenta.

— Eu também... Quando você voltou?

— Ontem à noite.

Eles continuavam abraçados.

— E não ia me procurar, seu tratante.

— Eu ia em seguida. Estava apenas testando os arreios dos cavalos e...

— Você não respondeu à minha última carta.

— Naquela altura, eu já sabia que voltaria e, meu Deus, você... — Ele se afastou um pouco e correu o olhar por todo o corpo feminino.

— Pare, não vê que estou quase nua?

— Sim — olhos arregalados —, estou vendo.

— Vamos, tire o seu casaco. — Ela cobriu o que conseguia do corpo com as mãos. — Preciso dele.

Steve tirou. Kathe se vestiu rapidamente e fechou-o sobre o peito.

— Onde está sua roupa?

— O rio estúpido, cúmplice do cachorro desmiolado, levou.

— O quê?

— O rio sequestrou.

— O rio?

— Sim, Steve, o rio levou embora.

O amigo ergueu as sobrancelhas em um arco.

— Você estava nadando escondido de novo, não é?

— O que você acha? Que estou aqui, nua, porque agora ando assim pela propriedade?

Steve observou o cachorro e então o rio e sua boca começou a tremer.

— Não ria de mim ou mato você e também esse cachorro idiota que jogou meu vestido no rio.

Ele estourou em uma gargalhada.

— Ai, sardenta, eu não acredito! E se eu não aparecesse? O que ia fazer, voltar nua para casa?

— Acho que sim.

Os dois gargalharam, como faziam quando eram crianças. Até terem que se apoiar um no outro. Até respirarem com dificuldade.

Kathe correu os olhos pela roupa do amigo. Steve era um homem alto, de cabelos pretos, porte atlético e olhos azuis tão claros que pareciam gostas de cristal. Recuperando o ar, Kathe constatou:

— Você está muito elegante, sr. Ferrel. Vejo que conseguiu ganhar o dinheiro que se propunha.

— Consegui juntar algum dinheiro, sim, sardenta.

— Você vai ficar?

— Somente por alguns dias, enquanto resolvo uns negócios por aqui.

Kathelyn mirou o chão, amuada.

— Ei, sardenta, assim você me desmonta.

— Nunca mais será como antes, não é?

— Nós crescemos, Kathe. Mas o carinho que sinto por você jamais mudará.

Ela engoliu o bolo na garganta junto com a certeza de que as coisas mudam.

— Eu sei.

— Tenho um presente para você. — Steve cutucou um galho de árvore com a ponta do pé antes de concluir: — Na verdade, são seis presentes.

— Minhas caixinhas! — A voz dela soou mais animada.

— Sim.

— Você não esqueceu! — Fungou. — Obrigada. — E o abraçou.

— Senti sua falta.

Steve era um artista talentoso, esculpia e montava caixinhas de música. Peças com as quais presenteava Kathelyn desde que ela tinha cinco anos. Uma no aniversário e outra no Natal.

Ela inspirou fundo antes de dizer:

— Graças a Deus você está aqui, porque preciso de ajuda.

— Sim, estou vendo. Estava morto de saudade de suas façanhas.

— Isso não é façanha, é uma tragédia. — Kathe o empurrou de brincadeira.

— Por quê?

— Belmont e toda a sua família ducal já devem estar em casa.
— O seu noivo-título?
— Quem te contou?
— Minha mãe.
Kathe mordeu o lábio com ar pensativo.
— Ele... bem... ele não é apenas um título, ele é... diferente.
Steve voltou a cutucar o galho solto.
— É mesmo, sardenta? Um duque? Difícil de acreditar.
— Eu também não acreditei no começo, mas você vai conhecê-lo e logo verá. — Kathe fechou o casaco sobre o peito e depois concluiu: — Ele gosta de antiguidades, como eu, me faz rir e me faz sentir coisas...
— Coisas, sardenta?
— Coisas, ora... coisas que os homens fazem as mulheres sentirem.
— Ele... — Steve franziu o cenho. — Vocês... Eu devo confrontá-lo?
— Pare de bancar o irmão mais velho antiquado. Não foi nada disso. Nós apenas nos beijamos — dizendo isso, ela corou.
— Sardenta — o amigo estreitou os olhos —, você está apaixonada?
— Acho que devo estar, mas, como Belmont não disse nada sobre isso, eu não também não admiti — Kathe suspirou. — Justo pelo título mais alto que existe, acredita?
— Assim é a vida.
— Não vai me dar as felicitações?
Steve tocou na aba da cartola.
— Agora que vejo que está feliz de verdade e que não está sendo obrigada a se casar, vou sim. Parabéns, sardenta! Desejo que você arranque toda a pompa do duque com seu temperamento.
Ela mostrou a língua com uma careta.
— Agora, vamos. Você precisa me ajudar.
— Vou descer o rio atrás da sua roupa?
— Não, não há tempo para isso. — O rio era enorme e ela mesma já tinha descido boa parte dele a pé, sem encontrar nada. — Vamos subir pela trilha dos fundos, então, enquanto você vigia o entorno, eu escalo a árvore até o meu quarto.
— Como nos velhos tempos?

— Sim.

No início existia uma proibição intermitente quanto à amizade dos dois. Mas, como eles não desistiram de se encontrar às escondidas, e como o conde preferia perder a vida e talvez até mesmo as posses a demitir a sra. Ferrel — a mãe de Steve —, que, segundo o conde, era a melhor cozinheira do mundo, a amizade entre Steve e Kathelyn fora suportada. Contanto que nunca estivessem a sós, o que eles obviamente nunca obedeciam, e contanto que Steve não influenciasse Kathelyn a fazer coisas inadequadas a uma dama. O que eles também não seguiam.

Durante os três anos da ausência de Steve, Kathelyn provara ao pai e ao restante da família que não era qualquer amizade que a levava a ter comportamentos "inadequados," e sim sua personalidade indomável, como definia o conde.

⸻

— Vá logo, sardenta! — pediu Steve, abaixado, enquanto Kathelyn apoiava os pés nas mãos dele para subir em um galho mais alto.

Ela impulsionou o corpo para cima. Colocou o pé no galho lateral mais grosso com a habilidade de quem já fizera isso uma centena de vezes e passou a escalar entre troncos retorcidos e folhas, que sacudiam onde ela pisava, se agarrava ou se apoiava.

Era um salgueiro enorme, forte e resistente. Kathelyn rezava conforme tinha que caminhar por galhos mais finos. Esses lembravam os rocamboles da mãe de Steve. Torcidos e cheios de geleia. Massa bem fina. Mais um pé, outro puxão e o último impulso. Colocou as mãos no batente da janela e, num forte empurrão, jogou o corpo para cima. Entretanto, antes que seus pés alcançassem o tapete no chão do quarto, ouviu:

— Tenho certeza, minha lady, de que Kathelyn não se importará. Ademais, ela já deve estar retornando do seu passeio matinal. — Era a mãe quem falava.

— Sendo assim, vou dar uma espiada. Estou mesmo muito curiosa para ver o vestido de noiva. — E essa outra voz era possivelmente a da duquesa viúva, sua futura sogra.

E Kathe? Estava só de roupas íntimas e certamente com boa parte dessa mesma roupa meio — olhou para baixo — suja com folhas e terra.

Não teria tempo, não poderia. Como iria se apresentar assim?

Sem pensar, Kathe voltou pelo mesmo caminho. Conseguiu descer o corpo justamente a tempo, pouco antes de ouvir a porta do quarto sendo aberta e as vozes se tornando claras e límpidas.

— Não sei o que deu na sra. Taylor para se atrasar com Kathelyn dessa maneira. Ela nunca fez isso. — Era sua mãe mentindo para salvar sua pele.

Pobre sra. Taylor, devia estar escondida em algum lugar e só poderia botar os pés para fora quando Kathe resolvesse aparecer. Ou descer da árvore em que estava pendurada. Ou arranjar uma roupa para se apresentar sem causar uma comoção. Então, Kathelyn, meio atordoada, passou a descer com uma velocidade apressada.

Tão apressada que não reparou no sinal claro de Steve para que se detivesse onde estava. Para que não prosseguisse passo a passo, pernada a pernada, galgando proximidade em relação ao chão. Quando estava a poucos metros do fim, começou a dizer em voz alta e atropelando as palavras:

— Steve, corra até a sra. Taylor. Não, voe até ela. Primeiro a encontre, é claro. — Tomou fôlego, se pendurou no galho, olhou para um ponto seguro no chão e concluiu: — E, assim que encontrá-la, suplique a ela por um vestido. Eu... eu vou me esconder na casa da árvore.

Pulou no chão, deu dois passos em falso e tropeçou na raiz.

Por que esse salgueiro ganancioso tinha que ter tantos galhos e raízes?

Por algum motivo incoerente, Steve não estava lá, servindo de apoio a ela.

E, só porque o louco do amigo fazia uma vênia para o ar enquanto ela descia da árvore, a trombada de seu corpo nele levou os dois ao chão. Ao chão, não, à lama no chão. Já que havia chovido a noite inteira e a chuva, para infortúnio de Steve, costumava fazer isso com a terra. Infortúnio porque, como ele fazia uma mesura e não viu Kathelyn se desequilibrar, o tranco o empurrou de cara na lama e ela caiu embolada por cima dele como uma lã.

— Ai, meu Deus — murmurou ela enquanto se levantava. — Você está bem? — perguntou, observando o amigo ficar de pé e tirar o excesso de lama do rosto e das mãos. Kathelyn mordeu a boca para não rir.

— Se eu fosse você não riria — ouviu Steve dizer em tom sério.

— Se eu fosse você, teria sido mais útil e teria nos equilibrado no lugar de se colocar no meio do caminho e...

— Kathelyn, eu tentei avisar — Steve mirava a frente com a expressão endurecida e enlameada; o corpo rijo.

— Tentou avisar que eu cairia? Você ficou parado. Aliás, o que você estava imaginando fazer? Conversar com as formigas? Lustrar os sapatos?

— Kathelyn! — Algo no tom de voz tenso do amigo a fez girar a cabeça na direção para a qual Steve olhava. Mais precisamente a um ponto a dez metros de distância de onde estavam. Exatamente na varanda traseira da casa.

Kathe conseguiu contar rápido: oito pessoas, entre cavalheiros e damas. Todas elas paradas e vestidas como era o esperado para a ocasião. Todos os encarando com expressões nada naturais no rosto, o que também era esperado, considerando a cena a que tinham o privilégio de assistir.

Mentalmente, Kathelyn reconheceu seu futuro marido. E, pela expressão assassina de seu pai, logo ela estaria morta. Só conseguia culpar o cachorro, o calor que a levara até o rio e o pai, obviamente.

Porque fora o pai, com sua genialidade brilhante, quem resolvera projetar uma varanda na parte traseira da casa, estrategicamente construída para ter a melhor, mais frontal e desimpedida vista do maldito salgueiro. A árvore acabara de entrar na lista dos culpados por sua desgraça.

Então, sem restar nada mais que pudesse fazer, executou uma impressionante reverência.

Claro, Kathe sabia que não fora perfeita. Enquanto arqueava a cabeça, sentiu alguns pingos de água escorrerem no rosto. Sabia também que não foi a mais decorosa reverência. Ao se dobrar para executar o movimento, o casaco largo de Steve se abrira, deixando à mostra metade das roupas íntimas ainda molhadas.

Olhou de esguelha para o lado e viu o amigo arqueado em uma magnífica vênia. Estaria coberto de lama até o dedão do pé se não estivesse de botas.

Ela se virou para a frente e contou outra vez um duque, um conde, dois barões, que eram tios do duque, uma viscondessa, tia-avó do duque. Mais três respeitadas damas da alta sociedade, assistindo de camarote àquela cena bizarra que ela e Steve protagonizavam no jardim.

Kathelyn começou a gargalhar. Afinal, tirando a parte de seu assassinato, era tudo muito engraçado. As expressões atônitas, o silêncio atroz e, claro, o ridículo que ela encenava diante de duas das três maiores fofoqueiras da sociedade.

Steve se rendeu ao magnetismo da risada e começou também a gargalhar.

Arthur foi o primeiro a se mexer entre o grupo de estátuas. Avançou rápido em sua direção e agarrou-a pelo braço.

— O que está acontecendo aqui?

Kathelyn, que parou de rir quando engoliu a fúria dos olhos dele, respondeu um pouco insegura.

— Um calor enorme, um cachorro ladrão, um rio cruel, um amigo que me ajudou e um salgueiro cheio de galhos.

— Pare com isso, Kathelyn e me responda. — Apontou com o queixo na direção da varanda, onde os parentes dele se enfileiravam. — Por que você está assim?

— Ah, isso... — Kathe passou a mão descontraída pela lapela do casaco que vestia e disse: — É do Steve. Ele me emprestou, achando que seria melhor do que estar apenas de roupas íntimas.

Ela assistiu a Arthur remover sua própria casaca e cobri-la antes de pedir em um tom de voz distante, frio, educado. Um tom que ele nunca usara com ela.

— Tire isso, agora!

Kathe suspirou, entreolhando Arthur e os parentes dele, e depois concordou com a cabeça.

Com os dedos trêmulos, removeu o paletó de Steve e vestiu o de seu noivo no lugar. Começava a entender a dimensão do problema que fora criado. E se Arthur não acreditasse nela? Se ele a amasse, devia acreditar em sua palavra, não devia? O problema é que, apesar de estar apaixonada, não sabia se Arthur compartilhava do mesmo sentimento. Suspirando, Kathe esticou o braço e devolveu a peça de roupa para o amigo.

— O senhor e eu marcaremos um encontro de honra — anunciou Arthur para Steve, em um tom de voz calmo e firme, como se falasse do clima.

— O quê? — Kathe gritou involuntariamente.

— Srta. Stanwell — Arthur continuou no mesmo tom —, você e eu precisamos conversar. Imagino que prefira fazer isso vestida. Me encontre na biblioteca assim que estiver pronta.

A boca de Kathelyn só não caiu até a lama porque estava grudada no rosto.

— O que tiver para resolver com Steve, digo, com o sr. Ferrel, resolva na minha frente. Eu o coloquei nesta situação.

O olhar que Arthur lhe lançou, frio como gelo, petrificava todo o verão ao redor.

— Pare com isso, Kathelyn.

— Não paro. — Plantou os pés no chão e cruzou os braços sobre o peito. — Não até eu explicar o que aconteceu.

Arthur não olhou para ela, e sim para Steve:

— Amanhã, escolha os seus padrinhos, nos encontraremos no...

— Não — grunhiu Kathelyn. — O que você pensa estar fazendo?

— Tentando salvar o que vai restar da sua reputação até amanhã — ele disse entredentes e com a voz baixa.

— Você não é louco, não faria isso, não houve nada. Ao menos me deixe explicar.

Kathelyn sentiu a mão do pai se fechar em seu braço com força. Em seguida, o tranco de um violento puxão que a derrubou de joelhos. O conde estava tão transtornado que nem reparou que a arrastava de joelhos em meio à lama, galhos e pedras para dentro de casa.

— Solte-a agora!

Apesar de não ver, soube que era Arthur quem urrava e já agarrava o braço do pai, impedindo-o de continuar a puxá-la. Kathe limpou as lágrimas dos olhos e se levantou, ignorando a dor dos recentes arranhões nas pernas. Notou a cor do rosto do pai sumir, enquanto Arthur crescia em cima dele.

— Nunca mais encoste um maldito dedo nela. Kathelyn é minha responsabilidade, entendeu?

— Eu não sou de responsabilidade de ninguém. Não sou um objeto ou um cavalo, não pertenço a você — virou para o pai —, nem a você. — Terminou olhando para Arthur.

Correu para dentro de casa com o coração acelerado.

14

ARTHUR ESTAVA SENDO DEVORADO. ERA ISSO O QUE ACONTECIA. ASSIM que Kathelyn desapareceu para dentro de casa, começou o banquete. Primeiro foi o pai da dama, que quase caiu de joelhos em sua frente pedindo perdão pelo comportamento inadequado da filha — aquele estúpido a tinha arrastado pelo chão. Arthur teve de se segurar para não esmurrar a cara do infeliz.

Depois vieram os tios, sua tia-avó e as duas primas: lady Diane Worth e lady Margareth Wimbledon — aquelas duas fofoqueiras —, todos avançaram para cima dele, como se fosse um peru assado pronto para a ceia.

Kathelyn e ele seriam desossados em baixelas de prata. Todos, sem exceção, estavam se refestelando em cima do escândalo protagonizado por sua futura duquesa. Foram tantas perguntas, ensaios de desmaios e insinuações nada indiretas de como ele deveria conduzir a situação, sua vida e até mesmo sua noite de núpcias, que no fim do banquete ele estava exausto.

Drenado mental, física e até espiritualmente — se existisse um espírito. Depois que cessou a onda de falso desespero, surgiram as presas afiadas prontas para atacar e, nos olhos, o brilho da emoção pela caça predatória.

Arthur era apenas o prato de entrada. O título ducal por si só era capaz de domar um circo de bestas. A real refeição seria Kathelyn. Ele sabia que, em poucas horas, todos ali estariam devorando-a. Logo ele que nunca dava satisfações de sua vida a ninguém, que nunca precisava responder a perguntas mais de uma vez. O nono duque de Belmont, que não se importava nem um pouco com o que pensassem ou falassem de sua pessoa, estava bem no meio do escândalo do ano, talvez da década. Possivelmente o maior entre as oito perfeitas gerações anteriores de duques. Todos sempre tão irrepreensíveis.

Bufou.

Por isso sempre relutara em se casar. Pelos seus atos ele respondia; sempre respondera sem a menor parcela de culpa. As pessoas não tinham coragem para transformar um duque em um parvo. Mas agora não respondia apenas por si, e sim por Kathelyn. Se ele não a amparasse, se não desafiasse o sr. Ferrel para um duelo, a honra dela seria analisada, julgada e condenada, e Kathelyn seria eleita a nova rameira de luxo da coroa, nunca seria aceita como uma duquesa.

Como sua duquesa. Apertou os dentes ao lembrar dela rindo de roupas íntimas junto a outro homem. Afinal, o que ela fazia despencando de uma árvore vestindo apenas o casaco desse outro homem e quase nua? O homem que respondeu ao convite do duelo com uma frase concisa:

— Sua excelência está cometendo um erro. Mas, se insiste, nos encontraremos. — Depois virou as costas e saiu. Uma atitude cavalheiresca demais para quem era apenas o filho da cozinheira, como o conde o definira.

Uma amizade que Kathelyn insistira em manter, por anos, às escondidas. Se eles eram somente amigos, como Kathelyn afirmava, poderiam entrar em um acordo de cavalheiros e não atirar. Arthur se lembrou do rosto pálido de sua noiva, da maneira como ela pareceu se preocupar mais com o sr. Ferrel que com ele próprio.

Bufou outra vez, impaciente.

O que fazia Kathelyn? Será que o traía? Não. Ela não poderia.

Tomou duas, três doses de conhaque, e nada aplacava o humor em que se via mergulhado. Já andara de um lado a outro da biblioteca uma centena de vezes. Nada abrandava a queimação que ardia em suas veias.

Só de imaginar aquele homem e Kathelyn juntos, sentia uma vontade infernal de esmurrar a parede. O que Kathelyn fazia com aquele...

Ouviu o barulho da porta abrir e então fechar. Viu-a apoiar as costas no batente com a expressão de uma garota que acabara de fazer uma grande arte. *Ah, Kathelyn, o que você aprontou?*

Ele respirou fundo. Acontecia algo estranho com ele diante de situações de extrema pressão ou raiva, ou seria ciúme? Arthur mantinha um controle externo invejável. Sua ira era traduzida no olhar mordaz, na voz ácida, na postura arrogante que fazia parte do sangue ducal.

A única vontade dele naquele momento era encontrar a verdade. Não toleraria a mentira. Nunca tolerara.

— Primeiro você vai me explicar o que resultou naquela cena absurda e ridícula a que eu assisti — começou, com a voz amena.

— Eu... — ela suspirou — sei que vai parecer...

⸺⸻⸺

Ele ergueu a mão. O que assustou Kathelyn não foi a emoção que enxergou nos olhos âmbar. Nem o fogo com o qual estava acostumada a lidar. O que a gelou ao longo da espinha foi o tom frio e baixo de voz, o olhar glacial, ainda mais gélido do que junto ao salgueiro. Amarelo gelado? Era possível uma cor quente parecer fria? Sim, era, ela comprovou.

— Apenas se explique, minha lady.

— Sim, excelência. — Já se sentia penalizada antes mesmo de trocar três frases inteiras. Arthur não a repreendeu por usar o tratamento formal, havia muito dispensado entre os dois.

Kathelyn contou passo a passo, desde que saíra de casa pela manhã até o momento em que caíra em cima de Steve. Ele escutou tudo em silêncio.

— Entendeu? — perguntou, no fim de seu relato.

— É a história mais absurda que já ouvi na vida.

— Não acredita em mim?

— Eu acreditar não fará a menor diferença para a corte, que espera ansiosamente a oportunidade de transformar qualquer dama em uma pária.

— Você nunca se importou se as línguas da sociedade soltavam palavras doces ou amargas ao pronunciarem seu nome, o que mudou? O seu gosto, excelência? Ou teme uma indigestão social?

— Ser motivo da alegria no reino te parece assim tão tentador, senhorita? Eu garanto que o meu nome proporciona diversas sensações, e a vergonha é a última da lista.

Kathe olhou para o tapete floral no chão.

— A felicidade viria antes ou depois da vergonha?

— Nesse caso, a vergonha antecede a felicidade — ele respondeu.

— Então, devo entender que se envergonha?

— Envergonho-me, srta. Stanwell? Tenho motivo para andar de cabeça baixa enquanto os meus pares sussurram meu nome?

— O que acha, excelência? Se nadar no rio da minha propriedade, perder acidentalmente a roupa, ter de pedir ajuda a um amigo e ser vista nessa situação por alguns nobres é motivo para matar um homem inocente ou mesmo arriscar perder a vida, então, sim, creio que tem motivos para se envergonhar.

Os dois estavam sentados. Kathe regia com a postura impecável da dama que fora treinada a ser. Arthur, vestido em todo o orgulho conferido por quinhentos anos de duques em suas veias.

Em um silencioso escrutínio, ele se levantou, ainda em silêncio e, como se nada no universo pudesse contestá-lo, aproximou-se e passou o polegar no lábio dela. No inferior. Até o ter molhado. Até ela ofegar, mesmo sem querer.

— Ele a beijou, Kathelyn?

— Se ainda não sabe a resposta, então... — Virou o rosto, livrando-se da carícia. — Quem se envergonha sou eu. Parece mais fácil para você acreditar na história que montou em sua cabeça do que em minhas palavras.

— E que história seria essa?

— Não sei. Quem a montou foi sua excelência, não poderia nem imaginar.

Arthur voltou a se sentar e um sorriso irônico curvou seus lábios.

— A história começa com uma dama que adora se aventurar sem medir os buracos que essas aventuras cavam em torno de si e de todos que a circulam. Uma dama que ignora o seu lugar.

Kathelyn empalideceu. Ele continuou, imune:

— Uma dama que não tem ideia do seu poder de atração sobre homens e, por isso, joga com esse poder.

A boca de Kathelyn se abriu, mas ela não conseguiu dizer nada.

— Então, um dia essa dama acorda e descobre que um amigo de infância retornou, após uma viagem longa.

Arthur fez uma pausa e estalou os dedos antes de prosseguir:

— Essa dama convida o amigo para um mergulho inocente no rio. É um dia quente, que mal pode haver nisso? Afinal, eles já fizeram isso muitas vezes quando crianças. Então, talvez, na inocência da brincadeira, o rio carrega as roupas dela sem que ela perceba. Está muito ocupada entretendo-se com jogos infantis.

Kathelyn começou a respirar de maneira acelerada.

Arthur não se abalou.

— Quando se deram conta, haviam perdido o horário. Que criança sabe quando parar de brincar, não é mesmo? E foi então que a dama se lembrou de que tinha um tolo de um noivo, disposto a sustentar todas as suas aventuras, à espera dela. Então, sem tempo de procurar o vestido perdido, ela correu para casa, com medo de ser descoberta.

Ele estalou a língua, com descaso.

— Acredite, senhorita, querendo você ou não, é essa a história que todos contarão logo mais e por todo o reino, independentemente de eu acreditar na sua versão ou não.

Kathelyn entendeu que Arthur estava muito nervoso com tudo o que acontecera e que não raciocinava direito. Sentia-se dividida entre a vontade de fazê-lo acreditar e a indignação por não confiar nela. Parecia um homem virado de... ciúme? E parecia também muito ameaçador. Se Kathelyn não estivesse tão nervosa, juraria estar sentindo um pouco de medo. As mãos tremiam levemente e a respiração estava mais rápida. Engoliu em seco e pigarreou antes de conseguir se expressar:

— Percebe que está tão imerso na raiva que mal raciocina?

Ele franziu o cenho e apertou as mãos em punhos.

As mãos dela caíram cruzadas sobre o colo.

— Acha mesmo que, se eu quisesse me divertir com alguém às escondidas, o faria em plena luz do dia? Dentro de um rio visível para a trilha principal da propriedade? Sabendo que meu noivo estaria a qualquer momento dentro da mesma propriedade?

Arthur se levantou. Ela continuou com o máximo de orgulho e firmeza de que foi capaz:

— Ofende-me perceber que minha palavra, para você, não vale nada. Ofen... — Ele a encarou intensamente, como se pudesse drenar sua fala.

— Ofende-me — prosseguiu, menos decidida —, mais ainda, que me entenda tão inepta assim. Se eu fosse tudo o que sua história inventou, teria que ser muito inca... — Ela gaguejou. Arthur deu alguns passos em sua direção — incapaz.

Sua voz tremia, assim como sua respiração.

— Quem é você, Belmont? — Ela se empertigou ao perguntar. Não o deixaria ver quão afetada estava. Não deixaria. — Em um momento parece tão invulnerável a qualquer regra ou a qualquer opinião alheia. Tão apaixonado e verdadeiro, amigo e humano. Em outro, parece um-um... um duque — pronunciou como se fosse uma ofensa.

— Isso é porque eu sou um, srta. Stanwell. Por mais que despreze, é a verdade. Nasci conde. Um título que muitos homens não carregam a vida inteira eu já suportava quando estava na barriga da minha mãe. Logo depois fui feito marquês. Mas o que guiou minha educação, o meu mundo, tudo o que eu podia e devia ser foi o ducado. Quando se nasce herdeiro de um título desses, você é o que o título faz de você, antes mesmo de herdar a honra ou a maldição.

— Não, eu o conheço. Está nervoso — Kathe tentou. — Você não é assim. Está agindo diferente.

— Diferente como? Acha que eu não me importo com meu título? Como, senhorita? Ele é parte inseparável do que me formou. O mundo vê o duque de Belmont.

Ele falava com uma postura tão autocrática. Kathelyn nunca o tinha visto dessa maneira.

— Fui criado como se fosse um príncipe. Mesmo fazendo de tudo para ter o alívio algumas vezes, é impossível esquecer totalmente. Não posso me desvincular de algo que nasceu comigo, como um braço ou uma perna.

— E o seu coração? Nasceu em seu peito ou também foi herança do título, Belmont?

Arthur se sentiu atingido. Por algum motivo ainda inexplicável, nem por isso menos tocante, tudo em Kathelyn o atingia em proporções enormes.

Não estava acostumado a se sentir assim, e naquele momento não gostava nem um pouco disso.

— O que quer que eu responda? Que o meu coração não está contaminado? Ou que ele veio como um dote, pesado e registrado no testamento de sua excelência, o duque anterior?

Odiava tudo o que estava dizendo a ela. Se odiava ainda mais por dizê-lo de maneira tão implacável. Queria parar. Mas, sem saber por que, não parou.

— Você, srta. Stanwell, como primeira filha de um conde, se casaria com quem? Com um burguês ou com um marquês?

Ele apoiou o braço na estante de carvalho ao lado da poltrona de Kathelyn.

— Mesmo que, em um ato de extrema rebeldia e admirável coragem, resolvesse fugir com um simples cavalariço... — Os olhos dele arderam ao pronunciar isso. — Se fugisse em nome do tão sonhado amor... Tenho certeza de que em poucas semanas, ou até mesmo dias, se sentiria muito motivada com a ausência das cinco refeições diárias, com a falta de uma donzela que a ajudasse todos os dias e noites a se vestir, pentear e banhar... E se não houvesse vestidos? Como seria, senhorita? De quantos vestidos uma dama precisa para estrear na sociedade?

— O que está tentando provar?

— Trinta vestidos no mínimo. Sim, claro que não poderia levá-los todos. Que tristeza, não? Mas sempre há uma saída. Poderia deixar de dormir em uma cama para acomodá-los no quarto. Já viu como é pequena a casa de um criado? Você se sentiria em uma casa de bonecas afogada em seu enxoval inglês.

— Não me trate como uma desmiolada, coquete e fútil.

Ele ignorou.

— Mas quem precisa descansar quando se tem um mundo a explorar? — Arthur levou a mão ao queixo, em uma pose pensativa, e somente então concluiu: — Sim, claro que esse mundo se reduziria bastante. Talvez a uma horta da qual teria de cuidar com as próprias mãos, tão acostumadas ao trabalho árduo. Ou sempre restaria a opção de ser criada de alguém. Com sua educação, conseguiria, com sorte, ser dama de companhia de alguma jovem cujo céu sorria na hora de seu nascimento. Uma dama que não imagina o que é ter de arear pratas ou lavar o chão, ou mesmo apertar espartilhos. Cerzir roupas e limpar sapatos o dia inteiro para comer pão no fim do turno e manter este glorioso mundo em pé. Tudo em nome do amor.

— Espantoso como conhece com tanta propriedade a vida dos mais humildes. Faça-me o enorme favor de ir ao inferno dissertar, excelência.

Ele riu com frieza.

— Você não tem mesmo os modos de uma dama, srta. Stanwell.

Ela o desafiou, sustentando o olhar mordaz.

— E o senhor tem todos os modos de um duque.

Arthur cruzou os braços sobre o peito. Exalava tamanha autoridade que, se a rainha entrasse na sala, seria capaz de lhe prestar uma reverência decorosa.

— Você jamais se casaria com alguém inferior a um barão. Deixemos de lado a beleza do idealismo igualitário. Em toda dita igualdade há um corpo inteiro podre. Eu já o vi muitas vezes e entendi.

Kathe empinou o queixo.

— Difícil de acreditar.

— Já fui ingênuo como a senhorita uma vez. Faço de tudo o que está ao meu alcance para me desvencilhar do peso das amarras sociais. Mal vivo na Inglaterra, como já deve saber. Mas, quando quero encontrar uma esposa, onde vou buscá-la se não no restrito e exclusivo mundo da aristocracia? A senhorita, por mais que o despreze, fez o mesmo. Então, não me condene.

— Queria uma esposa? Desde quando buscava uma?

Arthur não respondeu à pergunta.

— Onde imagina que viveremos boa parte de nossas vidas?

— Na Inglaterra — ela replicou, olhando para baixo.

— Onde acha que criaremos os nossos filhos?

— Na Inglaterra.

— Em que meio, senhorita, você acredita que circularemos? Entre os cozinheiros e os cavalariços ou entre a nossa família?

Ele se sentiu podre por dentro. Mas foi impossível não dizer. Ainda tinha a imagem de Kathelyn seminua junto àquele... homem. E, por mais que estivesse decidido a entrar em um acordo de cavalheiros e não atirar para ferir, ainda precisava pegar em uma arma e se colocar na mira de outra se não quisesse que a honra de Kathelyn e a própria fosse destruída.

— Pare! — ela gritou.

— Não. Pare você, Kathelyn. — Ele se aproximou. — A quem acredita estar enganando? Podemos ser imunes a este mundo que nos ergue e nos sustenta? Sim, é claro que podemos, o máximo possível. Mas não o tempo todo e nunca por toda a vida.

Kathe fechou as mãos com força sobre o colo.

— Pare agora! Eu não preciso disso para ser feliz, eu não... Eu nunca vou me render a isso.

— Eu também não preciso da hipocrisia para ser feliz — ele rebateu. — Não é ela que nos faz feliz. Mas, se a hipocrisia ergue os dentes e te esmaga, você acha que pode se manter em pé? Como você se sentirá quando todos aqueles que conhece lhe virarem a cara e lhe oferecerem desprezo a cada passo que der? Como se sentirá quando os filhos que tivermos forem perseguidos na escola e privados de participar das atividades sociais de que todos participam? Você crê não precisar dessa hipocrisia enquanto ela é sua amiga, Kathelyn. No momento em que ela te virar a face e mostrar sua monstruosidade, entenderá que, por mais que corra, ela acaba te engolindo viva. E, se acha que seus amigos criados irão te apoiar e não a julgarão nem a condenarão por ser diferente deles, se engana uma vez mais. A ingenuidade desempenha esse papel melancólico.

— Eu odeio — ela disse, analisando ao redor —, eu odeio me sentir assim e... Eu odeio voc... — deteve-se.

— Me odeia, senhorita? É isso que ia dizer? Ou odeia as verdades que estou dizendo?

— Vá embora, excelência — ela respondeu, com a voz falha. — Nem sequer acredita em mim. Julga-me capaz de traí-lo às vésperas do nosso casamento. Julga-me inferior, não é verdade? Acha que sou uma criança mimada que não conhece o mundo. Talvez eu não conheça o mundo como sua excelência, mas eu conheço o que eu acredito. O que desejo para minha vida. Agora, saia! Se sua excelência me desculpar, eu preciso... preciso lavar o cabelo.

Não me chame assim, Arthur quis dizer e não disse. *Não me chame pelo título,* pensou, condoído. *Você, Kathelyn, foi a única mulher que eu conheci que parecia me enxergar para além de Belmont. Quando me chama assim, me faz lembrar que eu tampouco tenho saída.*

Kathe encarava o chão. Parecia desnorteada, como ele mesmo estava.

— Você não pode fazer tudo o que lhe vem a essa mente criativa e inquieta, Kathelyn. Por mais doloroso que isso seja, acredite, é a sua, a nossa realidade. A realidade de todo mundo. Existem regras a serem seguidas. Pode parecer tentador sair burlando algumas delas, tentar trapacear, conseguir quebrar os códigos. Mas, para fazer isso sem correr o risco de ser devorado, não basta seguir o seu coração. É preciso saber como e quando fazer. Assim, enquanto você burla as convenções, ninguém se dá conta disso e os próprios legisladores te aplaudem.

Ele notou lágrimas nos olhos de Kathelyn, que ela, orgulhosa, tentava esconder.

— Levante-se — pediu, com a voz abafada. Ela não se moveu. — Por favor — insistiu.

Ela se ergueu e ele a abraçou. Queria dizer que acreditava nela. *Eu acredito em você, Kathelyn. Eu acredito.* Acreditava?

Queria acreditar. Meu Deus, ela estava tremendo?

Arthur respirou fundo diversas vezes, arrasado. Entendeu que a havia assustado ou magoado. Sentiu-se muito pior do que julgava poder.

— Kathelyn, há verdade em tudo o que eu falei, e há beleza no que você acredita. Mesmo tendo que responder a certas regras e convenções, mesmo eu ainda sendo um... um...

— Duque? — ela interrompeu, encontrando o olhar dele.

— Sim, talvez, entre todas as possibilidades — ele considerou, antes de continuar. — Quem sabe eu seja a pessoa mais certa para você, não por ser um duque, mas por sermos tão parecidos. Eu quero agir da melhor maneira com você. Espero conseguir.

— Eu espero ser feliz.

— Eu quero muito te fazer feliz, acredita?

Ele a beijou, não a deixou responder. Precisava do beijo, muito mais do que admitia para si mesmo.

— E você acredita em mim? Vai cancelar o duelo? — ela perguntou, com os lábios no queixo dele.

— Cancelar o duelo nunca teve a ver com acreditar ou não no que você diz.

A possibilidade de perdê-la parecia tão difícil. Arthur se convenceria daquela história ridícula que Kathelyn contara. Arranjaria uma maneira de se convencer. Era mais fácil isso que a ideia de se separar dela.

— Tem a ver com o que, então? Como poderá ser feliz ao lado de uma mulher que, conforme acredita, pode traí-lo a qualquer momento?

Ele a encarou em silêncio, enquanto mil falas circularam sua mente: as frases venenosas que o tio dissera sobre Kathelyn menos de um mês antes, as palavras desconfiadas e horrorizadas de suas tias e de sua mãe. Os olhares mordazes e acusatórios de todos que presenciaram a cena mais cedo. Arthur mergulhou na luz dos olhos de Kathe tentando apagar cada uma daquelas frases e acusações.

— Acredito em você, Kathelyn.

— Então, por que não desiste dessa loucura de honra e balas?

— Justamente por acreditar em você.

— Como imagina conseguir um resquício de paz após matar um homem inocente? Ou talvez, o que seria pior... E se você morrer?

— Importa-se se eu morrer, Kathelyn?

Ela baixou a cabeça.

— Importa-se? — insistiu ele.

— Como você pode me perguntar isso? É claro que sim.

Ele beijou a testa delicada, respirando fundo.

— Prometo fazer um acordo de cavalheiro com ele.

Os lábios dela tremeram.

— E se algo der errado e um acidente acontecer?

— Farei o possível para controlar as coisas.

— Não é o bastante.

Ele beijou a testa dela outra vez.

— Terá de ser.

— Pelo amor de Deus — Kathe explodiu —, isso não é um jogo em que se pode contar com a sorte, são vidas, a sua e a de Steve. E, se algum acidente acontecer nesse "acordo" de "cavalheiros", não terei consolo de forma alguma. Você é meu noivo e Steve é meu melhor amigo, eu o amo desde criança.

Arthur sentiu a testa molhar de suor e o estômago embrulhar. Nunca ouvira algo assim de mulher alguma. Nem mesmo das irmãs ou da mãe. Não esperava ouvir alguma vez na vida. Mas escutar isso da boca de Kathelyn e a frase ser direcionada a outro homem foi demais para ele.

— O ama?

— Como um irmão — ela respondeu surpresa. — Disse que o amava desde criança, é óbvio que só pode ser como uma irmã ama o seu irmão.

— Você terá de se conformar com a ideia de que seu irmão e eu entraremos num acordo e que eu farei o possível para que tudo dê certo. É a sua, a nossa honra que defenderei.

— A vida vale mais do que essa bobagem de honra.

As narinas dele se expandiram, conforme ele inspirava devagar.

— Se o mundo fosse simples e romântico assim. Não há mais nada que eu possa fazer.

— Sendo assim, acho que respondeu à sua pergunta. Não serei feliz nesse mundo que você quer criar para nós.

— Lamento muito ouvir isso. — Ele fez uma reverência elegante e saiu.

Deixou Kathelyn sozinha na biblioteca com um grito preso na exigência da etiqueta.

15

O CAOS MATINAL SE ESTENDEU DEMOCRATICAMENTE COMO TENTÁCULOS invisíveis por todos os cantos da grande propriedade. Todos os convidados deram desculpas educadas para se retirar. Todos, inclusive os parentes que estavam hospedados, sofreram de uma terrível indisposição ou foram apanhados pelas mais absurdas eventualidades e imprevistos. Tiveram que lamentavelmente fazer as malas e partir como se fugissem da peste.

A casa estava vazia. O ar dentro dela parecia intolerável, e de fato era.

Assim que Arthur saiu, tudo mergulhou em um silêncio que fazia eco.

Muito diferente do interior de Kathe, que nunca estivera tão agitado, confuso e angustiado.

— Você sabia que num acordo de cavalheiros ambos devem atirar?! Que disparate! E se um acidente acontece?

Lilian segurou suas mãos.

— Tudo dará certo, Kathe, se acalme.

— Se alguém se ferir eu nunca me perdoarei, nunca o perdoarei. Aliás — apertou as mãos da irmã caçula —, se Arthur não desistir dessa loucura de duelar por honra, não me caso mais, está decidido.

— Acalme-se, Kathe. Belmont estava muito nervoso. Ele, como todo e qualquer homem, precisa de um tempo e talvez de uma bebida para recobrar a razão. Perceberá que esse duelo é um grande erro, não apenas por nada ter acontecido, mas porque, bem... os duelos são ilegais.

— Isso nunca foi motivo para impedir os homens de continuarem realizando essa idiotice. — Kathe fechou os olhos, cansada, e ouviu a voz baixa da irmã:

— Eu sei, mas Steve não é um cavalheiro. Ele pode recusar o duelo sem a menor enxaqueca honrosa.

— É isso. Vou falar com Steve agora mesmo. Ele não precisa participar disso.

— Não será necessário — alardeou o pai, entrando na sala íntima.

— Está tão seguro assim de que Arthur não sairá ferido do embate? — perguntou Kathelyn, desafiadora.

— Sim, estou. Mas infelizmente não viverei para tal comprovação, já que o covarde do sr. Ferrel vai embora.

Kathe se pôs de pé, como se uma faca tivesse entrado em suas costas.

— Vai embora? Como assim vai embora?

— Pegou todos os trapos que ele juntou na vida e está deixando a propriedade. Aquele bastardo, covarde.

— Pare — Kathelyn cuspiu —, não o ofenda. Se ele vai embora, dou graça a Deus e digo que ele é esperto. Demonstra ser muito mais racional que qualquer nobre com suas questões de vida e morte. Como se a vida valesse menos que um par de botas.

O conde se aproximava a passos lentos, com o rosto vermelho, os olhos saltados, a boca tensa em uma linha reta.

— Kathelyn, pare — pediu a irmã.

— Não, Lilian, eu quero deixar claro, e sei que é melhor fazer isso agora. Não me casarei com Arthur sem que ele venha aqui, antes do horário deste maldito duelo que não ocorrerá, e confesse que caiu em si e percebeu o erro que estava prestes a cometer. Sem isso não me casarei.

O conde deu uma gargalhada que fez tudo estremecer na sala.

— Casará com ele mesmo que tenha de ir amarrada e arrastada para o altar. Não será a primeira inconsequente da história a rechaçar um duque após um escândalo e nos arrastar para a ruína. Você não tem escolha, está decidido.

— Que eu saiba, nesta sociedade nojenta ainda resta alguma dignidade para a mulher. Mesmo que chegue aos pés do altar amarrada, preciso pronunciar as palavras "eu aceito".

O conde, envolto em uma fogueira de fúria, soltava brasas pelos olhos. Agarrou o braço de Kathelyn com tanta força que a queimou e a arrastou pela sala enquanto bramia:

— Se ele ainda a quiser depois da cena de hoje, você se casará. Aprenderá qual é o seu lugar e o fará a partir de agora.

Kathe reclamou da força com que o pai a sacudia. O conde continuou a segurá-la.

— Não tem escolha, o contrato de casamento foi assinado há meses. Você está comprometida, amarrada e entregue perante a lei.

Os céus desabaram e o mundo se abriu em um buraco sem fim sob seus pés. Tudo dentro de Kathelyn foi sugado para o vazio.

Até aquele momento ela tinha certeza de que Arthur irromperia nas portas da casa como um cavalheiro trajado de dourado, afirmando que a única coisa que importava era ela, e mandaria ao inferno duelos, convenções e normas. Porque a felicidade deles era mais importante que qualquer regra, ou honra, ou imagem.

— O quê? — Kathe conseguiu dizer.

— É isso o que ouviu, senhorita. Está tudo assinado há meses. Desde que Belmont começou a cortejá-la, você já era por direito dele.

Kathelyn abafou um grunhido com as costas das mãos.

Lilian perdeu a cor do rosto, e o conde ofegava, fora de si. Todo o horror que tivera durante anos de ser tratada como uma mercadoria estava ali, escancarado em sua vida.

— Essa é a maneira ridícula como são tratadas as mulheres. Como éguas em leilões, como cabras incapazes de pensar por si mesmas.

O pai ainda a segurava, e ela prosseguiu esbravejando entredentes.

— Como seres frágeis que não podem abrir a boca sem que alguém as ordene ou comande. Não comigo, não em minha vida. Não me casarei. Prefiro o exílio, o convento, a forca, a morte, a ser tratada como um bicho incapaz de se orientar. Sou um ser humano e tenho o direito de escolher com quem vou dividir meu leito, minha vida.

O pai apertou mais a mão em torno de seu braço, e ela lamentou, com o choro embargando a voz:

— Belmont é um monstro. Como pôde? Sabendo o horror que eu tenho disso, como ele foi capaz de me negociar? — perguntou a si mesma.

— Kathelyn, basta! — pediu a irmã, com ênfase. Lilian talvez enxergasse o que Kathelyn não via: o pai, que parecia levar toda a raiva do mundo dentro dele.

— Vou te dar agora a educação que por fragilidade não dei quando você era criança, e veja no que resultou. Você é um desastre, é uma vergonha para mim, para sua mãe e para sua irmã.

— Não! — gritou Lilian, desesperada. O pai agarrou Kathe pelos braços, pelos cabelos, pelas mãos, pelas pernas, e a puxou com uma fúria determinada.

Lilian chorava, e Kathelyn gritou com a voz mais firme de sua vida:

— É para o quarto que quer me levar?

O conde, transtornado, continuou a tentar arrastá-la de todas as maneiras.

— Eu vou andando — ela berrou.

Ernest soltou uma mão, então a outra. Ele respirava com o peso de dez homens. Kathe se ergueu, com todo o orgulho capaz de sustentar. Olhou para a irmã, que se desmanchava em lágrimas.

— Não, pai, por favor, não faça isso... — Ouviu Lilian soluçar.

Kathelyn respirou fundo e, ignorando as pernas trêmulas, saiu caminhando com a rigidez de uma rainha.

Dentro da correnteza de raiva que o arrastava, cego e surdo, mas não mudo, Ernest confirmou o destino:

— Para o seu quarto, agora!

Kathelyn já aguardava na posição que, sabia, ele a ordenaria assumir. Dobrada, com as nádegas expostas como um animal.

Esperava sentir o queimar da palmatória. Fora castigada com ela duas vezes na vida. O pai, por mais louco que estivesse, nunca perdia o controle. Kathe estava preparada para sentir a dor de que se lembrava. A porta se abriu e fechou. Ouviu uma respiração brusca atrás de si. Escutou o pai falar, mas não reconheceu aquela voz.

— Acho que sempre fui muito frouxo com você. Olhe o resultado. Lê e estuda como um homem, fala e se comporta como uma perdida. Você entenderá que aqui nesta casa existe uma hierarquia e aprenderá a obedecê-la.

Então algo rasgou o ar.

Tudo no mundo se desfez.

Somente a dor era real. Aquilo não era a palmatória. Kathelyn mordeu os lábios com força. Não queria gritar. Sentiu as lágrimas encherem os olhos e escorrerem por todo o rosto e terminar no tecido da cama onde estava apoiada.

— Será a esposa mais submissa deste reino. — O ar foi rasgado outra vez pelo zumbido, e veio a dor da carne que ela sentia não resistir.

— Nunca! — disse entredentes.

— Vai se casar e será a noiva mais realizada que já se viu. — Outro corte no ar, e outro corte em sua alma se abriu.

— Nunca — saiu mais como um soluço.

— Irá me respeitar e ao seu marido, como é devido.

Já não restava ar a ser cortado, nem força a que pudesse recorrer para não gritar. Mesmo assim, gritou:

— Só respeito quem me respeita. Vocês não me respeitam.

Seguiram-se o ar sendo desmantelado e gritos que sempre negavam e negavam, até não restar fôlego nem força, só lágrimas.

Por mais incoerente que aquilo pudesse ser, em algum momento Kathelyn já não chorava pela dor da surra. Chorava porque a única pessoa que ela queria que a salvasse daquela tortura, que a levasse embora para um mundo longe de tudo aquilo, era um rosto que vinha e voltava e emergia de sua memória sem que ela concedesse. Era o rosto do homem que Kathe queria odiar naquele momento. Era o rosto de Arthur.

Depois de tantos zumbidos no ar e tantos cortes de gritos sufocados que pareciam não ter fim, a casa toda estava em silêncio, mas ninguém sabia o que era paz. O conde despencou com a cabeça entre as pernas, chorando desolado, do paraíso para o inferno que ele mesmo criara e regera.

Kathelyn, trêmula e enjoada, levantou-se, abaixou as saias, passou pelo pai que mergulhara em seu próprio inferno, sentado no chão. Andando com movimentos involuntários, ela saiu do quarto.

No pé da escada, a mãe e a irmã levaram as mãos à boca ao vê-la totalmente pálida. Com um risco de sangue nos lábios. Sentiu o joelho falhar uma vez e quase caiu uma segunda vez.

Antes de alcançar os degraus, Kathelyn desmaiou.

Arthur não estava menos torturado. Entrou na carruagem obcecado de angústia. As palavras de Kathelyn ecoando em seu interior:

— Não serei feliz nesse mundo que você quer criar para nós.

— Eu o amo.

Queria esquecer essa angústia. Esquecer tudo.

Kathelyn seria sua esposa e logo não se lembraria dessa história.

A ideia de terminar o compromisso com ela era inconcebível. Só por isso duelaria.

Em que tipo de alucinado havia se convertido?

Quando se colocar diante de uma arma se tornava uma necessidade para fugir da solução de romper um noivado, o que isso significava?

Preferia correr o risco de matar ou morrer a perdê-la?

Talvez Kathelyn tivesse razão.

Talvez essa história de honra e duelo fosse uma loucura.

Ela era uma loucura em sua vida.

A conversa que tivera com o tio, logo que assumira o noivado, ficara voltando a sua mente durante todo esse maldito dia.

Seria verdade o que ele falara sobre Kathelyn?

O tio, o visconde de Ward, acusara sua noiva e o pai dela de armarem uma estratégia a fim de fisgá-lo. Segundo o visconde, pai e filha fizeram isso porque seu futuro sogro estava arruinado financeiramente.

Ali sentado com a cabeça apoiada no respaldo do banco da carruagem, as palavras do velho voltaram a sua memória:

— Pense comigo, Arthur. Que debutante gosta de antiguidades e comporta-se de maneira tão livre em público? — Arthur franziu o cenho e o tio concluiu: — Dizem que você a conheceu em um baile de máscaras, baile este em que Stanwell sabia que você estaria presente.

— Não diga. Meu futuro sogro me seguia pelas ruas de Londres? — Arthur perguntou, com evidente ironia.

— Não, ele é amigo íntimo e vizinho de lorde Withmore. O mesmo nobre contou a vários outros cavalheiros que havia perdido as peças mais estimadas de sua coleção e que você as levaria embora no dia do baile de máscaras.

— E posso saber como soube disso, tio? O senhor anda me investigando?

— Assim que você começou a demonstrar um interesse fora do comum pela dama, conhecendo o caráter duvidoso de Stanwell, eu mesmo passei a procurar informações. Depois contratei um investigador profissional, que me ajudou a reunir tudo. Parece que o conde e a dama em questão têm em você um alvo certo há alguns anos. O conde instruiu a dama a seu respeito. Ouviu dizer até mesmo que a jovem tem um amante e que nem mais donzela é.

Naquele dia, enfurecido, expulsara o tio de seu escritório com grosseria e ameaças.

Hoje, mais de uma vez, lembrava as acusações feitas contra sua noiva.

Não. Não pensaria mais nisso. Não aguentava mais pensar.

A verdade era que queria tanto acreditar em Kathelyn... porque... porque... estava apaixonado. Engoliu em seco, sentindo os músculos tensionarem diante da ideia.

Olhou para fora e viu uma vendedora de rosas. Arthur levava rosas-vermelhas todos os dias para ela, eram as preferidas de Kathelyn. Havia um tempo ela lhe dissera por que amava essas flores:

— As pessoas acham que a rosa é comum demais. Preferem a raridade das orquídeas ou a fragilidade das camélias. O que me intriga nisso é que ela é perfeita, e, por ser perfeita, todos a querem. Então, quando a possuem, ela passa a ser vulgar. Comum. Não é engraçado isso?

Naquele dia, Arthur só conseguia olhar para os lábios dela, comparando sua cor à das rosas, e sua textura às das pétalas.

Só conseguia precisar de sua boca.

Kathelyn tornara-se quase... substancial?

Não devia se importar com mais nada. Quase tudo era esquecido, relevado, quando se é um duque. A pergunta era: Ele seria capaz de passar por cima de tudo o que acontecera? Não sabia. Entretanto, tinha uma única certeza: não seria capaz de esquecê-la. E, somente por essa certeza, acreditar em Kathelyn não era uma opção, e sim uma necessidade.

Deitada de bruços em sua cama, sentindo a dor pela surra que competia com a dor pela recém-descoberta atitude de Belmont, Kathelyn tentava em vão esquecer-se de tudo. Tinha acabado de ler uma carta que Steve deixara para ela, junto a seis caixinhas de música. A sra. Taylor preparava um banho com ervas medicinais no quarto ao lado. Ouviu duas batidas à porta.

— Entre — disse, enxugando as lágrimas.

— Oi, querida, como você está? — era a prima Florence.

— Oi — ela disse, dobrando a carta. — Estou machucada.

— Eu sinto tanto, Kathelyn. O seu pai, o conde, perdeu a cabeça, minha mãe disse que ele fez as malas e partiu para Clifford Hall.

A mãe de Florence era a irmã mais nova do pai. Sua tia.

Kathelyn olhou para a carta em silêncio e não respondeu.

— Minha mãe disse que seu pai fugiu, com medo da reação de Belmont quando descobrir o que ele lhe fez.

Kathelyn estava trêmula. Além da dor física, existia a dor moral. Ela não queria ter essa conversa. Nem com Florence, nem com ninguém. Muito menos com Florence.

— E vocês? Achei que, como todos os outros, também tivessem ido embora. — Foi o mais simpática que conseguiu.

— Eu não podia ir embora sem te dizer adeus. — A prima fez uma negação com a cabeça. — Já está tudo pronto, vamos logo em seguida.

— Obrigada — Kathelyn gemeu de dor.

— Quer ajuda com algo?

— Não, obrigada.

—Bem, e o duque? Vocês se entenderam, não é mesmo?

Kathe respirou fundo algumas vezes antes de responder:

— Ele acredita que terá o duelo dele e que seremos felizes depois disso. Eu já não sei de mais nada.

— Então seguem noivos?

— Acho que sim — Kathelyn murmurou, depois de conter outro gemido de dor.

— Que bom, minha querida. Ele realmente deve gostar muito de você.

— Com licença. — Era a sra. Taylor, junto à donzela de quarto.

— Kathelyn, o banho está pronto — Elsa disse, aproximando-se.

Ela e a camareira ajudaram Kathelyn a se erguer.

— Estimo suas melhoras — disse a prima, enquanto as três saíam do quarto.

Kathelyn não viu que, quando se afastava, os olhos da prima Florence iam postos na carta dobrada em cima de sua cama.

༺⁓༻

Arthur lia para se distrair, fechado em seu escritório. Já havia decidido como agir e estava aliviado. Realmente aliviado. Assim que chegara da casa de Kathelyn, tinha ido a seu clube de esgrima e lutado até todos os músculos do corpo doerem. E então fora até Whites só para beber um bom conhaque e tentar colocar a cabeça no lugar. Alguns conhecidos ao redor, pela maneira como o olhavam — um misto de consternação e júbilo, risos irônicos disfarçados por olhares de piedade —, já deviam estar inteirados das fofocas, já deviam estar condenando sua noiva. A doce, impulsiva, apaixonada pela vida e bondosa — voluntariosa também — Kathelyn. Sua Kathelyn.

Quisera esfregar o rosto deles na sarjeta por sequer pensarem algo que a rebaixasse além do que ela era: a jovem mais fascinante que ele já conhecera. E ali, em meio a um bando de abutres de casaca, ele se perguntou: O que diabos pensava em fazer?

Desde quando se importava em dar satisfações para essas pessoas? Como sequer cogitara duelar com um amigo de sua noiva por causa de qualquer um deles? Deixou o clube rindo da ironia de sua própria estupidez. Nunca se importara com o que ninguém falava a seu respeito, e isso não mudaria agora.

Voltou para casa tão feliz com as próprias conclusões que se fechou em seu escritório e tomou duas taças de conhaque para relaxar. Afinal, não tinha bebido nada no Whites.

Estava aguardando sua encomenda chegar e iria procurar Kathelyn para pedir perdão. Diria a ela que nunca mais duvidaria de sua palavra e que, ao contrário do que dera a entender em seu discurso, sobre tradições e expectativas, ela seria a melhor duquesa de todos os tempos, exatamente por ser quem era.

Também contaria que desistira dessa insanidade de duelo, que estava louco de ciúme e envenenado por calúnias quando pensara em duelar por honra com o melhor amigo dela. Mesmo que entrassem em um acordo de cavalheiros, não se colocaria entre uma pistola nem apontaria outra para o irmão da jovem que... era dona de seu coração.

Poderiam então esquecer tudo, inclusive a cerimônia e a festa para mil convidados, e viajar pelo mundo. Casariam na Escócia, ou na Grécia, ou onde Kathelyn quisesse, e só voltariam para o reino quando as fofocas envolvendo seus nomes tivessem sumido. Seria mais um escândalo, mas Arthur sabia que, com o tempo, tudo seria esquecido.

Era isso — sorriu satisfeito consigo mesmo —, eles seriam muito felizes e um dia ouviria da boca da esposa as palavras que ela dissera sobre o amigo: "Eu te amo." Mas, para ele, Kathe falaria do amor que uma mulher sente por um homem.

Três batidas de leve na porta chamaram sua atenção. A encomenda devia ter sido entregue.

— Com licença, senhor. — Era o sr. Tremore, seu mordomo. — Tem uma dama à porta. Apesar de ter dito que o senhor não receberia ninguém, ela insistiu muito. Disse que veio falar sobre... Ah... — O mordomo pigarreou e continuou: — Sobre um assunto particular.

— Quem é?

— Não quis se identificar. Apenas disse que era urgente e que seria do vosso interesse.

Baixou a taça com conhaque na mesa, antes de dizer:

— Peça para ela entrar.

A jovem magra e ruiva fez uma genuflexão.

— Boa tarde, excelência.

Arthur a fitou em silêncio. O que ela fazia ali? Lembrou-se das escassas conversas que tivera com ela. Na última, estavam próximos ao lago em Milestone House. Kathelyn corria junto a dois primos menores. Jogavam bola. Florence, naquele dia, tinha dito:

— Assim, quem a vê jura que ela será tudo menos uma duquesa. — A jovem tinha rido e continuado: — Olhe, até a barra do vestido está suja de lama.

Arthur, naquela tarde, não olhava para barra de vestido algum. Olhava, sim, para o brilho nos olhos, as faces vermelhas e o sorriso de sua noiva, capaz de curar até um moribundo. Naquele dia ele respondera:

— Será a melhor e mais bela duquesa já vista. — E, sim, ela seria.

— Desculpe, sente-se, por favor — cumprimentou a prima de Kathelyn após perceber que se perdera nos pensamentos.

— Excelência, me perdoe, sei que... bem, na verdade estou fazendo isso em nome da decência e da moral. E da honra de um voto tão sagrado como o casamento. É que eu... bem eu... — A mulher mal conseguia respirar.

Mas o que acontecera agora?

— Diga logo, pelo amor de Deus.

— Desculpe. — Ela engoliu em seco e tirou da bolsinha uma página de papel dobrada. — Kathelyn deixou em cima da cama dela. Eu não ia ler, mas, quando ela saiu do quarto, a carta caiu e eu a peguei, apenas para devolver.

A jovem apertava o papel na mão. Parecia nervosa. Continuou:

— Então, eu vi o seu nome e acabei lendo. Sei que é errado, mas acho que muito mais errado é o que Kathelyn... eles pretendem fazer.

Arthur sentiu os ouvidos zunirem.

— Dê-me a carta, senhorita.

— Sim, claro. — A jovem estendeu o papel e ele o pegou sem hesitar. Leu:

Querida Kathe sardenta,

Você conseguirá ser feliz com tantas normas e questões de honra, exigências e tradições? Pense bem, sardenta. Eu conheço o seu coração e sei que você conhece o meu. Você nasceu para ser livre.

Portanto, não vou me despedir. Direi em vez disso um até logo. Caso resolva deixar o duque de Belmont plantado no altar à sua espera, deixo também o meu endereço.

Se quiser ou precisar escapar dessa vida, você sabe que comigo ao seu lado não faltarão cumplicidade, alegrias e um mundo de aventuras. Mas, principalmente... seja tão feliz quanto puder e não deixe que ninguém leve embora a luz do seu olhar.

Ao contrário do que me acusou hoje mais cedo, sinto saudade sempre e nunca a esquecerei.
Com todo o meu amor,

Steve Ferrel
Rua 23, casa 11, Amsterdã — Holanda

O que era isso? Mais um mal-entendido? Mais uma mentira? Parecia a carta de um amante se despedindo, não parecia?

Arthur fechou os olhos e amassou a borda da mesa com as mãos. Respirou tanto quanto conseguiu.

— Excelência, posso... posso fazer alguma coisa?

Havia uma pessoa sentada à sua frente. Arthur não estava sozinho. Era a prima de Kathelyn. Por que ela trouxera essa carta? Por que colocaria a própria prima em uma situação aparentemente tão comprometedora?

Lembrou-se das palavras de Kathelyn sobre a prima, algum tempo antes:

— A sra. Taylor jura que Florence não gosta de mim e que sente inveja da felicidade de algumas pessoas.

Seria tão cruel e leviana a ponto de falsificar uma carta dessas? Ou era tudo verdade e Arthur fazia o papel do maior parvo que conhecera? Kathelyn seria capaz de o deixar no altar? Ele estava sendo traído e enganado desde o começo, assim como o tio garantira?

Estava tonto.

— Por que a senhorita me entregou esta carta?

— O sr. Ferrel foi embora, portanto não haverá duelo. A fuga dele, para mim, é uma confissão de culpa declarada. Eu não achei certo o que eles estão fazendo; sua excelência é um homem honrado. Por isso trouxe a carta.

Seria verdade, meu Deus?! Ele fechou as mãos trêmulas em punho. Se isso fosse verdade, Arthur seria capaz de matar alguém, porque, só de imaginar a remota possibilidade de essa sujeira ser comprovada, tremia de raiva.

— Entendi. Agora, por favor, levante-se, senhorita, e vá embora.

— Podemos dar um passeio pelo parque. Posso, posso lhe ajudar a se acalmar.

Arthur estreitou os olhos, desconfiado.

— Eu não quero me acalmar, senhorita. Quero apenas que vá embora e me deixe em paz.

A jovem levou as mãos à boca, como se estivesse horrorizada com a grosseria. Levantou-se, fez uma reverência e saiu.

Ele pegou a garrafa de conhaque e bebeu vários goles no gargalo.

Tentaria não tirar conclusões precipitadas, não outra vez. Acabara de decidir que sempre acreditaria nas palavras de Kathelyn. Iria até Milestone House naquele minuto e, com a carta em mãos, perguntaria a sua noiva o que diabos era aquilo.

E se por acaso ela parecesse surpresa ou desconcertada? Se admitisse ser verdade tudo isso, que Deus o ajudasse, mas não sabia o que seria capaz de fazer.

༺═══༻

— Ele não teve a decência de me propor casamento antes de assinar o contrato. — Kathelyn estava deitada de bruços no sofá.

— Você o aceitou, Kathelyn. Belmont não a forçaria a se casar contra a sua vontade — disse a sra. Taylor da poltrona vizinha.

— Ah, não? Tem certeza? Que escolha ele me deixa quando o contrato já foi assinado?

Lillian estava sentada no chão e passava a mão nos cabelos da irmã.

— Não é bem assim.

— O que dói mais do que a surra é a traição do homem que eu acreditei ser diferente. Eu acreditei que Arthur se importava comigo.

— Mas ele se importa — defendeu Lilian.

A sra. Taylor deu um gole no chá antes de falar:

— Não diga besteira. Belmont é o cavalheiro mais dedicado que eu já vi. Ele te idolatra.

— Não, ele não pensou nem por um momento em como eu me sentiria ao descobrir sobre o contrato. Porque é óbvio que isso viria à tona mais cedo ou mais tarde.

— Pense bem, é assim que os cavalheiros agem. É essa a tradição, Kathe, ele não cometeu nenhum crime. Não fez nada diferente do que qualquer cavalheiro faria se fosse te cortejar.

— Não, Lilian, ele não fez nada diferente, e esse é o problema. Eu nunca quis ser cortejada por alguém assim.

— Eu sei que Belmont a fará a dama mais feliz de toda a Inglaterra.

— E o pior — disse Kathelyn, arrumando a almofada embaixo da barriga — é que estou arrasada. Entre todos os homens que existem no mundo, por que eu tinha que me entregar desse jeito para um cínico?

— Pare de xingar — reclamou a sra. Taylor.

Um momento de silêncio e depois Kathe voltou a falar:

— Steve deixou uma carta no meu quarto, como costumava fazer. Ele escreveu o endereço de onde posso encontrá-lo, na Holanda. Acho que vou aceitar o convite dele. Possivelmente Steve tenha razão. Serei muito mais feliz lá com ele do que com um duque arrogante e egoísta.

— Por menos que você pense gostar de sua excelência agora — Elsa Taylor disse, servindo uma xícara de chá —, pare de ofendê-lo, Kathelyn. Ele ainda será o seu marido.

— Ou talvez eu o deixe plantado no altar, como Steve sugeriu em sua carta para mim. E tudo o que eu queria era ser uma abelhinha para ver a cara daquele arrogante largado no altar e humilhado.

Elsa Taylor estreitou os olhos com expressão contrariada. Ouviram passos pesados pelo corredor e então uma porta — provavelmente a da frente da casa — bater com toda a força.

Lilian se sobressaltou, olhando para a porta da saleta onde estavam, entreaberta.

— Deve ter sido o vento.

— Ou um dos fantasmas de Milestone House.

A preceptora encarou Kathe com ar de repreensão.

— Depois de falar tanta besteira, ainda encontra disposição para brincar? Devia eu mesma te dar outras palmadas.

Kathe encolheu os ombros e a preceptora acrescentou:

— E desde quando Steve entra em seu quarto e lhe dá conselhos em cartas?

— Ele fazia isso quando éramos crianças. Deixava presentes ou bilhetes na minha penteadeira. Nunca mais havia feito algo assim. Talvez ele não volte mais.

— Belmont deve aparecer em breve. Pense no que falará a ele sobre a surra. Não queremos outra briga, não é? — aconselhou a sra. Taylor.

— Direi a verdade, e nem sei se ele vai se importar.

Lilian afagou a mão de Kathelyn.

— Kathe, claro que ele vai se importar. Eu sei que ele será um bom marido.

— Será?

— Converse com Belmont. Tenho certeza de que vocês se entenderão.

— Sim, conversarei. Você me conhece, nem que seja somente para dizer tudo o que ele merece ouvir ou para rechaçá-lo, mesmo ele sendo o homem que eu...

— Ama? — Lilian perguntou. — Você o ama, Kathe?

Ela concordou com a cabeça.

— Apesar de agora querer odiá-lo, acho que, no fim, não mandamos no coração.

Lilian suspirou com ar sonhador.

— Terá o seu casamento por amor, não percebe? Pode não ter vindo exatamente como planejava, mas aí está.

— Eu não sei.

— Sim, minha irmã — Lilian beijou sua face. — Eu sei que Belmont, se já não te ama, poderá amá-la, e vocês serão muito felizes.

A sra. Taylor arrumou o serviço de chá.

— E, se não ama, você fará com que ame.

— Como?

— O que você quer que não consegue? — A preceptora se descontraiu um pouco. — É a pessoa mais obstinada que eu conheço.

Todas riram, esquecendo por um breve momento o clima de guerra, contratos, duelos e surras.

16

APESAR DO ESGOTAMENTO FÍSICO E MENTAL, KATHELYN SÓ CONSEGUIU fechar os olhos quando o dia clareava.

— Kathelyn. — Era a voz abafada da sra. Taylor. Com esforço, ela abriu os olhos. Estava com a sensação de ter acabado de dormir. Enxergando com alguma dificuldade, viu o rosto da preceptora.

Elsa estava lívida, como se tivesse visto todas as almas penadas do mundo.

— O quê? — A voz saiu fraca.

A sra. Taylor fez uma negação com a cabeça.

— Eu sinto muitíssimo.

— O quê? — Kathe cobriu a boca com as mãos. — Alguém morreu?

— Não, apenas... leia.

Elsa estendeu um jornal e Kathelyn percebeu que a voz da sempre implacável senhora estava branda. Com uma tensão crescente, ela pegou o folhetim. A preceptora tocou, trêmula, na nota central.

O mundo girou conforme os olhos se apoderavam das letras. Tudo se misturou com os caracteres em preto e branco gritando no papel. Suas mãos esmagaram o folhetim. Os olhos cheios de incerteza percorreram duas, três vezes a mesma notícia.

— Como? — Kathe perguntou, sem nem perceber que falava.

— Não sei — respondeu a preceptora.

— Deve haver algum engano... ele... não seria capaz.

— É o mais respeitado folhetim do reino. Não creio, senhorita.

— Não! — Kathe gritou com um soluço estrangulado. — Arthur não seria capaz. Não dessa maneira fria e cruel, ele não faria isso.

— Eu sinto tanto, Kathelyn.

— Não, eu não acredito. Eu sei que ele nunca faria, não assim.

Ela jogou o jornal como se as páginas a tivessem mordido, e a sra. Taylor abraçou o corpo convulsionando de choro incrédulo, indignado.

Caído em um canto no chão, o jornal exibia a nota oficial sob o selo de Belmont informando do término de seu noivado com a srta. Kathelyn Stanwell. Sem qualquer explicação que justificasse tal ato.

Quando os soluços pararam, a sra. Taylor ainda a abraçava e Kathe, por fim, falou:

— Meu pai vai me matar.

— Depois que a castigou, seu pai fez uma mala às pressas e saiu de casa dizendo que visitaria Clifford Hall e que só o esperassem de volta dentro de uns cinco dias.

— E a minha mãe?

— Ela ainda não se levantou.

Kathelyn jogou os pés para fora da cama, sentindo a dor da surra.

— Me ajude, Elsa.

— O quê? O que pensa fazer?

— Vou até a casa de Belmont. Deve haver alguma explicação. Se bem que, após a cena de ontem, já não tenho certeza de nada. — Respirou fundo duas, três, quatro vezes. — Se não for um engano, ao menos terei o prazer de cuspir na cara dele.

Seguiram para Londres ela, a sra. Taylor e Jonas. O trajeto de quase uma hora foi feito em um silêncio cavalgado pelo ritmo do veículo e pela tensão cada vez maior. Quando se aproximavam, Jonas perguntou, com um brilho de satisfação nos olhos:

— Se isso for verdade, senhorita, autoriza que eu o surre?

— Não, Jonas, não autorizo.

O rapaz fechou a cara outra vez.

— Me esperem aqui — ela disse, abrindo a porta da carruagem.

Ela subiu os degraus com a atitude de uma dama orgulhosa. Ergueu os ombros, levantou o queixo e bateu à porta da casa como se tivesse sido convidada.

Bateu algumas vezes mais.

A breve espera evidenciou aquilo que Kathe tentava em vão afastar do pensamento. As mãos tremeram um pouco, ela sentiu uma fina camada de suor cobrir a testa e um frio tomar conta de seu estômago. Se o coração não estivesse estilhaçado, poderia dizer que doía. Por fora, ela se mantinha erguida.

A porta se abriu, era o sr. Tremore, o mordomo de Belmont House.

— Srta. Stanwell. — O homem que a conhecera nos dias que passara lá fez uma reverência impecável.

— Bom dia, sr. Tremore. Sua excelência, o duque, por favor.

O mordomo olhou para baixo e então para os lados e, ainda sem encará-la, respondeu:

— Sinto muito, senhorita. Sua excelência não se encontra.

— Não tem problema, por uma alegre coincidência tenho o dia livre hoje. Eu o esperarei — disse, recolhendo as saias no intuito de entrar.

— Senhorita, eu acredito que ele não retornará.

Kathelyn, que dava alguns passos para dentro da casa, deteve-se.

— Não retornará cedo?

— Não nos disse quando retornaria.

Ela tentou sorrir e manter o ar despreocupado.

— Eu espero mesmo assim. Preciso muito falar com ele.

Notou a expressão sentida do mordomo.

— Ele partiu, senhorita.

— Partiu?

— Sinto muito, ele deixou Londres.

— Deixou Londres?

— Receio que tenha deixado a Inglaterra.

Sem perceber, Kathelyn repetia as frases como uma tola:

— A Inglaterra?

— Sinto muito, não nos disse para onde ia. Apenas que deixaria o país por tempo indeterminado.

— Por tempo indeterminado.

Sua visão periférica escureceu, mas Kathe se segurou orgulhosa no batente da porta. Respirou fundo algumas vezes; não desmaiaria como uma dama afetada. Nunca fora disso. Ergueu o olhar e encontrou um consternado mordomo.

— Entre, por favor, senhorita. Deixe-me lhe oferecer um chá ou uma água.

Ela anuiu, desnorteada, e cruzou para o interior da casa. Antes que o mordomo saísse, perguntou:

— Você já leu o jornal, não é verdade?

— Sim, senhorita, sinto muito.

Kathelyn fechou os olhos.

— Ele ao menos falou algo, explicou, disse qualquer coisa?

— Sua excelência nunca o faz, senhorita.

Voltou a encarar o mordomo.

— Entendo.

— Chegou em casa ontem, entrou na biblioteca, arremessou livros. Não, primeiro recebeu uma dama e logo em seguida tornou a sair, voltou no final da tarde, aí sim arremessou os livros e, inclusive, alguns objetos de sua coleção contra as paredes. Só saiu algumas horas depois. Estava muito... hum, ébrio. Então ordenou que arrumassem suas coisas, pois partiria. Antes de o sol nascer, ele deixou a casa com Scott.

— Ele não falou comigo — Kathe murmurou. — Não disse nada.

— Sinto muito.

Ela se virava para sair quando seu olhar foi detido por uma centena de rosas-vermelhas em cima da mesa redonda no luxuoso hall de entrada.

— Quantas rosas.

— Sim, senhorita, mais de uma centena.

— As vermelhas sempre foram minhas favoritas.

— Elas são da senhorita. Pode levá-las, se desejar.

Nem percebera que falava em voz alta.

— Minhas?

O mordomo pigarreou e depois disse:

— Antes de sua excelência deixar a residência, perguntei onde devia arrumar as rosas e ele respondeu que eram suas. Disse que todas as rosas-vermelhas sempre seriam para você. Então, perguntei se devia enviá-las para a senhorita e ele gargalhou. Fiquei sem entender e presumi ser culpa do excesso de conhaque ingerido por sua excelência durante a noite.

O homem magro coçou a testa, parecendo cada vez mais constrangido, antes de concluir:

— E logo em seguida ele se foi. Ao ler a nota no jornal mais cedo, não sabia se devia enviá-las ou não. Desculpe-me, senhorita.

O pulso de Kathelyn acelerou outra vez. Por que Arthur deixara uma centena de rosas para ela antes de encerrar o compromisso? Por que ele faria isso? Seria tão frio a ponto de planejar humilhá-la desse jeito, enviando uma centena de rosas-vermelhas — suas favoritas — como uma lembrança de tudo o que os separara e do término do noivado? Ficou um pouco tonta.

Diante de seu silêncio e provável palidez, o mordomo se manifestou outra vez:

— Se a senhorita quiser, posso pedir para colocarem as rosas em sua carruagem, ou quem sabe aceita aquele chá que lhe ofereci antes?

Kathe negou com a cabeça.

— Desculpe, senhor, não tem nada a ver com isso, e Belmont ainda é seu patrão, não é verdade? Apenas, por favor, se o senhor entender ser possível, caso o veja alguma outra vez na vida, e imagino que o fará, diga a ele que nunca mais... nunca mais se aproxime de mim, porque, se o fizer, eu o matarei.

Ela ignorou a expressão atônita do mordomo e respirou fundo, engolindo o choro. Firmou o olhar no magnífico buquê de rosas ao perguntar:

— Quanto às rosas, o senhor é casado?

O mordomo anuiu, visivelmente constrangido.

— Então, entregue-as para sua esposa. Tenho certeza de que elas serão motivo de alegria e boas lembranças para ela. Porque, para mim, nunca mais serão.

Sorriu com os lábios incertos e fez uma genuflexão ao se despedir. Entrou na carruagem em silêncio e com o olhar perdido.

Os cavalos começaram a trotar quando ela murmurou:

— De todos os defeitos que um homem pode ter, Belmont me mostrou ter o pior deles. É um maldito covarde.

Mas Kathe não era. Nunca fora covarde. Enfrentaria de queixo erguido o furacão que, sabia, entrava em sua vida. Entendeu tudo o que acontecera: Arthur não acreditara em uma única palavra sua sobre a cena envolvendo ela e Steve. Acreditara que Kathe o traía. Então, em nome do seu falso orgulho — covardes não têm orgulho real —, armara sua vingança em dois atos.

Primeiro a conversa, os insultos na biblioteca.

Tinha planejado e executado aquilo que declarara antes, e que seria a destruição dela. Lembrou-se das palavras duras e cortantes do duque: "Você crê não precisar dessa hipocrisia enquanto ela é sua amiga, Kathelyn. No momento em que ela te virar a face e mostrar sua monstruosidade, entenderá que, por mais que corra, ela acaba te engolindo viva."

Belmont a entregara para ser devorada viva. E descrevera a receita de como isso se daria, com um cruel prazer.

No entanto, Kathe não se entregaria, não sem antes lutar.

O erro da estratégia de Arthur é que não seria apenas Kathelyn que cairia, e sim sua irmã inocente e toda a sua família.

Kathelyn não se entregaria sem lutar.

Lutaria até a última gota de sangue secar em suas veias.

༺━━༻

Dois dias depois, Kathelyn vestiu sua armadura, um fabuloso vestido de baile.

Abatida pela dor da surra e da traição, ela seguiu. Enquanto a mãe chorava em desespero pelo que ocorrera, a irmã implorava para que ela ficasse em casa, pelo menos por alguns dias.

Ela e a fiel preceptora partiram para um baile concorrido, apesar do fim da temporada.

— O que pretende ao fazer isso? — Elsa perguntou quando a carruagem parou na entrada da mansão onde aconteceria o baile.

— Enfrentá-los. Me acovardar e ficar em casa agora é o mesmo que assinar minha culpa. — Respirou fundo. — Faço por Lilian. Muito mais por ela que por mim.

Na entrada, foi anunciada como de costume. Apoiou a mão na curva do braço da sra. Taylor, respirou fundo e ergueu a vista para o salão.

Os lustres de cristal estavam lá. As portas francesas se estendiam, exibindo o jardim. A orquestra ainda não começara a tocar.

Era de esperar o usual burburinho das conversas, mas dessa vez ninguém conversava. Tudo ficou em silêncio, através dos olhos acusadores que a perscrutavam.

Os mesmos olhos que antes a dissecavam com invejosa admiração agora a reconheciam cortinados de desprezo. As pernas falharam enquanto tentava se convencer, em vão, de que aquelas pessoas não lhe importavam a mínima. Só não retrocedeu e voltou correndo ao vestíbulo porque era orgulhosa. A sra. Taylor, com mais que a idade dela de experiência em lidar com as feras da aristocracia, apertou-lhe o braço em um gesto de apoio.

— Kathelyn — a preceptora sussurrou em seu ouvido —, agora que estamos aqui, mantenha-se firme.

Tentaria seguir o conselho, mesmo sem sentir o corpo. Conforme avançavam pelo salão, as pessoas se afastavam, como se ela fosse uma praga. Como se sua mera proximidade fosse um risco à saúde.

Enquanto Kathelyn ganhava sem dificuldade o espaço livre, atrás de si o burburinho voltava. Quando, enfim, alcançou um ponto mais isolado, recostou-se em uma pilastra, mantendo-se fora da vista de todos.

— Eu acho que quero ir embora.

— Saiba, senhorita, que nunca em minha vida me orgulhei tanto de uma pupila — a preceptora disse, com a voz firme.

Kathe sabia que Elsa jurava ser imune a qualquer emoção porque as emoções eram inadequadas às damas. A preceptora não considerava a postura obstinada uma emoção. Também não constava na lista das emoções de Elsa a fúria despontada por situações tidas por ela como injustas. Era capaz de passar por cima de um exército de malfeitores se alguém ferisse aqueles que lhe eram estimados e se manter empertigada e elegante sobre sua bengala.

Kathe, que acreditara não precisar desse mundo, muito menos dessas pessoas, para ser feliz, estava sufocada, sem ar, pela dor do abandono do noivo e pela maneira que ele encontrara de provar que durante toda a sua vida ela estivera errada.

Sim, talvez Kathe precisasse da aprovação desse mundo para estar em paz. Nem tanto por ela, tentava se convencer, e sim por Lilian, por seus pais, pela sra. Taylor.

A quem ela queria enganar?

Estava dilacerada porque o homem que ela amava a entregara para ser um brinquedo nas mãos e na boca da sociedade. Estava destruída porque Arthur não acreditara nela.

— Este baile é a coroação da minha ruína e da consequente ruína de Lilian. Mas não vou me abater... Não vou.

Dizendo isso, Kathe ergueu um pouco as saias e se deslocou para o meio do salão, sob olhares cheios de repulsa e condenação. Ninguém, nem aqueles que diziam ser seus amigos, nem mesmo dois ou três parentes que ela localizou entre os convidados, vieram lhe cumprimentar e lhe oferecer apoio. Sua prima Florence, por exemplo, olhou-a com indiscriminada soberba, e, quando Kathe sorriu, em um pedido de ajuda, ela virou o rosto com o queixo empinado.

Analisavam-na com arrogante desprezo. Como se sempre soubessem que esse seria seu fim e estivessem apenas aguardando por isso. Quando havia se acostumado aos olhares que a arrastavam para a forca social, convencida de que o pior havia passado, notou lady Somerset, a anfitriã da festa, vindo em sua direção.

— Srta. Stanwell — disse a mulher após cumprimentá-la com um frio distanciamento —, desculpe-me, mas creio que houve algum engano.

Só então Kathelyn notou que ela vinha com dois criados, que a cercaram.

— Não costumo receber em minha casa mulheres de sua classe. Por favor, senhorita, queira se retirar.

Kathelyn se virou, horrorizada, para os lados, e todos, sem exceção, estudavam a cena com cruel interesse.

— Acompanhem a senhorita até a saída, por favor, e, se por acaso houver algum outro convite para qualquer atividade na minha residência, faça a gentileza de ignorar. Com certeza se tratará de outro terrível engano.

Kathelyn respirou fundo, engoliu em seco e mordeu os lábios para não chorar. Sentia uma espécie de torpor, como se tudo não passasse de um sonho. Como se pudesse acordar a qualquer momento. Ouviu por entre a névoa e os sons distorcidos a voz firme da sra. Taylor.

— Em anos como preceptora, nunca tive tanta certeza como tenho agora de que todos esses títulos de damas e cavalheiros, todos esses gestos afetados e normas rigorosas são vestes falsas que escondem pessoas mais sujas que qualquer ladra sem-vergonha e mais cruéis que assassinos sanguinários. — Bateu com a bengala no chão, como para evocar a força do que acabara de dizer.

— Vamos! — Puxou o braço de Kathelyn, que a seguiu entre saias, olhares de monstros e línguas maldosas, como em um campo de batalha.

17

OS DOIS DIAS SEGUINTES FORAM SUGADOS PARA DENTRO DO MESMO torpor irreal. As notícias mais sutis publicadas no jornal diziam que Kathelyn passara de futura duquesa a uma pária em apenas um dia.

As notícias dos veículos mais escandalosos, não por isso menos lidos, contavam com sórdida ironia que Kathelyn continuava a ser a mulher mais desejada da Inglaterra, porém não como esposa, e sim na cama de todo cavalheiro, como amante.

O problema com o fim do noivado, anunciado como um espetáculo ao reino, não se dava tanto pelo fim em si, mas sim pelas cenas de beijos despudorados e carícias protagonizadas pelo casal em muitos locais públicos de Londres, durante o compromisso. Pela fofoca inevitável de Kathe ter sido vista, em roupas íntimas, na companhia de outro homem. E, claro, pela maneira nada parcimoniosa como Arthur declarara o fim do noivado. Quase uma acusação escrita da culpa e da desonra de Kathelyn, dez dias antes do casamento.

Antes Kathe era considerada corajosa, autêntica, cheia de personalidade e paixão pela vida, e agora...

— Ela mantinha três amantes — disse lady Herbert a um grupo de pessoas enquanto passeavam no Hyde Park.

— Belmont a seduziu logo que se conheceram, depois se cansou, sabe como os homens perdem rápido o interesse por esse tipo de mulher leviana — ouviu-se no salão de baile de lorde Brooke.

— Dizem que ela era amante do filho de uma criada havia anos e que flertava com todos os homens do reino. Agora está grávida e necessita de um marido com urgência — cantarolou uma voz feminina em um dos camarotes do Teatro Real.

— A mim nunca enganou. Tenho um sentido apurado para esse tipo de mulher. Sabia que nunca seria uma duquesa, porta-se pior que uma mulher de vida duvidosa — outra voz feminina se fez ouvir em um salão de chá em Mayfair.

— Temos que abrir os olhos. Logo ela se atirará em cima dos homens casados, nossos maridos poderão ser os próximos a cair na teia dela — comentou uma dama nesse mesmo salão.

— Estou louco para ter a oportunidade de levá-la ao mesmo altar que Belmont a levou — uma voz masculina ecoou entre gargalhadas em um clube de cavalheiros.

— Aposto mil libras que consigo convertê-la em minha amante — disse outra voz no mesmo clube.

Nesses dois dias, ela foi amante e meretriz. Sedutora e seduzida, tola e ardilosa. Mentirosa e vulgar. Um perigo aos bons costumes e uma vergonha à classe. Foi desejada e odiada mil, milhões de vezes, e em posições diferentes.

Enquanto a condenavam, achincalhavam e trituravam em todos os locais de Londres, sua mãe bordava e chorava em resignado silêncio. Lilian tentava trazer um otimismo náufrago à situação, em que não havia espaço para qualquer esperança. Não em relação a Kathelyn.

Entretanto, com o passar dos primeiros dias e o abrandar das emoções, Kathelyn entendeu que poderia viver reclusa e não chamar atenção sobre si e sobre os escândalos vinculados a ela. Assim, com o tempo, as pessoas a esqueceriam.

Lilian poderia ter sua apresentação na sociedade. Kathe seria lembrada como exemplo às damas que tentam se aventurar e de que devem manter a conduta esperada. Com o tempo, sabia, seria esquecida.

Talvez em alguns anos, e se Lilian conseguisse um bom matrimônio, poderia voltar a frequentar os salões londrinos. Não que Kathe quisesse isso. Apenas considerava a possibilidade de se sentar junto às matronas e viúvas, para então fofocar sobre a vida alheia e invejar qualquer pessoa que desfruta um pouco de calor, paixão e aventura.

Cruzes.

Não. Jamais faria isso. Mas poderia, sim, ser feliz em Milestone House, junto a sua família, junto às pessoas que amava, e ter uma vida mais simples, isenta de normas e exigências sociais. Logo mais partiriam para Clifford Hall, as terras do condado. Essas eram as duas casas que amava e onde crescera.

Sim, Kathe poderia ser muito feliz desfrutando da vida como sempre acreditara que faria. Cavalgar, andar descalça, cozinhar junto à sra. Ferrel. Ler e estudar. Nadar no rio. Livre. Poderia ser feliz assim. Então mimaria os filhos que Lilian teria e os amaria como se fossem dela.

Um aperto no peito a fez perder a respiração. Sempre quisera ter filhos. Talvez isso não fosse mais possível, porém poderia e encontraria a felicidade de outras maneiras e...

— Senhorita — era a sra. Taylor —, o seu primo Rafael deseja vê-la.

Um sorriso de alívio pousou em seus lábios.

— Peça para ele entrar.

Rafael era o único parente que a entenderia, que a conhecia. Sempre o considerou, da mesma forma que Steve, como um irmão. O primo — apesar do desentendimento no último baile em que estiveram juntos — a defendia sempre, colocava-se ao lado dela nas infinitas discussões familiares. Com frequência oferecia sua amizade e conforto. Com certeza viajara até Milestone House para confortá-la.

Era um grande alívio, dentro de um caos como aquele, contar com algumas pessoas verdadeiras e gentis. Sim, os verdadeiros amigos se conhecem nas horas da aflição.

Rafael se aproximou e beijou-lhe a mão.

— Bom dia, prima.

— Bom dia, Rafael.

E ficou em pé, olhando-a em silêncio. Kathe indicou o sofá a sua frente.

— Sente-se.

Rafael aceitou o convite.

— Acabo de vir de Londres.

— Humm... então já deve ter se inteirado de tudo.

— Bem, prima, na verdade nunca vi alguém mais famosa do que você. É o assunto de todos em qualquer lugar, dos mais elegantes aos mais... duvidosos.

Ela cruzou as mãos no colo.

— Infelizmente, acho que isso não é nenhum elogio. Estou errada?

— Vim ver como você está lidando com tudo isso.

As sobrancelhas loiras foram elevadas numa expressão zombeteira.

— Lidando com o quê?

O primo riu baixinho.

— Por isso sempre a adorei. Consegue manter o bom humor nas situações mais difíceis. Aliás, fiquei sabendo de sua aparição extraordinária no baile de lady Somerset.

— Alguém tinha que fazer alguma coisa, não é verdade?

Rafael franziu o cenho, confuso.

— O quê?

— Desde que me conheço por gente, escuto que as perucas ridículas de lady Somerset são a chacota da temporada. Tinha que dar um assunto realmente interessante à boa sociedade. Ora, você me conhece, sou caridosa.

Ele riu mais um pouco da brincadeira. Quando parou de rir, estreitou os olhos em uma expressão preocupada.

— E o seu pai, Kathelyn, como reagiu?

— Ele ainda não sabe.

— Não sabe?

— Acho que não. Está viajando. Foi visitar Clifford Hall.

Rafael a fitou em longo e incômodo silêncio antes de perguntar:

— Kathelyn, o que imagina que pode acontecer quando o conde se inteirar de tudo?

— Acho que ele vai ficar furioso. — Kathe mirou as mãos cruzadas no colo. — Talvez me castigue, talvez eu não possa nunca mais sair de casa. — Suspirou. — Mas, sabe? Não me importo, acho que poderia ser feliz aqui, e papai me perdoará, entenderá, ele sempre entende.

— Kathelyn — o primo soltou uma exalação forte —, talvez seja muito pior do que isso.

Os olhos azuis dela se arregalaram.

— Pior? Pior como?

— Você jogou o bom nome da família na lama. Isso é muito, muito grave.

Torcendo as saias do vestido entre os dedos, ela fitou o chão e suspirou.

Rafael explodiu:

— Aquele bastardo.

— Por favor, não me diga que você sabia que isso iria acontecer e que tentou me alertar. Já está... — Parou.

— Está o quê?

— Dói, Rafael. Eu acreditei que o amava.

— Não estou aqui para falar do bastardo do Belmont.

— Ninguém o considera assim, somente eu fui culpada. Um duque, sem honra ou não, sempre está certo. A sociedade jamais se levanta para defender uma mulher quando um homem poderoso a acusa. — Ela riu com tristeza. — Como a honra sempre está a favor da palavra do cavalheiro, não nos resta apelo algum.

O primo a olhou de forma intensa.

— Kathelyn, sabe quanto a estimo e me preocupo com você. Sempre foi assim desde que éramos crianças.

— Obrigada, Rafael. E eu aprecio muito o seu apoio.

Rafael olhou para baixo e... corou?

— Quero te dar mais do que isso.

Sim, as bochechas dele assumiram um tom vermelho.

Kathelyn sentiu o coração disparar. O que ele quis dizer com isso? E por que a olhava como se estivesse culpado ou envergonhado pelo que iria falar?

— Caso o pior aconteça e seu pai te renegue, quero que saiba que pode contar com minha proteção e amparo.

Os olhos de Kathelyn se viraram e ela sufocou um soluço nervoso. Rafael a pediria em casamento? Acompanhou os movimentos elegantes quando ele se ajoelhou a sua frente.

Ah, meu Deus, ele realmente vai fazer isso.

Levou as mãos à boca, surpresa. Piscou fundo e murmurou com a voz fraca.

— Rafael, não.

— Espere, por favor, me escute. Caso precise e aceite, posso acomodá-la em uma casa confortável. Terá uma carruagem somente sua, além de criados, joias e tudo o que mais desejar. Poderá ir às compras, poderá ir a festas. Claro que não às que estava habituada, mas será livre e ninguém te fará mal.

— Eu não posso me casar... — Parou com a boca aberta.

Isso não foi um pedido de casamento, foi? Não. Pedidos de casamento não acompanham a oferta de uma casa, e criados, e joias, e festas, e... Santo Deus. O que acontecia com o mundo? Rafael acabou de lhe propor que ela fosse sua querida? Sua amante?

Piscou lentamente uma vez mais. Só podia ter entendido errado. Era uma brincadeira, é claro, sempre tão piadista e irônico. Em segundos o primo desembocaria a rir da cara de tola pasmada que Kathe devia estar fazendo. Ela começou a rir antes.

— É sério, faria tudo isso? Até mesmo uma carruagem? — Gargalhou com prazer outra vez. — Mas, de verdade, eu adoraria um pavão. Li que as amantes mais famosas e mais prestigiadas sempre têm um.

Rafael, que estava sério, levantou-se.

— O que você acredita que pode acontecer quando o conde se inteirar?

— Você não está falando sério.

— Não te restará nada, Kathelyn, não terá para onde ir. O que estou oferecendo é mais do que oportuno, considerando sua possível situação.

Em silêncio, Kathe se levantou e caminhou até a janela. Colocou os dedos no vidro, escondendo a decepção que encheu seus olhos de lágrima. Mordeu os lábios por dentro para não chorar. Respirou fundo algumas vezes e somente depois disse:

— Sempre o considerei como um irmão.

— Eu também, Kathelyn, mas você cresceu, e eu teria que ser um estúpido ou um cego para não te enxergar. É uma das mulheres mais bonitas do reino, e não se trata somente de sua beleza física, tem algo que está além do visível. Sua presença transforma as outras mulheres em sombras. Pense bem Kathe, eu te adoro e poderíamos ser muito felizes.

— Adora? — Kathe se virou para ele. — Quantas mulheres que adora receberam essa mesma generosa oferta de sua parte? A sua mãe? Não, não... talvez, a sua irmã?

— Julgava-se apaixonada por Belmont, não é verdade? Por isso concedeu a ele aquilo que me nega sob ofensas. Sempre a tola romântica. Agora, entretanto, parece mais tola.

— E você, senhor, parece um idiota que não serviria nem para manter uma tola.

— Procure-me caso o seu pai a renegue e a rua a faça mudar de ideia.

— Nunca mais me procure, nem mesmo se perceber quão nojenta e desleal foi sua oferta.

18

— KATHELYN, ACORDE. — ERA ELIZABETH, SUA MÃE, QUEM A DESPERTAVA.

Havia quantos anos a mãe não fazia isso? Desde que Kathe era criança. A presença dela depois que a filha crescera passara a ser sempre distante, mais uma lembrança que uma realidade.

Elizabeth era uma dama impecável. Tão prendada, educada e perfeita. O exemplo da serenidade e do autocontrole. Demonstrar qualquer emoção não fazia parte da cartilha de uma dama. Os escassos sorrisos se tornaram mais raros com o passar dos anos. Até eles faziam parte de um ritual planejado.

— Não desperdice sorrisos — dizia ela. — Uma dama não sorri em demasia. Uma dama não sente em exagero. Como os pilares do bom comportamento, não temos direito de falhar, somos o exemplo em que se espelha toda a sociedade. A civilidade depende de nós.

Desde que começara o caos na vida de Kathelyn, a mãe só chorava. Discreta, mal se via qualquer expressão em seu rosto. Os rastros úmidos eram a única prova de que ela sentia. E Kathelyn sentia junto. Acima de tudo, sentia-se culpada e amava a mãe. Não que pudesse demonstrar esse amor com o entusiasmo desejado. Mas a amava, porque era sua mãe.

— Filha — a mãe a beijou com o rosto molhado —, seu pai deseja vê-la. Precisa se vestir e...

— Ele retornou?

— Sim, hoje, logo que amanheceu.

— Ele já sabe?

— Sim. Está no escritório te esperando.

— Está muito bravo?

Elizabeth olhou para baixo sem responder.

Kathelyn se levantou e se vestiu com a ajuda da donzela de quarto. Quando saía, ouviu a mãe dizer com a voz baixa:

— Eu sinto muito, minha filha. Eu tentei, fiz tudo o que podia. Eu sinto muito, mesmo.

Kathelyn buscou com os braços o refúgio conhecido e confortante, sendo abraçada de volta. Por um momento, achou que o corpo da mãe cederia. O abraço foi sem força, mas cheio de amor, como havia muito tempo Elizabeth não demonstrava.

— Vá, minha filha, desça. Não o faça esperar mais. Temo o que pode acontecer.

— Entre. — A voz do pai ecoou no escritório após as duas batidas à porta. — Sente-se. — Continuou sem a olhar, com atenção em algumas folhas de papel.

Uma vez que se sentou, Kathe cruzou as mãos sobre o colo e ouviu o pai prosseguir:

— Acabo de receber uma carta do advogado de Belmont.

Kathe segurou o ar.

— Uma carta?

— É uma carta de cobrança. Tenho exatos trinta dias contados da data de ontem para pagar a multa de cem mil libras pela ruptura do noivado.

Kathelyn sentiu uma mão invisível apertar suas costelas. Além do espartilho, a mão atravessava os ossos e acabava com o ar de seus pulmões. Isso era muito, muito dinheiro, mesmo para eles.

— Belmont não pode. Foi ele quem rompeu o contrato.

O pai, ainda sem levantar a atenção dos papéis, disse com a voz neutra, como se não sentisse nada diante da situação:

— O advogado do duque alegou infidelidade a poucos dias do casamento, o que configura adultério, segundo esta carta. — Sacudiu a página e somente então a olhou. — Você quebrou o contrato, e não Belmont.

— Ele está louco — ela afirmou, com a voz abafada.

A mesa esmurrada pelo punho do conde saltou em protesto.

— Fique quieta e me escute!

Kathe fitou o chão, nervosa, e manteve-se em silêncio.

— Em trinta dias, se eu não pagar a quantia que ele exige, serei levado ao tribunal, mesmo eu sendo um conde, já que ele é um duque. Acho que sua cabecinha vazia ainda não se deu conta disso. Nenhum juiz se colocará ao lado de uma mulher vulgar, desmiolada e que foi vista seminua na companhia de um criado por pelo menos cinco testemunhas respeitáveis. Uma mulher que desfilava orgulhosa, trocando beijos despudorados com o noivo pelos quatro cantos de Londres. Uma mulher que não preza pelo seu bom nome e que desgraçou toda a família.

Os olhos dela arderam. A ira gelada do pai era muito mais aterradora que a fúria cega de quando ele lhe dera a surra.

— O senhor foi quem criou mais da metade das oportunidades que eu tive para exibir os beijos despudorados. Fazia questão de, sempre que possível, deixar-me sozinha com o duque. Como se ele fosse Deus.

— Eu confiava na sua honra, no seu senso de decência. Não sabia no que isso resultaria. Achei que fazia para o seu bem. Você poderia ter sido uma duquesa.

Ela apertou as mãos nos braços da cadeira. O conde prosseguiu sem encará-la:

— Eu quero que você deixe esta casa, ainda hoje.

Kathe intuiu que poderia ouvir isso quando a mãe entrara em seu quarto, chorando. Mas ouvir era horrível, porque tinha certeza de que o pai a amava e jamais teria coragem de chegar a esse extremo.

— Vou te dar alguma garantia, afinal foi minha filha até hoje. Por menos que eu queira, ainda me sinto responsável por você. Porém, uma vez fora daqui, não nos procure mais. Sua presença arruinaria as chances que esta família tem de se reconstruir.

As unhas afundaram na palma das mãos conforme Kathelyn as apertava com força. As lágrimas desceram pelo rosto sem que ela as contivesse.

— Eu... eu não acredito — murmurou.

Os ombros largos do conde se curvaram quando ele abriu a gaveta da escrivaninha e retirou um saquitel com moedas.

— Tome — disse para ela, empurrando sobre a mesa a sacolinha. — Use-as bem, porque não haverá outras.

— Para onde irei?

Pela primeira vez na manhã, ela acreditou ver um rastro de culpa e dor nos olhos do pai, substituídos rapidamente por frieza e obstinação.

— Sugiro que busque ajuda nos braços de seu amante. Se ele tem um pingo de honra, saberá o que deve fazer. Aliás, se eu não estivesse tão ocupado tentando salvar o que restou desta família e dos nossos bens, iria eu mesmo atrás do desgraçado.

— Eu nunca fui amante dele.

O pai voltou a analisar os papéis sobre a mesa.

— Isso não faz mais a menor diferença. Agora, saia daqui. Estou muito ocupado. E só volte para esta casa se um dia a sua honra for restaurada.

De queixo erguido e com lágrimas nos olhos, Kathe se levantou, caminhou até a porta do escritório, engolindo o choro, e agarrou a maçaneta para sair, mas parou ao ouvir a voz do pai:

— Você se esqueceu do dinheiro.

Sem se virar para ele, ela alargou os ombros antes de responder:

— Eu não vou levar nada daqui, nem um xelim, nem um vestido, nenhuma joia. Vou sair com a roupa do corpo e minha coragem. E, se um dia minha honra for restaurada, seja lá o que isso signifique para o senhor — arfou, engolindo o choro outra vez —, ela que parece ser mais importante que o amor da sua filha, tenha certeza de que não voltarei para esta casa, a não ser que me peça perdão pela injustiça que está cometendo.

— Se a ruína não foi capaz de dobrar essa sua petulância e queixo erguido, Kathelyn, lamento, mas acredito que a vida a dobrará.

— Adeus, papai.

Kathelyn saiu do escritório sem saber como andar. Passou pela biblioteca deserta e se viu criança.

— Papai, papai, olhe, eu já alcanço.

— Meu tesouro, cuidado. — O pai agarrou-a pela cintura, tirando o banquinho de seus pés. — Quantas vezes já te disse para não subir nos móveis, meu anjo? Pode se machucar.

— Mas eu consegui. Eu alcancei a fileira dos livros de que mais gosto.

— Eu sei. Muito bem, já está uma mocinha. Porém, conheço um jeito melhor de alcançar ainda mais alto.

— É mesmo, qual é?

Quando percebeu, o pai a elevava sobre os ombros. O ar entre eles ficou cheio de risadas.

O conde fora um bom pai. Não era o tirano que aparecera nesses últimos dias. Ele a fazia sorrir, dizia que ela era a riqueza de seus olhos e sempre trazia presentes de suas viagens. Como Kathe só gostava de livros e de bichos, o pai vivia entrando em casa com um filhote de pato nas mãos ou um cachorrinho pulguento enrolado nos braços. Também trazia livros de contos infantis e os lia para ela quase todas as noites.

Kathe o amava.

Ele destruíra o que restava de seu coração.

Passou pelo vestíbulo e se viu escorregando pelo corrimão da grande escada circular com Lilian. Subiu devagar e entrou no quarto que fora seu até aquele dia. Lembrou-se de todas as noites em que conversou com a irmã até amanhecer.

Tudo acabou.

— Eu já sei.

Kathe estava tão cega que não viu a sra. Taylor sentada na cadeira ao lado da cama.

— Eu sinto muito — engoliu um soluço. — Acho que também te arruinei.

— Ora, não seja tola, Kathelyn Stanwell, e venha até aqui.

A preceptora abriu os braços. Kathelyn se jogou no colo conhecido e acolhedor e chorou.

— Eu vou com você, minha menina — Elsa disse, com a voz abafada.

— O quê? Ele também te mandou embora?

— Não, o conde não me mandou embora. Eu é que não poderia abandoná-la desse jeito.

— Sra. Taylor — suspirou. — Será o fim para nós duas. Eu não posso ser tão egoísta. Não posso permitir.

— Você não tem escolha, senhorita. Irei de toda forma.

Ela levantou o rosto do colo da preceptora e a fitou: o mesmo coque severo nos cabelos listrados de branco. O mesmo vestido de linho de cor escura e sóbrio. Os olhos castanhos cheios da luz de lágrimas. Kathe nunca havia visto Elsa chorar.

— Eu sei o que é ficar sozinha no mundo, minha menina.

— Sabe?

A preceptora assentiu.

— Eu me vejo muito em você. Costumava ter essa vontade pela vida, esse entusiasmo e paixão por tudo o que nasce em seus olhos.

Kathelyn encostou o rosto no ombro da mulher.

— Eu tinha acabado de fazer quinze anos, era filha única de um visconde. Eles, meus pais, haviam ido até Londres. Nós morávamos em Nothumberland — suspirou —, uma longa viagem até a capital, e eu nunca havia saído de lá. Eles partiram e não voltaram mais. Dizem que foi culpa de um ajuste malfeito nas rodas da carruagem. Perdi os dois e tudo o mais em um único dia; a propriedade da família foi para um primo distante, e eu tive que partir.

— Sinto muito.

A preceptora passou a mão nos cabelos de Kathelyn.

— Eu construí uma vida nova. — Elsa suspirou. — Entendi que o que doma o mundo é o modo como escolhemos olhar para ele, e não o modo como ele se apresenta diante de nós. — Colocou uma mecha de cabelo atrás da orelha de Kathelyn, antes de acrescentar:

— Escolhi enterrar o que um dia fez parte do meu passado, para ficar em paz. Até mesmo o meu nome.

Kathelyn se ergueu para encará-la.

— Elsa? Esse não é o seu nome?

— Elsa Taylor foi o nome da mulher que me ensinou a ler... Ela me ensinou tudo o que sei.

— E o seu nome real?

— Anne Lanchester.

— Meu Deus.

Kathelyn voltou a encostar a cabeça no colo da preceptora antes de dizer, com a voz embargada:

— Eu ainda não consigo acreditar que terei que deixar esta casa, minha família, tudo o que amo, tudo o que sou. Como conseguiu? Como continuou respirando?

Elsa fez uma longa e audível respiração e depois afirmou:

— Assim.

— Machuca demais, mesmo respirar parece doer. — Kathe olhou ao redor. — Este é o único lugar que aprendi a chamar de casa.

Dedos longos tocaram o rosto de Kathelyn com carinho.

— Sabe de uma coisa?! Você sempre estará em casa quando mergulhar no seu coração.

Kathelyn limpou uma lágrima que escapou dos seus olhos.

— Sim, vou tentar me sentir dessa forma.

— Faremos juntas, minha menina. Não a deixarei.

— Acho que não sou uma boa pessoa.

— Por quê, Kathelyn?

Ela engoliu o choro para limpar a voz.

— Porque me sinto incapaz de insistir que não vá comigo.

— Já te disse, estou decidida. Você não tem escolha.

— Nunca vou conseguir te chamar de Anne. Me desculpe.

— "O que há, pois, em um nome? O que se chama rosa, com outro nome teria o mesmo perfume." *Comigo foi assim. Será do mesmo jeito com você.*

— Shakespeare... — Kathe olhou para baixo. — Obrigada.

Elsa a levantou pela curva dos braços, deu um beijo em sua testa e murmurou:

— Vou arrumar minhas coisas. Venho te buscar quando estiver pronta.

Logo que a preceptora saiu, Lilian irrompeu no quarto aos prantos, ainda de camisola.

— Você não vai, não vou deixar.

Kathelyn enxugou as lágrimas do rosto. Sabia que tinha que ser forte e que não podia se desmanchar diante da irmã menor. Sabia também que largá-la seria o que lhe arrancaria o que restava do coração.

— Não tenho escolha. A casa — engoliu — é dele.

— Eu vou junto. Não vou deixá-la. Vou com você.

Lilian virava-se, com o intuito de sair do quarto, possivelmente para se trocar, mas Kathelyn a segurou pelos ombros.

— Não, Lilian.

— O quê?

Recorreu a toda a sua força para não cair em prantos.

— Não!

Lilian soluçou.

— Eu não posso ficar sem você.

Kathelyn esfregou a mão na bochecha da irmã, um gesto resgatado da infância entre elas.

— Eu também não, mas será apenas por um tempo. O papai vai esfriar a cabeça e perceber a loucura que está fazendo. Ele vai me procurar e pedir desculpas. Tenho certeza.

Lilian cobriu os olhos, chorando.

— Como vai ser? Você é minha força.

— Você não pode ir comigo, Lili, olhe para mim — Kathe pediu, com a voz falha. — Aqui é a sua vida, você nasceu para pertencer a tudo isto. Eu sempre soube que acabaria em um lugar diferente.

A irmã a abraçou com o corpo convulsivo.

— Como você vai ficar? Para onde vai?

— Eu vou ficar bem, Li. — Forçou um sorriso. — Bem melhor do que no meio de tantos leques e babados. Veja, eu mal consigo me equilibrar com todas estas saias.

Abriu os braços, querendo desviar a atenção da irmã.
— É sério, minha irmã... O que será de você?
Ela não sabia e estava aterrorizada.
— Eu não partirei sozinha. A sra. Taylor vai comigo. Eu vou ficar bem.
— Eu sinto tanto, tanto. Papai foi tão cruel. Eu nunca o perdoarei, nunca. E quanto a Belmont? — A irmã ofegou. — Gostaria de surrá-lo em praça pública.
Kathe tentou sorrir com os lábios trêmulos.
— Deixe a parte de Belmont para mim.
— Promete? Promete me mandar notícias?
— Sempre. Rezarei todos os dias para que encontre um marido bom e que cuide bem de você.
— Eu ainda não acredito que isso está acontecendo.
Kathelyn passou a mão pelos cabelos da irmã.
— Em pouco tempo tudo não passará de lembranças ruins. Logo estaremos juntas de novo.
— Promete?
Dessa vez Kathelyn não respondeu. Não queria prometer algo que, sabia, poderia nunca acontecer.

Uma hora depois, a sra. Taylor vinha buscá-la para partirem.
Kathe tentou se despedir da mãe, mas Elizabeth estava encerrada no quarto. Havia tomado uma dose de láudano para a dor de cabeça.
A mãe nem ao menos lhe disse adeus.
Nem um abraço ou um aceno a distância.
Nada.
Kathelyn se sentiu traída uma vez mais.
O pai continuou trancado no escritório, como se não fosse uma filha, e sim uma estranha, a ir embora de sua vida. Lilian ficou com ela até cruzarem a porta de casa, sem parar de chorar. Quis tanto pegá-la nos braços. Quis que nada daquilo estivesse acontecendo. Queria mudar tudo, fazer tudo diferente.

Desceu as escadas frontais. Na estrada que conduzia ao portão havia algumas pétalas vermelhas trazidas pelo vento das roseiras. Elas estavam murchas. Marcavam o caminho como contas secas. Vermelho quase preto. Eram flores iguais àquelas com as quais Arthur sempre a presenteava. Iguais às que ele deixara para ela, uma lembrança do fim de seu noivado. Kathe nunca odiou tanto as rosas-vermelhas.

Abaixou-se e pegou uma das pétalas entre os dedos.

— Para que eu não me esqueça de quem arrancou mais do que sangue do meu coração.

Elsa a analisava em silêncio. Kathelyn guardou a pétala no decote do vestido.

Abaixou-se outra vez e recolheu um punhado de terra do chão.

— Para não esquecer minhas raízes — disse e guardou-o dentro do bolso da capa do vestido.

Quando cruzavam o portão de saída, ouviu um grito esbaforido.

— Espere, senhorita, espere.

Kathelyn olhou, perplexa, para o jovem que se aproximava.

— Jonas?

— Vou com a senhorita.

— Não, Jonas, você não vai.

— Conheço Londres, sei o que pode ser essa cidade para duas mulheres sozinhas. Comigo estarão protegidas.

— Aqui você tem uma cama e comida. Não, meu querido, você não vai.

— Você salvou minha vida. A senhorita me deu o único lar que eu conheci. Eu a seguiria mesmo que fosse para o inferno.

— Bem — disse a sra. Taylor com a boca torcida —, o moleque finalmente pode ser de alguma utilidade.

Ele fez uma reverência zombeteira e Kathelyn até conseguiu achar alguma graça entre as lágrimas.

Ao passar pelo portão de Milestone House, Kathelyn soprou para ninguém em especial:

— Que grupo singular nós formamos.

Ao se afastar, contemplou a casa, a alguns quilômetros de distância. Era uma construção imponente, exibida sobre um platô verde salpicado por flores.

Ficou parada ali, como se pudesse assistir a toda a sua vida. Como se quisesse desenhar aquela imagem na retina. Despediu-se interiormente do pai que não reconhecia, da mãe que dormia, da irmã que chorava.

Sentiu as lágrimas descerem pelo rosto, molharem o pescoço. Uma a uma, elas enterravam seu passado. Num silêncio de eco cabível somente a um funeral, Kathelyn se despediu de tudo que a fizera ser quem era.

— Adeus — disse em voz alta, então recolheu as saias e saiu.

Não olhou para trás nenhuma outra vez.

Parte II
O desabrochar da rosa

19

TRÊS ANOS DEPOIS...
LONDRES, 1843

ARTHUR ACABARA DE CHEGAR PARA MAIS UMA REUNIÃO COM O SÓCIO.
Três anos antes ele resolvera diversificar seus investimentos. Possuía muitas terras, e em pelo menos metade delas existia algumas das maiores minas de carvão e de minério de ferro da Inglaterra.

Com o crescimento do uso desses recursos, tanto pelas fábricas nas caldeiras como nas indústrias, associou-se a um dos principais fabricantes de locomotivas e motores a vapor do Reino Unido, o sr. John Brown.

Tinha certeza de que era nessa direção que o futuro apontava.

Estava para começar uma reunião em que o sócio apresentaria seu novo projeto. Uma máquina que, segundo o sr. Brown, revolucionaria ainda mais esse meio.

A maioria de seus pares na Câmara dos Lordes o criticava por estar se associando a um comerciante proveniente da classe operária. Ele respondia com o habitual cinismo às críticas. Dizia que, enquanto a escolha dos sócios continuasse a lhe garantir a maior fortuna do reino, ele manteria a política do bom relacionamento entre as classes, sem ouvir nenhum comentário.

Idiotas. Era assim que Arthur considerava quase todos eles. Um bando de homens indolentes e preguiçosos que mal trabalhavam. Queriam se manter à custa de um sistema arcaico e, ao que tudo indicava, falido. Isso provava o número crescente de nobres arruinados por gostos extravagantes, excesso de gastos e escassez de trabalho.

Arthur nunca se iludira. Também não se incomodava com isso. Para ele, a diferença do sucesso e da sobrevivência de um homem estava na capacidade de ele se moldar e seguir as alterações do mundo. Acreditava que seus pares viviam um momento decisivo; ou acordariam do delírio de soberania e se renderiam às novas exigências da economia mundial, ou acabariam afogados em conhaque, cartas, cavalos e cartolas.

— Excelência — saudou o sócio ao entrar na sala.

Ele era um senhor de idade avançada, e quem assumia seu lugar à frente da indústria era o filho, Stephan Brown.

— Como vai, sr. Brown? Bom dia, sr. Stephan.

— Bom dia, excelência.

— O primeiro trem-dormitório já é um sucesso — comemorou o sr. Brown.

Arthur apoiou os cotovelos na mesa.

— Fico feliz. Era o que imaginávamos.

— Temos mais de sete mil quilômetros de vias férreas somente no Reino Unido, e os outros países caminham para o mesmo destino. — John mexeu em uma pilha de papéis em sua frente ao dizer: — Os Estados Unidos acabam de encomendar mais dez máquinas.

— Sobre o pedido para produzirmos as locomotivas e o projeto da linha férrea da Bélgica, excelência, como caminhamos? — perguntou Stephan.

— Eles são um país independente há dez anos, estão com fôlego e ânimo para investir. De nossa parte, os projetos já foram predefinidos. Devo ir a Paris, onde me reunirei com o conde Delors, nosso parceiro por lá, e com o primeiro-ministro da Bélgica. Como planejamos, ficarei por lá de três a quatro meses, até estar tudo concretizado. Nesse meio-tempo, tentarei estreitar nossa relação com Jaques Faure — disse Belmont.

— Faure mostra-se mais favorável à ideia de uma sociedade conosco — contrapôs John.

Jaques Faure era o empresário que investia na linha férrea da França.

— E como é esse projeto novo? — perguntou Arthur. — Já está concluído?

John abriu alguns desenhos sobre a mesa e explicou:

— As rodas motrizes passarão a ficar atrás da caldeira, permitindo assim o uso de rodas de grande diâmetro e um aumento de velocidade. Parece simples depois que pensamos na ideia. Isso representará... — A voz do velho foi se esfumando com os desenhos da nova locomotiva.

Sua mente vagou até Paris. Fazia três anos que não visitava a cidade. Não porque tivesse qualquer problema com as vielas e mansões parisienses. Nem por qualquer desavença com Filipe I. Não. Até simpatizava com o rei francês, ele tinha ideias políticas modernas. O problema de Arthur com a encantadora Paris era que...

Nem Arthur mais sabia ao certo qual era o problema. O fato é que havia três anos tinha planejado passar lá sua lua de mel com Kathelyn.

A lembrança ainda lhe causava uma contração nas vísceras. Quando largara Londres e anunciara o fim do noivado daquela maneira impulsiva, não pensava em nada.

Estava possuído pela certeza da traição de Kathelyn e por se sentir tão idiota e tão manipulado. Acreditara, naquele momento, que tudo nela era uma farsa. Desde a encenação da inocência nos primeiros beijos entre eles, até... Tudo.

Lembrou que voltara até a casa dela como um paspalho, cego e apaixonado, com a carta que recebera das mãos de Florence dobrada dentro do bolso da casaca, convencendo-se minuto a minuto de que aquelas palavras haviam sido inventadas pela prima de Kathe.

Ao chegar a Milestone House, a porta da entrada estava entreaberta. Mesmo estranhando a ausência do mordomo, não se importou em entrar sem ser anunciado. Estava louco para se encontrar com a noiva, ouvir de sua própria boca que a carta era uma mentira, acreditar em Kathelyn sem pensar em mais nada e apenas beijá-la.

Então, a voz de Kathelyn vinda da saleta azul, onde costumavam ficar quando ia visitá-la, o dirigiu. Mais uma vez a porta estava alguns dedos aberta. Chegou a levantar o punho para bater quando as palavras de sua noiva o atingiram:

— Steve deixou uma carta no meu quarto, como costumava fazer. Ele escreveu o endereço de onde posso encontrá-lo, na Holanda. Acho que vou aceitar o convite dele. Possivelmente Steve tenha razão. Serei muito mais feliz lá com ele do que com um duque arrogante e egoísta.

Apertou tanto as mãos que tremeu. Tinha certeza: se estivesse segurando algo, mesmo que fosse uma barra de ferro, ela se quebraria. E não pensou em mais nada, apenas que tinha de sair de lá antes que fizesse uma loucura. No caminho de volta, teve de saltar da carruagem e botar as tripas para fora. Creditou o mal-estar à estrada esburacada, mas no fundo sabia que estava doente com toda aquela imundície, por ter entregado parte de seu coração para uma mentirosa, por não saber se um dia seria capaz de sentir algo de bom outra vez. Dera razão ao tio e a todos que tentaram lhe alertar:

Kathelyn era a mulher mais ardilosa e sem caráter que já conhecera.

— Não acha, Belmont? — o sócio o despertou do devaneio.

— Desculpe, senhores, podem repetir?!

Arthur entrou na carruagem com a cabeça no novo projeto, nos lucros que isso traria e na viagem longa que faria dali a alguns meses para Paris. Viu uma vendedora de rosas. Não queria pensar em Kathelyn outra vez no mesmo dia, mas foi inevitável. Era sempre assim quando se deparava com rosas-vermelhas. Sem conseguir se controlar, perguntou-se onde ela estaria e se lembrou do dia em que ouvira falar dela pela última vez e do quanto se torturara até ter certeza de que não havia errado com Kathelyn, com seus julgamentos, com ele próprio.

Durante os primeiros meses após a ruptura do noivado, tinha viajado, percorrendo todo o reino. Comprara terras, implementara melhorias nas minas, contratara novos administradores. Um para cada propriedade, que lhe prestavam contas semanalmente.

Começava a trabalhar em um ritmo insano nas primeiras horas da manhã e só parava quando caía adormecido sobre a mesa. Não tinha sido incomum, nesses dois primeiros meses após o fim do compromisso, seu valete, Scott, o acordar no meio da noite no escritório para que ele fosse para a cama. Isso quando não bebia a ponto de nem mesmo seu teimoso valete conseguir levá-lo para o quarto.

A verdade era que a ausência de Kathelyn ainda engolia seus dias e digeria suas noites. Arthur a via em todos os lados para os quais olhava. Era um fantasma, o espectro mais vivo que existia.

E por esse tormento não conseguia deixar de se questionar sempre, mesmo na maior parte do tempo tendo certeza da traição dela. Teria entendido errado as palavras ditas pela ex-noiva? E quando isso acontecia se pegava arrependido por não ter entrado naquela saleta nem que fosse para olhá-la nos olhos uma última vez e falar tudo o que tinha vontade.

E então, para aumentar suas dúvidas e angústia, pouco mais de dois meses após o fim de seu noivado, fora informado por seus advogados de que o conde de Clifford, o pai de Kathelyn, pagara a dívida pela quebra do contrato de casamento. Não fora Arthur quem cobrara a multa, e sim seus advogados, a pedido do tio dele: o visconde de Ward. Ao tomar conhecimento, tentara devolver as cem mil libras, não queria ficar com nada da família da ex-noiva, nem uma libra. Mas Clifford, por algum motivo, não aceitara ser restituído.

Por que diabos o tio de Arthur fizera isso?

Será que o visconde teria algum motivo ou interesse particular quando acusara sua noiva de interesseira e leviana? Arthur decidiu que não ficaria com essa dúvida. Já não vivia direito nem sem ela. Fora atrás da única pessoa que saberia. A única pessoa que registrava em silêncio tudo o que acontecia na família e provavelmente no mundo. A mulher mais sábia que conhecia. Sua mãe.

Recordou a viagem até o palácio de Belmont Hall, dois meses e meio após o fim de seu noivado.

— Meu filho — disse ela naquela tarde, assim que Arthur chegou ao palácio —, que bons ventos o trazem?

Ele beijou com carinho as mãos da mulher e a abraçou.

Caroline Harold era uma dama irrepreensível. Respeitada e temida. As pessoas sabiam que ela tinha a capacidade de ler a todos, sem precisar de muito esforço.

— É uma pena, chegou um mês atrasado.

— Como?

— Não leu minha carta?

— Eu não estava com cabeça para ler cartas cujo tema fosse Kathelyn.

— Como disse, é uma pena.

— O que é uma pena?

— Que só chegue agora.

Arthur se sentou na poltrona em frente à mãe e apoiou os cotovelos nas pernas.

— Eu preciso lhe perguntar algo, não posso mais esperar para saber. — Tomou ar, como se buscando coragem, e continuou: — O tio Jonathan tem algum motivo pessoal para querer manchar a imagem do conde de Clifford e se vingar ou prejudicá-lo de alguma maneira?

A mãe verteu o chá na xícara fina de porcelana com movimentos precisos e tranquilos. Servira-se de dois cubos de açúcar. O tilintar da colher contra a louça era o único som que se interpunha com o leve batucar do pé nervoso de Arthur. A duquesa deu um gole longo no líquido enfumaçado, depois outro gole, em um contemplativo silêncio. Então, colocou a xícara sobre a mesa e somente depois respondeu:

— Todos os motivos do mundo, é claro. Ele odeia Clifford.

O suor ocupou as palmas da mão dele. Teria errado, meu Deus?

— O seu tio cortejou lady Elizabeth Stanwell.

— A mãe de Kathelyn?

— É claro. Existe alguma outra?

— Por que não me disse isso antes?

— Que diferença faria? Não vi motivo para dizê-lo.

— Conte-me o que aconteceu. Talvez isso faça, sim, diferença.

A duquesa viúva deu outro gole no chá e voltou a xícara à mesa antes de continuar:

— Ele e o conde eram muito amigos, frequentaram Oxford juntos e dividiam farras libertinas. O que eu soube é que, em uma dessas farras desavergonhadas, apostaram quem conquistaria a dama que era tida como a mais correta e pudica da época. Parece que levaram tão a sério a disputa que no fim de uma temporada eram mais inimigos jurados de morte do que amigos de colégio.

Mais um gole no chá.

— O resto é fácil de deduzir. Clifford ganhou a dama e se casou com ela. Seu tio se jurava apaixonado por Elizabeth. Dizia que Clifford só se casara com ela para que ele não o fizesse. Já não era mais uma simples aposta entre amigos. Estavam envolvidos orgulho e honra. Segundo seu tio, Clifford comprou o pai da dama com o condado. Ele jurava que Elizabeth o teria escolhido. Jurava que estavam apaixonados e que ela fora obrigada a se casar. Desde então, o nome do diabo é mais suave a seu tio do que o de lorde Ernest Stanwell.

Arthur levou as mãos aos olhos.

— Meu Deus!

— Quando soube que você estava cortejando a srta. Stanwell, ele quase enlouqueceu. Para o tio Jonathan, o seu casamento com a filha de Clifford significava outra vitória do conde sobre ele.

— Por que não me disse?

— Desde quando você escuta alguém? Nem a carta que lhe enviei há um mês você leu. Iria me interromper na primeira frase se tentasse aborrecê-lo com esse tipo de engendro familiar.

— Deixei-me envenenar por ele... talvez... talvez tenha cometido... — Ele tinha respirado fundo. — Preciso ouvi-la. Preciso falar com Kathelyn.

A mãe o fitara com ar consternado.

— Eu disse que era tarde.

— Não, não é. Eu sei, fiquei louco, me precipitei, tirei conclusões ao ouvir uma frase dita por Kathelyn, uma frase no meio de uma conversa.

Arthur apertou o alto do nariz para aplacar a tensão.

— Deus, eu anunciei o fim do noivado em um maldito jornal. Sentia-me um parvo, estava tão transtornado com a cena a que tinha acabado de assistir, com uma carta que recebi e com a confirmação de que a carta era real. — Apertara as têmporas. — Enlouqueci com as palavras no papel, fiquei doente por ter me deixado enganar, por ter me deixado levar acreditando que tudo o que fazia era por me sentir apaixonado.

— Arthur — a mãe o interrompera —, meu filho, você, além de não ler minha carta, não lê jornais, não conversa com ninguém a respeito do que acontece?

O duque empalideceu. Cenas de uma tragédia desfilaram em sua mente.

— O que aconteceu?

— Acho que, diante das circunstâncias, não restou alternativa à srta. Kathelyn, senão...

A duquesa deu outro gole longo e calmo no chá, enquanto um vinco largo de tensão nervosa se aprofundava na testa de Arthur.

— Senão?

— Senão se casar, é claro.

Arthur tinha certeza de que ouvira mal.

— O quê?

— A srta. Stanwell se casou com um estrangeiro. De Nápoles, eu acho.

Outro gole no chá, enquanto todos os nervos de Arthur entravam em estado de torpor.

— Casou-se?

— O que mais ela poderia fazer?

Ele não integrou a afirmação nos sistemas que respondiam com inteligência, por isso repetiu a frase da mãe:

— O que mais ela poderia fazer?

— É claro, estava arruinada.

Nem ouviu o motivo que sua mãe lhe dava.

— Casou-se quando?

— Creio que há um mês.

— Um maldito mês depois? Trinta dias depois do suposto fim do nosso noivado?

— Suposto fim? Para mim e para toda a sociedade ficou muito claro que era um fim real.

— É claro que era. Pelo visto a minha ex-noiva estava tão ansiosa por se casar que mal esperou o fim do compromisso... Trinta dias.

Enquanto Arthur se carcomia de dor, ela se entregava de corpo... Cristo... se entregava a outro homem. Enquanto ele se curvava de remorso e raiva e morria um pouco a cada hora do dia pelo fim, pelo que tinha acontecido, Kathelyn se casava com um estrangeiro. Entretanto, o que doía de verdade e o que Arthur não quisera perceber é que significava o fim definitivo. Kathelyn nunca mais seria dele.

— Percebo do que escapei. Se a tivesse convertido em duquesa, não levaria nem trinta dias para ela pular na cama de outro.

— Acho que você não entendeu, Arthur. Parece que a dama não tinha saída.

Ele apertou o maxilar, com raiva.

— A saída que sempre encontra é o uso do otário mais próximo disponível.

— Você não está sendo racional. Ponha-se no lugar da dama.

Ele morreu duas vezes naqueles setenta e cinco dias: a primeira com o fim do noivado, a suposta — suposta não, comprovada — traição; a segunda, com esse anúncio inesperado. Não era capaz de se inteirar de nada mais.

— Para mim é o suficiente. O que acabo de ouvir é a prova de que minhas ações, apesar de impulsivas, não foram infundadas.

— Mas, filho, você ao menos considera a hipótese...

— Tive a resposta que vim buscar. O pai da dama não tem honra, não mede suas ações para ganhar aquilo que quer alcançar e parece que fez um bom trabalho na educação da filha.

— Aonde você vai? — perguntou a duquesa, ao ver que o filho saía da sala sem nem mesmo se despedir adequadamente.

— Voltar a me ocupar do que vale a pena, coisa que eu nunca deveria ter deixado de fazer — concluiu. *E nunca mais gastar nem mesmo meus pensamentos com a srta. Kathelyn Stanwell*, decidira para si mesmo e saíra.

⁓⦁⁓

A voz da vendedora de rosas se distanciando conforme a carruagem se afastava o trouxe de volta ao presente. Arthur tentara durante esses três anos não gastar mais nenhum tempo com Kathelyn.

No que cabia a palavras ou ações, ele se saíra bem na tal economia. Sempre que ouvia o nome da dama, ou de qualquer pessoa relacionada a ela, ser mencionado, pedia licença e se retirava sem a menor cortesia.

Sempre que alguém tentava falar algo do passado, ele exigia, sem elegância, que tal pessoa se limitasse a conversar da própria vida. Então, todos a sua volta passaram a ignorar a existência de Kathelyn Stanwell. Como se a presença ducal tivesse a força de extinguir a existência da dama e de todos os seus da face da Terra.

No entanto, sobre os pensamentos, Arthur, por mais que tentasse, e tentara, não conseguira ter domínio. Lutava contra as lembranças com o ímpeto de quem quer se livrar de uma doença maligna. Sem sucesso. O mal havia se infiltrado em seu sangue.

Durante os três anos de separação, não tinha havido um só dia em que o primeiro pensamento dele não fosse o rosto de Kathelyn e uma só noite em que seu último risco de consciência não fosse o retrato do sorriso dela. Demorara um ano para buscar uma nova amante. Então, nos dois anos seguintes, houvera algumas mulheres em sua vida.

Pobres criaturas cheias de defeitos.

Ele instintivamente comparava-as a Kathelyn. Buscava qualquer traço de semelhança nas mulheres que escolhia. A cor dos olhos. O formato da boca. A curva dos seios. Os mamilos rosados. O jeito do cabelo. A risada. O jeito de andar. A maneira de olhar. A teimosia quase irritante. Mesmo aquelas que, a princípio, pareciam ter pontos mais fiéis ao retrato da obsessão original tornavam-se em pouco tempo sombras de uma idealização inalcançável.

Restou, diante desse constante estado de insatisfação, afogar-se em novos projetos, investimentos audaciosos, viagens a lugares exóticos e na reclusão social separatista. Frequentava apenas os eventos onde não corresse o risco de encontrar alguém que evocasse a figura de seu vício.

Arthur levava impresso no corpo e na alma o retrato do homem que nem se lembrava ter sido um dia. Scott dizia que o duque se tornara ainda mais cínico, azedo e inflexível. O rosto cinzelado, quase à maneira de um Adônis, fora carregado por uma dureza convicta no olhar e um sorriso tão indócil que, quando ele se aproximava, até os cavalos desviavam os olhos para o chão.

No fim desses três anos, Arthur, entre todos os projetos que ocupavam seu tempo, tinha uma nova meta: buscar e encontrar uma noiva que estivesse o mais longe de seus sonhos inquietos, a distância descomunal do que para ele fora, um dia, a única mulher que amou.

20

KATHELYN ACHAVA INCRÍVEL A MANEIRA COMO AS PESSOAS FUNCIONAVAM. Conte uma boa história, atraente e singular. Dê a elas algo sobre o que falar e uma imagem onde apoiar tal história. Pronto. Você tem uma fama construída. Essa imagem, se é mais interessante que a real, obliterava a verdade e ganhava vida por intermédio daqueles que acreditavam nela.

Quando deixara a Inglaterra, três anos antes, não era mais que uma jovem, assustada e quebrada pelos homens que acreditara amar. Fora ao encontro de Steve na Holanda. O amigo a recebera em sua casa, assim como à sra. Taylor e a Jonas. Em pouco tempo ela era a viúva do sr. Giacomo Borelli e irmã mais nova de Steve.

Seu suposto casamento com o italiano fora o último rumor que correra sobre ela em toda Londres e de que tomara conhecimento. Tinha quase certeza que fora seu pai quem pagara para um jornal publicar a nota dando conta de seu casamento. *Que pouca sorte tivera.* Casara-se e, nem vinte dias após o matrimônio, seu marido havia caído doente e morrido — essa parte fora inventada por ela. Era mais fácil ser uma viúva sozinha do que uma dama solteira.

Na Holanda, passara a cantar no palácio real, não por causa de sua viuvez, mas graças a Steve e ao relacionamento dele com o príncipe. A outra imagem facilmente construída e alimentada à sua volta era a de que ela se convertera na "protegida do príncipe". Algo útil para todos, pois justificava o fato de o príncipe Philipe passar todas as noites na casa onde ela morava com seu suposto irmão.

Isso ajudara a insuflar a fama de Kathelyn.

A amante do príncipe. A deusa amante do príncipe, como era conhecida.

Já Philipe, o príncipe da Holanda, convertera-se de falso amante em amigo verdadeiro. Presenteava-a como cabia a um príncipe fazer pela amante: joias, roupas, uma casa nova, cavalos, carruagens, viagens.

Kathelyn, em menos de três anos, tornara-se a sensação dentro e fora da corte na Holanda. Era tão celebrada e cultuada que vinham nobres e damas de outros países somente para ouvi-la cantar. Quando a conheciam, diziam entender o motivo de o príncipe, que nunca se envolvera publicamente com mulher alguma, estar perdidamente apaixonado por ela.

Na intimidade, eles davam boas risadas das cenas e dos comentários armados. Era uma distração brincar de inventar histórias e fazer todos acreditarem nelas. Envolta nessa aura surrealista, ela deixara a Holanda com o posto garantido de primeira cantora na Academia Real de Música em Paris.

Mudara-se para a rua Gaillion, em um bairro elegante, próximo ao *Grand Palais*, à rua Richellie, onde ficava a ópera em que atuava, e aos Jardins das Tulherias. Paris era uma cidade que transbordava arte e beleza. Diferente de Londres, onde tudo sempre eram normas e padrões.

Paris a encantara desde que olhara em seus olhos pela primeira vez.

Festas colossais. Jardins regados a champanhe. Burgueses dançando junto a nobres. O próprio rei fora eleito por eles. Kathe amava a ousadia, a emoção que circulava entre as vielas apertadas e as cortinas rubras dos cabarés. Sim, ela amava Paris, e a cidade a amava em troca.

Londres ficava cada dia mais distante. As notícias que tivera de casa nesses três anos foram tão escassas que podia enumerá-las.

A mais difícil de todas: a mãe morrera de uma doença grave, dois anos após ela sair de casa. Soubera disso fazia poucos meses. Não tivera o direito de dizer adeus, nem de perdoar ou pedir perdão. Não tivera o direito de viver o luto que cabe a uma filha.

A irmã se casara com um visconde, não soubera quem. Steve, que fora a Londres uma única vez nesses três anos, contara que Lilian havia se mudado para os lados da Escócia e que não tinha outras notícias. Ela rezava todas as noites para que a irmã fosse feliz. A jovem nunca respondera uma única carta das dezenas que Kathe escrevera.

O pai estava arruinado. Desde que vendera as terras rentáveis para pagar a multa da quebra do contrato de matrimônio, tinha afundado em dívidas. Steve contara que Milestone House estava irreconhecível. Não quisera entrar em detalhes, e Kathelyn preferira não saber. Doía demais a ideia de que tudo de seu passado ruíra.

Arthur se tornara um dos homens mais ricos e poderosos da Inglaterra.

Mais do que já era. Por ela, Arthur poderia estar morto e enterrado no próprio dinheiro. *Mentira*. Por mais que se odiasse por isso, não conseguira jamais esquecê-lo. Queria-o tanto que passara a odiá-lo. Nunca se achara capaz de odiar alguém. Estava enganada.

Acima do ódio, porém, Kathelyn era feliz. De verdade. Conseguira refazer os fragmentos que restaram dela. Conseguira encontrar seu espaço no mundo. Sentia-se privilegiada em muitos aspectos.

Estava em Paris havia seis meses, junto a Elsa e Jonas. Steve e Philipe também morariam lá por um tempo. Ao chegar, tinham começado os rumores. Em pouco tempo todos souberam que Kathe rompera o romance com um príncipe holandês e ele, perdido de paixão, correra atrás de sua protegida até Paris. Agora, eram somente bons amigos. Assim, todos os homens que antes mantinham uma comedida distância agora a perseguiam dia e noite.

Philipe e Steve moravam na mesma rua, eram vizinhos de jardim. O príncipe e o amigo resolveram assumir em Paris que… bem, eram mais que amigos. Isso tinha escandalizado uma vez mais o velho mundo. Disseram que o príncipe ficara tão arrasado em perder sua amante que a única maneira de encontrar consolo fora nos braços do irmão da dama.

— Vamos incrementar o assédio que você anda sofrendo — disse Philipe, chamando sua atenção para a sala de jantar, entre vinhos e velas.

— Acho que não quero, de verdade. Sinto que já é o suficiente o que recebo.

— Não seja tola — respondeu Philipe —, vamos fazer você ter todos os homens de Paris, da França, da Itália, e talvez até mesmo do grande reino aos seus pés.

Kathelyn riu, aquecida pelo champanhe.

— Nem pensar — repôs Elsa, irritada. — Sou eu quem tenho que administrar os pretendentes e a horda de presentes.

— Não seja chata, Elsa. Queremos nos divertir. Deixe Lysa decidir. — Philipe verteu champanhe na taça da mulher e a encorajou: — Beba, irá lhe fazer bem.

— Eu não bebo, você sabe disso.

Lysa, era assim que todos a chamavam agora. Era seu nome artístico. Somente Elsa, Jonas e Steve ainda a chamavam de Kathelyn.

— E então, sardenta, querendo provocar mais o imaginário masculino?

Kathe pensou em negar. Então, sem que fossem convidados, vieram a sua mente a lembrança de Arthur, de seu pai e, logo depois, de Rafael.

— Não pense em fazer isso, Kathelyn Stanwell — advertiu o pai.

— Ainda não cansou das rosas, Kathelyn? — perguntou Arthur.

— Não teve o suficiente, minha querida? — contrapôs Rafael.

— Calem a boca, seus malditos — ela murmurou e decidiu que, sim, gostaria de se colocar acima de todos os homens, de deixar todos eles de joelhos.

— Por que não? O máximo que pode acontecer é eu ganhar mais algumas joias.

— Essa é a minha menina — disse o príncipe e ergueu a taça em um brinde. — Eu garanto, *chérie*, quando espalharmos a nossa história, você será a mulher mais cobiçada do mundo, e a mais invejada também.

— Qual o plano, alteza? — ela perguntou, erguendo o olhar em desafio.

— Eu espalharei que você anuncia a escolha de seu novo protetor por meio das cores que usa ao cantar.

Elsa revirou os olhos. Philipe continuou:

— Enquanto você canta com... vejamos, esmeraldas, é porque está livre, ainda não se decidiu.

— Muito bom, Philipe. Isso fará os homens comparecerem ao teatro todas as noites. — Steve tomou um gole de sua taça e concluiu: — E manterá todos os olhos nela.

— As peças usadas, mude-as de lugar sempre... no decote.

— Ou no sapato — sugeriu Steve.

— No cabelo — continuou Philipe. O príncipe abriu outra garrafa de champanhe. — Diremos que você, antes de ir para a Holanda, passou seis meses na Índia.

— Na Índia?

— Sim, *chérie*, tendo aulas de Kama Sutra e de pompoarismo.

Kathelyn sentiu que o champanhe aquecia sua mente e seu rosto.

— Pompoa... o quê?

— Uma técnica antiga. Todo homem um pouco mais culto terá o volume de suas calças aumentado só com a ideia de que Lysa Borelli pratica essa arte, hum... milenar.

Elsa estreitou o olhar.

— Vossa alteza não tem decoro?

— Como sabe se não tenho decoro? Por acaso conhece o termo ou a técnica artística à qual me refiro?

Steve gargalhou.

Elsa dobrou o guardanapo que estava em seu colo.

— Não, mas o conheço, e imagino que tipo de arte criativa e milenar seja essa.

Kathelyn se continha para não rir da cara furiosa da preceptora.

— Estou curiosa.

— É uma ginástica que fortalece o músculo feminino mais apreciado pelos homens.

— E que músculo é esse? — quem perguntou foi a sra. Taylor, após arrumar os fios do coque, que não estavam soltos.

— Não acho que a senhora alguma vez já o tenha usado. — O príncipe tomou outro gole despreocupado do champanhe.

Steve parecia se morder para não rir, e Kathelyn sacudiu a cabeça, desaprovando a brincadeira do amigo.

— Não existe nenhum músculo do corpo sem uso.

— É o músculo que recebe o... bem, como dizer isso sem te ofender? — A mulher arregalou os olhos, e Kathelyn tapou a risada com os dedos.

Philipe acrescentou:

— É o músculo que recebe em seu interior a parte mais bonita do homem.

Elsa franziu o cenho. O príncipe ignorou explicando:

— É o músculo feminino que recebe o órgão reprodutor masculino, símbolo da varonilidade. Orgulho de tantos e — abriu as mãos no ar — perdição de outros.

— Ora, seu... — a sra. Taylor se levantou da mesa. — Seu... eu devia te dar uma surra de bengala, apesar de ser um príncipe.

Philipe riu ante a ameaça da mulher e se dirigiu a Kathelyn, que estava vermelha como um tomate:

— Eles ficarão loucos.

— Vocês é que são loucos, todos vocês — dizendo isso, Elsa marchou, furiosa, para fora da sala de jantar.

— Uma mulher com as emoções tão controladas — disse Philipe, erguendo sua taça, e todos riram em seguida.

21

BELMONT CHEGARA A PARIS HAVIA CINCO DIAS. EM MAIS DA METADE DE seu tempo útil, estivera reunido com projetistas e com os investidores da Bélgica. Agora se sentava em um dos mais bem localizados camarotes do teatro da Academia Real de Música da França. A Salle Le Peletier.

Um espetáculo de teatro que comportava quase duas mil pessoas acomodadas em poltronas de veludo roxo com braços dourados. O público tomava seus lugares sob um pé-direito de trinta metros, iluminado por um lustre que cobria metade dele. Os camarotes em gomos redondos eram sobrepostos sob o teto abobadado em púrpura. Dourado e roxo em gomos recortados entre camarotes e teto e o gigante lustre de cristal davam a sensação de se estar no interior de uma coroa gigante.

Já estivera nesse teatro outras vezes. Nunca deixava de admirá-lo.

Essa noite estava particularmente curioso. Apesar de ser um apreciador das óperas, o interesse não se dava pela peça, um trabalho inédito de Verdi, mas pela euforia histérica em que pareciam mergulhados todos os homens de Paris.

Bem, todos com os quais ele tivera contato, é claro.

Aconteceu que, nos últimos cinco dias, quando não estavam conversando de negócios, falavam da tal cantora de ópera que morava na cidade havia seis meses. Ele estava interessado porque era homem. Naturalmente estaria curioso para ver a causadora de tal comoção masculina. Contaram que ela fora amante de um príncipe e que rompera o romance havia pouco.

Desde então, ela tinha se tornado objeto de desejo e a causa das maiores apostas entre cavalheiros na cidade. Evidente que Arthur estava curioso.

— Dizem que a dama está para escolher quem será o seu novo protetor — comentou Jaques Faure. — E dizem também que, enquanto ela canta com uma rosa-branca, é o sinal de que ainda não se decidiu por alguém. Ouvi que recebeu uma proposta irrecusável do duque de Clermont.

— Clermont, pelo amor de Deus! O homem tem idade para ser pai dela — reclamou o conde Delors.

O conde era sócio de Belmont na negociação com a Bélgica e os Estados Unidos. Ele e Jaques Faure eram parceiros nessa negociação.

Arthur ajustou as luvas nos dedos.

— E você, Delors, já tentou ganhar a atenção da dama?

— Eu e toda a corte francesa. Há duas semanas ela cantou no palácio e foi o ponto alto da visita do sultão da Turquia à corte de Filipe.

— Ah, essa história é pitoresca — afirmou Faure, com expressão divertida. — Contam os que estiveram lá que o sultão ficou tão encantado com a dama que ofereceu uma fortuna ao rei a fim de comprá-la. O problema é que, na cultura turca, é quase uma ofensa a recusa de um valor tão exorbitante por uma mulher.

O conde gargalhou.

— Dizem que Lysa foi obrigada a deixar o palácio às escondidas pelas passagens secretas.

— Contam também que o sultão ficou tão ofendido com o sumiço da jovem que o rei Filipe foi forçado a oferecer cinco cortesãs no lugar, e somente assim o homem ficou satisfeito.

— Acontece que Lysa caiu nas graças do nosso monarca. Ele a chama para cantar no palácio ao menos uma vez por semana. Já foram vistos até mesmo passeando nos jardins reais durante a tarde. — Faure se recostou na poltrona.

— Ela tem um senso de humor extraordinário. Eu mesmo a ouvi contar o episódio da fuga pelas passagens secretas do palácio — prosseguiu Delors. — Ela relatou que os dois guardas que a acompanharam se perderam em meio aos túneis e passagens e começaram a brigar entre si, enquanto ela gargalhava sentada no chão, esperando os dois se decidirem.

— Eu daria bastante dinheiro pela oportunidade de me perder com ela por passagens escuras — disse Faure.

— Parece que não se trata de uma mortal. Se estivéssemos na Idade Média, seria queimada como feiticeira. — Arthur foi irônico. Já estava um pouco sem paciência com o assunto repetitivo.

— Seria um enorme desperdício. Mesmo que nunca a leve para a cama, sempre me diverte — contrapôs Delors.

A orquestra começou a soar os primeiros acordes e o conde deu um sorriso malicioso.

— Comprove por si mesmo. Tenho certeza de que depois que a conhecer será em outro tipo de fogueira que pensará.

— Veremos! — Foi quase um desafio lançado às forças invisíveis.

— Ah, Belmont. Se padecer da mesma doença em que caíram todos os homens que aplaudem Lysa na França, nunca, sob hipótese alguma, envie rosas-vermelhas para ela — Jaques falou em tom de voz baixo.

— E por quê?

— Lysa as odeia. Devolve as flores como se tivesse recebido um tapa na cara. Todos sabem disso. Como entendo que não tenho chances com a dama, apostei em você.

— Ah, pelo amor de Deus. Só pode estar brincando — Arthur soou irritado.

— *Shhh...* — Uma matrona francesa sentada ao lado deles reclamou.

A cortina se abriu. O teatro mergulhou no silêncio da expectativa. A orquestra começou a tocar a abertura. Uma figura de vestido vermelho se destacava no cenário de uma floresta. Ela estava de costas. Os cabelos iam meio soltos em ondas quebradas até a cintura. O corpo, as curvas, o branco dos ombros. Arthur sentiu a respiração queimar a garganta.

A tonalidade dos cabelos.

A única pessoa que conhecera que tinha essa dádiva dourada no lugar dos cabelos era...

Não podia ser.

Ele segurou com força nos braços da poltrona, e a voz dela preencheu tudo.

Não era humana, era a voz de uma fada.

Se a luz celestial falasse, seria assim que soaria.

Ela ainda estava de costas, e ele não estava mais na ópera. Estava em uma sala de música, acariciado na alma pela voz mais perfeita que já ouvira.

A voz que era sua.

Porque ela cantava para ele. Todas as manhãs ela cantava para ele, por mais que houvesse uma infinidade de parentes e criados e... Fechou os olhos. O corpo inteiro tremeu em confirmação. Não podia ser. O timbre se elevou ao impossível, e uma lágrima estúpida surgiu em seus olhos. Ele soltou o ar. Ela ainda estava de costas.

— Como ela se chama? Como você disse que era o nome dela?

— Lysa — respondeu Faure, sobressaltado.

— *Shhh!* — Ouviram novamente.

Arthur não ouviu mais nada. Nem a voz da partitura divina. Nem o amigo que tinha dito algo a seu lado. Ela se virou de frente e mais nada existiu. Um rosto que secaria de inveja qualquer mulher, que desbotaria qualquer pintura ou reprodução de Vênus. Ali estava ela, encarnada, e nenhum artista seria capaz de reproduzi-la.

Nunca.

Ela não estava distante, então era possível enxergar os olhos vivos de cor turquesa. Ele voltou a respirar.

— Kathelyn — soprou como uma invocação. Como se ela pudesse se desfazer entre notas e instrumentos. Entre vermelho e folhas e...

— Belmont, você está bem? — Somente então olhou ao redor. Estava torcendo o casaco de Jaques Faure, com o punho fechado, como se o homem lhe devesse alguma explicação pelo inconcebível.

— Não. Com licença, não estou. — Levantou-se sem se importar com os protestos vindos das cadeiras vizinhas. Alheio ao mundo, saiu do camarote. Sentia o corpo inteiro instável.

Kathelyn!

Santo Cristo. Como uma deusa de vermelho, ainda mais fascinante do que ele recordava. Uma rainha da sensualidade. Sacudiu a cabeça e foi descendo as escadas, sem perceber que os amigos vinham atrás.

— Belmont — gritou o conde Delors.

Deteve-se.

— O que aconteceu, homem? Ficou tão impactado que perdeu a razão? — Delors perguntou, com uma risada marota.

Tinha perdido a razão, o ar, a estabilidade e possivelmente toda a sensatez.

— Não me sinto muito bem. Acho que vou para casa descansar.

— Quer ajuda? Precisa que chamemos um médi...

— Não — interrompeu o duque, bruscamente. — Obrigado, preciso apenas descansar.

Trancado no escritório havia mais de quatro horas, Arthur lutava contra uma garrafa de conhaque que o desafiava. A garrafa jurava que seria impossível ele se manter em pé depois de terminá-la, e ele jurava que, depois de ter visto Kathelyn após três anos, nada mais o derrubaria.

Vestida de vermelho, ela era a volúpia em pessoa. Dava voltas em cima da sedução e gargalhava na cara dela. No palco, resgatara os anos de fantasia e desejo reprimidos, trouxera-os de volta em árias completas.

Ouviu batidas à porta. Sabia quem era.

— Entre, Scott, meu bom valete.

— Ah... Excelência, creio que devemos parar por hoje.

Arthur gargalhou.

— Devemos? Espere! — Pegou um copo, verteu conhaque nele e deslizou-o na mesa em direção ao valete. — Scott, se quer que paremos em algum momento, você tem que começar a beber comigo.

— Vamos, excelência.

— Aquela sedução vermelha — grunhiu. — Aquele anjo da tentação.

— Senhor, receio que já teve o suficiente por hoje.

— Sabe qual é o problema, Scott?

— Não, milorde.

— É que eu não tive o suficiente, nem mesmo tive. Esse é todo o problema.

— Milorde — o valete apontou para a garrafa —, não considera uma garrafa o suficiente?

— Estou falando do anjo de vermelho.

— Vamos descansar, excelência. Amanhã poderá me contar sobre o tal anjo de vermelho.

— Eu não descanso há três anos. Não desde que o tormento fantasiado de mulher entrou na minha vida.

— A quem se refere, senhor?

— Não se faça de estúpido.

— À srta. Kathelyn?

— À srta. Kathelyn? — repetiu após soluçar. — Quanto refinamento. Refiro-me à mesma dama que agora é conhecida por Lysa Borelli. A mulher mais desejada de toda a França, de toda a maldita Terra.

— Milorde?

Apoiou o rosto nas mãos. Estava exausto.

— A srta. Kathelyn é agora a amante mais disputada do *beau monde*.

— Vamos subir, senhor. Deixe-me ajudá-lo.

— Ela será minha, Scott.

— O quê, senhor?

— Kathelyn, Lysa, anjo de vermelho. Eu a terei como amante, nem que eu tenha que mover todas as locomotivas do mundo até o sol.

Sacramentando seu desejo, Arthur se levantou e caminhou sem ajuda até o quarto.

22

— **EU ADORO OS BAILES DE MÁSCARAS. NÃO SÃO INSTIGANTES? — PHILIPE** disse enquanto eles se moviam entre as pessoas.

Kathelyn desviou de um imperador romano.

— Eu sempre adorei.

— Quanto tempo até eles a reconhecerem e caírem como formigas no açúcar?

— Não estou contando o tempo.

— Nem precisa.

Ao olhar para a frente, viu um grupo de homens apontando em sua direção.

— Vamos! — Ela sorriu e agarrou a mão de Philipe, arrastando-o entre os convidados.

— Mas que camponesa ousada você é, Lysa — provocou Philipe, rindo.

— E você é um pirata sortudo por contar com uma camponesa disposta a se esconder em algum canto sob sua capa.

— Por que estamos fugindo? Steve voltará da mesa de bebidas e não nos encontrará.

— Naquele grupo que apontava em nossa direção, acho que vi o marquês de Dousseau e aquele seu amigo insuportável, o sr. Boudy. Ele estava fantasiado de coelho. Que homem em posse de sua honra se fantasiaria de coelho?

— Ah, Lysa, como você é maldosa. Os coelhos são mestres em reprodução.

Ela levou as mãos à boca e gargalhou.

— Cristo me livre. Será que era nisso que o homem pensava?

— E quanto a Dousseau fantasiado de rei nórdico?

— Devia vir fantasiado de sarna ou de carrapato. É assim que o sinto quando ele está por perto. — Fez uma negação incrédula com a cabeça. — E o que é todo aquele pó branco que ele usa no rosto?

— Isso ele usa com ou sem fantasia.

— A última vez que plantou um beijo em minhas mãos, as luvas de cor escura ficaram metade cobertas de branco o restante da noite.

Uma mão se fechou em seu ombro.

— Esta camponesa é a dama mais fabulosa da festa, então só pode ser madame Borelli.

Philipe mordeu o lábio para não rir. Kathelyn virou-se, enchendo o pulmão de ar.

— Boa noite, monsieur Dousseau. Como vai a sua encantadora esposa?

— Encantadora? Madame Borelli, a senhora não tem acesso a um espelho?

— E o senhor, que original vir fantasiado de fantasma.

— Sou Odin, o deus dos vikings, não um fantasma.

Philipe engoliu outra gargalhada. Kathe continuou:

— Permita-me apresentar meu grande amigo, o príncipe Philipe Van Persen da Holanda.

— Muito prazer, alteza.

— Acho que já fomos apresentados em outra ocasião.

— Acredito que sim.

— A senhora ofusca todas as damas, madame Borelli — disse o sr. Boudy.

— O senhor é um coelho — respondeu Kathelyn, com diversão na voz.

— Sabia que os coelhos são os animais que conseguem fazer o maior número de filhotes?

Kathelyn sufocou um grunhido. Philipe, que ia conversando ao lado com o marquês, mordeu a mão para não rir. Boudy prosseguiu:

— Os coelhos não fazem nada mais nos seus dias além de...

— Graças ao bom Deus — ela o interrompeu —, não tem uma cauda felpuda aqui atrás do meu vestido, não é mesmo? Ou orelhas enormes saindo do meu penteado, senão como ficaria a nossa ópera?

Steve se juntou ao grupo. Ele, como Philipe, estava fantasiado de pirata.

— Estou procurando vocês há tempos.

Não demorou muito para Kathelyn estar cercada de pelo menos uma dúzia de cavalheiros. Ela sorria, tentando manter uma simpática distância. Sabia que esse papel fazia parte de seu personagem público. Já estava conversando com o grupo havia mais de quinze minutos e não queria ficar nem mais meio. Olhou ao redor, buscando uma saída e uma desculpa que a livrasse de todos de maneira educada. Os olhos correram por homens e mulheres fantasiados pelo salão.

— Lady Blondet veio com um bolo na cabeça — Philipe disse em seu ouvido.

— Ora, não seja maldoso. É o cabelo da dama.

O príncipe franziu o cenho.

— Mas é azul.

— É o cabelo da dama.

Kathelyn ria do comentário do amigo quando todos os seus sentidos e funções foram detidos em determinado ponto. Uma enorme sombra se sobrepunha no salão. Encostado em uma coluna, com os braços cruzados, relaxado e natural.

Uma assombração de preto.

O falcão a encarava.

— Kathelyn, você está bem? — Foi Steve quem percebeu.

Ela desviou o olhar da sombra e soltou o ar, devagar.

— É... É ele.

— Quem, sardenta?

Tomou coragem e voltou a olhar. Levou a mão trêmula à boca.

— Sumiu. Mas eu tenho certeza.

— O quê?

— Era ele...

— Quem, meu Deus? — interveio Philipe.

— Está bem, madame? — perguntou um dos cavalheiros que a rodeavam.

Em seguida, uma onda de perguntas similares e exageradas irrompeu.

— Posso lhe trazer algo para beber? — prontificou-se Dousseau.

— Quer me acompanhar para tomar um ar? — perguntou Boudy.

— Precisa de algo? — perguntou outra voz masculina.

— Me tire daqui. — Ela apertou o braço de Steve, que a abraçou pelo ombro e a conduziu para longe do grupo.

— Quem era, Kathelyn? — Steve perguntou uma vez que estavam a sós em um lugar mais isolado do salão.

— Era o falcão. — Ela piscou lentamente. —Belmont, Arthur.

Philipe arregalou os olhos azuis, visíveis pelos buracos da máscara escura.

— Não acredito. O nosso anti-herói?

O amigo sempre dizia que, se não fosse pelo duque, eles não teriam Lysa em suas vidas, por isso o chamava assim.

— Devo agradecer ou desafiá-lo para um duelo?

— Não! — Ela apontou para Philipe. — E não! — Apontou para Steve, e continuou: — Não desafiarão ninguém e não agradecerão. — Respirou fundo, havia parado de tremer. — Talvez nem seja ele, devo ter alucinado. Mas preciso ter certeza.

Ela recolheu as saias e saiu pelo salão. Philipe fez menção de segui-la. Steve o deteve:

— Deixe-a. Se for mesmo ele, apesar de também querer enfiar uma bala na bunda do desgraçado, Kathe precisa fazer isso sozinha. Mesmo que não admita, sei que espera por isso há três anos.

— Mas...

— Vamos apenas tentar mantê-la ao alcance da vista.

⁕

Kathelyn abria caminho, desviando de rabos de saias e de galanteios ao pé do ouvido. Avançando com decidida firmeza, olhava sobre ombros, perucas e plumas. Estava com a consciência meio nublada, as vozes e os rostos pareciam se misturar como num sonho. Por vezes tinha certeza de que o via, em cantos ou em colunas, para então sumir.

Como se soubesse que estava sendo procurado.

Aparecia e desaparecia.

Apesar de afirmar a cada passo que os olhos a enganavam, seu corpo sabia o contrário. A mesma reação frenética estava de volta. A reação que, ela acreditou, homem nenhum mais despertaria em seus sentidos.

Homem nenhum. Ela não permitira, ela nunca mais permitira.

Mantinha-se em pé, respirando devagar e procurando-o sob máscaras, capas e pinturas, cortinas e confusão. A porção dela que precisava da confirmação ainda exigia os passos, dirigia o pescoço a se movimentar, a fazia seguir imersa em um transe.

Era um sonho. Não era real. Ele não podia voltar a aparecer em sua vida.

Sentiu-se tonta, ainda mais confusa. Alguns cavalheiros tentaram segurá-la, rindo e oferecendo o usual flerte sem discrição. Ela se livrava bruscamente das mãos e dos corpos que a impediam de continuar buscando.

Até que o viu.

Ele estava encostado em um canto, olhando-a.

Não havia riso nos olhos nem na boca.

O que ele fazia ali?

Por que não parecia nem um pouco surpreso ao vê-la? E por que, Deus, por que ele se vestia da mesma maneira de quando se conheceram três anos antes? Teria vindo atrás dela? Por quê?

Sentiu um choque na espinha e os pelos da nuca se arrepiarem. A advertência instintiva da presença de um predador. Ela sabia que ele vinha às suas costas. Viu a enorme sombra se erguer, sobrepor-se a ela e tentar engoli-la.

Fechou os olhos e tomou o ar que cabia a uma presa.

Inflou o pulmão na capacidade máxima para crescer em postura, em decisão e força.

Ela não era uma presa. Não mais.

— Não se aproxime de mim ou juro que te mato.

Os grilos responderam e ela continuou:

— A mesma fantasia da primeira vez que nos vimos... Por quê? — Saiu sem que ela se desse conta.

Ele não respondeu. Ela apertou as mãos.

— Se a sua ideia era trazer algum tormento evocando o passado, não funcionará.

Em voz baixa e rouca, ele invocou o reconhecimento de tudo o que os ligara, os envolvera e de certa maneira, os destruíra:

— Kathelyn.

— Não, senhor. Engana-se. Não me chamo Kathelyn.

Ele se aproximou, e ela perdeu o pouco de ar que ainda conseguia respirar.

— Uma valsa?

— Não, não danço com sombras. Somente aceito e desfruto de momentos com homens que escolho.

— Uma valsa, Kathelyn.

Ela se virou para encará-lo.

— Perdeu a sua dança. Esqueceu-a há três anos. Na verdade, você a negou publicamente, redigiu a negação em um maldito jornal. Não há mais valsas para o senhor. Muito menos há alguma Kathelyn. Por favor, não me confunda mais e não me dirija a palavra!

Desviou os olhos dos dele antes de concluir:

— Não converso com assombrações.

Ela entrou no salão. Cruzou as portas duplas francesas. Parou, procurando Steve e Philipe. Queria ir para casa. Sentiu um braço de ferro rodear sua cintura. A respiração quente e a boca dele colada em sua orelha a fizeram perder a firmeza das pernas.

— Uma valsa e você lembrará quem é, entenderá que estou muito bem-disposto e vivo. — Apertou-a mais contra o corpo. — E saberá também que sou um homem inteiro, e não uma sombra.

Os dois ofegavam.

Arthur a fazia sentir tudo o que estava adormecido havia anos. O corpo potente colado ao seu, a voz, a boca, a respiração, o calor dele. O cheiro de almíscar, a barba sempre despontando no rosto quadrado, as mãos grandes. Ela tinha esquecido que podia, o que era possível ser despertado em seu corpo, somente com a presença dele.

Desejo. Cru. Invasivo.

— Solte-me — pediu com ódio, dele e de si.

— Eu sei, eu a sinto. Não terei minha valsa, mas terei você. Porque, na verdade, já a tenho e você me tem, desde a primeira vez que nos vimos.

— Tudo o que tem de mim é nojo e desprezo.

Arthur a soltou, mas não sem antes dizer:

— Você verá que está enganada.

23

KATHELYN TOMAVA O DESJEJUM EM SILÊNCIO. TINHA UM RASTRO ESCURO embaixo dos olhos — a prova de que o sono fora agitado. A sra. Taylor olhava-a com uma calma atenção enquanto movia a colher na xícara de chá.

— Se continuar passando geleia em seu pão, a faca chegará ao prato — Elsa disse, em tom desconfiado.

Kathelyn suspirou. Tinha jurado não pensar mais no encontro da noite anterior. *Mas como?*

— Estou distraída, é só.

— A festa foi boa?

Não respondeu. Continuou mastigando em contemplativo silêncio.

— Os morangos criaram olhos?

— Sim — ela respondeu.

— Ah, criaram?

— O quê?

— Olhos?

— Que olhos?

— O que acontece, minha menina?

Kathe coçou a cabeça. Suspirou outra vez.

— Já é o centésimo suspiro para os morangos — comprovou Elsa.

— Eu o vi. Ele veio atrás de mim na varanda e me pediu uma valsa.

— Quem?

Silêncio.

— Os morangos — disse Kathe.

— Os morangos?

— São vermelhos como as rosas.

A sra. Taylor passou o guardanapo na boca.

— É por isso essa introspecção matinal?
— Não quero mais.
— Morangos?

Kathelyn fechou os olhos.

— Belmont.
— Claro que não... Mas o que os morangos têm a ver com isso?
— Foi ele quem eu vi ontem.
— Belmont?
— Sim.

Elsa cobriu a boca com as duas mãos e perdeu a cor do rosto.

— E como está tão tranquila?
— O que posso fazer?
— Matou-o?
— Claro que não.
— Que bom. Reserva-me o prazer de fazê-lo.

Kathelyn tomou um gole do chá, que tinha esfriado.

— Acho que não o veremos mais. Espero que não.
— Santo Deus. E Steve, o que fez?
— Permitiu que eu falasse com ele... Philipe e ele me deixaram falar com ele.
— Deixaram você falar com ele?
— Sim.
— Vou matar Steve. O que ele tem na cabeça?
— Olhos, boca, pescoço, nariz — Kathelyn abria os dedos no ar contando —, cabelo, orelhas.

A sra. Taylor se abanava com o guardanapo.

— Como não socou Belmont?
— Eu pedi que ele não fizesse.

Elsa olhou para baixo por um tempo antes de afirmar, resignada:

— Está certa. O passado tem de ser superado e esquecido. E, se olharmos para o presente, temos tudo, não é mesmo? Até mais do que já tivemos.
— Com licença, senhoras — era François, o mordomo. — Acabam de chegar... Ah — o homem pigarreou —, acabam de chegar algumas flores para a senhora.

As duas mulheres ficaram olhando escandalizadas para o mordomo. Afinal, ela recebia dúzias de flores todos os dias.

— Obrigada, François. Coloque nos vasos de costume e...

— Madame, é que... bem... Ah... São muitas.

— Muitas?

— Acho que mais de uma centena.

— Bem, isso é novo, não é verdade? — Kathe encolheu os ombros e colocou o guardanapo do colo sobre a mesa. — Arranje-as onde der e...

— É que são rosas-vermelhas.

O eco do relógio se estendeu do saguão até a sala de jantar por alguns momentos. Kathe fitou as próprias mãos.

— Belmont, maldito!

— Jogue-as todas fora de casa — disse Elsa.

— Não! — Kathelyn ergueu a mão. — Pensarei no que fazer. Veio algum cartão?

— Sim, madame. — O mordomo se aproximou e lhe entregou um envelope branco e elegante.

Ela o abriu.

Relógio, relógio, relógio.

Colocou-o sobre a mesa antes de murmurar, com o olhar vago:

— Por quê? Pergunto-me se ele já não teve o suficiente.

— Deixe-me ver.

Kathe estendeu o braço e Elsa agarrou o bilhete. O relógio voltou com o insistente batucar entre as salas.

— Minha Ártemis? Diz apenas isso? — Elsa perguntou, em dúvida.

— Sim. A meretriz sagrada ou a donzela pura. Ele está jogando comigo.

Kathelyn teve certeza de que Arthur voltara para atormentá-la. Para esfregar na sua cara tudo o que fora tirado dela. Para se comprazer ao confrontá-la derrotada. Ele devia acreditar que ela se convertera em uma cortesã de luxo. É claro que acreditava. Essa era a fama dela.

Acontece que, para homens como Arthur, isso é o mais baixo a que uma dama poderia chegar. Kathelyn também crescera acreditando nisso. Hoje tinha outra certeza. Conhecera algumas das mais famosas amantes de Paris. Uma delas era uma das mulheres mais cultas e fascinantes que já encontrara.

Teve certeza de que Belmont voltara para humilhá-la. Para fazê-la reviver feridas que nunca cicatrizaram por completo.

Elsa a encarava, atônita.

— Acredita que ele quer fazer mais mal do que já lhe causou? Nem mesmo ele pode ser tão frio e...

— Talvez não esteja satisfeito.

— Talvez ainda te deseje.

Kathelyn fez uma negação com a cabeça.

— Quer me humilhar, jogar na minha cara coisas que remetem ao nosso passado. É a maneira de mostrar que saiu vitorioso. Que conseguiu provar tudo o que eu jurava ser falso.

— Eu vou falar com ele. Vou exigir que desapareça.

— Não. Vou deixar claro que não sou mais a jovem inocente que ele conheceu. Não sairá com a falsa satisfação de que conseguiu me reduzir ao que quer que imagine.

Ela se levantou com a elegância de uma princesa. No vestíbulo, pegou um dos jarros já montados com as rosas-vermelhas. Olhou-o com uma falsa tranquilidade e então o arremessou contra a porta da entrada. O mordomo e duas de suas criadas, Marie e Jaqueline, observavam-na surpresos.

Enquanto saía, ouviu Marie, sua ajudante de quarto, sussurrar:

— Por que ela odeia tanto as rosas-vermelhas?

Kathelyn girou e respondeu, com a voz tranquila:

— Não odeio as rosas-vermelhas. Odeio o homem que elas me lembram.

Arthur estava reunido com o primeiro-ministro da Bélgica, o conde Delors e o sr. Faure.

— Acredito que três locomotivas seja o número mínimo para o início das operações — disse o conde.

— O ideal seria pensarmos em cinco máquinas e depo...

— Com licença, excelência — era Scott quem interrompia.

O duque olhou por cima dos óculos sem mover o ângulo da cabeça, que ia e voltava em direção à mesa.

— O senhor pode me acompanhar?

Arthur retirou os óculos, apoiou-os sobre a escrivaninha e somente depois disse:

— Senhores, por favor me deem licença.

Ao sair, arqueou as sobrancelhas em direção ao valete.

— O que houve, Scott. A casa está pegando fogo?

— Não, senhor, mas está sendo enterrada.

— Enterrada?

— Acompanhe-me, senhor.

Arthur estacou na porta de sua casa, onde jazia no chão uma centena de rosas.

— Mas o quê...?

Scott lhe ofereceu um envelope delicado.

— Pediram para lhe entregar.

Após ler o bilhete, a boca cinzelada se curvou para cima de um jeito convencido.

— Peça para limparem toda esta bagunça.

Dando meia-volta, deixou o cartão aberto em cima do aparador, próximo à porta. Voltou para a reunião sorrindo, entre divertido e instigado. Sabia o que iria fazer.

No aparador, um cartão solitário mostrava a letra de esmerada caligrafia:

Não recebo rosas-vermelhas de ninguém.
Já do senhor, não receberei flor alguma, nunca.
Cordialmente,
Lysa Borelli

⁓

Kathelyn ensaiava uma nova composição naquela mesma tarde com o maestro do teatro, o sr. Courdec. O mordomo entrou em silêncio e deixou um bilhete sobre a mesa de centro. Em silêncio também saiu, para não interromper o ensaio.

Os olhos de Kathelyn o seguiram enquanto ela elevava a voz nas escalas exigidas. Resistiu à curiosidade de ler até o ensaio terminar. Não queria se importar com a resposta de Belmont, se é que o que estava ali era uma resposta dele. Não queria se importar com nada a respeito de Belmont. Se é que era dele mesmo o cartão.

Tempo depois, despediu-se do maestro e pegou o envelope, rendendo-se à ansiedade.

A sra. Taylor entrou enquanto Kathe encarava o bilhete, ainda sem decidir se o lia ou se o jogava fora.

— Já tomou conhecimento? — perguntou a preceptora.

— Exatamente a que se refere?

Elsa apontou com a cabeça para o bilhete.

— É dele, não é? — Kathe indagou.

— Sim.

Sem falar mais nada, ela pegou a nota e leu com uma nervosa atenção:

Querida Ártemis,
Sinto muito que as rosas não a tenham agradado.
Envio outras.
Quantas vezes voltarem a ser devolvidas, tantas vezes lhe enviarei o dobro delas.

a. H.

— Quantas rosas chegaram?

— Trezentas, creio.

— Separe-as em ramos de dez. Belmont terá uma surpresa. Ah... E chame Jonas. Tenho um trabalho para ele.

24

KATHELYN VOLTAVA DE UM PASSEIO PELA CHAMPS-ÉLYSÉES, EM COMPANHIA de Steve e Philipe. Confabulavam entre risos.

— Até mesmo a srta. de Lacroix entrou na sua lista? — perguntou Steve.

A srta. de Lacroix era a debutante mais desejada da temporada, na França.

— Essa foi a primeira da lista — Kathelyn disse, em tom conspiratório.

Philipe apoiou a cartola e a bengala na chapeleira próxima à porta.

— Quantas foram no total?

Kathe desfez a fita do queixo e removeu o chapéu.

— Perto de trinta.

— Todas debutantes? — indagou o amigo.

— Sim.

— E quão comprometedores eram os bilhetes que acompanharam as rosas? — quis saber Philipe, com os olhos brilhando de diversão.

Kathelyn suspirou com uma inocência falsa.

— O mais leve dizia algo assim: "Não consigo esquecer o sabor dos seus lábios. Mal posso esperar por um próximo encontro".

Steve gargalhou e Philipe levou a mão ao peito de forma exagerada.

— Sua mulher sem coração. Por que não me deixou participar do plano? Adoraria ajudar a escrever as notas. Sabe muito bem como posso ser criativo.

— Vocês estavam fora de Paris antes de ontem e tínhamos pressa. As flores não podiam murchar.

— Ouvi dizer que ontem havia uma fila de mensageiros na casa de Belmont. Devem ter ido entregar respostas indignadas das famílias às flores e aos bilhetes enviados pelo duque. — Philipe constatou entre risadas, e foi acompanhado no coro de diversão por Kathelyn e Steve.

— Adoraria ter visto a cara dele — disse Kathe.

— Poderá ver. — Era voz da sra. Taylor.

Ela e Jonas se aproximaram. Kathelyn abriu a capa diurna.

— Por quê?

— O duque está aqui — respondeu Jonas. — Tentamos impedir que entrasse. O sr. François bateu com a porta na cara dele uma vez, e na segunda ele entrou à força.

— Ele ameaçou chamar a polícia e denunciá-la por fraude caso não fosse recebido por você. Ainda hoje — contou a sra. Taylor.

Kathelyn pendurou a capa na chapeleira com a expressão cansada.

— Tão típico dele coagir as pessoas sob ameaças.

— Deixe-me lidar com ele, Kathelyn — exigiu Steve, em voz baixa.

— Não, eu não vou permitir que resolvam as coisas com a barbaridade masculina. Já basta no que resultou o encontro de vocês há três anos.

— Posso conhecê-lo? — quis saber Philipe, com um olhar insinuativo.
— Adoraria dar um rosto ao mito.

— Infelizmente ele não é um mito, e sou eu quem tenho que mandá-lo de volta para o lugar de onde veio. Onde ele está?

A sra. Taylor encarou a porta fechada mais à frente como se houvesse um dragão lá dentro.

— Na biblioteca.

— Vou resolver isso. Vou exigir que desapareça da minha vida.

Kathelyn alisou as saias do vestido cor de pêssego e ergueu-as um pouco, a fim de caminhar até a biblioteca. A voz de Jonas a deteve.

— Não beba o chá nem coma as massas que servimos há pouco.

Ela prendeu a respiração.

— Por quê? — E se virou para olhá-lo. — Colocou algo... Não me diga que...

— Não. Apesar do muito que gostaria, não colocamos veneno de rato — confirmou a sra. Taylor. — Jonas apenas me ajudou a enxertar nos biscoitos aquela pimenta indiana que ganhou de presente, e que acreditávamos que nunca usaríamos.

Kathelyn afogou uma risada. A sra. Taylor continuou, com sua natural desenvoltura:

— Naturalmente ele precisará de um refresco depois... Me certifiquei de prepará-lo com todo o nosso estoque de genciana.

O príncipe fez um gesto de súplica.
— Ah, deixe-me entrar, por favor
— Vão para casa. Assim que ele for embora, vou até vocês.

∽⌒∼

Arthur andava de um lado a outro na biblioteca. Sentava-se. Levantava e andava a extensão inteira outra vez. Perdera as contas de quantas vezes fez isso, em mais de uma hora e meia, o tempo que esperava por Kathelyn. A sala era elegante e feminina. As paredes pintadas de azul-claro e as poltronas cobertas com motivos florais. As estantes de carvalho iam forradas do chão ao teto pelos mais diversos tipos de títulos. Se alguém que não a conhecesse entrasse no cômodo, juraria que os livros de filosofia e história grega, egípcia e romana estavam lá apenas para decorar. Ele sabia que, em se tratando de Kathelyn, ela deveria não somente ter lido como estudado boa parte deles.

Apenas para impressionar? Parte do jogo de seu personagem montado?

Podia vê-la sentada, lendo ao lado da lareira durante as noites. Lembrou-se de que ele mesmo sonhara fazer isso na companhia dela, quando acreditava que se casariam. Será que ela levava os amantes para ler junto ao fogo e então fazia amor com eles no tapete persa?

Tapete que ele pisava e odiava pelas imagens que foram despertadas por tal suposição. Odiava-o ainda mais porque desejava com toda a força que fosse apenas ele a deitá-la naquele maldito chão, e o único a amá-la.

Quantos foram? Quantos homens a tiveram?

Essa pergunta o enchera de um ódio instintivo e de uma vontade primitiva de socar um a um desses homens. Que despropósito sentir ciúmes de uma mulher que não nascera para ser de um homem só. Ela mesma afirmara isso no dia em que se conheceram ao declarar sua admiração por Ártemis, a deusa da autonomia feminina. Era isso que Arthur vinha se dizendo para tentar entender o que levara Kathelyn, após enviuvar, àquela posição de amante disputada: Prestígio? Poder? Prazer? Liberdade? Uma mistura de tudo, talvez.

Abriu e fechou as mãos algumas vezes, nervoso; não somente muito irritado com a ousadia de Kathelyn, mas também ansioso pela ideia de que a veria em breve. Sentia as vísceras se contraírem a cada barulho no corredor, e isso nada tinha a ver com a vontade de tirar satisfação com ela.

O frio no estômago era pura expectativa.

Queria confrontá-la também, é claro.

Maldita mulher atrevida.

Mandara as rosas para as debutantes de Paris. Nenhuma ficara de fora da lista de Kathelyn.

Arthur passara os últimos três dias tendo de responder a cada uma das famílias e explicando — com riquezas de detalhes — aos pais das damas que as flores e os cartões inadequados se tratavam de uma brincadeira de mau gosto feita em seu nome.

Nesses três dias infernais, recebera dúzias de pais e irmãos indignados. Alguns chegavam dizendo que, se o erro não fosse reparado, o desafiariam para um duelo de honra. Quase perdera a oportunidade de um negócio com lorde Moreau.

O pai de uma das damas ficara tão enlouquecido com a nota que acompanhava as rosas que só desistira do duelo quando Arthur lhe pagara uma quantia indecente, a fim de compensá-lo pelo desgaste causado.

Podia mandar prender essa inconsequente, *não podia?* Ela falsificara o lacre com o brasão ducal. Mulherzinha desafiadora.

Mas, no lugar de querer encerrá-la em uma prisão, estava preso a um desejo obsessivo que o perseguia havia três anos e que o devorava vivo desde que colocara os olhos nela, em cima daquele palco.

Ouviu a porta abrir. Seu pulso acelerou.

Kayhelyn usava um vestido matinal. A boca do seu estômago gelou. Apesar de, vestida daquela forma, lembrar a jovem que ele conhecera, Arthur percebeu que ela amadurecera e ficara ainda mais bela.

Kathelyn fechou a porta com as costas.

— Boa tarde — disse depois de executar uma genuflexão —, me espera faz tempo? — Ele jurou que havia ironia contida na maneira como ela sorriu.

Há três anos — ele quis dizer.

— Não. O suficiente para conseguir ler todos os títulos da estante.

— Esteve ocupado, então?

— Decidido a falar com você, nem que tivesse que ler as obras completas desta sala.

— Disseram que estava mesmo decidido. Quase machucou o sr. François ao forçar a entrada. Uma lástima. Devia se envergonhar, pois ele tem o dobro da sua idade — ela disse e percorreu lentamente o corpo dele com os olhos. A respiração dele acelerou, como se Kathe estivesse o tocando com as mãos. — E metade do seu tamanho — concluiu.

— Não vai se sentar?

Arthur olhou uma das poltronas à frente e se sentiu um idiota por convidar para sentar a dona da casa, da biblioteca e de seu autocontrole.

— Não, pretendo ser breve.

Ele também quis terminar rápido. Na verdade, quis tirar o vestido dela e possuí-la ali, em pé, com as costas contra a porta. Seu corpo implorava que ele fosse rápido. No lugar disso, perguntou:

— Diga-me uma coisa, pois estou em dúvida. Na França, qual é a pena para falsificação e fraude?

— Não sei. Por que deveria saber?

— Os emissários e pais de jovens damas que eu recebo há três dias, revoltados e raivosos, não concordam com isso.

— Tem recebido muitos familiares revoltados em sua casa? Bom, não é de estranhar — ela encolheu os ombros. — Julgo que não mudou seus hábitos libertinos. Mas, de fato, não me interessa e não sei por que estamos discutindo isso.

— Não vim antes porque sua ousadia e irresponsabilidade me mantiveram muito ocupado. Fui desafiado para dois duelos.

As mãos enluvadas cobriram os lábios cheios e rosados.

— Eu lamento muito.

Lábios que ele queria, precisava sentir outra vez.

— Lamenta?

— Sim. Se está aqui, é porque não morreu em nenhum deles.

Ele riu baixinho sem achar graça.

— Kathelyn, não brinque comigo, não mais.

— Na verdade, o que lembro agora é a certeza do que não mudou em três anos: eu não quero tê-lo em minha vida de forma alguma. Nem como amigo, nem como inimigo. Para mim, sua excelência é irrelevante. Sendo assim, dirija-se à minha pessoa com respeito. Sou madame Borelli para o senhor.

Ele a analisou por um tempo, pensativo, depois disse:

— O nome de seu finado marido italiano?

— Não é de sua competência, mas, sim, era o nome dele.

A postura arrogante dela, o olhar frio e a maneira desdenhosa como se dirigia a ele transformou toda a excitação que sentia em irritação e, se fosse sincero, em ciúme.

— Você foi muito rápida, madame. Demorou menos de trinta dias depois do fim de nosso noivado para arranjar um tolo que acreditasse em suas artimanhas. Diga-me, Kathelyn, o pobre imbecil, que Deus o ampare, acreditou ser o primeiro em sua cama?

Duas fendas azuis se formaram no olhar raivoso dela.

— Não ouse trazer o passado para esta casa e jogá-lo como uma rede em cima de mim. Suma da minha vida, não me mande flores, não escreva notas, não me peça valsas, não me dirija a palavra, não me reconheça em qualquer lugar. Aquela jovem de antes não existe mais. Tudo o que ela foi morreu. O senhor ajudou a abrir a cova.

Ele abriu a boca para responder, mas ela continuou:

— Não tem o direito de entrar na minha casa. — Kathe deu um passo à frente. — De me dirigir a palavra — Deu outro passo, encurtando a distância entre eles. — Não tem o direito de me pedir explicações ou de querer que eu justifique qualquer coisa da minha vida.

Deu mais um passo, e agora poucos centímetros os separavam. O cheiro dela de rosas trouxe uma tempestade de lembranças, o ar quente que ela respirava tocava sua face, e ele se perguntou se ela sentia a eletricidade enorme estalando entre os dois, a mesma necessidade insana que ele sentia de se aproximar mais, colar os lábios nos dela e esquecer tudo?

<hr>

Havia três anos que era Lysa Borelli. Ninguém tiraria isso dela.

Arthur segurou a curva de seus braços e um choque correu por sua espinha.

— Lysa ou Kathelyn, não me importa o nome. Borelli ou Stanwell. Quando estivermos gemendo de prazer, não serei capaz de lembrar qual era ou é o seu nome, e espero que você também não seja, madame.

E colou os lábios na orelha dela antes de sussurrar:

— Eu desejo te amar tantas vezes e com tanta intensidade que não seremos capazes de lembrar qualquer coisa do passado ou sobre nós mesmos.

Kathelyn sentiu as pernas fraquejarem e a respiração falhar. O calor emanando dele, a voz rouca em seu ouvido, o cheiro conhecido a envolvendo e o corpo colado ao seu, num encaixe tão perfeito que parecia ter sido moldado junto ao dela, dispararam mil sensações que se sobrepuseram à raiva. O olhar intenso dele a queimava, acendendo uma necessidade sem fim e emoções conturbadas.

As lembranças do passado ferveram seu sangue e pulsaram com o desejo que drenava sua razão. Sem pensar, ela se aproximou até os lábios tocarem o queixo masculino e os deslizou pelo rosto de Arthur, ouvindo-o gemer. Ouviu-se gemer. Ambos mal respiravam. As mãos firmes deixaram a curva de seus braços e envolveram sua cintura, apertando-a, exigindo que toda a distância de três anos fosse esquecida, moldando ainda mais a maciez dela contra a firmeza dele. Até virarem uma brasa que desfazia livros, palavras e passado. Os lábios dele, agentes e braços do fogo que marcava suas faces, tomaram posse do pescoço. Ela?

Kathelyn ofegou e permitiu. *Não pare, não pare, não pare nunca mais*, pulsava com seu coração acelerado. Arthur parecia sentir como ela, também ofegava e grunhia, como se estivesse morto antes disso. Uma de suas mãos cavou seus cabelos, enquanto a outra ainda a enlaçava pela cintura.

— Minha Kathelyn — ele disse, rouco, em sua orelha.

Apesar de a fala íntima e cheia de promessas fazer seus joelhos fraquejarem ainda mais, o peso evocado pelas palavras a trouxe de volta. Arthur Harold, o duque de Belmont, estava prestes a beijá-la. E ela? Estava a um passo de permitir, de retribuir. Eles haviam se tocado, se acariciado, e Kathe não apenas gostou como queria mais, muito mais. *Maldito*. Odiava-o, odiava-se por isso.

— Você já teve muito! — Kathe soprou a centímetros da boca dele. — Isso é tudo o que terá de mim.

Arthur pareceu não ouvir ou entender. Avançou até colar os lábios nos dela. Kathelyn jurou que nada na vida era melhor e mais forte do que o encontro de seus lábios. Mesmo assim, soltou os braços que a envolviam e endureceu o corpo.

— Nunca mais, Belmont.

Ele prosseguiu movendo os lábios com o intento de beijá-la. Ou o afastava naquele segundo ou se arrependeria para sempre. As mãos dela se firmaram sobre o peito rijo, e, usando o corpo, ela o empurrou.

Dando alguns passos para trás, Arthur piscou lentamente uma, duas, três vezes.

— Fora daqui, excelência! — exigiu ela, sem fôlego.

Ele estava de olhos fechados.

— Por quê?

— Nunca mais se aproxime de mim. Ou, eu juro, juro por tudo o que ainda importa na minha vida, que se arrependerá.

Ele abriu os olhos e o fogo dourado que antes a queimava era substituído por uma fria obstinação.

— Arrependo-me desde o momento em que te vi pela primeira vez. Estou disposto a reclamar a ausência de paz que sua traição provocou em minha vida.

— Fora daqui.

— Será minha, Kathelyn.

E nesse momento ela riu com ironia, porque seu corpo inteiro ainda estava trêmulo de desejo.

— Quando a noite ganhar a luz do sol.

Os lábios masculinos se curvaram num sorriso torto, o peito dele descendo e subindo rápido.

— Você é quem ganhará a certeza de que nunca deveria ter me feito passar por um dos tolos que a rodeiam.

— Suma da minha vida ou será coroado o rei deles.

Arthur arrumou a gola do casaco e deu alguns passos em direção à porta.

— Sinto muito, querida, mas acho que não temos escolha.

— Alguma vez o déspota sugeriu que fosse diferente?

A mão masculina parou na maçaneta.

— O que eu quero de você nada tem a ver com despotismo.

— Não sou mais a jovem inocente que conheceu — ela disse entredentes.

A maçaneta foi girada.

— Nunca foi, não é verdade? Mas agora eu sei com quem estou lidando.

— Não sabe, excelência. O maior engano de um rei deposto é subestimar seus inimigos.

Ele abriu a porta.

— Ou superestimar seus supostos aliados e pedir em casamento uma traidora.

— Não quero entrar nesse jogo. Não me obrigue a fazer isso.

Somente então Arthur girou o corpo a fim de encará-la outra vez.

— Não te quero obrigada, Kathelyn. Eu te quero muito bem-disposta.

— Não me chame de Kathelyn, miserável.

— Como desejar, madame Borelli. Essa é uma concessão que não me importo em fazer.

25

TRÊS SEMANAS DEPOIS DAS PROMESSAS TROCADAS ENTRE ARTHUR E Kathelyn, as juras muito distintas das reservadas aos amantes apaixonados ainda pairavam na biblioteca e reverberavam no interior dela. Kathe dizia estar bem, jurava que não se importava mais.

Repetia a si mesma uma centena de vezes que não tinha diferença o que Belmont fazia ou deixava de fazer. Continuou com sua vida, manteve o ritmo de suas atividades. Entre as óperas que cantava e as festas que frequentava, Kathelyn ria, flertava e se divertia na companhia dos amigos.

Somente quem a conhecia muito notava uma tensão acumulada sob os olhos. Tensão disfarçada com pincéis e pó para o rosto. Os homens que a cortejavam não notavam a sutil distinção arroxeada sombreando seu olhar, notavam ainda menos que a dama estava mais sarcástica e menos reservada. Ao contrário, compraziam-se da companhia de Kathelyn. Lysa, para eles.

— Diga-me, madame — foi o conde Delors quem a chamou, um de seus assíduos admiradores. — Nos dará a honra da sua presença no baile em homenagem ao príncipe russo, amanhã à noite?

— Cantarei antes para o rei e seus convidados. — Suspirou. — Acho que sim, sobrará alguma energia para dispor durante o baile.

Kathelyn havia convidado o conde para tomar o chá da tarde em sua casa. Era esse tipo de atitude que vinha deixando os cavalheiros que a cercavam bem animados.

No dia anterior, ela passeara durante horas na companhia do sr. Goudan. O primeiro-ministro da Bélgica. E, no anterior a esse, o dono de sua atenção particular fora o sr. Faure, sócio do conde Delors.

Entretanto, diferentemente do que fazia parecer, os interesses da dama eram distintos dos de selecionar um amante. Queria conseguir informações sobre Belmont, e tudo o que dizia respeito ao duque. Por isso os cavalheiros convidados aos encontros com a cantora eram todos homens que, direta ou indiretamente, mantinham alguma relação com ele e seus interesses. É claro que Kathe não era nenhuma tola. Tomou o cuidado necessário para não ser mal interpretada com esses convites não usuais. Ela, Philipe e Steve fomentaram a notícia de que Lysa Borelli decidiria em breve qual seria seu novo protetor.

— Delors, irá se associar a um dos homens mais ricos e influentes do mundo? É verdade o que ouvi falar? — Ela levou a xícara até os lábios e tomou um gole quase de mentira do chá.

— Refere-se ao duque de Belmont?

Kathelyn o agraciou com um sorriso.

— É o que dizem, que ele é um dos homens mais ricos e...

— As pessoas engrandecem demais um simples homem.

— Mas é o seu sócio?

— Eu tenho minhas próprias capacidades.

Kathelyn se levantou do sofá. Percebendo que o conde não gostara de falar em outro homem, mudou de estratégia.

— Não duvidei disso um único momento. — Caminhou entre a mesa de chá e se sentou ao lado do conde. Tão próximo que, se ele esticasse as pernas, ela pararia em seu colo.

— Costuma investir em locomotivas, monsieur? Acho fascinantes essas máquinas.

— Na verdade, sou amigo do primeiro-ministro da Bélgica. Eu uni o ministro a Belmont, e foi o ministro quem apresentou ao duque o sr. Vanderbilt. Vamos construir alguns barcos a vapor com ele. Entre a encomenda da Bélgica de locomotivas e a do sr. Vanderbilt, que é um industrial americano, acredito que entreguei ao duque um enorme negócio. Por isso ficamos sócios.

— Interessante — disse ela, pegando as mãos do conde. — Diga-me, e o sr. Faure, onde entra?

— O sr. Faure é meu sócio nessa transação. Ele investirá comigo e ajudará na construção de algumas máquinas.

— Entendo. E não existe nenhum outro industrial no mundo capaz de suprir esse mercado tão promissor?

O conde franziu o cenho. Ela se justificou.

— Ora, penso se não seria importante dividir um monopólio.

Delors riu e desabotoou um dos botões que prendiam a luva de Kathelyn.

— Infelizmente o duque é sócio do maior inventor dessa indústria, que acabou de desenvolver um projeto que revolucionará uma vez mais o mercado.

— E o senhor já viu esse projeto? — Kathelyn fingiu curiosidade inocente.

— Já, uma vez, sem muitos detalhes.

Uma casa mais foi desabotoada, e a respiração dele se tornou falha.

— Isso é uma mina de ouro se cair nas mãos erradas. Não gosto nem de pensar no que poderia ocorrer.

— Alguns homens enriquecerem à custa de outros.

Outro botão foi desfeito.

— Conheço alguns homens que seriam capazes de matar ou morrer por um projeto desses.

Delors livrou-a de uma luva. Kathe continuou como se nada estivesse acontecendo.

— É verdade que o senhor e Belmont praticam esgrima juntos?

— Sim.

A mão recém-descoberta foi levada à boca dele, e Kathelyn engoliu em seco enquanto os lábios masculinos desciam sobre sua pele. A língua macia e morna do conde correu entre seus dedos de maneira provocativa. Delors era considerado um homem atraente e sedutor. Culpa dos olhos azuis que perfuravam pedras, dos cabelos pretos sempre em desordem harmônica e da fala persuasiva emitida por uma voz rouca.

Kathe continuou com a própria voz incerta.

— Quanto tempo Belmont pretende ficar em Paris?

O conde levantou o olhar, ainda segurando a mão de Kathelyn.

— Não me agrada falarmos de outros homens. Especialmente de Belmont, que, eu sei, vai a todas as suas apresentações, e, pelo que sei também, parece ser o único homem com autorização para te enviar rosas-vermelhas.

— Eu as devolvo, como faço com qualquer um que desconheça ou ignore minha aversão.

Kathelyn sabia que sim; devolvia as dúzias de rosas que Arthur enviava diariamente a ela. O duque reenviava as flores em quantidades maiores, até que ela se cansava e as dava para a caridade.

Mas os bilhetes que acompanhavam as rosas ela mantinha guardados.

Como se fossem a prova de que a ansiedade crescente que a envolvia tinha uma justificativa. A nota do dia anterior vinha com uma descrição de seu dia:

> *Notei que o sr. Faure se divertiu durante o passeio ao seu lado.*
>
> *Não se esqueça, Kathelyn. Quando estivermos juntos não haverá passeios com outros homens.*

Estúpido arrogante. A cada nota nova que chegava, ela sentia que o ódio — e, que Deus a perdoasse, o desejo — por ele era recarregado e aumentado. Arthur, como a ave de rapina que era, não aparecera. Nem lhe dirigira a palavra nessas últimas semanas. Como sabia que ela passeava com outros homens? Com o passar dos dias, Kathelyn começou a sentir uma obsessão cega em encontrar os olhos que a escrutinavam. Em alguns momentos tinha certeza de que o via de dentro da carruagem, ou cavalgando pelo parque. Mas não conseguia surpreendê-lo e nem mesmo localizá-lo de fato. Com exceção das noites na ópera, quando o duque ocupava sempre o mesmo camarote. *Maldito.*

— Lysa, eu realmente me sinto à beira de um surto. — Delors retirou-a de seu devaneio.

— O quê?

— Estou louco por você. Disposto a qualquer coisa para que você seja minha amante.

Ela levantou do sofá e alisou as saias, disfarçando.

— Nos veremos no baile amanhã, monsieur?

O conde permaneceu a encarando sem responder por um tempo.

— Sim.

Levantou-se e fez uma vênia. Beijou a mão sem a luva, afirmando, antes de sair:

— Pense, Lysa. O que estiver ao meu alcance estou disposto a te dar. Coloco o mundo aos seus pés.

⁕

Os bailes em que madame Borelli confirmava presença eram eventos diferentes daqueles de que a cantora se reservava o direito de não participar. Isso porque as mulheres criavam um frenesi em suas costureiras, e todas debatiam qual seria o próximo modelo estreado pela dama.

Madame Valois, a estilista mais exclusiva de Paris, criava para ela vestidos cujos modelos dizia ter tirado de seus sonhos. A costureira garantia que a jovem era a modelo com a qual ela sempre quisera trabalhar.

O traje que usaria no baile daquela noite estava pronto, e Kathe se olhava no espelho, impressionada com a ousadia elegante de mais uma criação de madame Valois.

— Você, madame Borelli, foi feita sob medida para desfilar as minhas mais audaciosas criações — Valois disse a frase que sempre dizia quando Kathelyn provava um dos novos modelos. — Toda estilista de Paris me inveja por vesti-la.

— Eu diria que todas as damas invejam os modelos que eu desfilo.

— Elas invejam porque é Lysa Borelli quem os veste.

Kathelyn olhou para o espelho e deu uma volta. Parou e encarou a costureira pelo reflexo. Apontou para sua imagem refletida antes de dizer:

— Elas enxergam aquilo que querem enxergar, mas nunca me veem de verdade.

A costureira a analisou com uma ruguinha entre as sobrancelhas, ruivas como os cabelos dela.

— Algo a está incomodando, não está?

Kathelyn se sentou na poltrona e começou a desabotoar o vestido.

— Eu criei essa imagem e a alimentei. — Abriu uma mão no ar ao dizer: — Não tenho por que me arrepender.

— Se esse reflexo está turvo por causa de um homem, garanto que não vale a pena.

— Estou um pouco cansada, acho que é só isso.

Madame Valois se aproximou e a ajudou a tirar o vestido.

— Tenha o nome que tiver o culpado por esse cansaço, não merece suas horas de sono.

— Tem razão.

— Amanhã meu ateliê estará cheio. E sou eu quem ficarei sem descansar enquanto as damas se esbofeteiam por mais um vestido que se pareça com este. — Apontou para a peça recém-tirada. — Lembre-se, querida, não é só um reflexo que elas querem imitar.

— Obrigada.

Madame Valois refez os laços que prendiam o vestido a fim de arrumá-lo.

— Posso te dar um conselho?

— Sim, pode.

— Seja feliz, Lysa.

— Mas eu sou.

— Eu só consegui ser feliz de verdade quando parei de dar importância ao que pensavam sobre mim.

— Eu acho que nunca...

A costureira levantou a mão com suavidade, interrompendo-a.

— Acha que eu não sabia o que falavam sobre mim?

Kathe encolheu os ombros e começou a se vestir para ir embora. Enquanto madame Valois desabafava:

— Fui amante do rei da França, o que trouxe muitos amigos importantes e também inimigos. As pessoas sempre falam da vida dos outros; isso as distrai da própria vida.

Madame Valois entregou o embrulho para Kathelyn e ajudou-a a terminar de se vestir.

— A vida passa muito rápido, Lysa, para desperdiçarmos com mesquinharias.

— Tem razão, madame.

— Existimos somente naquilo que realizamos. Não deixe de viver por medo da opinião dos outros.

— E a vingança, madame? Acha que esse impulso é condenável?

Os botões nas costas de seu vestido foram fechados pelas mãos hábeis da costureira.

— É isso que lhe tira o descanso? A necessidade de responder a alguém?

— Um homem que me tirou tudo e então voltou parecendo que quer tirar mais. Acho que ele quer a minha paz — divagou Kathelyn.

— A vingança é uma satisfação fugaz. Se vale a pena? Contanto que não seja você, querida, a parte mais atingida dela.

Kathelyn mordeu o lábio por dentro, tentando disfarçar as lágrimas.

— Vê? — A mulher estendeu um lenço de seda. — Está sofrendo.

— Obrigada, madame, por tudo.

26

NAQUELA NOITE, APÓS A APRESENTAÇÃO DA ÓPERA, KATHE E OS OUTROS cantores da companhia uniram-se aos demais convidados para participar do baile no palácio das Tulherias em homenagem ao príncipe da Rússia.

— Lysa — disse Baptiste Calvet, o primeiro tenor da Academia Real de Música —, eu soube que a ópera contou com um dos maiores investimentos particulares já feitos.

— Mais um rico excêntrico apaixonado por óperas?

— Parece que, com a verba investida, estão cobertos os gastos das duas próximas montagens inteiras.

— Se isso não é uma boa notícia, o que seria?

O salão de baile no palácio era enorme e magnífico, cercado por espelhos que aumentavam o esplendor dourado e refletiam as valsas, os vestidos, a velas e as portas que davam para o jardim das Tulherias. Ela ouviu a voz de Baptiste prosseguir:

— O tal cavalheiro é amigo do rei, e nosso monarca ficou tão entusiasmado com a doação que fez seu conselheiro de artes mandar uma nota para Courdec, convidando-nos para o baile.

— Por isso fomos convidados?

— Você sempre é convidada.

— Sabe que não sou convidada para os bailes oficiais de dentro do palácio. Somente aqueles menos...

— Formais?

— Não é bem isso. — Kathe bateu com o leque de leve no ombro do amigo. — Sou convidada para bailes menos...

— Pomposos?

— Ia dizer aborrecidos.

— Diga isso ao conselheiro das artes, ao maestro Courdec e ao cavalheiro que vem com eles em nossa dire... Santa Mãe de Deus, que cavalheiro é aquele?

— Aquele? — Kathe soprou num fio de voz. — É o nosso investidor.

Ela teve certeza. As palmas transpirando comprovavam. O suor não era por nervosismo ou insegurança, o suor das mãos, da nuca e o calor que a invadiram nada tinham a ver com gratidão ou admiração, e sim com raiva e irritação.

— Madame Borelli — disse um sorridente conselheiro das artes, o sr. Debet —, quero lhe apresentar o mais recente colaborador das artes em nosso país e um admirador do seu trabalho. O duque de Belmont.

Ela estendeu a mão enluvada, abriu um sorriso forçado e, somente depois, disse:

— Excelência, sinto-me honrada em ser apresentada ao senhor outra vez. Pergunto-me quantas vezes terei esse — *desprazer*, pensou — hum... essa honra em uma só vida.

— Conhecem-se? — perguntou Courdec.

Arthur a encarou com tanta intensidade que as pessoas ao redor coraram, *tinha certeza*.

— Sim — respondeu ele, sucinto.

— Lysa querida — disse Courdec —, sua excelência, o duque, ficaria encantado em dançar a próxima valsa com a senhora.

— Ficaria mesmo? — ela perguntou, sem medo de soar ofensiva.

O conselheiro das artes pigarreou, parecendo sem graça.

— Madame Borelli, qualquer cavalheiro deste salão ficaria.

Belmont fez uma reverência, indicando sua concordância com as palavras do conselheiro. Em seguida estendeu o braço para levá-la até o salão.

Na frente do conselheiro real e de seu maestro, ele a encurralou e a deixou sem alternativa a não ser aceitar o braço estendido.

Caminharam em um silêncio digno de uma procissão sacra em um enterro. Kathelyn sentia vontade de providenciar um defunto, e, se não fosse pelo sorriso exultante nos lábios de Belmont, todos jurariam que seria ele a vítima.

Violinos, violoncelos e o pianoforte iniciaram os acordes da valsa.

Ela olhou ao redor.

O salão de baile no palácio, entre espelhos e molduras de ouro, entre lustres de cristal e afrescos no teto, pareceu sumir quando Arthur colocou uma mão em suas costas, na altura da cintura. O espartilho deixava seu tronco minúsculo, porque apenas uma mão dele em suas costas envolveu por completo sua cintura e a aqueceu dos pés a cabeça.

Belmont vestia seu uniforme de gala. Jaqueta vermelha e calça preta, punhos e gola dourados. O peito era atravessado por uma faixa azul e as medalhas contavam, uma a uma, a história centenária da realeza em sua família.

Kathelyn, por fatalidade — em sua opinião —, também estava de vermelho. Rosas de seda debruando o branco do seu colo e o vale pronunciado do decote. Com certa hesitação, ofereceu a mão a ele. Nervosa, apoiou a outra mão no ombro masculino.

Começaram a girar.

O braço forte ganhou espaço em sua cintura e aproximou-os mais. A música preencheu tudo à volta deles. A mão masculina subiu pelas costas de Kathe, até se fechar em sua nuca, enquanto a mão dela, sem que percebesse, correu ao mesmo destino, fechando-se na nuca dele.

A respiração de Kathelyn se tornou irregular. Arthur aproximou o rosto até a ponta de seu nariz tocar a ponta do dela. A respiração dele envolveu sua boca e tornou o ar denso, irresistível e quente.

Ele olhava para ela intensamente. Apertou sua nuca e enroscou os dedos no coque frouxo. Kathe ouviu um gemido baixo. Perdeu ainda mais o ar ao perceber que tinha sido ela quem emitira o som.

⁂

— Acho que Lysa já escolheu seu novo amante. — Era o sr. Faure quem provocava o conde Delors. — O que para mim é ótimo, já que apostei uma indecente quantia que seria ele quem conquistaria a dama.

O conde, que fulminava o casal com os olhos como se fosse possível carbonizar o duque durante a valsa, disse:

— Está usando-o para chamar atenção. Veja por si mesmo. Mais da metade do salão está com os olhos vidrados nela enquanto valsa.

— Valsa? — cutucou Faure. — Eu chamaria isso, na melhor das hipóteses, de dança do pré-coito.

— Cale a boca, Faure.

༺⌇༻

— Não sei como o rei insiste em convidar essa mulher vulgar para os bailes da corte — fofocou a viscondessa de Limoges, em outro canto próximo à entrada da varanda.

— Acho ela magnífica. Esse duque inglês? Vocês não dariam metade de suas fortunas para tê-lo entre os lençóis?

A viscondessa se abanou freneticamente com o leque.

— Não seja leviana, Marie!

— Não sou vulgar, sou... sincera. Além disso, nós somos francesas e sabemos desfrutar sem culpa dos prazeres da vida. Esse duque para mim seria um deleite, entre os lençóis, sobre ou sob eles ou onde ele bem entendesse.

Um coro de risadas femininas soou em concordância.

༺⌇༻

Para Kathelyn e Arthur não havia comentários, nem olhos, nem chão, nem valsa.

Não havia nada nem ninguém que pudesse interferir no transe que os envolvera. A valsa terminou. Eles demoraram a perceber que não giravam e que, sim, estavam parados no meio do salão, esvaziando para dar lugar à próxima peça, ofegantes e com os lábios quase em contato.

Com a ponta do nariz ele acariciou o dela.

— Vá para casa comigo — ele pediu, com a voz rouca.

Kathelyn devagar se afastou um pouco, ruborizando ao se dar conta de onde estavam e de como tinham dançado. A mão que estava em sua nuca escorregou por toda a extensão de seu braço, provocando uma onda de arrepio.

— Por favor, Kathelyn, vamos para minha casa. Eu te imploro, de joelhos se for preciso.

Atordoada, ela levou as mãos até as bochechas, que ardiam de vergonha e humilhação por ter uma vez mais perdido o controle.

— Com você, nunca — disse, baixinho, recolheu as saias e saiu.

∽⌒∼

Arthur despencou do Éden ao inferno em dois acordes. Sentia-se de certa forma indignado por ter se deixado descontrolar daquele jeito. Estava tão fora de si que quase a beijou no meio do salão de baile. Então ele insistira:

— Por favor, Kathelyn, eu te imploro.

— Com você, nunca — ela dissera.

Nunca com ele? Enquanto nas últimas três semanas Arthur ouvira da boca de todos os homens com quem tinha algum tipo de convívio ou negócio que Kathelyn vinha passeando, flertando, gastando boa parte de seu dia e quem sabe o que mais com metade dos homens da França?

Tinha certeza de que ela precisava de um tempo para se acostumar com a ideia do reencontro, como Arthur mesmo precisara. Sabia que ela o desejava e que a química entre os dois era forte. Então, por que infernos ela continuava a humilhá-lo, a rechaçá-lo, mesmo tendo sido a única e total culpada pela separação deles no passado? Se havia alguém que devia estar ofendido ali, era ele, não era?

E o que Arthur estava fazendo agora, nessas últimas semanas? Correndo atrás dela como um cachorrinho abandonado e traído. Humilhara-se uma vez mais.

Olhou ao redor. As pessoas o encaravam cochichando. Enquanto respirava com dificuldade, tentando recobrar o controle do próprio corpo, ela simplesmente o deixara ali, em pé no meio de todos. Sozinho. Jurou que nunca mais se deixaria humilhar daquele jeito. Foi atrás dela e a encontrou com o marquês de Dousseau. Os dois caminhavam para a pista de dança.

Só por cima de seu cadáver que Kathe dançaria com outro homem depois de largá-lo com tanta descortesia. Ele acelerou os passos e parou diante do marquês.

— Excelência — o marquês o cumprimentou, parecendo surpreso —, se me dá licença, madame Borelli prometeu dançar a quadrilha comigo e... — o homem tocou no ouvido — creio que já está começando.

— Com licença — Kathelyn pediu a Arthur.

— Ela não irá dançar, senhor. Desculpe-a por isso. Temos um assunto pendente para resolver.

O marquês olhou dela para Arthur.

— Um assunto pendente?

— Algumas explicações que madame me deve.

O marquês sorriu, parecendo confuso.

— Deve algo para sua excelência, madame?

— Acho que é um mal-entendido.

— Posso refrescar sua memória... — disse Arthur, com tranquilidade. — Há três anos, madame e eu...

— Ora, seu ordiná... basta. — Ela ergueu a mão direita em um gesto bruto. — Acho que me lembro. Desculpe-me, marquês. Deixaremos nossa quadrilha para uma próxima ocasião.

Dousseau cumprimentou-os com um aceno de cabeça e se retirou, pouco conformado.

Arthur sentiu-se despido com o olhar dela de cima a baixo sobre seu corpo, antes de ouvi-la murmurar:

— Vamos resolver isso.

Sim, Kathelyn. Resolver isso é tudo o que eu mais quero.

Uma vez na entrada do palácio, Arthur pediu sua carruagem e a analisou:

O busto obediente subia e descia em uma velocidade sedutora. Toda vez que inflava o peito com ar, o decote se tornava pequeno ou grande demais.

— Tire os olhos do meu decote. Não tem mesmo o menor decoro, não é?

Desviou o olhar, desconfortável. Não fora educado assim. Acontece que aquela era Kathelyn, e tudo que havia aprendido ou entendia como certo ficava meio obliterado quando estava próximo dela.

— O que você quer, Belmont? E por que não me deixa em paz?

Ele mesmo não entendia direito. Por que simplesmente não a deixava? Por que não desistia dessa história de sentir a boca de Kathelyn na sua, o corpo macio contra o seu, o gosto viciante, os beijos? Ah, sim, porque não tinha paz fazia três anos, desde que ela o traíra, desde que entrara em sua vida. Quem sabe se a tivesse entre os braços, se tivesse tudo o que sonhara e desejara dela, poderia, por fim, voltar a respirar? Voltar a ter paz?

— Posso levá-la até sua casa? Eu gostaria de conversar.

A carruagem chegou, parando à frente deles.

— Não temos nada para conversar um com o outro.

Os braços dela foram cruzados na frente do colo, as ondas do cabelo dourado soltando-se do penteado por causa do vento e repousando no vão do decote, no vale dos seios redondos. Tão sensual e ao mesmo tempo tão intocável e tão distante que Arthur se perdeu:

— Kathelyn, estou disposto a tudo para ter você, estou disposto a te dar tudo o que você ousar sonhar. Será rica. Posso transformá-la na mulher mais rica da França.

Certo, Arthur soube assim que terminou de falar que não era o melhor jeito de iniciar essa conversa, mas, *santo Deus*, que culpa tinha se ainda conseguia sentir o gosto dela em sua boca? Se nunca deixara de sentir?

Os olhos turquesa se arregalaram e logo em seguida se estreitaram, soltando faíscas. Algumas gotas de água o atingiram, começando a chover, uma tempestade abrupta anunciada pelo vento. Ele agradeceu mentalmente a chuva. Era um jeito de convencê-la a entrar rápido na carruagem, e lá dentro Arthur iria fazê-la entender, ceder, se entregar.

— Vamos, deixe-me levá-la para casa.

Os lacaios abriram a portinhola da carruagem e abaixaram a escada. Kathelyn ergueu as saias como uma rainha e disse, no mesmo tom de voz calmo e autocrático:

— Se encostar um dedo em mim dentro desta carruagem, eu te mato.

Ela entrou na luxuosa carruagem respirando devagar e cravando as unhas na palma das mãos. Não era a primeira vez que ouvia uma proposta dessas, e provavelmente não seria a última. Essa era sua fama, afinal.

O problema é que aquele homem era Arthur, e Kathe só conseguia pensar: *Você não*. Todos os homens, menos você. O único a quem ela confiara seu coração e, de certa maneira, sua inocência. Nem soube por que aceitara entrar na maldita carruagem; estava atordoada demais.

Ela acompanhou os movimentos elegantes dele ao se sentar, abrir a janela para fornecer o endereço ao condutor e se virar para ela com os olhos inquietos, parecendo ansioso:

— Ouvi que estava à procura de um novo amante e, se me aceitar, nosso acordo não seria por muito tempo — continuou com a voz rouca, sedutora —, somente enquanto eu estiver em Paris. Logo devo voltar para Londres, e então estará livre e terá dinheiro suficiente para fazer da vida o que desejar.

Lágrimas estúpidas agulharam seus olhos. Por sorte estava escuro no interior do veículo. Ele não veria. Ela desviou o olhar para os bancos de veludo bordô.

— Não me deito por dinheiro, excelência.

Um trovão ecoou do lado de fora, acompanhando a boca meio aberta dele. Parecia sem reação, ao certo não esperava essa resposta. *Não fale assim comigo, Arthur, não você.* Kathe fechou os olhos e sentiu as lágrimas escorrerem pelo rosto, pescoço e colo.

— Tenha em mente que eu não meço esforços para recompensar minhas amantes. De qualquer maneira é melhor assim, então que seja pelo prazer que poderemos dividir.

Kathelyn temia que ao falar sua voz falhasse, então esperou um tempo para murmurar:

— Depois de tudo, como você pode me propor isso?

— Será por pouco tempo, Kathelyn, e você não irá se arrepender. Eu garanto.

Você não irá se arrepender. Ela já estava arrependida. Quisera nunca tivesse o conhecido, nunca o tivesse amado.

— Você é o último homem da Terra de quem eu desejo qualquer coisa, muito menos compartilhar prazer.

Uma risada baixa ecoou no interior da carruagem. Kathe sentiu o ar estalando entre eles, conseguia ver os punhos brancos da camisa masculina em contraste com as mãos bronzeadas e fechadas com força. Provavelmente Arthur se sentira ofendido com sua negativa, e isso aumentara o ímpeto de suas emoções. Outros trovões estouraram no céu.

— Não minta para mim — disse ele, em tom persuasivo. — Eu sei como seu corpo reage quando estamos juntos, me sinto da mesma maneira. Além disso, não costumo desistir do que quero. Estou disposto a ir muito longe para fazê-la mudar de ideia.

Será por pouco tempo... Disposto a ir muito longe... Recompenso bem minhas amantes... Uma vez Arthur quisera a vida inteira com ela, pedira que fosse sua esposa e então, por não acreditar em suas palavras, por achar que ela era infiel, as ações dele a deixaram sem nada.

O sangue dela ferveu. Achava — achava não, tinha certeza — que Belmont podia até desejá-la, mas só queria humilhá-la ao colocá-la naquela posição, oferecendo dinheiro para se deitar com ela. As lembranças do que vivera por causa da maneira como ele agira no passado voltaram a sua mente. E agora, três anos depois, ele reaparecia para tentar pisotear em cima do que, Arthur devia acreditar, eram os restos do que ela fora um dia.

Vingança, ecoou com um trovão em seu interior.

— Amanhã — disse ela, no tom mais elegante que conseguiu. — Resolveremos amanhã.

— Agora, na minha casa.

— Ainda estou pensando se entraremos ou não em um acordo. Nada acontecerá hoje à noite. Pare de insistir. Leve-me para casa e resolvemos isso amanhã, ou, juro, nunca acontecerá.

A chuva apedrejava o teto da carruagem.

— Está bem — ele cedeu. — Amanhã cedo, às nove, na minha casa.

Ela respirou fundo algumas vezes e empurrou garganta abaixo a enorme vontade de chorar.

⁓⚬⁓

Sentada na biblioteca, Kathe acabara de contar tudo o que acontecera pouco antes para Steve, Philipe, Jonas e Elsa. Enquanto relatava, Steve serviu-os de conhaque. Ela quase nunca bebia conhaque, mas naquela noite, além de a bebida esquentar sua garganta e seu corpo por conta da chuva, precisava relaxar.

— Eu quero me vingar. Estou decidida.

Steve também deu um gole em sua taça, analisando-a.

— Sabe, sardenta, a vingança pode envenená-la também.

— Eu já estou envenenada, caso contrário nem pensaria nisso.

— Tem razão — Steve concordou.

— Já que decidimos pela vingança — Philipe disse, batendo as palmas nas próprias pernas, animado —, eu tive uma ideia maravilhosa.

Elsa estreitou os olhos para o príncipe, que ignorou a reprovação da preceptora, acrescentando:

— Existem maneiras de levar um homem a perder o juízo.

Kathe bebeu mais um pouco, sentindo a água da chuva de seu vestido escorrer pela pele. Não tivera cabeça para se trocar quando chegou em casa, quis falar com os amigos imediatamente.

— Como?

— Cem mil libras foi a multa que ele cobrou de seu pai?

— Sim.

— Peça duzentas mil libras.

— Isso é muito dinheiro.

— Não para um homem rico como ele, *chérie*.

— Não me venderei por...

— Claro que não se entregará — Philipe a interrompeu. — Ao contrário, *chérie*, você terá o controle absoluto. Leve-o à loucura, nunca permitindo a ele ter acesso total, nem mesmo lhe dê qualquer alívio, entende?

— Sim.

Os lábios de Philipe se curvaram para cima num riso contido e malicioso.

— Use de todos os artifícios que uma mulher possui para enlouquecer um homem. Entretanto, com seu corpo ele nunca encontrará a satisfação esperada. Então, minha querida, quando ele estiver a ponto de perder o controle, isso o tempo fará acontecer, você...

— Eu o dispensarei de maneira fria e calculada — Kathe o interrompeu, entendendo a ideia do amigo. — E farei questão de comunicar o fim do que nunca houve em um ambiente público. Belmont não terá o que fazer.

— Perfeito — concordou Philipe, como se negociasse um contrato valioso. — Nada humilha mais um homem do que sentir que foi enganado e, o pior, na cabeça dele, roubado.

— Suponho que terei de deixar a França por um tempo para ficar com o dinheiro.

— Com cem mil libras você viverá como uma rainha em qualquer lugar do mundo. — Quem sorria com malícia agora era Steve. — Sardenta, você virou uma mulher cruel.

— Não. Belmont faz esse lado aflorar em mim.

— Não estou te julgando. Acho que o canalha merecia coisa até pior que isso.

— Mas eu estou julgando. — A sra. Taylor se levantou da poltrona. — Você não se meterá dessa maneira com esse homem. Se quer puni-lo, muito bem, deixe-me lhe dar uma surra. Ou Steve pode fazê-lo, ou mesmo Jonas, mas não se envolverá dessa forma.

— Estou decidida, Elsa.

Elsa Taylor suspirou de maneira audível.

— Vai se destruir.

— Não vou. Finalmente tenho minha chance de obrigá-lo a responder por tudo o que me fez passar. Não tire isso de mim, Elsa.

A preceptora fechou a mão com firmeza no cabo da bengala.

— Não quero que sofra.

— Como? Quando o único propósito na existência desse homem parece ser o de me atormentar?

— Ela está certa — concordou Steve, analisando o líquido âmbar na taça. — Conte comigo, sardenta.

— E você, Jonas, o que acha? — Kathe perguntou para o jovem, que assistia a tudo no habitual silêncio.

— Posso surrá-lo quando tudo acabar?

— Claro que não.

— Sendo assim — o jovem sacudiu os ombros —, vá em frente.

— Não quero recolher seus pedaços. Eu me lembro de como você ficou na última passagem de Belmont em sua vida — disse a sra. Taylor.

— Desta vez não haverá pedaços. Eu darei as cartas.

27

NA MANHÃ SEGUINTE, ÀS NOVE EM PONTO, A JOVEM MAIS ADMIRADA E desejada de Paris batia à porta da residência do duque de Belmont.

Ela se vestia de modo muito elegante e sóbrio. Os cabelos iam recolhidos em um coque severo. Quem a visse diria que estava pronta para assistir a uma missa. Não a uma missa qualquer, mas aquelas reservadas para velar um falecido. Ia inteira trajada de preto. Não fosse pelas pequenas rosas bordadas em vermelho na borda das saias, todos apostariam se tratar de uma jovem viúva.

— Entre — disse Arthur após as duas batidas do mordomo à porta do escritório.

Kathelyn cruzou para o interior do cômodo e fez uma genuflexão ao cumprimentá-lo. Ouviu a porta se fechar atrás de si. Respirou fundo e correu a vista por todo o ambiente. Era um escritório luxuoso e masculino: couro nas poltronas, cores sóbrias e livros nas paredes e por todos os lados. Surpreendeu-se ao se deparar com uma estante de vidro e algumas peças de coleção em seu interior. A curiosidade de admirar as peças quase a fez dar um passo em direção à estante. Deteve-se ao ouvir.

— Sinto muito, madame. Alguém faleceu?

Ela notou um sorriso contido nos lábios dele antes de responder.

— Sim, meu finado marido. Hoje é o dia de sua morte.

O sorriso dele se desfez. No lugar, nasceu uma ruga entre as sobrancelhas e uma expressão de pesar exagerada.

— Que admirável devoção, senhora. Então, hoje faz exatamente quatro anos que ele faleceu?

— Não, excelência. Eu me casei um mês após a ruptura do nosso noivado, e, como faz pouco mais de três anos, ou o senhor desaprendeu a fazer contas ou se esqueceu de tudo o que nos envolveu.

Arthur analisou-a de cima a baixo.

— Ou a senhora já era casada antes mesmo do fim de nosso compromiss...

— Hoje é o dia de sua morte. Ele faleceu no dia 16 de outubro. Hoje é 16 de maio. Eu costumo me vestir assim todo dia 16. Isso o incomoda? — perguntou ela, com uma cortesia exagerada.

— De maneira alguma. Como poderia tamanha demonstração de amor e fidelidade me incomodar? — Arthur suspirou, com ar irônico. — Uma lástima que tenham ficado casados somente...

— Trinta e dois dias.

— Lamentável. — Elevou as sobrancelhas. — Mas não menos admirável sua entrega ao luto. Ainda chora por ele, madame?

— Sabe muito bem que não sou de chorar.

— Ah, claro que não. Desculpe-me, devia ter me lembrado de sua valente determinação. Então, extrapola todo o seu sentir pesaroso nos dias 16?

— É um sinal de respeito, excelência. — Ela deu ênfase à pronúncia do título. — E assim me senti hoje pela manhã, com disposição para usar um traje de luto — concluiu, analisando uma sujeira inexistente na luva.

— Devo ficar lisonjeado?

Ela inclinou a cabeça.

— Como desejar.

— Vamos aos negócios? Ou veio aqui somente para encontrar consolo pela morte de seu finado marido?

Kathelyn, irritada, notou que Arthur estava sendo sarcástico. Olhou para a estante.

— Posso? — perguntou, já se aproximando.

— Fique à vontade.

Ela se abaixou no pé da estante e um estalar ecoou no interior do escritório.

— Foi mesmo o senhor quem criticou tal mecanismo de trava?

— As peças aqui não estão sob nenhuma ameaça. Cuido muito bem da segurança de minhas propriedades e...

— Nossa! — Kathelyn admirou-se com forçado entusiasmo, querendo o interromper, e passou a mão em uma peça de cerâmica na cor turquesa. — É egípcia, não é?

— Sim, é uma peça que tem pelo menos...

— Uns dois mil e quinhentos anos — ela analisou a imagem, finalmente se deixando levar pela curiosidade. — Foi somente no império novo que o pigmento azul passou a ser amplamente utilizado, para tingir diversos objetos, inclusive estátuas como esta.

— Certo.

— Sabe como eles conseguiam pigmentar a pedra?

— Não.

— É uma mistura de sílica, cal, cobre e álcali. Esse conhecimento ficou perdido durante milhares de anos. Só foi mencionado no século I antes de Cristo, na literatura romana, por Vitrúvio. — E sorriu para a estátua. — Mas Vitrúvio cometeu um erro. Ele disse que a técnica, agora chamada de azul egípcio, fora inventada na Alexandria e que era uma mistura de limalha de cobre e natrão. Deixou de fora a cal, um componente importante do azul egípcio. Graças a sir Humphry Davy, que estudou bastante sobre essa técnica em 1815, a verdade veio à tona.

Arthur a fitou em silêncio com os olhos entrecerrados antes de dizer, parecendo intrigado:

— Eu o conheci quando ainda estava no colégio. Meu pai assistiu à aula de despedida dele na Academia Real.

— Sorte do seu pai. Ele era um químico brilhante. Entretanto, parece que seu assistente, sr. Michael Faraday, é ainda mais ousado.

— Eu o conheço.

— É mesmo? E já teve o privilégio de acompanhar alguns de seus experimentos?

Arthur cruzou os dedos compridos em cima da escrivaninha antes de responder:

— Sim, ele demonstrou algo denominado eletromagnetismo.

— Adoraria assistir a uma de suas aulas. Mas as damas não podem, então — ela suspirou, ainda olhando a peça — me divirto estudando em livros o que eu posso.

Por alguns instantes, Kathelyn se esqueceu do tempo. Do passado deles, de tudo. Por alguns instantes, era como se ainda fossem noivos e desfrutassem de interesses em comum. Ela sempre adorara conversar com Arthur.

— Achei que só se interessasse pelos gregos — afirmou ele, de maneira distante, e devolveu-a ao presente e a todo o peso dele.

— Gosto de todas as civilizações. — Uma ruguinha nasceu entre as sobrancelhas delicadas. — Tenho estudado bastante sobre o Egito. Penso um dia, quem sabe, visitar esses lugares.

— Sabia o que encontraria aqui, não é verdade?

— O quê?

— Tanto conhecimento. Deve ter se informado, e já sabia que as relíquias egípcias faziam parte de minha nova obsessão.

Kathe piscou lentamente.

— Como?

— Não a condeno. De forma alguma. Anos atrás isso me irritou, me chateou. Mas agora ambos sabemos o que esperar. Na verdade, eu a admiro. É muito boa no que faz.

A boca da jovem se abriu, atônita, e só depois conseguiu perguntar:

— No que faço?

— Madame, não precisamos fingir. Há três anos tentou usar esse artifício e não deu certo, agora temos toda a liberdade. Não é necessário nenhum jogo.

— Que artifício?

— Por favor, não faça isso. Nós sabemos o que você quer ao demonstrar conhecimentos tão incomuns para uma mulher.

Ela fechou os olhos. Respirou fundo algumas vezes. Abriu-os com lentidão. Não enxergou nada além de uma cortina vermelha, e seu sangue ferveu de ódio.

— Sua excelência acredita que eu estudo para impressioná-lo?

— No passado, acho que foi só a mim que quis impressionar. — Os olhos azuis se estreitaram ainda mais. — Não faça essa cara. Eu não a condeno, ao contrário.

— Fez e faz muitas ideias a meu respeito.

— Você deu motivos para isso.

— É uma lástima.

— O quê?

— Ao contrário do senhor, eu fiz pouca ideia de com quem estava lidando.

— Realmente, senhora, não veio aqui para discutirmos. Tenho mais o que fazer com o meu tempo do que...

Um estouro de vidro interrompeu a fala de Arthur, que agora olhava, lívido, para pequenos fragmentos azuis do que fora a estátua de um deus egípcio.

— Ohh! Sinto muito — Kathelyn se desculpou.

Sentiu de verdade o coração doer pelo que acabara de fazer. Entretanto, não conseguira evitar.

— Escorregou — constatou, com inocência, analisando o rosto dele.

Um músculo pulsava no maxilar quadrado.

— Desconte do valor que vamos negociar. É claro, se achar gentil fazer isso, já que foi um acidente. Olhe! — Apontou, vibrando, para outro vaso. — É um vaso do império médio? Deus! Ainda mais antigo, não é verdade?

Foi até a estante e passou os dedos sobre a peça.

— O que dizia mesmo? Eu estudo para impressionar? Fiz isso quando éramos noivos ou antes, com a intenção de garantir nosso compromisso? Uma peça de rara beleza. Seria uma pena se algum aciden...

O barulho dos pés da cadeira onde Arthur estava sentado em atrito com o chão a fez levantar os olhos. Ele estava em pé atrás da escrivaninha e murmurou, com uma falsa tranquilidade:

— Chega, Kathelyn. Sente-se e vamos tratar sobre o que a trouxe aqui.

— Muito bem — disse ela, devolvendo a peça à estante. — Se fosse o senhor, trocaria o segredo dessa trava tão simplória. Pode evitar futuras perdas.

E com ar imperturbável, Kathelyn se sentou diante dele.

⁓⁓⁓

Essa era Kathelyn Stanwell, o único ser capaz de fazê-lo migrar por diferentes e extremos estados de humor em menos de quinze minutos.

Logo que a viu, sentira vontade de gargalhar.

Que mulher vai negociar um contrato de amante trajada como uma viúva recatada? Ela não deixava de surpreendê-lo. Depois, quando ela começara a dissertar sobre a peça de antiguidade e seu tingimento, Arthur tivera uma ridícula ereção. Ridícula, sim. Que homem tem uma ereção ao ouvir sobre pigmentos e fórmulas químicas?

O problema não consistia na descrição do azul egípcio, e sim no fato de essa descrição vir dos lábios de Kathelyn. Só conseguia imaginá-la com uma bata branca, como usavam as egípcias. Então, soltou os cabelos dela — dentro de sua mente — e tirou a bata enquanto ela falava sobre cal, sílica e o que diabos fosse.

Em pouco tempo, irritou-se com o próprio descontrole. Não conseguiria pensar direito com uma maldita ereção. E foi apenas para recuperar a razão que trouxera o passado para a conversa.

Passado que terminara quebrado sobre o tapete isfahan que cobria o chão do escritório. Ele tinha quase urrado ao ver quebrada uma peça tão rara e que custara tanto a conseguir. Maldita ousada. E só por isso ele a desejava dez vezes mais. Se isso fosse possível.

— Vou ser direta — ouviu a voz de Kathelyn lhe cobrar a atenção. — Quero duzentas mil libras. Cem mil agora e cem mil no término do contrato.

Ele sentiu um murro na boca do estômago. *O quê?*

— Tem noção de quanto dinheiro é isso?

— Sei bem.

Não. Não tinha a menor e mais vaga ideia.

— Não sabe, madame.

Ela apoiou as mãos nos braços da cadeira com o intuito de se levantar.

— Se é muito para o senhor.

— Não é muito para mim, mas é uma quantia indecente para esse tipo de contrato.

— Disse que estava disposto a me fazer a mulher mais rica da França.

— Sim, eu sei o que eu disse. Mas, com essa quantia, seria a mulher mais rica de todo o mundo.

— O que peço não é nenhum absurdo, já que cem mil libras foi o valor que o senhor cobrou do meu pai pela quebra do contrato de matrimônio.

— Contrato que a senhora violou. — Ele a encarou com atenção, e o aparente descaso com que ela mencionava o passado o desagradou.

— O senhor — Kathelyn bateu algumas vezes, de leve, em cima do tampo da mesa — assinou um contrato sem meu conhecimento, inseriu nesse mesmo contrato uma multa abusiva e, pelo que soube, até o juros pelo atraso do pagamento recebeu, e agora me acusa novamente de ter violado esse documento.

Ela ergueu a coluna antes de perguntar, com orgulho na voz:

— O senhor é um homem inteligente. Me diga, como pode ser possível alguém quebrar um contrato que nem sabia existir?

— Eu não sabia que a senhora teria que ser previamente avisada sobre a necessidade de se manter fiel.

— Eu gostaria de ter sido previamente avisada de que seria negociada como uma porção de terra.

Um músculo começou a tremer no maxilar de Arthur.

— Se a senhora acredita que, trazendo o passado para a mesa, obterá alguma vantagem no que estamos negociando, está muito enganada.

— Quero duzentas mil libras, e acredito que, por causa da multa que cobrou, não encontrará dificuldade em levantar tal quantia.

— Isso não vem ao caso. Estamos falando de dois contratos absolutamente diferentes.

— É mesmo? São assim tão diferentes? Em ambos o senhor quer ter o direito de me levar para a cama.

Ele apertou a base do nariz, tenso.

— Não banalize o que ocorreu nem vulgarize o que ocorrerá.

— Não estou aqui para banalizar o que ocorreu. Quanto a vulgarizar o que ocorrerá... É o senhor quem conclui isso.

Arthur a fitou por um longo momento antes de perguntar:

— Quando soube do contrato de matrimônio?

Ela respirou fundo.

— Essa é outra condição, Belmont. Como o senhor mesmo deixou claro, ninguém terá vantagem alguma em lembrar o passado. Então, sugiro, para o nosso bem, que não falemos mais dele. Nenhuma palavra, pergunta ou acusação. Essa é a única maneira de não nos matarmos no lugar de nos tornarmos amantes.

Mais um momento de silêncio se estendeu entre eles enquanto Arthur ponderava. Um lado dele queria escancarar o passado, tirar satisfação, entender o que diabos ele tinha feito para merecer a traição daquele jeito. Como ela conseguira fazer isso com ele, com eles? O outro lado, o que desejava Kathelyn loucamente, entendia que discutir sobre o passado impossibilitaria que os dois se tornassem amantes, ela tinha razão. Não falar sobre o passado era, sem dúvida alguma, a decisão mais sábia.

— Me parece bem razoável.

— Então, temos um acordo?

— Cem mil libras. Garanto, essa quantia é dez vezes maior do que já paguei para qualquer amante.

Kathelyn encheu os pulmões de ar. Quando falou não alterou o tom tranquilo e firme de sua voz.

— O meu pedido é inegociável.

— A senhora disse que nunca negociou esse tipo de contrato envolvendo dinheiro, estou certo?

Um aceno positivo com a cabeça foi a resposta dela.

— Então por que faz isso comigo e de maneira tão irredutível?

Julgou ver um ar de decepção cruzar os olhos dela, mas logo a expressão delicada se tornou impassível ao responder:

— Não fui eu quem o procurei, caso não se recorde. E não tenho interesse algum em levar isso adiante. Como foi o senhor quem me garantiu que não desistiria tão fácil e quem, sem nem mesmo saber como eu escolhia meus amantes e sob que termos, me ofereceu dinheiro, pensei em tirar algum benefício de sua disposição. Não vou ceder em nenhuma libra.

Que os céus o ajudassem, mas Arthur sabia que valeria a pena cada xelim dessas duzentas mil libras.

— Duzentas mil libras, então, que seja.

— Uma última condição.

Cristo, ele vinha se mordendo para não pular em cima dela e tirar sua roupa ali mesmo. Não queria esperar nem mais cinco minutos.

— O quê?

— Eu decidirei como, onde e quando consumaremos o contrato.

Ele não entendeu e ficou em silêncio.

— Então, o que acha? Temos um acordo? — ela perguntou, baixinho, quase com ar de inocência.

Acho que eu quero você neste minuto. Inteira. Arthur pensou, mas, no lugar, disse:

— Não entendi essa última condição.

— É simples. Nós só faremos... Ahn...

Ela ruborizou? Desde quando mulheres experientes ruborizam ao falar de sexo?

— Nós só faremos... — ele a incentivou.

— Eu decido quando será nossa primeira vez.

— Agora! — ele afirmou, ficando de pé.

— Controle-se, excelência. Não será agora. Eu... eu preciso de um tempo. *Não, não e não*. Gritou todo o desejo pulsando em seu sangue.

— Quanto tempo?

— Não sei ao certo. Funcionou assim com os meus outros amantes. Só me entrego quando estou definitivamente muito entusiasmada.

Ele franziu o cenho.

— Entusiasmada?

— Na verdade, Belmont, quero que você se empenhe e me prove que valerá a pena.

Ele moveu o corpo na intenção de alcançá-la.

— Vou te provar agora!

— Não funciona assim — ela quase gritou.

E ele parou para ouvi-la prosseguir:

— Você precisa me cortejar.

— Cortejar?

— Sim, minha criação exige que seja dessa maneira.

— Você está brincando, não está?

— Não estou, e quer saber? Estou ficando cansada de tudo isso, se você não concorda. — Encolheu os ombros estreitos. — Conheço meia dúzia de nobres que aceitariam qualquer uma das minhas condições.

Arthur se sentou outra vez e respirou fundo, uma dezena de vezes. Essa mulher... Ela enlouquecia todos os homens ou somente ele?

— Está bem, Kathelyn, você decide quando. Mas eu ficarei em Paris por apenas mais três meses. Quero uma garantia de quanto tempo esse seu entusiasmo pode demorar a se manifestar.

— Já disse que não funciona assim.

— Mas comigo terá que funcionar — ele falou com a calma que não sentia, apertando os braços da poltrona de tão ansioso. — Ou então esqueçamos tudo isso.

Ela ficou em silêncio. O coração dele pulsava nas veias do corpo todo. Nunca conseguir algo pareceu tão importante para ele, tão vital. *Desejo insano.*

— No máximo dois meses.

Arthur gargalhou sem achar graça. Kathelyn ainda o tomava por um parvo. Parecia tão controlada que, ao certo, devia estar acostumada a negociar esse tipo de exigência descabida. Isso no entender do corpo dele, que, ao contrário do dela, estava muito insatisfeito e insultado com esse pedido de tempo. Afinal, já a esperava havia anos.

— Bom dia, madame. Tomemos caminhos separados.

— Eu garanto que, passados dois meses, se eu não encontrar o momento ideal, nós consumaremos o contrato, e então, nos próximos três meses, poderá me visitar quantas vezes desejar.

Quantas vezes desejar... quantas ele desejaria? Mil? Um milhão? Intermináveis vezes? A ideia de tê-la quanto desejasse esquentou o escritório, e seu sangue ferveu mais uma vez.

<hr />

Belmont ficou em silêncio, encarando-a. Ela se esforçava para não demonstrar quão insegura e nervosa estava.

Por fora, devia parecer uma mulher fria, que negociava o próprio corpo como quem negocia uma propriedade. Mas por dentro estava perdida. Ele hesitava, é claro que hesitaria. Eram exigências muito estranhas.

Parte dela implorava para que tudo terminasse. Para que ele desistisse de uma vez e nunca mais a procurasse. Outra parte queria, com verdadeiro desespero, que ele aceitasse suas condições e, assim, ela poderia — *estar com ele outra vez* — se vingar.

— É claro que, nesses dois meses, criaremos outras intimidades.

— Que intimidades?

Ela venceu os bloqueios de sua consciência e se levantou. Caminhou até ele e, em seguida, se sentou de lado sobre as pernas potentes, sentindo-as se contraírem com o contato. Sem esperar, encostou os lábios nos dele com o pulso tão acelerado que mal conseguia respirar.

A princípio não houve reação. Arthur permaneceu imóvel, surpreso talvez. Com um suspiro rendido ela começou a mover os lábios sobre os dele, entrelaçando os dedos na massa de cabelos castanho-escuros, sendo invadida pelo cheiro e gosto dele, que já haviam sido um vício. E que podiam certamente voltar a ser.

Um grunhido rouco de desejo emergiu do fundo do peito dele e enviou labaredas de fogo por seu sangue. Kathe abriu a boca e ele introduziu a maciez aveludada de sua língua, que passou a buscar todos os espaços perdidos, todos que ele conquistara três anos antes, quando eram noivos. Segurando a cabeça dela entre as mãos, ele mudou o ângulo de seu rosto para aprofundar ainda mais o beijo. Quando Kathe introduziu a língua no interior da boca dele, Arthur capturou-a entre os lábios e a sugou. Os dois gemeram juntos. Kathe capturou a língua dele e o imitou, sugando-a, com mais intensidade, e alguns gemidos roucos de prazer escaparam do peito dele.

De forma tão abrupta como começou, Kathe encerrou o beijo. Colando a testa na dele e respirando com dificuldade.

— Eu preciso de você — Arthur murmurou.

— Eu serei sua — falou no ouvido dele e, devagar, se levantou.

Ela alisou a saia e penteou alguns fios do cabelo que se desprenderam do coque. Fez isso enquanto lutava contra o tremor das pernas.

— Temos um acordo? — perguntou, com a voz fraca.

— Sim — ele respondeu e inclinou a cabeça para trás, apoiando-a no respaldo da poltrona. — Cristo, sim — repetiu. — O que você quiser.

— Um último pedido.

Ele ergueu a cabeça para olhá-la antes de ela dizer:

— Não me chame mais de Kathelyn. Ela morreu há muito.

Arthur fitou o tampo da escrivaninha, parecendo triste? Não, claro que não.

Esfregou o rosto com as mãos e depois murmurou:

— Está bem, Lysa.

— Então, nos vemos...

— Amanhã à noite a levarei para jantar.
— Está certo.
— Kathe... Lysa.

Ela, que já tomava o caminho da porta, deteve-se e girou, a fim de encará-lo novamente.

— Sim?
— Enquanto durar o nosso acordo. Antes ou depois da consumação, eu não quero que você se relacione intimamente com nenhum outro homem.
— Você nem precisava pedir algo semelhante.
— É sério... Lysa.
— Ofende-me.
— Não finja ser... — disse e fechou os olhos com força. — Não quero que você beije ou dê atenções íntimas a mais ninguém. Está claro?

Ela alargou os ombros, orgulhosa.

— Cristalino.
— Se não cumprir essa parte do contrato, vou ficar realmente furioso e tomarei providências usando as cláusulas do contrato que firmaremos.

Kathe respirou fundo e engoliu a raiva que sentia. Arthur a tinha como uma mulher vulgar e sem palavra, incapaz de se manter fiel por poucos meses. Pudera não ter se casado com ela. Nunca a amara de verdade. Talvez agora ele até a odiasse, como ela o odiava. Independentemente das supostas ideias que fazia a seu respeito, nada justificava as ações dele no passado.

Vingança, proclamaram seus sentidos.

— Da mesma maneira deve agir, senhor. Não procurará outras mulheres enquanto nosso acordo estiver vigente.
— Então, temos um acordo? — perguntou. — Pedirei ao meu advogado que redija o contrato.
— Pedirei ao meu que o leia.
— Amanhã pela manhã o entrego assinado.
— Eu o devolvo assinado à noite.
— Até amanhã, Lysa.

— Até amanhã, excelência.

Quando saiu da casa dele, Kathe se encostou à porta de saída de olhos fechados e inspirou profundamente várias vezes.

— Meu Deus, o que eu fiz? — Tinha o corpo todo trêmulo.

28

NAS QUATRO SEMANAS QUE SE SEGUIRAM, KATHELYN, OU LYSA, E ARTHUR se viram todos os dias. Às vezes à tarde e à noite em um mesmo dia.

Passeavam juntos, riam de coisas nas quais somente eles encontravam graça. Frequentavam bailes, jantares, teatros. Andavam a cavalo pelos parques e iam a antiquários em busca de relíquias.

Ele estava em todas as suas apresentações.

E ela?

Cantava olhando somente para ele.

Por vezes Kathe também o observava durante o dia. Em silêncio, admirava a maneira como Arthur conduzia os negócios, como trabalhava muitas vezes sem o paletó e com as mangas da camisa dobradas até os cotovelos, revelando as veias dilatadas e os punhos grossos, como a voz dele ficava mais grave quando estava ansioso ou nervoso. Era como se nunca houvessem se separado. Era como se não houvesse um abismo os separando.

A cada encontro, Kathelyn o deixava avançar um pouco mais. Ela planejava e executava tudo o que seria feito antes de permitir qualquer avanço.

A sra. Taylor era o retrato de uma mulher insatisfeita. A preceptora desenvolvera um curioso tique nervoso. Toda vez que abria a porta para Arthur, ou que o cumprimentava, ou que ouvia Kathelyn relatar algo a respeito dele entre risadas, como havia feito na noite anterior, a mulher balançava a cabeça e estreitava o olhar em uma séria desaprovação. Nos últimos vinte dias, Elsa tinha balançado muito a cabeça.

Os dois, alheios a qualquer desaprovação, se beijavam com uma fúria crescente. Faziam isso durante boa parte do tempo em que ficavam juntos. No restante do tempo, divertiam-se e conversavam sobre todo tipo de amenidades. Tudo corria muito bem, exceto por um nada irrelevante detalhe: a cada dia que passava, Belmont mostrava uma insatisfação maior, e Kathelyn mergulhava em uma angústia cheia de dúvidas.

Culpa? Como poderia se sentir culpada pelo que fazia? Fora Arthur quem pedira, exigira isso. Fora ele quem voltara para atormentá-la. Ele era o único culpado. Mas Kathelyn nem sempre estava tão resolvida assim, pois, enquanto seduzia e o manobrava, acreditava estar se vendendo por um prêmio cujo preço a pagar seria alto demais.

Muitas vezes se via nem tanto envergonhada pelo que fazia, e sim por não querer parar. Esperava todos os dias pelas carícias trocadas, como uma criança espera o Natal. Quando Belmont não ia vê-la, por qualquer que fosse o motivo, Kathe se frustrava a ponto de se trancar no quarto emburrada. Queria ser a prioridade na vida dele.

Se houvesse um inferno, iria para lá?

Essa era a nova pergunta que tirava parte de sua paz. Mesmo sem acreditar no inferno da igreja — achava que os homens eram pilantras demais para delegar funções ao diabo. Mas ela vez ou outra pensava em sua punição, especialmente quando sentia uma espécie de prazer ao notar que Belmont sofria.

Sempre que Kathe o mandava parar e pedia que fosse embora, ele a olhava, a princípio, com uma sede abrasadora. Depois, com uma secura predatória. Às vezes Kathe se assustava com a expressão que o rosto dele assumia quando o interrompia.

— Boa noite, excelência. Por hoje é só — ela dizia sempre.

Arthur a fitava de um jeito tão intenso que lhe causava arrepios. Ela nem tentava entender aquela expressão. Insatisfação? Descontrole? Frieza? Tudo misturado.

— Quando? — ele perguntava.

— Ainda não — ela respondia.

Então, ele respirava fundo. Arthur fizera muito isso nas três semanas anteriores, e Kathelyn sorria com falso ar de inocência, tentando amenizar a tensão entre os dois. Julgava que ele não se sentia amenizado, apenas se virava e ia embora.

E logo ela afundava na angústia.

Talvez devessem mesmo parar com isso. Mas acontece que Kathelyn simplesmente não conseguia. Agora, por exemplo, atrasara-se de propósito. Iriam a um baile juntos. Pouco antes, pedira para a sra. Taylor fazer Arthur subir a seu quarto. Elsa sacudira a cabeça várias vezes, mas a atendera.

Kathelyn estava de costas, com o vestido aberto, quando ouviu o estalar da porta se abrindo e depois se fechando.

— Desculpe, eu me atrasei. Se importaria em abotoar para mim?

Escutou os passos firmes de Arthur, e a respiração quente dele tocou seus ombros. E então os lábios dele acariciaram sua nuca. Ela, sem resistir, arqueou o pescoço para trás. As mãos firmes e grandes envolveram sua cintura e em seguida abriram caminho até os seios, por dentro do vestido.

Era a primeira vez que ele a tocava ali em três anos.

Kathelyn sentiu o corpo dele tremer. Ou era o dela que tremia?

Arthur girou-a pelos ombros e a beijou com a fúria dos vulcões da Terra, e o sangue dela ferveu como a lava. A boca dele desceu firme e macia pelo colo, cobrindo todo o seu ombro. Kathelyn não entendeu como ele conseguiu abaixar o vestido até a cintura sem que ela notasse. Quando a boca de Arthur envolveu um de seus seios, não apenas o mamilo, mas boa parte dele, e o lambeu e o sugou, um choque de prazer correu de seu ventre até os dedos dos pés. As pernas perderam a firmeza, e Kathe se viu obrigada a sentar na cadeira da penteadeira.

Sem a menor consciência, envolveu os quadris dele com as pernas. O tronco dela sendo sustentado pelos braços dele em suas costas, enquanto a boca quente sugava seu mamilo com uma pressão enlouquecedora. Desesperada, ela o ajudou a se livrar da casaca, da gravata e do colete para então beijar cada centímetro do rosto e da boca dele, arrancando tremores e grunhidos roucos de prazer de seu suposto amante.

As saias de seu vestido, emboladas nos quadris, davam acesso a sua roupa íntima, tornando insuportável as sensações despertadas quando Arthur, sem parar de beijá-la, esfregou-se entre suas pernas. A ereção evidente através da calça de lã deslizou fervendo por todo o seu sexo, mais de uma vez, e Kathelyn gritou de prazer.

Estavam com roupas demais Ela precisava deixar isso claro, precisava de mais dele, de todo ele. Com movimentos atropelados, tentou sem sucesso desabotoar a camisa dele.

— Preciso de você — Arthur soprou sobre os seios dela. — Não posso, não consigo mais esperar, pelo amor de Deus.

Ela tinha certeza de que todo o plano de vingança iria abaixo por meio das mãos e da boca experiente e abrasadora dele. Arthur se afastou por um instante, para ajudá-la a remover sua camisa. O frio da brisa noturna trouxe o gelo da realidade de volta.

Kathelyn não podia prosseguir. Não permitiria. Tinha ido longe demais para simplesmente deixar seu corpo estúpido ditar as regras do jogo. Ergueu o vestido sobre o colo.

Levantou-se, atordoada e sem fôlego.

Ainda não... e andou para longe do alcance das mãos, da boca, do corpo inteiro de Arthur. Arrumou as saias do vestido e começou a fechar o corpete, com os dedos trêmulos. Observou-o de lado. Arthur estava de joelhos, na frente da cadeira onde estivera sentada, paralisado na mesma posição.

— Temos que ir, ou vamos nos atrasar.

Exceto pelo movimento acelerado de vaivém do peito largo de Arthur, nada mais se movia.

— Vamos, ou perderemos o jantar — ela insistiu, um pouco insegura.

Arthur se levantou devagar, passou as mãos pelos fios longos do cabelo e, sem olhá-la, pegou a casaca, o colete e a gravata, jogados no chão. Caminhando em seguida até a porta com passadas que esmagavam o piso de madeira, continuou sem fitá-la, abriu a porta e a bateu com tanta força que até o lustre de cristal do quarto estremeceu. Kathelyn analisou a porta e o lustre. Quando teve certeza de que ambos estavam bem, correu sem pensar para fora.

— Belmont — chamou-o.

Ele já estava no fim da escada. Não devia ter escutado.

Kathe desceu correndo atrás dele.

— Belmont! — Foi mais incisiva.

Ele continuou sem ouvi-la. Nem ao menos virou a cabeça.

Pegou a cartola, quando ela parou ao lado dele.

— O que houve?

Kathe ficara transparente, tinha certeza. Ele não movera os olhos a fim de encontrá-la. Pegou a bengala, a capa e saiu, batendo a porta bem na cara dela.

Kathelyn demorou um tempo olhando para a madeira até entender que Arthur não só a ignorara por completo como batera aquela porta entalhada quase em seu nariz. Girou, atordoada, e se encostou no batente.

Os lábios tremiam. Frio? Um bolo se formou na garganta e um gosto ruim subiu à sua boca. Encontrou o olhar da sra. Taylor, parada no meio do corredor. A preceptora balançava a cabeça, obviamente. Respirou fundo, ainda balançando a cabeça, recolheu as saias e saiu murmurando algo. Kathelyn entendeu apenas:

— Loucos e estúpidos.

Ela nunca se sentira tão perdida em toda a sua vida. Dormiu aquela noite encolhida e lutando contra as lágrimas.

Na noite seguinte, Arthur apareceu como se nada tivesse acontecido. Ao entrar, cruzou com Steve e Philipe no vestíbulo. Os dois estavam de saída.

— Aceita um brandy? — ofereceu Kathelyn quando ele chegou à biblioteca.

— Uma taça, por favor.

Depois de servir uma dose, ela se sentou junto a ele no sofá. Reparou na postura elegante de Arthur, mais reservada do que usualmente. Ele tomou a taça quase toda em silêncio, antes de perguntar:

— O príncipe e Steve são...

— Amantes? — ela concluiu por ele.

Arthur afirmou com a cabeça.

— Sim, são.

— E você foi amante de Philipe?

A verdade agulhou sua língua e voltou para dentro do peito.

— Sim.

— E eles já eram amantes quando você e Philipe...?

— Não.

— Suponho que com Steve se deu da mesma maneira, então.

— Como assim?

— Você e Steve estiveram juntos enquanto... — Arthur desviou o olhar e fechou a mão com mais força na copa da taça antes de prosseguir: — ...enquanto estávamos noivos e continuaram a se ver durante seu romance com Philipe?

Kathelyn se levantou do sofá com toda a classe que conseguiu. Parou de costas para ele, olhando para os livros da estante.

— Essa é a imagem feita, não é?

O relógio e as respirações eram o único som audível dentro da biblioteca.

— Estou apenas perguntando.

Lutando contra a tensão que aquelas perguntas trouxeram, ela se virou para encará-lo, outra vez.

— Que diferença fará minha resposta? Não acreditou nela há três anos. Isso não mudará nada agora.

— Eu só imaginei que...

— Não imagine mais nada.

— Sem perguntas e conversas sobre o passado, não é mesmo? — ele lançou, mas dessa vez a voz veio carregada de ironia.

— É isso mesmo. Sem passado, excelência.

Olharam-se em um silêncio eletrizante, enquanto o estalar da lareira e outros barulhos na rua, como os passos de cavalos e alguns grilos cantando, eram os únicos ruídos presentes.

— Jogamos uma partida de xadrez? — Arthur, por fim, sugeriu.

— Por que não?

— Se eu ganhar, quero uma resposta — ele declarou.

— Que resposta?

— Só farei a pergunta se ganhar.

— Não falarei sobre o passado — Kathelyn sentenciou.

A boca dele se prendeu em uma linha:

— Não perguntarei sobre o nosso passado.

— E se eu ganhar? — ela quis saber.

— Pergunte-me qualquer coisa. Não tenho nada a esconder, nunca tive.

Kathelyn ignorou a cutucada, pensou por um tempo e então respondeu:

— Aceito.

Jogaram durante três horas com uma compenetração mortal. Como se perder ou ganhar significasse a ruína ou a ascensão. Depois de duas tentativas de xeque malsucedidas e uma distração dela, Arthur — insuportável — ganhou.

Ao fim, mediu-a com um silêncio estudado.

Kathelyn tentava não sorrir de nervoso.

— Vamos, pergunte.

— Estou pensando.

— Achei que já houvesse decidido o que iria perguntar.

— Não conto com a vitória antes de tê-la — garantiu ele.

Os dedos dela batiam de leve no tabuleiro.

— Vá para casa e pense com calma.

— Não — ele replicou, com um sorriso torto.

Mais alguns momentos de silêncio.

— Está fazendo de propósito.

Arthur negou com fingida inocência.

— Não estou.

— Quer me deixar ansiosa a fim de que eu responda por impulso?

— Não.

— Então, sente prazer em criar expectativa. Pergunte logo, vamos. — Kathe levou uma unha à boca e a mordiscou. — Está me matando de aflição.

— Tem tantos segredos assim?

— Não. Apenas alguns. Boa noite, excelência. Nos veremos amanhã?

Os olhos âmbar se arregalaram um pouco.

— Eu ainda não fiz minha pergunta — protestou ele.

— Mas é claro que fez. Perguntou se eu tinha muitos segredos, e eu respondi que não.

Ele abriu a boca e fechou.

Os lábios de Kathelyn tremeram, contendo a risada.

Agora o olhar dele se estreitou.

— Você me enganou, Lysa. Está orgulhosa, não é? Mas não ouse ter um de seus ataques de...

Não terminou. Kathelyn estourou de rir e Arthur, parecendo não resistir, gargalhou com ela.

— Desculpe — Kathe tomou fôlego —, mas precisava ver a sua cara.

— Por isso eu a adoro — ele confessou entre as risadas. — Só você é capaz de me enganar e de me fazer rir.

Kathe ficou séria.

— Não fale isso.

— O quê? Que você me engana e me faz rir?

— Não.

— Então o quê?

Entendeu que ele nem se deu conta do que tinha falado.

— Nada! Está tarde e amanhã tenho ensaio cedo.

Kathe se levantou e caminhou para a porta. Arthur enlaçou sua cintura por trás e disse em seu ouvido:

— Leve-me à sua cama e me dê o maior presente de todos.

Um suspiro falho escapou dos lábios dela.

— Ainda não — respondeu com um sussurro.

Ela o ouviu exalar o ar com força, dando um beijo em sua nuca antes de falar:

— Boa noite. Até amanhã.

29

O QUE LEVAVA UM HOMEM INTELIGENTE A ACEITAR UM CONTRATO ABSURDO desses?

Era o que Arthur se perguntava todas as horas e minutos. A cada dia que passava, ele sentia que essa autoimagem era equivocada. Um idiota aceitaria uma loucura dessas, mas não um homem inteligente.

A ereção constante que o torturava havia trinta dias exigia que ele admitisse isso.

Ou era um idiota ou a tal ereção o transformava em um.

Teve a confirmação disso quando, algumas noites antes, no fim de um jogo de xadrez, confessara que a adorava. Deus!

— Por isso eu a adoro —, ele dissera.

— Não fale isso —, ela o repreendera.

Então, chocado com a própria admissão, recuou e se fez de idiota. O que acontecia? Por acaso perdera o bom senso junto com a inteligência?

O sangue drenado para um único e incômodo ponto entre as pernas eliminava o filtro entre o cérebro e a boca?

Ficou tão irritado consigo mesmo que nos últimos dois dias mal tocara em Kathe. A verdade, tinha que admitir, é que estava constantemente irritado consigo mesmo, com todos os pobres mortais e talvez até mesmo com Kathelyn.

Lysa, como ela fazia absoluta e rigorosa questão de ser chamada.

Por acaso na cama teria que usar esse nome de mentira? Isso, é claro, quando Lysa, Kathelyn, o aceitasse. Tinha uma diária e renovada sensação de estar implorando por qualquer toque, olhar ou palavra dela, daquela ardilosa.

Havia alguns dias, tinha voltado a se referir a ela mentalmente assim. Isso, logicamente, era outra exigência louca e desesperada da ereção ininterrupta e de sua parte duque, que odiava implorar qualquer coisa.

Passaram-se apenas trinta dias do acordo e ele se sentia a ponto de enlouquecer. O que aconteceria nos trinta dias seguintes caso Lysa resolvesse seguir com sua requintada necessidade de ser cortejada?

Porque ele já havia esgotado sua taxa de criatividade de corte para os próximos cem anos. Enviava rosas todos os dias. Mais de uma vez. Poesias também começaram a acompanhar as flores. Levara-a a três leilões de antiguidades e, em dois deles, cedera-lhe a peça mais rara.

Sim, é isso mesmo. Não apenas abrira mão como a presenteara com duas raridades egípcias a fim de agradá-la.

E as joias?

Havia comprado muitas delas. Tantas que o joalheiro que frequentava em Paris acreditava que ele era amante da rainha da Inglaterra. O homem passara a bajulá-lo de tal maneira que Arthur achava que suas visitas semanais à loja eram mais esperadas pelo joalheiro do que qualquer distração ou prazer.

Sobre a última joia que entregara para Kathelyn, ela dissera, com um desinteresse educado ao receber:

— Verei onde guardarei esta. É que tenho tantas que já não sei direito onde colocá-las. Mas obrigada mesmo assim. O colar é adorável.

— Use-o quando cantar hoje à noite — pediu ele, embasbacado.

— Eu só uso esmeraldas quando estou descomprometida. Se você não se importar com o que os cavalheiros vão dizer.

— Não o usará então — respondeu simplesmente.

Ele quase desmontava de tanto ciúme. Kathelyn era a rainha da atenção dos olhares masculinos. Mesmo tendo ficado claro que estavam juntos, os outros não deixavam de devorá-la. Arthur tinha certeza de que ela era a campeã das imagens evocadas nas noites ociosas dos vagabundos entre os lençóis.

Infelizmente ele não podia arrancar os olhos de todos os homens da França.

Ou podia? Ao menos daqueles mais descarados, como os do conde Delors, seu maldito sócio.

Naquela noite iriam a uma festa na casa de um dos mais histéricos admiradores de Kathelyn, o marquês de Dousseau. Ela dissera que o tal almofadinha era amigo íntimo do maestro da ópera, sr. Courdec, e que por isso teriam que comparecer.

Acabara de entrar no vestíbulo da casa de Kathe, cumprimentá-la e...

— Enviei uma nota para Courdec alegando uma indisposição.

Ele se preocupou ao vê-la desistir de sair quando estava pronta para o baile. Vestido, joias, luvas e capa.

— O que houve? Quer que eu mande buscar um médico?

— Não. Tenho outros planos para nossa noite.

Arthur sentiu o coração acelerar e engoliu em seco.

— Não me olhe desse jeito. Não consumaremos o contrato esta noite.

— Claro que não — replicou, com uma rispidez contida, disfarçando a própria frustração.

— Pensei que podíamos nos divertir. — Ela abriu as mãos cobertas pelas luvas brancas antes de concluir: — Deixemos para uma próxima ocasião. Você parece um pouco mal-humorado para aceitar o que eu ia propor.

— E o que ia propor que é incompatível com meu estado de espírito?

— Esqueça — ela suspirou, conformada.

— Lysa, por favor, não estou disposto a jogar com você. Hoje não. Fale o que ia me propor.

— Então acaba de admitir que seria impossível levarmos adiante minha ideia.

— Jogar?

Ela fez que sim com a cabeça.

— Jogar o quê?

— Cartas. Valendo algo diferente de dinheiro.

— Valendo...?

Os lábios cheios pousaram na orelha do duque antes de ela sussurrar:

— Nossas roupas, excelência.

Ele a agarrou pela curva do braço e a conduziu em direção à porta. Kathe deu uma risadinha nervosa.

— Na minha casa — disse, sentindo o sangue pulsar nas têmporas. — Lá estaremos totalmente a sós.

— Mudou de ideia com relação aos jogos hoje?
— Completamente. Nunca a ideia de um jogo me seduziu tanto.

◠◡◠

A casa do duque de Belmont em Paris ficava no Boulevard Haussmann, um dos locais mais exclusivos da cidade. Era um exagero de tamanho e de luxo.

O pôquer acontecia na sala de jogos.

Kathelyn estava tão ansiosa ao entrar que não se impressionara com os tapetes de fios de seda. Nem com os lustres de cristal do tamanho de camas. Muito menos com as obras de arte, ou mesmo com as esculturas gregas colocadas em cantos no enorme saguão de entrada. Já tinha visto tudo isso havia um mês, quando fora negociar o contrato.

Na sala de jogos, ela também não reparara nos quadros de artistas renascentistas famosos nem na tinta de ouro que cobria os adornos da parede.

Se não sentisse o coração subir às escalas mais altas e compor óperas em seu peito, poderia ter desfrutado das enormes cortinas de gorgorão que cobriam quatro pares de portas duplas de vidro e a vista para a fonte no jardim.

Jogavam fazia quase três horas e ela estava com os cabelos soltos, vestindo apenas as roupas íntimas. Acabara de perder o espartilho.

Arthur parecia a ponto de perder a razão.

Ele vestia apenas a calça de lã preta. Kathelyn, que nunca havia visto o corpo dele dessa maneira, sentia perder o que restava de sua sanidade. Ele respirava com dificuldade, e os músculos definidos do torso e dos braços iam tensionados. A testa estava coberta por uma fina camada de suor e os olhos, escurecidos e injetados de fogo.

Kathelyn lutava para segurar as cartas sem tremer. A cada mão que ele perdia, sentia-se ainda mais nervosa. Naquele momento, de costas para ele e tirando o espartilho, ela teve certeza de que nunca deveria ter começado aquele jogo. E não apenas o jogo de cartas, mas a tentativa insana de vingança.

Kathe não soube quando tudo se mostrou como era. Mas sabia que tinha percebido a verdade aos poucos, dia a dia. Esse era o problema. E o que enxergou foi tão assustador que a escolha de continuar era, somente, uma ridícula tentativa de não enfrentar o que vira. A verdade era uma só: não queria vingança. Queria que Arthur se apaixonasse por ela. Queria que seu amor ferido fosse curado.

O que a fez quase enlouquecer foi perceber que não tinha vontade apenas de estar com ele e de ser tocada por ele. E, sim, desejava que ele a amasse como ela ainda o amava. E só por isso traçara esse plano torto de vingança. Entretanto, Kathe sabia que seu desejo de amor correspondido era impossível, e isso doía.

Muito.

Doía tanto que o único aliado contra a dor era essa tentativa de compartilhá-la com ele. A vingança não era para humilhá-lo. Era uma desculpa triste para se sentir desejada, querida. Era um pedido insano para que Arthur também sofresse por ela.

Kathelyn quis negar tudo isso.

Esconder a satisfação de rejeitá-lo dia após dia. E, o pior, ainda tentava fazê-lo. Esse jogo estúpido de cartas era a prova disso.

Mão a mão, ela havia brigado para se convencer de que era uma mulher fria e calculista. Que se desnudava na frente de um homem somente para ter o prazer de negá-lo, depois. Para ter o prazer de enxergar a frustração e a dor que isso causava nele. Mas cada peça perdida por Arthur ou por ela não a fazia ficar livre, e sim coberta.

Vestida da vergonha por desejá-lo de todas as maneiras que uma mulher deseja um homem. Coberta pela culpa de querer torturá-lo, quando seu coração só queria se entregar a ele. Escondida pela máscara de alguém capaz de vender o corpo, pela satisfação da vingança. Ela usava a sedução como se estivesse segurando uma brasa, com o intuito de queimá-lo.

Porém, só ela queimava.

Então sentiu frio e medo. E se sentiu mais vazia e sozinha do que jamais estivera. Só tinha uma certeza: o único homem que amara nunca a amaria de volta ou a respeitaria.

Estava ali, na sala de jogos parcialmente iluminada e vestida somente com a combinação, em pé, de costas para ele, com as pernas tão bambas quanto uma gelatina recém-atingida por um golpe, sem saber direito como agir, quando ouviu o barulho do movimento de uma cadeira sendo arrastada. Engoliu o choro. Não queria derramar lágrima alguma.

Braços fortes envolveram sua cintura enquanto as mãos pousavam em sua barriga. A respiração quente dele em sua orelha chegou antes das palavras:

— Lysa — soou ofegante —, por favor, eu não aguento mais. Eu sei, posso sentir que você também. Por favor, se entregue esta noite.

As mãos dele em sua barriga tremiam enquanto respiravam com a mesma dificuldade. Kathelyn girou e Arthur segurou seu rosto entre as mãos. Beijou-a.

No começo, de maneira lenta e suave, reconhecendo e pedindo permissão, e, quando Kathelyn jogou os braços sobre os ombros largos, vencendo a distância entre os corpos e aceitando o convite, Arthur aprofundou o beijo, gemendo. Até não restar nada sem que ele tomasse. Até ele, inteiro, estar em sua boca.

Entrando e saindo, chupando, mordendo e sugando seus lábios, seu colo e pescoço. A língua aveludada e os lábios exigentes disparando arrepios pelo corpo dela e deliciosas ondas geladas em seu estômago. A firmeza de suas pernas acabou, mas Arthur, apesar de estar tão afetado quanto ela, sustentava-a. As mãos firmes descendo e subindo por suas costas, em um movimento frenético. Com posse, agarrou seu quadril e pressionou-o contra a rigidez dele. Gemeram juntos dentro do beijo.

— Meu Deus, Kath... Lysa — ele disse, afastando os lábios. — Meu Deus.

Ela queria implorar que ele a amasse, como nunca homem algum tinha feito. Queria que ele a curasse. Sem que permitisse ou mesmo conseguisse deter, as imagens do passado vieram a sua mente, regadas de dor e violência.

Ela arfou, e dessa vez não foi por desejo.

Não podia ser dele daquela maneira. Não no meio de um plano de vingança. Não sobre tantas mentiras e tanto ódio. Não com Arthur pagando por esse direito. Sentiu os pés perderem o chão enquanto os braços potentes a ergueram.

Na breve interrupção das carícias, ganhou coragem e, determinada a interromper aquele erro, ofegou:

— Eu não posso.

— Sim, podemos. — Ele seguiu alguns passos com ela no colo, cruzando a sala de jogos. — Vamos para o meu quarto.

— Ponha-me no chão. Eu preciso te contar algo.

— Por tudo que é mais sagrado, conte depois.

— Belmont, eu não quero. Não posso ser sua, não dessa maneira.

— Lysa, não me faça mais esperar, pelo amor de Deus. — Beijou-a com um desespero apaixonado, se afastando um pouco somente para dizer: — Eu te espero e te desejo há três anos. Muito mais, eu te espero há uma eternidade. Não aguento mais.

Quando parou, a fim de abrir a porta, Kathelyn quase gritou:

— Tudo não passou de um plano de vingança.

Após um ofegante e longo silêncio, Arthur perguntou:

— Como?

— Eu nunca quis me entregar a você. Não deixaria acontecer, tinha a ideia de ir embora da França e levar o dinheiro antes de consumarmos o contrato.

Os braços que a seguravam com ternura a largaram abruptamente. Como se o contato com o corpo dela subitamente o queimasse.

Kathe prosseguiu, desesperada:

— Eu não posso continuar com isso, não consigo. Apenas me deixe ir para casa.

Foi encarada com tanta frieza e mágoa que acreditou precisar de uma lareira para desgelar e se mover.

— Por quê?

— Por tudo o que houve no passado.

Um músculo pulsando no maxilar dele, as veias da testa saltadas e a respiração ainda mais acelerada eram a prova de que ele estava furioso.

— Vingança pelos seus erros do passado?

— Eu quero te devolver o dinheiro.

Em alguns passos, ele voltou a se aproximar, colando os lábios em sua orelha.

— Não quero o dinheiro — disse entredentes. — Quero você.

— Deixe-me ir.

As costas dela tocaram a parede, conforme ele colocava os braços um de cada lado de sua cabeça.

— Chega, já nos machucamos demais.

Arthur se afastou, escorregando os dedos nos cabelos castanhos, e a encarou com uma expressão que transbordava desdém.

— Como pode ser tão fria?

Lágrimas encheram os olhos dela.

— Não, você não tem o direito de me acusar. Eu te contei a verdade. Eu ao menos estou disposta a te dar razões para justificar meu comportamento. Você nunca me deu esse privilégio.

Arthur avançou pela sala de jogos, abriu a porta e saiu. Deteve-se de costas para ela e rosnou, com a voz ecoando pelo corredor.

— Vista-se. Vou pedir que a levem para casa. Quanto ao nosso contrato, pensarei o que fazer. Até lá, minha querida, todos os seus termos ainda são válidos.

— Eu não vendo o meu corpo — ela gritou. — Devolverei o dinheiro. Não quero continuar com este nem nenhum outro jogo.

De frente para ela novamente, a cabeça castanha ergueu-se para trás, acompanhando uma gargalhada horrível. Cheia de desprezo.

— Você vendia o seu corpo antes mesmo de assinar por isso.

O ar foi rasgado com o movimento de Kathelyn. Ela se aproximou dele e o empurrou.

— Apesar de a imagem que faz de mim reinar em sua cabeça, não permitirei que fale dessa maneira. Você é o único homem que sabe o que me levou a ser conhecida como uma amante famosa.

Arthur, que havia dado um passo para atrás, ganhou espaço outra vez antes de ela continuar:

— Não quando foi o senhor quem desapareceu e terminou cruelmente o nosso noivado, sem me dar a oportunidade de saber por que o fazia.

As mãos dele se fecharam em punhos ao lado do corpo.

— Eu li e ouvi a sua confissão. Foi o que eu precisava.

Kathe não entendeu e prosseguiu, alterada:

— Vingou-se pela cena que presenciou e por não acreditar na minha palavra.

— Foram palavras escritas e faladas que me convenceram de quem era a senhora.

— Quais palavras?

— Eu não aceitei pagar duzentas mil libras para engolir o seu cinismo e nem para devolver a sua memória.

Ela franziu o cenho, confusa.

— O quê? Do que está falando?

— Eu li uma carta de despedida entre amantes, madame Borelli, e a senhora me confirmou que ela era verdadeira.

— Não tenho ideia do que fala.

Arthur fechou os olhos com força antes de citar:

— "Caso resolva deixar o duque de Belmont plantado no altar à sua espera, deixo também o meu endereço. Se quiser ou precisar escapar dessa vida... não faltarão cumplicidade, alegrias e um mundo de aventuras. Com todo o meu amor."

Ele a encarou com ainda mais frieza e concluiu:

— Uma carta que você recebeu no dia em que a vi de roupas íntimas — desceu o olhar queimando pelo corpo dela —, como está agora, porém, há três anos, na companhia de seu amante. Uma carta que sua prima fez o favor de me entregar e que palavras saídas da sua boca confirmaram ser verdadeira.

Kathelyn fez uma negação ainda mais confusa, enquanto tentava entender do que ele falava.

— Steve nunca foi meu amante — murmurou para si mesma.

— Chega!

E saiu batendo a porta da sala de jogos com força.

Kathelyn ficou em pé por alguns momentos, tentando se recordar. Sentou-se no chão, respirando fundo. O ar ficou preso e queimou sua garganta quando a lembrança a invadiu e tudo fez sentido. Era a segunda página da carta que Steve deixara para ela. A folha que ela acreditava ter perdido. Arthur tinha dito que sua prima entregara. Como? Quando?

Seu estômago se contraiu de repulsa e nervoso.

Florence.

As mãos molharam de suor.

A visão se turvou.

Seu noivo acreditara que ela o deixaria no altar. Ela levou os dedos até os olhos turvos de lágrimas. Ele tinha lido que Steve a esperava caso ela resolvesse deixá-lo, no mesmo dia em que a vira seminua na companhia do amigo.

Tomou três respirações incertas.

Por que Florence seria tão cruel e entregaria somente a parte da carta que parecia comprometedora?

Ela inveja a você e a todos que são felizes de verdade, ouviu a voz da sra. Taylor ecoar em sua mente.

Meu Deus. Arthur acreditara que ela realmente o traía, não somente pelo que havia visto mas pela carta que tinha lido. Ele dissera ter ouvido de Kathe a confirmação de que a carta era verdadeira, *mas como?* Provavelmente entendera errado o que ele acabara de dizer. Kathe nunca confirmaria isso, porque não era verdade. Arthur estava nervoso e não se expressara direito.

Começou a rir, de puro nervoso.

Durante todo esse tempo, Kathe sofrera por não conseguir esquecê-lo, nem ao que ele havia feito a ela. Mas existia uma explicação por trás de tudo. Cobriu o rosto com as mãos entre risadas nervosas e começou a chorar. De alívio, culpa, compreensão, raiva.

Chorava pela irracionalidade de todo o caos em que se transformara sua vida por causa de uma carta lida pela metade. Arthur não sabia que ela tinha acabado de tomar a maior surra de sua vida nem que estava, além de ferida, machucada por ter descoberto a respeito do contrato de matrimônio. Ele também não sabia disso.

Kathe tinha certeza de algumas coisas:

A primeira, brigaria com ele, por ser tão cego e orgulhoso. Por não ter dado a chance a ela de se explicar. Por ter tirado suas próprias conclusões distorcidas sem ouvi-la, por ter acreditado em palavras escritas, sem ouvi-la.

A segunda, o abraçaria e contaria tudo a ele. Tudo o que acontecera.

A terceira, não esperaria nem mais um minuto para fazer isso.

Um mal-entendido brutal, misturado ao orgulho e à mágoa, tinha gerado mais de três anos de ódio e dor. Não esperaria nem mais um minuto para contar tudo a ele. Precisavam conversar. Esperavam por isso havia muito. Ela se levantou e se vestiu, apressada. Quando saiu no saguão, encontrou Scott próximo ao vestíbulo.

— Boa noite, madame — cumprimentou o valete.

— Boa noite, Scott.

— Sua excelência ordenou que pedisse uma carruagem a fim de deixá-la em casa.
— Onde está?
— Na porta. Está pronta esperando pela senhora.
— Não, refiro-me ao duque.
— Saiu, senhora.
— Saiu?
— Sim, logo que deixou, é... hum..., o salão de jogos, pediu que eu trouxesse, é... hum..., as peças que faltavam de sua roupa e saiu sem nem mesmo deixar eu ajudá-lo a se vestir.
Ela olhou para o chão de mármore antes de perguntar:
— E para onde ele foi?
— Desculpe, não sei, senhora.
Ela voltou a encarar o valete.
— Eu preciso muito falar com ele.
— Posso dar o recado quando sua excelência retornar.
— Você mandaria me avisar? Eu posso vir até aqui.
Scott tirou um lenço do bolso do paletó e enxugou a testa, com ar tenso.
— Senhora... Gostaria de lhe pedir algo.
Kathelyn arrumou o cabelo, que se desfazia do coque mal preso.
— Sim, pode pedir.
— Desculpe minha ousadia, quem sou eu afinal para me intrometer. Mas é que não posso assistir em silêncio. Não sei o que estão fazendo, mas, seja o que for, eu peço com toda a educação que deixem de fazê-lo.
Os olhos dela arregalaram, e o homem se explicou:
— Não me entenda mal, senhora. Sua excelência é muito reservado quanto a sua vida particular, porém eu o conheço desde que nasceu, e nunca o vi dessa maneira.
O pulso dela acelerou.
— Que maneira?
— Sinto que, seja lá o que acontece entre vocês, isso o está matando aos poucos.
— Matando?

— Ele não dorme nem se alimenta direito. Sua excelência anda de um lado a outro da casa pelas madrugadas. Não descansa o quanto precisa e, quando não está trabalhando, durante os dias, está no clube de esgrima. Passa horas lá, madame, não de uma maneira saudável. São horas muito longas para um homem que não come e não repousa o suficiente. Quase todas as noites, depois que retorna das festas ou jantares, ele entra no escritório e arremessa os copos nos quais bebeu.

Lágrimas de compreensão turvaram os olhos dela.

— Você sabe o que acaba de me dizer?

— Por favor, senhora, perdoe-me a intromissão. É somente porque não consigo vê-lo dessa maneira e não falar na...

— Você acaba de confirmar tudo o que eu descobri há pouco.

O valete ergueu as sobrancelhas em dúvida, e Kathelyn prosseguiu:

— Não se preocupe, sr. Scott. Isso que vínhamos fazendo também estava me matando aos poucos. Na verdade, é como se estivesse morta nos últimos três anos. E agora? Há uma renovação de sentidos.

Sem avisar, Kathelyn deu um beijo na bochecha magra do homem, que se assustou, dando um passo para trás.

— Desculpe — pediu, sem graça. — É que estou tão aliviada que, acho, dormirei esta noite como não faço há anos. Obrigada, sr. Scott.

O valete fez uma vênia.

— A seu dispor, senhora. E, por favor, me chame somente de Scott.

— Eu preciso ter uma conversa com sua excelência, uma conversa transparente que nos aguarda há muito tempo. O senhor me avisaria quando ele retornasse?

O valete pensou por um tempo, antes de perguntar:

— Essa conversa o ajudaria?

Ao menos ajudaria a ela.

— Acredito que sim.

— Então eu a avisarei quando ele estiver em casa.

30

— DE QUEM É? — PERGUNTOU A SRA. TAYLOR APÓS KATHELYN APOIAR O envelope sobre a mesa.

Lançou um olhar sobre os doces do desjejum arrumados em tigelas de prata, antes de responder:

— É de Scott.

— Quem é Scott?

— O valete de Belmont.

Elsa respirou fundo e balançou a cabeça, é claro.

— E o que ele deseja a esta hora?

— Comunicar que sua excelência e ele partiram em uma viagem a trabalho.

Belmont se ausentaria por alguns dias e Kathe passava geleia no brioche.

Será que ela deveria mesmo ter aquela conversa com Arthur? Ele nunca havia dado essa chance a ela. Desaparecera. Na noite anterior, Kathe revivera tudo o que se passara nos últimos anos.

Mas agora era uma cantora famosa. Sempre quisera ser uma cantora. Escolheu um dos bolinhos a sua frente e o mordeu.

Depois do que soubera, poderia culpar Arthur, como sempre fizera? Ele era sempre o primeiro culpado em suas conclusões. Aquele que desencadeara tudo. Depois o seu pai, e então...

Lembrou-se do choque inicial, na noite anterior, e de que saíra da casa de Arthur resolvida a contar tudo para ele.

Logo em seguida, ao se deitar no conforto de sua cama, surgiram as dúvidas. E, diante daquela nota, as dúvidas aumentavam. A nota reavivava a ferida passada. Para Kathe, era prova de que Arthur fugia sempre que a situação saía daquilo que ele esperava. *Lamentável*.

Engoliu mais um pedaço do bolo.

Pegou alguns biscoitos e se serviu de um último bolinho com creme.

Durante a noite, uma parte pequena dela soprou em sua consciência:

Se ele soubesse tudo o que passou, talvez caísse ajoelhado de remorso a seus pés?

Outro bolinho foi mastigado.

Arthur nunca cairia de joelhos diante de ninguém, só se estivesse morrendo. Talvez nem mesmo morrendo.

Decidida a contar tudo para ele, com o único intuito de ter paz e de afastar esse fantasma de uma vez por todas da cabeça e do coração, ela continuou comendo. Ignorando por completo a sensação quase eufórica da esperança de ter o amor de sua vida de volta, renascido como uma fênix.

~~~

Uma vingança. Uma marionete em um plano sórdido de vingança.

Vergonhoso. Ele se sentia com vontade de socar alguém — a ele mesmo, provavelmente. Aquela mulher intragável, manipuladora, leviana. Ainda tentava entender do que Kathelyn queria se vingar.

Dele, por ter rompido o compromisso após saber da traição dela? *Cristo!* Não fora ela quem se casara um mês após o noivado ter acabado? Será que era amante do tal sr. Borelli enquanto eram noivos? Ele não duvidava de mais nada.

Ao certo ela queria se vingar. Ficara muito contrariada ao perder o título e sua fortuna. Ou então queria vingança pela multa do contrato de casamento, as cem mil libras. O que talvez Kathelyn não soubesse é que não fora Arthur quem cobrara ao conde; ao contrário, ele quisera devolver o dinheiro.

Só podia ser esse o motivo da raiva que sentira em suas palavras, quando ela, com um prazer oculto, confessara seu plano. Ela havia posado com nobreza. Como se um assassino, ao confessar o crime, fosse imediatamente promovido a herói. Grande absurdo se tornara tudo aquilo. Tinha de esquecer toda essa sandice. Havia assuntos urgentes pedindo sua atenção.

Estava em um hotel na Bélgica, acabara de se reunir com os investidores locais. Eles se comportaram de maneira estranha, fazendo novas exigências sobre preços que já tinham sido negociados. Se Arthur não dominasse completamente esse mercado, poderia jurar que os belgas haviam recebido uma oferta de algum concorrente. Porém, não eram apenas as máquinas que estavam sendo negociadas, e sim o novo projeto de implementação e todo o minério de ferro necessário para tal fim. E desse minério ele era o maior produtor.

⁓

Kathelyn cantava havia quase duas semanas com os olhos grudados no camarote do duque. Nos primeiros dias da ausência de Belmont, seus olhos procuravam por ele, sem que houvesse um motivo racional para isso.

Mas, naquela noite, os olhos tinham toda a razão de ter vida própria, e correriam magnetizados para o camarote vazio.

Ele voltara cinco dias antes. Ainda não a havia procurado. Nem mesmo uma nota. Nada. Decerto, esperava que ela corresse atrás dele.

Isso ela não faria.

Ou deveria fazer?

Após a ópera, seguiria para uma festa na casa do conde Delors. Uma festa para a qual não deveria ir. Afinal, o contrato com Arthur não fora oficialmente cancelado, como ele mesmo deixara claro antes de viajar. Diante de todos, ainda era amante dele.

Ela se lembrou de uma conversa que tivera com Belmont, dez dias após assinarem o contrato:

— Não quero mais que se encontre com Delors — disse ele, numa tarde em que passeavam pelas ruas de Paris.

— Por quê?

— Porque ele é meu sócio, e não quero confusão.

— Confusão?

— Não se faça de ingênua, Lysa. O homem falta se afogar na própria baba toda vez que você está por perto.

Os lábios generosos se curvaram em um sorriso vaidoso.

— Está com ciúme, excelência?

— Não.

Apesar de nunca ter deixado de ver o conde, ela só fazia isso em lugares públicos. Porém, desde a viagem de Arthur, encontrava-se com Delors em sua casa, na casa dele e onde quer que fosse. E, a cada dia a mais da ausência do duque, sentia fazer isso só para tentar atingi-lo.

Onze dias sem nenhuma notícia podia ser considerado um sumiço?

Sim, para ela era muito tempo. Uma enorme falta de respeito. Kathe tirou a maquiagem mais forte que usara durante a apresentação na ópera e a substituiu por uma mais discreta.

Iria à festa na casa de Delors e se divertiria.

Não pensaria em Belmont nem uma única vez. Ao menos durante a noite. Prometeu e deixou o camarim.

31

A MANSÃO DO CONDE DELORS ERA MAGNÍFICA. POR DENTRO E POR FORA. Uma suntuosidade sem tamanho, decorada com luxo palaciano.

O conde fazia parte da família de nobres mais tradicionais da França. A família que entronara o maior número de reis daquele país. Corria nas bocas inquietas que o conde era um bastardo do antigo rei. Então, não era de espantar a suntuosidade dos lustres, o polimento dos vitrais, o trabalho dos afrescos nos tetos, que esnobavam as sancas de gesso centenárias.

Nem as portas trabalhadas em ouro, nem todo o ouro que saíra dos pincéis para as paredes. Ali tudo era história ou entraria para ela.

Kathelyn gostava de analisar os quadros sérios. Alguns desconcertavam até mesmo homens corajosos somente com o olhar. Kathe sempre achara graça das pinturas muito sisudas. Como se o retratado sofresse de uma enorme dor no ventre no momento da pintura. Ouviu uma risada atrás de si.

— Mais um pouco e conseguiria me assustar.

— Delors — ela riu da própria careta que fazia observando a pintura —, não é educado bisbilhotar.

— Eu diria que não é educado fazer caretas para as pinturas dos meus ancestrais.

Apontou o indicador em direção à tela.

— Eles é que fazem caretas.

— Madame é desonesta, mesmo contorcendo a boca e franzindo o cenho.

— Não entendo. O que uma careta pode ter de desonesto?

— Mesmo se esforçando para parecer feia, é adorável.

— Delors, não flerte comigo. Você sabe, não sou uma mulher livre.

O conde olhou para o lado como se buscasse as palavras, uma pintura ou alguma inspiração que Kathelyn não entendera. Parecia sem graça?

— Eu acreditei que houvessem rompido o compromisso.

Ela sentiu o ar ficar preso nos pulmões. Tentou se manter impassível.

— Tem algum motivo para acreditar nisso?

— Não, hum... É claro que não. É que... esqueça.

Meu Deus, esse homem, que nunca parecera tímido na vida, encarava o chão de mármore, fugindo de seu olhar? Algo não estava bem. Ele sabia de algo... E de repente, céus! Os quadros pareceram criar vida e a escrutinavam com o olhar. A condenavam com olhar. O espartilho. Estava muito, muito apertado e o ar lhe faltava. As telas respiravam todo o oxigênio, não sobrava nada para Kathelyn.

Belmont rompera com ela publicamente, e Kathe seria novamente a última a saber? Ele a humilharia mais uma vez dessa maneira diante de todos aqueles que a idolatravam?

Sabia que a fama podia ser cruel.

Cometa um deslize e ela o engole vivo. Tinha sido assim da primeira vez, três anos antes. Ela fora mastigada pelas línguas da alta sociedade e enterrada por alguns homens. Agora, apesar de tudo ser diferente, não era; provavelmente ela se tornaria a chacota dentro dos círculos masculinos na França. Os mesmos círculos que a aplaudiam. Eles ririam às suas costas e talvez à sua frente. Kathe deixaria de ser a queridinha de Paris para se tornar a tola da vez.

O que deveria fazer? Fingir que sabia que o compromisso tinha acabado e agir com cínica hipocrisia, desfazendo-se de Belmont? E se ele não houvesse dito nada? Se ela fizesse isso, ele poderia se sentir humilhado, e aí sim teria de lidar com a frustração dele, uma vez mais. Não.

Respire. Respire. Respire.

— Vamos, madame. Deixe-me acompanhá-la até a sua casa. A senhora parece que não está muito bem.

— Não — deu um sorriso trêmulo —, eu estou ótima. Acho que preciso beber alguma coisa e talvez comer algo.

E se dirigiu à porta entreaberta, de onde vinham as vozes e as risadas da festa. Ouviu às suas costas.

— Madame, eu insisto. Deixe que eu a leve para casa e...

— Estou bem, Delors, não me trate como se eu fosse de vidr... — Parou antes de cruzar a porta.

O sangue do corpo inteiro desceu para os pés. Eles pesaram uma tonelada em segundos. Na cabeça, ficou apenas o vácuo. No coração, abriu-se de vez um enorme rombo. No estômago, ela sentiu ser atingida por um soco, e um gosto ruim envolveu sua boca.

Tudo passou muito rápido quando a cena de Belmont, de Arthur, do homem que ela jurara amar mais de uma vida, e a odiar mais de cem vezes, revelou-se diante dela.

Ele estava no sofá.

Sem a casaca e sem a gravata. Vestindo apenas camisa, e o colete estava aberto. Isso já seria a evidência de que aquela não era uma festa comum. O problema com a imagem não era a ausência de roupas, era a presença de uma mulher no colo dele. Em uma de suas pernas, mais precisamente.

A jovem estava enroscada nele. Os braços, como duas cobras brancas, enrolavam-se venenosos no pescoço masculino. Ela ria de algo que ele soprara em sua orelha. Essa risada era para ser dela. Arthur fora o único homem que Kathe desejara que a fizesse rir desse jeito. Sabia quem era a mulher. Sophie Lester. Uma das meretrizes famosas de Paris.

Ela andou para trás.

Belmont não a viu.

Kathe não olhou para mais ninguém. Bateu com as costas no corpo do conde. As mãos dele pousaram em seus ombros antes de murmurar:

— Deixe-me levá-la para casa.

— Obrigada, eu... acho que posso ir sozinha.

— Não, Lysa. Deixe-me acompanhá-la, por favor.

— Ele veio com ela?

— Não. O sr. Faure a trouxe, além de três amigas. Desculpe-me, Lysa, eu não sabia que ele as traria. — Delors balançou a cabeça numa negativa. — Se soubesse, não a teria convidado. Por isso também quis que a senhora não entrasse.

— Não sejamos hipócritas, Delors. Minha fama não é muito diferente da dela.

— Não, madame. Como pode falar assim? Deus... Não.

— Logo é o que todos falarão também, inclusive o senhor.

Kathe mordeu os lábios por dentro e virou o corpo. Caminhou em direção à porta.

Ouviu o conde atrás de si.

— É muito diferente. A senhora sabe que é.

Sim, ela sabia. Apesar de não enxergar tanta diferença. Kathelyn, como viúva, contava com o respaldo de um nome. Contava também com certas liberdades, como a de poder escolher e ter amantes sem que isso lhe condenasse ao exílio social.

Era implícito, pela posição que assumiu, que poderia ou não haver um contrato para proteger as partes envolvidas. Ela sabia que nunca havia feito nada além de espalhar boatos. Mas entendia também que ninguém conhecia essa verdade, e que, no fim, o que sempre permaneceria diante dos outros era a imagem que todos queriam comprar. Nesse caso, Kathe jamais deixaria de ser uma mulher disposta a ter amantes e de receber certos benefícios por isso, fossem físicos ou materiais.

No seu entender, nada muito diferente do que faziam as ditas meretrizes.

Porém, na prática, era bem distinto. Isso porque as amantes exclusivas ganhavam joias, roupas, casas, terrenos e liberdade. Agregado a isso existia, por vezes, respeito, admiração e poder.

Amantes com contrato de fidelidade podiam ficar com apenas um homem durante a vida toda e ser a mãe dos filhos dele, e estes, apesar de bastardos, contariam com apoio e proteção.

Muitas encerravam um contrato e não escolhiam outro protetor, nunca mais. Era um status diante da sociedade.

Enquanto as meretrizes não tinham nada além de algumas libras por hora ou noite de trabalho. Eram consideradas as mais baixas entre as mulheres, e jamais, em hipótese alguma, dividiam o mesmo teto com uma dama.

Para Kathelyn, essa era uma das provas de que a sociedade era doente, já que os homens que as condenavam eram aqueles que buscavam o conforto que elas ofereciam.

— Vamos, deixe-me levá-la para casa. Esta não é uma festa para a senhora. Peço, mais uma vez, que me perdoe. Eu fui pego de surpresa.

— Parece que sua excelência não tem a mesma opinião que o senhor.
— Eu sinto muito.
— Não sinta. — Ela engoliu a vontade de chorar. — Eu sou a única responsável por isso.
— Lysa, não fale assim. Belmont está bêbado.
— Ele sabia que eu vinha?
— Não tenho certeza. Acho que eu comentei que não iria deixá-la entrar.
Ela encheu os pulmões de ar e fechou os olhos ao dizer:
— Ele sabe muito bem o que está fazendo.
— Ele é um tolo.
— Deve acreditar ter os motivos dele.
— Com uma mulher como a madame? — Delors resmungou. — É um estúpido.
— Tolo ou não, sou eu quem responderei por isso.
— Não, Lysa, estamos na França.
Ela franziu o cenho sem entender.
— Não entendo.
— Você pode fazê-lo parecer o tolo.
Ela não queria mais fazer nada. Estava exausta. Mas Delors não sabia:
— Se todos acreditarem que a senhora estava insatisfeita e que encontrou conforto com outra pessoa há algumas semanas...
— Não, tudo isso. — Ela apontou em direção à sala onde Arthur estava. — Tudo isso é resultado de uma disputa que nunca deveria ter começado.
Ela só queria acabar com tudo. Devolveria o dinheiro de Arthur e iria embora de Paris. Estava cansada de tentar conseguir algo que nunca seria dela de verdade.
Ali em pé, na frente do conde Delors, um dos homens mais orgulhosos que ela conhecia, só conseguia pensar que o orgulho, o ciúme e a hipocrisia social eram os verdadeiros vilões de toda aquela história.
Mas não era somente isso. Se fosse, provavelmente continuaria a brincar com sua vida e com a vida dos outros. Ao ver Arthur com uma meretriz nos braços, olhou para um espelho. Kathe jamais seria algo diferente, para ele, de uma mulher a quem ele pagava para ter qualquer distração frívola, rápida

e vazia. Ela mesma estava vazia naquele momento. Drenada de toda emoção que não fosse dor e culpa.

Decidiu naquele momento fazer algo que, já tinha como certo, um dia aconteceria. Reconstruiria sua vida em outro lugar, muito distante de tudo o que conhecera. Iria para o novo mundo. Tinha economias, poderia recomeçar.

— Eu agradeço, Delors, mas só quero ir para casa.

— Me chame de Adrien, Lysa. Considere-me um amigo.

— Sim, Adrien, obrigada.

— E o nosso jantar amanhã? Vai comparecer?

Kathe ficou em silêncio tentando lembrar-se do que o conde falava.

— Quero conversar sobre um novo teatro que o rei pediu ajuda para desenvolver, lembra?

Kathe só queria ficar sozinha, ir para casa e esquecer tudo aquilo. Tentar esquecer. Nem lembrava ou se importava com o jantar marcado alguns dias antes.

— Acho que sim.

Era mais fácil aceitar. Conhecia o conde; ele não a deixaria em paz enquanto não dissesse sim. Estava sem a menor disposição mental para enfrentar a insistência dele.

— Passo para pegá-la às dezenove horas.

— Está bem — ela respondeu, com a imagem de Arthur e de Sophie na cabeça.

O que eles faziam agora? Beijavam-se? Ele a levaria para sua casa? Passaria a noite com ela em um bordel? Ou será que, nessas festas, os homens faziam sexo uns na frente dos outros como bichos?

— Boa noite, Adrien.

⁓

Irritação e desagrado eram as palavras que definiam seu novo constante estado de humor. Chegou à festa do conde incomodado. Ouviu algumas piadinhas sobre a beleza de sua suposta amante e ficou irritado. Delors havia convidado algumas meretrizes a fim de animar a festa, e uma delas estivera boa parte da noite grudada em seu pescoço.

E, como isso o deixava mais desconfortável do que excitado, resolvera beber e tentar se distrair com a jovem — Sophie, pelo que se lembrava. Tentava, na verdade, não voltar para casa ainda mais irritado. Se isso fosse possível.

Meia garrafa de conhaque depois, ele só pensava em... não pensava em mais nada. A jovem o puxava, dando risadinhas para uma das salas desocupadas. Era a sala de sinuca.

Onde estaria Kathelyn aquela noite? Ela havia ido para casa depois da ópera? Tinha decidido não a procurar mais. Exigiria o dinheiro de volta e nunca mais gastaria seu tempo pensando nela.

— Ardilosa!

— Desculpe, excelência, o que disse? — Olhou para sua frente. A jovem parara de beijar seu rosto com os olhos enormes.

— Nada, doçura. Esqueça.

A língua morna dela desceu pela curva de seu maxilar, fazendo seu ventre se contrair. Envolveu os seios fartos com as mãos, não tão redondos e nem macios como os de Kathelyn — inferno!

Uma trilha de beijos foi deixada no pescoço dele, enquanto a mão ágil e pequena dela descia por dentro de sua camisa, passeando por todo o abdome.

— Kathelyn — murmurou momentos depois, enquanto ela o estimulava por cima da calça.

Bufou, exausto, e a afastou com delicadeza.

— Obrigado, querida, mas não vamos continuar.

— Não o agrado, excelência? — ela perguntou, os olhos baixos e a voz reduzida.

Sentiu-se mal. Seu problema nada tinha a ver com aquela jovem.

— Agrada, sim. Eu é que estou muito cansado.

— Pode me chamar de Kathelyn a noite inteira se assim desejar, não me importo. — Ela suspirou. — Tenho muita experiência. Posso fingir ser essa dama que o senhor deseja.

Arthur arrumou uma mecha do cabelo dela atrás da orelha com cuidado e a ajudou abotoar o colo do vestido.

— Não, obrigado. Mas passe na minha casa amanhã. Pagarei o valor dobrado da sua noite de trabalho.

— Sendo assim, eu agradeço, excelência. Afinal, o conde já havia me remunerado para atender o senhor com exclusividade.

Arthur estava muito ocupado pensando em Kathelyn. Nem ouviu o que ela dizia.

A quem queria enganar? É claro que ainda pensaria nela. Acabara de chamar por Kathelyn enquanto era estimulado por outra mulher. Talvez a carregasse pelo resto da vida. *Maldita obsessão.*

Passou as mãos nos cabelos logo que Sophie deixou a sala de sinuca. Por que Kathelyn revelara seu plano de vingança, sem o concluir? Talvez estivesse realmente arrependida por tudo Talvez ela cedesse. Talvez fosse mais uma de suas artimanhas para conseguir enlouquecê-lo. Mal sabia ela que já o tinha quase louco.

Iria vê-la.

Não bêbado como estava, cheirando a perfume de outra mulher. Tinha que resolver isso, se não... Esfregou os olhos com as mãos. Inferno, por que se importava tanto? Resolveria essa doença antes de ser consumido por ela.

32

ELA JANTAVA COM O CONDE DELORS ALHEIA AO MUNDO À SUA VOLTA.
Alheia até mesmo ao conde diante de si. O pobre homem tinha que repetir duas ou três vezes as perguntas. Durante o dia, detivera-se no batente da porta de sua casa umas dez vezes. Quase fora tirar satisfação com Arthur, exigir dele explicações. Mas se contivera.

Era estúpido tentar se enganar uma vez mais. Queria ir porque precisava vê-lo, e não para pedir explicações. Queria vê-lo porque parte dela ainda tinha uma vontade despropositada de estar com ele. Uma esperança sufocante de que Arthur desejasse somente a ela e que qualquer outra mulher fosse... Nada.

O problema é que ela também devia ser nada para Arthur. Então, conformou-se com a razão. Não tinha direito de exigir coisa alguma. Ele não pertencia a ela, e, por mais que houvessem prometido fidelidade um ao outro durante o contrato, isso era absurdo e descabido.

Fidelidade a quê?

A um contrato de amante nunca cumprido? Fidelidade por três meses em nome de quê? Do orgulho? Do falso sentimento de posse que isso trazia? Uma fidelidade ilusória e inventada para tapar os buracos de suas próprias carências e restaurar o orgulho ferido. Não, Arthur não devia fidelidade a ela, porque ela queria se vingar dele. E Kathe não devia fidelidade a ele, porque não se pode ser fiel a alguém que não acredita em meia palavra do que você diz.

Mesmo assim, estava decidida a contar tudo a Arthur assim que ele a procurasse. Claro, se ele a procurasse. Se não trataria de o esquecer pelo resto da vida, como tinha sido desde sempre.

— O que acha, Lysa? — o conde fazia outra pergunta que ela não ouviu.

— Eu... Desculpe, Adrien, estou sendo uma péssima companhia hoje.

— O seu guardanapo que o diga. Não precisava afogá-lo.

Ela desviou os olhos para o colo procurando o guardanapo.

— Como?

— A senhora tirou-o do colo e colocou-o dentro do prato de sopa à sua frente.

Kathelyn comprovou, horrorizada, que o guardanapo boiava no prato. Os lábios dela tremeram pela vontade de rir.

— Mas por que eu fiz isso?

— Não sei. Acredito que deva perguntar ao vinho, que recebeu uma dose de sal.

— Sal?

— Acho que não estava do seu gosto antes.

— Eu não coloquei sal no vinho. — Ela engoliu a risada. — Não faria isso.

— Acredito que o alvo fosse a sopa, mas possivelmente resolveu temperá-la com o guardanapo.

Os dedos enluvados dela envolveram a taça de vinho enquanto encarava Delors com olhar desafiador, antes de dar um gole. Fechou os olhos e somente metade da boca cedeu à careta.

— Deveria vir salgado da vinícola. Ficou muito melhor.

— Posso imaginar.

Kathelyn levou as mãos aos lábios e o acesso de riso estava lá, pronto para acontecer.

— Que desastre!

— Quer colocar pimenta na água? Ou talvez deseje comer a toalha de sobremesa?

Pronto. Aconteceu.

Ela desatou a rir até os olhos se encherem de lágrimas. Todo o local ficou gargalhado pelo som eufórico vindo da mesa em que uma dama e um cavalheiro riam como se estivessem em uma casa de má reputação, e não em um dos restaurantes mais refinados de Paris.

O garçom se aproximou, Kathelyn tomou fôlego e depois disse:

— Traga mais um guardanapo, por favor. O conde gostou tanto do meu prato que quer fazer dois iguais.

Desataram a rir de novo, enquanto todos assistiam à cena em um silêncio curioso.

Assistiram também a um cavalheiro elegante atravessar a porta de entrada em largas passadas e se identificar na recepção. Ele cruzou o salão como uma bala. Obstinado e com um olhar duro posto nos dois protagonistas da quebra de etiqueta. O homem parecia o comandante das boas maneiras que vinha impor respeito e punir os descarados.

Afinal, como alguém podia ousar ser tão feliz em público?

Puxou uma cadeira da mesa vizinha à deles, sem nem se preocupar se ela estava ocupada. *Não, não era o comandante de boas maneiras.* Sentou-se junto ao casal, que não sorria mais. Ao contrário, Kathelyn ficou lívida como a toalha diante de si, e o conde tinha ainda um risco de sorriso irônico nos lábios. Enquanto uma veia dilatada pulsava no pescoço de Arthur.

— Adoraria rir também. Me contem qual o motivo de tanta diversão.

Delors, ao contrário de Kathelyn, que ficou boquiaberta, não pareceu nem um pouco surpreso com aquela aparição.

— Por favor — pediu, erguendo a mão para chamar o garçom —, traga mais um prato de sopa e um guardanapo para o cavalheiro que acabou de se juntar a nós.

Kathelyn voltou a rir com a mesma facilidade de momentos atrás e logo entrou na brincadeira do conde.

— Sim, e traga também uma taça de vinho e sal extra, por favor. Belmont não pode deixar de provar a especialidade da casa.

O duque deu um murro na mesa. As taças pularam, o castiçal sacudiu as velas, a sopa e o guardanapo saltaram e o vinho salgado tremeu dentro da taça.

— Eu poderia continuar aqui rindo com vocês se não estivesse sentado com uma vigarista bem-vestida e com um canalha disfarçado de nobre.

Delors empurrou a cadeira para trás. Ela se assustou com o barulho do risco no chão de mármore.

Adrien se levantou. Arthur o seguiu.

— Está louco, Belmont? Como ousa nos ofender dessa maneira? — E jogou o guardanapo no chão com força.

Esse pequeno gesto por si só, muito diferente do guardanapo afogado na sopa, era quase um convite ao duelo. Kathe bufou. Antes de sentir qualquer angústia com a situação, interviria. Levantou-se também.

— Parem vocês dois. Parem agora.

Os dois homens se olhavam ofegantes. O maître e alguns garçons, nervosos, aproximaram-se.

Kathe continuou:

— A sua aparição notória foi providencial, Belmont. Preciso mesmo falar com você.

— O meu assunto é com Delors.

— Nós nunca temos o que conversar, não é verdade?

— Senhores, por favor — chamou, um hesitante maître —, queiram resolver qualquer coisa lá fora. Estão perturbando o jantar dos outros convidados.

Arthur analisou ao redor e depois queimou Delors com os olhos.

— Lá fora, agora — exigiu.

Virou o corpo e saiu com passos que faziam tremer as mesas e os cristais.

— Lysa — disse o conde —, vá para casa. Não quero você exposta ao que pode acontecer.

Ela não podia ir embora sem saber qual seria o desfecho.

— Não, eu vou ficar.

— Não quero discutir com você, querida. Tenho que poupar energias para o encontro com Belmont. Vá para casa.

— Mas-mas...

— Não, a senhora vai para casa agora. Por favor — chamou o maître e depois pediu: — Coloque a madame em segurança em um carro de aluguel. O cavalariço dela aguarda lá fora. — Era de Jonas que ele falava.

— Não faça nenhuma loucura. — Delors se virava para sair e ela o segurou pelo braço. — Por favor, prometa-me que não fará nada, nenhuma loucura.

Um sorriso torto e vaidoso nasceu nos lábios dele.

— Assim eu fico lisonjeado, Lysa. Tanta preocupação seria por mim ou por Belmont?

— Por ele e por você, é claro.

Ele se aproximou, alheio aos olhos que os seguiam, segurou o rosto dela entre as mãos e a beijou na testa.

— Tudo ficará bem. Apareço em sua casa quando isso estiver resolvido.

⁓⁓⁓

Passos. Passos. Passos.

Ele tirou a casaca e ergueu as mangas da camisa. Scott o olhava com uma expressão... Que expressão era aquela? Bufou.

Passos. Passos. Passos.

As pessoas olhavam-no com uma assustada curiosidade.

— O que é? — disparou para um cavalheiro que o encarava. — Quer assumir o lugar do homem que eu aguardo?

O sujeito ajeitou a lapela com ar ofendido e saiu sem dizer nada. Os nervos dele estavam tensos e exigiam movimento. Ouviu a porta do restaurante se abrir. Era Kathelyn. Usava uma capa de noite azul-escura de seda e estava acompanhada do maître e de Jonas.

Ela se deteve com o olhar perdido enquanto o homem pedia um carro de aluguel.

O vento gelado da noite a fez se encolher, quase sumir dentro da capa. Arthur acreditou que ela não olharia para o lado, apesar de ter certeza de que Kathe sabia de sua presença. O carro parou, a porta foi aberta.

Jonas estendeu a mão para ajudá-la. Kathe tomou impulso para entrar. Então, estacou. Em lenta velocidade, virou o rosto até encontrá-lo.

O ar ficou quente. Olhos verdes, ou eram azuis? Eles transitavam entre a cor das águas. O rosto perfeito, os lábios, a curva da maçã do rosto. Alguns cachos de sol fugiam do capuz. Tudo em Kathelyn ainda lhe tirava o ar.

Ela sacudiu a cabeça e os lábios pronunciaram palavras mudas:

— Por favor não faça nada. Nós precisamos conversar.

Ele fechou os olhos, ouvindo o barulho da carruagem se afastar.

O ar entrou em seus pulmões.

Viu Kathelyn gemendo de prazer nos braços do conde Delors.

O ar saiu.

Viu o pescoço dela arqueado enquanto o conde a penetrava. Ela cravou as unhas nas costas dele. O rosto do conde virou o de Steve. Ela o beijou. Steve a beijava nos seios enquanto a penetrava. O conde Delors estava por cima de Kathe outra vez, na mesma cama em que Steve ainda a beijava. Esfregou os olhos com força algumas vezes.

Não podia se desequilibrar. Tinha que estar isento de emoções diante do que aconteceria em pouco tempo. Tinha que estar isento de Kathelyn.

Abriu os olhos. O conde Delors estava à sua frente.

— Você não está com uma cara muito boa, meu amigo.

— Não me chame de meu amigo.

— Devo chamá-lo de...?

— Amigos não roubam uns dos outros.

O conde ficou parado em silêncio.

— Eu já sei de tudo, Delors.

— Sabe? E o que sabe?

— Sei que é um canalha sem honra, sei que pagou para copiarem o projeto da locomotiva de dentro da minha casa, sei que tentou me passar a perna na negociação com os belgas e com os americanos. Sei que, além do negócio que você tentou roubar, me traiu de outra maneira baixa e vil.

Delors não mexia um músculo do rosto e, se não fosse por uma veia que saltara em sua testa e que pulsava rápida, pareceria intocado.

— Refere-se a Lysa?

— Nos encontraremos amanhã ao nascer do sol no bosque de Bolonha. Escolha seus padrinhos.

— Duelará comigo por causa de fofocas?

— Faure me contou tudo, seu canalha. Entregou-me a cópia mal-acabada que vocês planejaram roubar, contou-me de Lysa e de sua idiotice em acreditar que conseguiria concluir esse negócio sem precisar do meu minério e das minhas fábricas, contou-me de Lysa.

Os olhos de Delors se abriram enormemente e a boca estacou, meio caída.

— Está surpreso com a traição de seu suposto futuro sócio?

— Eu iria te procurar. Ofereceria uma boa quantia para comprar sua saída do negócio.

As narinas de Delors se expandiram e ele ergueu o queixo antes de concluir, orgulhoso:

— Sobre o projeto, Faure lembrou-se de mencionar que a ideia do roubo foi dele? Lembrou-se de dizer que eu também queria comprar o projeto pelo preço que o senhor acreditasse justo? É claro que não. Ele deve ter algum interesse sujo por trás disso.

— Cale a boca.

— Não está me ouvindo? Faure o odeia porque é inglês. Quanto a ele ter me traído, com certeza, como já disse, ele possui algum interesse sujo com isso, e eu descobrirei qual é.

— E quanto a Lysa? Ele também tem algum interesse sujo? Não sou idiota, Delors. Você está tentando sair ileso da traição que planejava e da que executou na cama da minha amante.

— Faure sabia da sua obsessão por Lysa. Ele me contou que sabia.

— Cale a boca, seu mentiroso! — Belmont grunhiu.

— Está tão furioso por conta de sua amante que não percebe que Faure está tentando nos manipular?

— Amanhã, ao nascer do sol, isso se resolverá.

— Não seja hipócrita, Belmont. Eu, assim como o senhor, não desisto daquilo que quero sem lutar. Se fosse eu a ganhar Lysa, o senhor não desistiria. Se fosse o senhor com uma parcela que considera injusta em um negócio em que é o único responsável por ter acontecido, também não deixaria isso passar sem fazer nada.

Arthur deu dois passos à frente e agarrou a gravata de seda do conde, sacudindo-o com o punho fechado. Isso era, entre cavalheiros, uma ofensa indesculpável. Mais do que um convite ao duelo, era uma maneira de fazer a parte agredida ser incapaz de recusar o desafio.

Na rua, algumas pessoas assistiam com verdadeiro interesse ao desfecho da conversa. Poderiam voltar para suas vidas com algo divertido e novo a relatar. Um duelo entre um conde francês e um duque inglês decerto não acontecia todos os dias.

— Amanhã, que sejam o alvorecer e as pistolas o nosso destino — Delors aceitou, por fim, o desafio.

Arthur encarou-o intensamente e sacramentou o duelo com o silêncio. Virou-se e saiu.

Kathelyn chegou em casa de volta do restaurante, entorpecida. Só conseguia pensar em acabar com tudo. Venderia as joias e a casa, pegaria todas as suas economias e deixaria a Europa. Esperaria Elsa voltar, é claro. Steve, Philipe e Elsa haviam viajado para a Holanda a fim de resolverem alguns negócios pendentes por lá. A preceptora devia chegar a qualquer momento. Gostaria que não estivesse sozinha. Ao ver Arthur na porta do restaurante, Jonas perguntou se estava tudo bem. Ela mentira. Disse que sim. Jonas tinha ódio mortal dele.

Não queria mais nenhum problema. Talvez estivesse tudo bem.

Estava sofrendo à toa.

Arthur não tinha motivos para se sentir traído por eles. Ou tinha? Não. Ele não tinha provas nem motivos reais para nada. Talvez houvesse assuntos de negócios para conversar. Talvez não fosse nada com ela, afinal.

Ele a chamara de vigarista bem-vestida? E o conde de canalha disfarçado de nobre. Encheu os pulmões de ar devagar, sentindo as narinas dilatarem.

Deus. O que deveria fazer? Procurar ajuda, mas de quem?

Ouviu vozes vindas da biblioteca.

Elsa...

Avançou correndo pelo corredor e abriu a porta com um empurrão. A preceptora se levantou da poltrona em que estava sentada. Marie, uma das criadas da casa, acabava de servir um chá. Kathe correu para abraçá-la.

— Graças a Deus que voltou. Steve? Philipe?

— Foram para Londres. Passarão uns dias por lá.

— O que aconteceu? — Elsa perguntou lendo a preocupação em seu rosto.

Ela fitou os olhos castanhos da senhora que era como sua mãe e confessou, arrependida:

— Sobre Belmont, você tinha razão. Elsa... Será capaz de me perdoar por não te ouvir?

— Você é como uma filha para mim, Kathelyn. Eu só não queria que sofresse.

Elsa se virou para Marie ao dizer:

— Obrigada, Marie. Você pode descansar, boa noite.

Quando Marie saiu da biblioteca, as duas se sentaram próximas. A sra. Taylor segurou a mão de Kathelyn.

— O que aconteceu?

Kathelyn contou tudo, desde a noite do jogo de pôquer até o desfecho do jantar daquela noite.

— Eu errei tanto — terminou o relato dizendo.

— Eu sei, querida, todos nós erramos — Elsa disse, suspirando, e pegou um envelope antes de prosseguir. — Achei que não era nada demais, mas, diante do que acaba de me contar, talvez seja importante.

O pulso de Kathelyn acelerou quando viu o envelope fechado com o selo da casa de Belmont. Elsa explicou:

— Um mensageiro deixou para você, dez minutos antes de você chegar em casa.

A boca da jovem secou conforme rompeu o selo. Os olhos azuis correram sobre as letras no papel.

> *Lamento informar que o duque de Belmont
> e o conde Deloro se encontrarão em um duelo ao amanhecer.*
>
> *Sr. Scott — Valete do duque de Belmont*

— O que foi?

— É uma mensagem do sr. Scott — sibilou Kathe fitando o papel. — O que eu temia aconteceu. Minhas ações estimularam algo terrível.

Elsa arfou após ler o bilhete.

— Santo Deus, eles vão duelar.

Kathe cobriu todo o rosto com as mãos, desolada, murmurando sob os dedos:

— Se algo acontecer, eu serei responsável por isso. Nunca deveria tê-lo provocado. Belmont me avisou o que faria se eu o traísse. Mas eu não... Ele acredita que sim, eu acho, mas eu não fiz nada.

Elas se encaram por um momento de silêncio.

— Você sabe onde será o duelo?

— Não.

As mãos da sra. Taylor seguraram as de Kathelyn outra vez.

— Você não tem culpa se alguns homens parecem só saber resolver seus problemas com essa barbárie.

Kathelyn olhou para as saias do vestido.

— Não desencorajei Delors com o flerte. Queria atingir o duque, então, sim, de certa maneira eu sou responsável.

Os dedos longos da preceptora apertaram os dela num gesto de apoio.

— Resta-nos rezar para que eles entrem em algum tipo de acordo.

— Não ficarei aqui parada. Vou à casa de Belmont. Se ele voltar para lá antes do duelo, tentarei impedir que isso aconteça.

33

ARTHUR NÃO VOLTOU PARA CASA. NO LUGAR DISSO, FORA À CASA DO SR.
Faure, onde ouvira durante algum tempo quantas vezes Kathelyn e Delors se encontraram. Segundo Faure, Kathe e o conde viraram amantes pouco depois que Arthur assinou o contrato com ela.

Não era leviano. Então, durante o dia, procurou outros conhecidos que confirmaram o que Faure afirmava: Delors e Kathelyn se encontravam sempre. Alguns chegaram a falar quanto Delors ria às costas de Arthur por conseguir agradar e saciar a amante dele, coisa que — segundo o conde bradava para quem quisesse ouvir — Arthur não fazia.

O problema, talvez, fosse a verdade por trás dessa última afirmação: se Kathelyn não o recebia em sua cama, talvez recebesse a outro. Arthur ouviu detalhes sobre como os dois o enganavam e como Delors se gabava disso, até que deu um basta e afirmou não querer ouvir mais nada. Passou o resto da noite conversando sobre negócios e política. Como se não fosse se encontrar entre uma pistola e um homem em poucas horas.

Naquela manhã, o sol não brilhou. Ficou retirado atrás das nuvens. Era cúmplice do dia sombrio. O gramado no parque estava enevoado. Belmont e Delors estavam de cinza e preto das roupas aos gestos, das botas aos olhos fundos.

Os padrinhos de Belmont eram Scott e o sr. Faure. Os de Adrien Delors, dois nobres amigos do conde. Eles checaram as pistolas nos estojos de madeira escura. O conde tirou a casaca. Arthur dobrou as mangas da camisa até os cotovelos. Delors desfez o nó da gravata. Os padrinhos estipularam o local da contagem dos passos.

Belmont e Delors estavam parados, com as costas grudadas. Os respectivos braços dobrados e as pistolas apontadas para cima. Delors tentou lembrá-los do instrumento comum denominado inteligência.

— Não precisamos fazer isso. Descobri algo ontem à noite que pode esclarecer tudo.

— Cale a boca, Delors. Já ouvi tudo o que tinha para ouvir a seu respeito — ralhou Arthur entredentes.

— Prontos? — foi um dos padrinhos quem perguntou.

Arthur assentiu. O conde não desistiu de tentar trazer luz àquela manhã sem sol:

— Não vou atirar. Dou-lhe minha palavra de cavalheiro. A prova de que há um lado da história que o senhor ainda não ouviu.

— Estão prontos? — repetiu o padrinho.

Arthur deu o sinal positivo outra vez. Delors dessa vez assentiu. Mas, antes de se mover, repetiu:

— Não vou atirar.

— Um, dois, três...

Os vinte passos que separavam a vida da morte eram dados.

Quatro.

Kathelyn gemia embaixo do conde, dentro da mente de Arthur.

Cinco.

Ela ria com Delors enquanto o enganava

Seis.

Os beijos que ela dava no conde. Seriam tão desestabilizadores como os que dava nele?

Sete.

Kathelyn encarava Delors da mesma maneira quando acabavam de se beijar?

Oito

Nunca atirara em um homem antes.

Nove.

Delors disse que não atiraria.

Dez.

Arthur só queria tirar essa obsessão do corpo, do sangue.

Onze.
Da alma.
— Vinte.
Devia acreditar na palavra do conde?

Kathelyn ainda o assombrava enquanto Arthur girou o corpo decidido a sujar as mãos de sangue pela primeira vez e colocar a própria vida em risco por causa de uma mulher que nunca fora dele de verdade.

Apontou a pistola. Viu seu adversário também apontar a dele.

Tudo ao redor se dissolveu. Até mesmo a luz sombreada da manhã sumiu. Só havia ele, sua mão e a arma apontada para o ponto vital entre as costelas. E se Delors mentia? Arthur seria enterrado por nunca ter esquecido o tormento que o assolava desde que conhecera Kathelyn.

Firmou a mão sem saber o que fazer. Fechou os olhos com a certeza de que, se morresse ali, seria merecido. Não deixaria nenhum herdeiro; o título iria para o déspota do seu tio.

Ninguém era inocente naquela manhã. Apontou para o céu, para as nuvens turvas de sua obsessão, da doença cinza que se espalhara em seu sangue, assim como os pássaros fugindo ao som do disparo que dera para cima, acertando quem sabe o sol, ou o que restava de luz em sua alma.

Caiu de joelhos sem conseguir respirar. Deixou a arma quente e esfumando escapar dos dedos e passou as mãos no rosto. O conde não atirara.

Após um tempo suficiente para o sol se mostrar menos tímido e a manhã parecer menos cinza, Arthur se levantou e, ainda respirando com dificuldade, olhou ao redor. Scott estava lívido como uma peça de algodão nunca usada e se abanava com um... aquilo era um leque? Sim, era, e bem espalhafatoso. Não conseguiu nem mesmo rir. Procurou o sr. Faure e não o encontrou. Respirou fundo e caminhou em direção ao conde, que guardava a arma no estojo, junto de seus padrinhos.

— Cristo, achei que o senhor fosse atirar — Delors admitiu assim que Arthur se aproximou.

Eu também.

— O senhor disse que conseguiu informações sobre Faure. Como ele mal esperou o duelo acabar e se retirou, acredito que tenha agido de má-fé.

O conde, lívido e com a testa suada, assentiu.

— Ontem procuramos a ex-amante do sr. Faure. Nós a subornamos para conseguir qualquer informação sobre a vida dele, os hábitos, qualquer coisa. A moça nos contou que o sr. Faure participa de reuniões frequentes com um grupo de revolucionários. Fomos atrás de mais esclarecimentos durante a noite e descobrimos que Faure não é quem dizia ser.

Arthur respirou, sentindo que as pernas ainda tremiam.

— Quem é ele?

— Faure não apoia o grupo de que sou um dos líderes. — O conde abaixou o tom de voz ao dizer: — Sou filho bastardo do antigo rei Bourbon. Eu, o sr. Faure e mais alguns opositores queremos devolver o trono à minha família. Descobrimos ontem que o sr. Faure era um espião no grupo. Ele é um dos líderes do movimento que deseja reinstituir a república na França.

Delors enxugou a testa com o antebraço e depois prosseguiu:

— E quanto a você? Faure odeia os ingleses, jamais seria seu sócio. Se morresse, estaria fazendo um favor ao mundo, segundo palavras que ouvi da boca do homem que foi seu padrinho. Sobre o roubo do projeto da locomotiva, eu assumo minha culpa e estou disposto a pagar por isso.

A boca de Arthur secou mais. *E sobre o roubo da minha amante, o senhor também é inocente?* Quis perguntar, mas, no lugar, replicou, sucinto:

— Meus advogados entrarão em contato com o senhor para resolverem isso — estreitou os olhos —, e eu me certificarei de que eles o tratem como o senhor merece.

Moveu o corpo a fim de se virar para ir embora, e o conde o advertiu:

— Escute, Lysa é inocente. Ela e eu nunca tivemos nada, eu espalhei boatos na tentativa de conquistá-la. Mas ela nunca quis.

Arthur olhou para as próprias botas sujas de lama. Esfregou o rosto com as mãos que por pouco não haviam ficado sujas de sangue.

— Se o senhor diz.

O conde riu sem humor.

— É verdade. Ela nunca me deixou avançar.

Apertaram as mãos como os cavalheiros que foram educados a ser e se despediram sem nenhum outro gesto cordial.

Arthur entrou na carruagem e se soltou no banco. Estava com o corpo coberto de suor. Delors não era inocente. Somente a tentativa de roubo do projeto e de tirá-lo do negócio milionário que eram sócios era motivo mais que suficiente para muitos homens brigarem. Porém, essas milhares de libras a menos em sua vida não fariam muita diferença. Não fariam diferença alguma à sua fortuna.

Mesmo assim, Arthur fora manipulado a matar outro homem, e quase o fizera como um maldito peão, cego pelo ciúme. Doente por se sentir traído mais uma vez pela mulher que não queria mais amar, nem desejar. Não queria nada. Não queria nem mais vê-la.

Delors havia afirmado que ela era inocente. Kathelyn Stanwell não tinha nada de inocente. Talvez os dois não fossem amantes. Talvez ela não o tivesse traído dessa vez. Mas Kathe não era inocente.

Muito longe disso.

Arthur pedira que ela se mantivesse longe de Delors. Mas Kathelyn, Lysa, não conseguia entrar em sua vida sem causar danos. Não podia ser fiel ou leal por quê? Isso era parte de sua estratégia de vingança, da sua natureza ou servia apenas para atingi-lo de qualquer maneira possível?

Arthur não sabia.

Não sabia de mais nada. Sabia que, fosse qual fosse a intenção de Lysa, ela não era inocente. E ele? Uma vez mais fora um estúpido. E agora?

Conhaque.

Precisava de uma bebida.

Iria beber e, então, partiria de Paris. E se casaria com uma mulher boa e nunca mais veria Kathelyn. Essa era a única paz que ele desejava, a única paz que precisava.

Ele enxaguava as mãos e o rosto no lavatório. Estava exausto. Tirou o colete e a gravata e ficou somente de calça e em mangas de camisa.

Estava esgotado. Mal sentia o corpo.

Bebida.

Serviu-se de uma dose de conhaque e a virou em um único gole. A batida usual de Scott o fez olhar à porta. Durante a volta do duelo, o homem não dera nenhuma palavra. Graças a Deus por isso.

— Pode dormir, Scott, você deve estar cansado. Não precisarei de você. Obrigado.

— Excelência — ouviu a porta abrir devagar —, é que o senhor tem uma visita.

Demorou um tempo até entender e processar as palavras do valete.

— Mande-a procurar o que fazer. Isso são horas de visitar alguém?

— É que, senhor... Bem, ela o aguarda desde ontem à noite na biblioteca, e disse ao sr. Boudin — o mordomo —, e repetiu agora para mim, que só sairia daqui quando falasse com o senhor.

— Mas quem diabos é?

— A srta. Stanwell.

As palavras do valete foram um soco em sua razão já alterada.

— Quem?

— A senhori... digo, a madame Borelli.

— O que ela está fazendo aqui?

— Senhor, ela parece muito aflita.

— Vou acabar com isso de uma vez por todas — afirmou e desceu as escadas como um cavalo selvagem. Abriu a porta da biblioteca com o ímpeto da loucura que sentia.

Parou.

Ela estava de azul. Não pálido nem vivo, mas um azul aquecido pelo verde, como os olhos dela. Os cabelos iam meio soltos e o rosto estava...

Lágrimas?

— Graças a Deus — disse ela, correndo para abraçá-lo. Enterrou a cabeça em seu peito e repetiu —, graças a Deus está bem.

Arthur soltou o ar preso nos pulmões. Levou as mãos hesitantes até o cabelo sedoso, apertando a cabeça dela contra o próprio peito. Queria beijá-la até esquecer quem era. Até esquecer tudo.

— *Shhh*, está tudo bem.

Ele a consolou e deu um beijo em sua fronte. *Rosas*. Deu outro beijo. Mas o quê?

Isso era o que Kathelyn fazia com ele. A única mulher capaz de surpreendê-lo a ponto de o deixar rendido em três palavras e um maldito abraço.

Lágrimas?

Poucas vezes ele a vira chorar. O que era tudo aquilo? Mais uma armação para sair bem na cena? Chega! Gritou para si mesmo. Livrou-se do abraço em um gesto decidido e lento.

☙ ❧

Kathelyn, que passara as últimas sete horas em um crescente desespero, só sentiu alívio quando viu Arthur entrar inteiro e salvo na biblioteca. Nem percebeu o que fazia, só notou que o abraçava quando ele afastou seus braços do corpo dele e se distanciou.

— Agora que já fez o seu número, pode se retirar, madame. Estou exausto e tenho mais o que fazer. Esqueça por completo o meu endereço e o meu nome. Não me procure nunca mais.

Ela estava chorando? Levou a mão aos olhos. Sim, estava. Kathelyn respirou fundo antes de dizer:

— Se o senhor está aqui, isso quer dizer que o conde...

— Não.

Ela apertou os dedos, com o pulso acelerado.

— Como assim?

— Guarde seus esforços cênicos para quem acredita neles. Entramos num acordo de cavalheiros. Pode parar de rezar pela recuperação ou pela alma dele.

— Cretino. Ele não é meu amante. Foi por isso? Por isso que o desafiou a um duelo?

Arthur deu uma risada cáustica que corroeu parte do que restava de seu autocontrole.

— Se superestima demais, não é mesmo? Tudo tem que ser sempre a seu respeito?

— Então, por quê?

— Foi por algo mais importante que a senhora.

Ela ficou em silêncio, encarando-o. Incrédula. Já não sabia mais se devia ou não falar qualquer outra coisa.

— Como não tenho nada a ver com isso, acho que não preciso saber o motivo do duelo.

Arthur a analisou com o olhar cheio de desprezo.

— Foi por dinheiro que duelamos. Delors tentou me roubar, e eu descobri.

Kathe sentiu que desmontaria. Controlou o choro antes de dizer:

— Já que o dinheiro é tão importante para sua excelência, a ponto de querer matar ou morrer por ele, vai se alegrar em saber que as cem mil libras que me pagou serão devolvidas. Já está tudo certo com o banco.

Arthur tocou na própria testa com o indicador, como se dispensasse uma pessoa impertinente.

— Muito bem. Se é somente isso, bom dia, madame. Passar bem.

Ela o fitou em um indignado silêncio. As saias farfalharam conforme as ergueu fazendo menção de sair.

— Rezarei por você também, Belmont. Alguém capaz de parecer tão frio após participar de um duelo precisa de orações.

E nesse momento ele gargalhou. Mas não havia prazer no riso. Nem graça no som.

— De uma próxima vez, aprenda, ninguém se desgasta por causa de pessoas levianas e sem caráter. E ninguém quer ser agraciado com suas orações.

Ela não entendeu como fora parar na frente dele. A mão espalmada acertando-lhe o rosto com toda a força que tinha. Sentiu a carne da face de Arthur entre os dedos. Viu o rosto masculino ser jogado para o lado com impacto.

A mão ferveu e latejou em instantes. Quando Arthur levantou o rosto, não era mais o homem que ela conhecia. Foi incapaz de reconhecer aquela expressão transfigurada. Os olhos em chamas estavam carregados de frieza, raiva, culpa, desejo e vingança.

Apenas uma vez se sentira tão intimidada com um olhar.

A expressão dele contava que qualquer pessoa prudente deveria se sentir assim. Ela recuou. Não tinha sido planejado; sua reação fora instintiva.

— Não — murmurou Kathelyn.

Arthur continuou avançando para cima dela.

Ela parou quando as costas bateram na parede. Fitou a porta, a alguns passos de distância.

— Eu acreditei que a amava — afirmou ele entredentes. — Confiei em você como nunca confiei em ninguém. E tudo o que recebi de volta foram mentiras e traição.

Ela precisava trazê-lo de volta à razão.

— Vim até aqui para te dizer a verdade, toda a verdade.

— Madame... — as mãos dele fechadas em punho se fixaram na parede, uma de cada lado da cabeça de Kathe —, não quero escutar nada de você.

— Se acalme.

Os lábios dele quase encostaram nos dela.

— Sabe por que eu desafiei o conde?

— Não — respondeu ela, por impulso, recuperando o ar.

— Porque você me tira toda a razão. Porque você me enlouquece, e não digo isso no bom sentido.

Ela não conseguiu responder quando a boca dele parou em cima de seu ouvido:

— Quero de volta a minha paz de espírito.

A boca dele colou na sua, e Kathe não lutou ou resistiu. Sem reação, deixou que ele avançasse. Nunca fora beijada com tanta fúria. Tanta mágoa e vontade.

Isso tudo estava errado; Arthur não ouvira nada do que ela tinha ido ali para falar e a tocava como se sentisse raiva dela, em um misto de desgosto e desejo. Quando os lábios exigentes e firmes deixaram os dela e desceram por seu pescoço, conseguiu respirar antes de exigir:

— Pare. Não me toque assim.

Respirando com dificuldade, ele parou de beijá-la sem afastar os lábios de imediato, mas deixou as mãos caírem ao lado do corpo e em seguida deu um passo para trás. Kathe voltou a encará-lo, angustiada, encontrando nos olhos âmbar uma igual medida de dor e amargura que gelou de vez o seu sangue.

— Vá embora — murmurou ele, caminhado para longe.

Ela agarrou a capa de viagem descartada em cima de uma das poltronas, horas antes. Vestiu-a sem entender o que fazia. Analisou a porta e então Arthur, sentado atrás da escrivaninha, com a cabeça deitada sobre os braços.

— Eu perdi a cabeça, me desculpe — a voz dele soou falha —, estou tão confuso. Não sei. Apenas... nunca mais me procure, eu também a deixarei em paz.

Ela encheu os pulmões de ar algumas vezes, enquanto sentia a tensão dos músculos abrandarem. Respirou algumas vezes até conseguir se acalmar. E então resolveu falar. Era isso que tinha ido fazer ali, era o que precisava fazer. Era o que devia ter feito desde que o reencontrara.

— Naquele dia em que você leu a carta, eu tinha descoberto o contrato de matrimônio. Na verdade, meu pai tinha me contado, dizendo, inclusive, que já estava assinado antes de você começar a me cortejar. Disse também que eu não tinha escolha. Que nunca tive.

Arthur ainda respirava de maneira acelerada, com a cabeça baixa entre os braços.

Ela umedeceu os lábios secos e depois prosseguiu:

— Você deve lembrar que isso era a coisa que eu mais tinha horror na vida. Ser tratada como uma mercadoria, como uma égua.

Ficou em silêncio aguardando Arthur erguer a cabeça. Ele a encarou ainda sem falar nada, e ela continuou:

— Eu estava muito aflita com a história do duelo e a possibilidade de você se ferir ou ferir Steve. Isso se juntou à decepção que senti quando meu pai mencionou o contrato. Então o desafiei. Disse que não me casaria obrigada, e meu pai me surrou. Me surrou como surrava os cavalos rebeldes da nossa propriedade.

Os olhos âmbar se arregalaram até as sobrancelhas desenharem uma curva na testa dele enquanto ele perdia dois tons de cor do rosto.

— Se não acredita, posso te mostrar. Ainda tenho algumas marcas.

As mãos dele se fecharam em punho sobre a mesa. Ele balançou a cabeça.

Kathe desviou o olhar para baixo. Como se aquilo pudesse garantir o escape de tudo que não queria mais lembrar.

— Então, a carta que Florence te entregou. Na parte que você leu, Steve me prometia um mundo de aventuras... Palavras que ele sempre usava para brincar comigo.

Uma veia saltou na testa dele. Kathelyn viu o movimento de engolir na subida e descida do pescoço masculino.

— Ele brincou sobre eu deixá-lo no altar porque sabia que eu acharia graça. Tentava me trazer consolo por todo aquele mal-entendido. Sobre a reflexão dele de que eu nunca seria feliz com um nobre, isso era o que eu havia falado a vida inteira para Steve. Como meu amigo poderia supor algo diferente?

Arthur engoliu mais uma vez, e Kathe respirou fundo.

— Disse também que jamais me esqueceria e que sentia saudade. Eu pedia isso a ele desde que deixara a nossa casa, como uma irmã falaria a um irmão que está indo embora.

Ela retirou do bolso do vestido um pedaço de papel dobrado e mostrou a ele, afirmando:

— Esta é a primeira página da mesma carta que Florence te deu.

Mirou o papel, abriu-o, segurou-o com firmeza para deter o leve tremor dos dedos e começou a ler:

> *Querida sardenta, minha irmã de alma e coração, que confusão essa em que nos metemos, não é verdade? Desculpe fugir do duelo, mas, como sabe, nunca concordei com esse tipo de acerto de contas. Acho que o seu duque pensa de outra maneira. Mas, conhecendo-a, sei que ficará aliviada com a minha fuga covarde. Você não precisará velar ou se preocupar com um noivo nem com um amigo, às vésperas do seu casamento. Escrevo também para lhe contar algo. Faço isso por você, sardenta, porque me disse estar apaixonada por Belmont.*

Kathe encarou Arthur, encontrando faces coradas, olhos surpresos e a boca masculina entreaberta.

Voltou para carta, um pouco nervosa:

> *Caso o seu noivo não acredite na sua palavra, eu a autorizo a mostrar esta carta para ele, o que será a prova definitiva da sua inocência. Espero que ele acredite em você, sem precisar disto ou de qualquer outra prova. Simplesmente porque é a sua palavra.*

A respiração pesada de Arthur desviou sua atenção. Agora ele a fitava com o cenho franzido e as mãos fechadas.

Kathelyn continuou a leitura:

Eu não sinto atração por mulheres, Kathe. Na verdade, estou apaixonado por outro homem. Nunca na minha vida a olhei como um homem olha para uma mulher. Estou com o príncipe da Holanda. Nós dois estamos muito felizes. Sei que encontrei o homem a quem estou destinado a pertencer pelo resto da minha vida.

Por isso não posso ficar na Inglaterra. A rainha persegue, não aceita e pune esse tipo de comportamento. Além do mais, acredito que mamãe nunca entenderia. Peço que isso fique somente entre nós dois — e o duque, é claro, se for preciso.

Eu amo Philipe. Quem sabe um dia você o conheça. O jeito dele me lembra a sua alegria. Espero que o seu duque também a ame como você parece amá-lo e que ele a faça feliz. Caso isso não aconteça, saiba que sempre existe uma saída para tudo...

Ela suspirou devagar, dobrou o papel e depois concluiu:
— O restante é o que você leu. Não sei por que Florence fez o que fez... Maldade? Inveja? Não sei, talvez nunca saiba.

Arthur a encarava em absoluto silêncio, a respiração parecendo alterada outra vez.

— Quer ver? — Kathe perguntou, oferecendo a carta. — O papel é timbrado com o selo de Clifford Hall e é a caligrafia dele, talvez o senhor se recorde.

Arthur franziu o cenho e olhou para baixo, então fechou os olhos e disse:
— Não é preciso.

Kathelyn tentou sorrir. Os lábios tremiam.

— Se não fosse trágico, seria engraçado que tenha tido tantos problemas por alguém que nunca tocou em uma mulher.

As narinas de Belmont se expandiram. Ainda tentando sorrir, ela disse:
— Steve nunca me olhou de outra forma a não ser como um irmão. Eu estava ferida pelo meu pai e pelo homem que acreditava amar, revoltada com a dupla traição da minha confiança. Estava ferida. E você leu a metade de uma carta e nunca me deu a oportunidade de explicar.

— Meu Deus — murmurou ele, levantando-se.

Caminhou devagar até a janela e parou de costas para ela.

Kathe ouvia a respiração alterada dele através dos livros e dos móveis.

— Inicialmente achei que você ainda estivesse furioso pelo que tinha presenciado no jardim em Milestone House e que não havia acreditado em mim. Então, no dia seguinte, o anúncio do fim do noivado. Entendi que você queria me dar uma lição, me provar que suas palavras sobre a sociedade eram reais e, assim, se vingar por ter se sentido traído. Eu não sabia que havia lido parte desta carta até a noite do jogo de pôquer.

— Lysa — ele a chamou, ainda de costas. A voz estava rouca. — Eu fui até...

— Deixe-me terminar, por favor, depois você tira suas conclusões. Acredite em mim ou não, apenas me deixe terminar, porque, se me interromper, não vou ter coragem de ir até o fim.

Ouviu Arthur respirar fundo, junto aos sons da manhã que, finalmente percebeu, enchiam a biblioteca.

— Está bem — murmurou ele.

— Você conseguiu me provar que tinha razão. Tornei-me uma pária em poucos dias. Fui rechaçada. Fui expulsa pelas mesmas pessoas que me recebiam de braços abertos. Meu pai estava viajando, e quando retornou já sabia de tudo. Ele me expulsou de casa.

— Meu Deus, eu não sabia — Arthur balbuciou, cada vez mais rouco. As palavras embaçando o vidro da janela por onde ele olhava.

Kathelyn continuou, sem se dar tempo de pensar:

— A sra. Taylor e Jonas não me abandonaram. Nós estávamos de partida para a Holanda, mas fomos assaltados no primeiro dia na cidade. Ficamos sem nada. Tentei pedir ajuda, trabalho, qualquer coisa a todas as pessoas que conhecia. Mas não há nenhuma bondade para alguém arruinado. Passamos fome e frio. Por mais de trinta dias eu aprendi o que é lutar para sobreviver e contra tudo o que há de mais feio no mundo.

Arthur encostou a testa no vidro. Kathe continuou, em tom mais baixo:

— A fome dói e nos faz passar por cima da moral, do certo e do errado, a fim de sobreviver. Eu estava desesperada. Já havia recorrido a todos que conhecia. Mas o que dói mesmo é a traição de quem se ama.

Ela parou para respirar com calma e depois perguntou:

— Posso me sentar? — Sabia que agora contaria a parte mais difícil.

Não queria estar em pé, não conseguiria. Ouviu mais uma vez a respiração de Arthur. Ele não respondeu, e ela entendeu que o silêncio era um sim. Quis perguntar se ele não queria se sentar também. Mas não fez isso. Não estavam tomando chá da tarde e conversando sobre o clima.

— Alguns dias depois, resolvi aceitar a proposta do meu primo Rafael. Ele havia me procurado em casa, logo que o escândalo veio à tona, e me pedido para ser amante dele.

Kathelyn se sentou, colocando as mãos sobre a mesa, que, nem percebera, estavam suadas e trêmulas.

— Cheguei à casa dele tão fraca que não conseguia nem ficar em pé direito. Estava suja e com frio. Rafael me recebeu e mandou que cuidassem de mim. Tomei um banho e comi um prato de comida. Depois de trinta dias, estava comendo algo de verdade. Naquela época, eu te dava razão todos os dias. Todos os momentos. Dava razão às suas palavras. Dizia a Deus que você já havia conseguido provar que estava certo sobre as pessoas e sobre o mundo. Mas Rafael não sabia.

Ela mordeu o lábio para não chorar e prosseguiu com a voz quebrada:

— Depois que me senti melhor, pensei no que estava fazendo. Não podia continuar. Não podia porque... porque eu não era capaz de entregar meu corpo por dinheiro. Rafael tinha ido a uma festa e eu o estava esperando apenas para pedir ajuda com o dinheiro para as passagens até a Holanda. Eu queria pagá-lo assim que possível. Explicaria que não poderia ser amante dele porque eu... eu era donzela.

Belmont bateu com a cabeça no vidro de leve. Uma, depois outra vez e mais uma, e agarrou o batente da janela com força.

Ela preferiu fechar os olhos antes de continuar:

— Rafael chegou bêbado. Ele não entendeu o que eu estava dizendo. Não lidou bem com minha rejeição. Talvez não tenha acreditado em mim. Eu gritei, tentei fazê-lo entender: "Rafael, me escute. Eu sigo donzela. Belmont foi o único homem que eu beijei até hoje, e ele somente me beijou...". Na época eu nem sabia direito o que existia além dos beijos, mas, como você dizia ser necessário muito mais do que isso para uma jovem deixar de ser donzela, então usei esse argumento com Rafael, acreditando que o convenceria a desistir.

Ela arquejou e fez uma pausa para tomar fôlego.

— Meu primo pegou uma sacolinha com algumas moedas de ouro e a jogou sobre a mesa, dizendo: "Quanto você quer? Aqui tem pelo menos quinhentas libras. É pouco por uma única noite?" Respondi que não queria todo aquele valor. Queria apenas o dinheiro da passagem, e então lhe pagaria. Assim que chegasse à Holanda, mandaria o dinheiro.

Arthur seguia com a testa colada no vidro e os punhos fechados ao lado do corpo.

— Ele estava bêbado e era tão mais forte... Tentei lutar, mas ele não me deixou escapar. Acho que nem percebeu quanto me machucava. Mesmo eu gritando e chorando. Ele não parou. Fez aquilo uma e outra vez. Então, quando cansou, e demorou uma eternidade para se cansar, ele dormiu... Eu nem sabia que podia existir tamanha violência. Levantei sem sentir nada além de dor. Peguei algumas moedas de ouro da sacola que Rafael me mostrara antes de tudo acontecer.

Kathe fez uma pausa para aclarar a voz entumecida pelo choro. Era a primeira vez em três anos que contava essa história. Falar sobre o acontecido já seria motivo para uma catarse. Contar para Arthur estava sendo muito mais difícil do que imaginara.

— Nunca me senti tão suja em toda a minha vida. Fui embora acreditando que jamais me recuperaria e que tinha culpa no que havia acontecido. Fui embora achando que eu tinha me vendido. Depois disso, tive febre por três dias. Na época dormíamos em um quarto minúsculo de uma pensão. Elsa também tossia sem parar havia dias e estava fraca, então não podia cuidar de mim. Jonas quis matar Rafael, e eu o fiz jurar que não o faria. Era um menino orfão e, se matasse um nobre, acabaria enforcado... Eu, eu achei que fosse morrer.

Olhou ao redor por um tempo. Queria encontrar alívio na distância de tudo aquilo.

— Foi graças a algumas moedas de ouro que pagamos um médico que Elsa e eu continuamos vivas.

Agora o vidro na frente de Arthur estava totalmente embaçado. Kathe também inspirou com dificuldade.

— Depois de me recuperar, eu ainda tinha o dinheiro para deixar a Inglaterra. Antes de ir embora, fui atrás do meu pai. Soube que ele estava em Londres. Esperei-o, perto do parlamento. O conde, quando me reconheceu, olhou para os lados. Devia estar envergonhado de ser visto em minha companhia. Ele me colocou dentro da carruagem dele. Então eu o informei de que iria embora para sempre. Pedi que ele avisasse minha mãe e minha irmã e que entregasse algumas cartas a Lilian. Foi aquela a última vez que vi meu pai. Foi quando — ela fungou e limpou outra vez os olhos —, foi quando ele contou que anunciaria que eu havia me casado com um estrangeiro. "Isso ajudará a aplacar os escândalos envolvendo o seu nome", meu pai disse. Ele perguntou se eu precisava de dinheiro. Respondi que não mais, e ele se despediu sem nenhum outro gesto. Dias depois, eu soube o nome do meu suposto marido napolitano por meio dos jornais. No meio da viagem para a Holanda, passei a usá-lo. Somente porque uma viúva conta com algumas liberdades a mais e tem também o respaldo de um nome. Não é uma loucura?

— O quê? — a voz dele quase não saiu.

— Que o nome de um marido que nunca existiu garanta algum tipo de respeito diante dos outros, e como todos acreditam naquilo que é mais interessante ou conveniente?

Olhando para o chão, Arthur se virou em direção a ela, o peito subindo e descendo rápido. Quando ergueu o rosto, devagar, os olhos dele estavam mais claros, como se uma nuvem tivesse se dissipado e dado lugar à chuva.

— Philipe e eu nunca estivemos juntos. Eu nunca tive um amante e... — Um som afogado saiu de sua garganta. — Somente Rafael, mas... — Kathe soluçou — ele não pode ser considerado um amante, não é?

Arthur caminhou em silêncio até ela e caiu de joelhos a seus pés. O homem que ela acreditava jamais ver assim, nem mesmo sofrendo um ataque à beira da morte. Ele repousou a cabeça em seu colo.

— E então você reapareceu e me fez lembrar do motivo de eu nunca ter conseguido esquecê-lo. Toda a raiva e todo o sofrimento, todo o desejo, e talvez ainda exista amor. Eu queria que você sofresse para entender como foi difícil.

A respiração quente dele transpassava as saias de seu vestido.

— Mas, acima de tudo, eu queria que você me amasse. Perdoe-me por tudo o que eu fiz, porque acho que uma parte minha, mesmo agora, ainda quer que você se sinta culpado.

Kathelyn sentiu o corpo de Arthur tremer. O rosto vibrava com o choro convulsivo que explodiu do peito dele.

Ela observou sua mão se levantar, como se não pertencesse a seu corpo. Viu quando a mão desceu e os dedos cavaram os cabelos castanhos. Inclinou-se, até pousar a testa na cabeça masculina. Rendeu-se aos próprios soluços que estavam presos na garganta.

Após um cúmplice momento de choro, ela voltou a se recostar na poltrona. Arthur a seguiu.

Eles se encararam para sempre antes de ele dizer, com a voz embargada:

— Perdão. Por favor, me perdoe. Meu Deus, por quê?

Ele segurava com força as duas pernas de Kathelyn e continuou com a voz tomada de desespero e culpa:

— Eu juro, eu nunca soube. Nem imaginava. Me perdoe. Eu sofri tanto... Eu te queria tanto — ofegou. — Me perdoe, Lysa, por favor. Eu acreditei que você tinha me traído, eu acreditei... Nada justifica o que eu fiz, nada.

Com a ponta dos dedos, ela enxugou as lágrimas que riscavam a pele do rosto dele.

Arthur fechou os olhos e travou o maxilar.

— Eu vou matá-lo! Primeiro ele, depois seu pai e talvez sua prima.

— Não! — ela arfou. — Chega disso. Chega!

Voltaram a se encarar por um longo tempo, como se estivessem se reconhecendo, ou se vendo pela primeira vez, depois de três longos anos.

— Eu fui atrás de você — confessou ele, em tom ameno. — Sei que isso não apaga nada, mas percebi o erro que cometia, encomendei uma centena de rosas-vermelhas e queria pedir perdão pelas coisas que te disse na biblioteca. Eu não queria mais duelo algum, queria apenas me entender com você. Florence me entregou a carta, e mesmo assim eu ainda precisava ouvi-la. Não conseguia acreditar que aquilo era verdade.

Os olhos azuis, ainda mais vivos por causa das lágrimas, arregalaram-se.

— Por isso as rosas na sua casa — disse para si mesma.

— Cheguei a Milestone House e a porta entreaberta me convidou a entrar. Sua voz vinda da saleta azul acabou com meu equilíbrio e com minha paz. Ouvi você confirmar que a carta e o conteúdo dela eram verdadeiros, além de me ofender algumas vezes, depois disso.

— Eu — ela arquejou, estarrecida. — Não acredito. Ah, meu Deus — arquejou outra vez. — Eu estava ferida e tinha acabado de saber do contrato e...

Dedos mornos cobriram seus lábios.

— Você não precisa me explicar nada, meu amor, nada. Sou eu quem devo todas as explicações e todos os pedidos de desculpas do mundo, e mesmo assim temo que nunca serão — a voz dele sumiu — o suficiente — concluiu com mais firmeza, recolhendo uma lágrima do rosto dela com carinho.

— Obrigada — ela disse, e voltaram a se encarar por mais um tempo em silêncio.

— Sobre o contrato, acho que seu pai não mencionou que inseri uma cláusula nele. Caso sua resposta ao meu pedido fosse não, o contrato estaria anulado imediatamente.

— Eu não sabia.

— Só fiz questão de assinar os documentos antes para ganhar tempo, caso você dissesse sim. — Um sorriso triste curvou os lábios dele. — Eu queria, na verdade, me casar com você dois dias depois de conhecê-la, mas, como isso é malvisto no nosso meio, fiz o que era possível para adiantar o processo.

Arthur nunca fora o déspota sem coração que Kathelyn acreditara durante três anos. Ela se sentiu triste e envergonhada por não ter nem mesmo desejado ouvi-lo meses atrás e por ter mergulhado no desejo de vingança.

Olhou para baixo, para as mãos entrelaçadas no próprio colo.

O polegar dele levantou seu queixo e eles se encaram até todas as partículas do azul se unirem com o âmbar.

Quando Kathe falou, as palavras saíram de seu coração:

— Podemos fingir, por apenas um dia, que nada aconteceu? Podemos fingir que nunca estivemos separados e que não houve nunca nada que nos fizesse sofrer?

Arthur assentiu, com as narinas dilatando numa respiração profunda.

— Eu quero ser sua esposa esta noite. Podemos fingir isso?

Sem saber como, ela havia pedido. Era isso que devia ter feito? Não se importou com a resposta. Nem ouviu a própria resposta.

— Meu amor — ele a abraçou.

E ela se misturou em seus braços. Era a cumplicidade sendo redescoberta por corpos, soluços e força. Arthur segurou o rosto dela entre as mãos e beijou sua testa, os olhos e as lágrimas.

— Nunca houve ninguém além de você. Eu nunca te esqueci. Por mais que tentasse fingir ou fugir, você nunca saiu de dentro de mim. Lysa, eu te...

— Kathelyn — ela o interrompeu —, me chame de Kathelyn.

Maçãs do rosto, cílios, pálpebras, ponta do nariz e curva do queixo. Lábios, orelha e pescoço foram acariciados primeiro pelos dedos e depois pelos lábios dele. Somente então, com a voz embargada, Arthur disse:

— Kathelyn, meu amor.

E Arthur a beijou. Ela foi beijada com o mesmo amor que provara três anos antes.

Os lábios dele, no início lentos e suaves, pediam desculpas. Curavam a ausência. Desfaziam a dor. Kathe esqueceu tudo e se ajoelhou junto a Arthur, enquanto as mãos enroscavam nos cabelos castanhos e o puxavam para aprofundar o beijo.

Foi a vez de Arthur gemer.

As mãos dele já não queriam ir devagar. Correram a cintura de Kathelyn e exigiram toda a proximidade possível. Enquanto suas línguas e bocas se fundiam e se misturavam até não restar mais nada dela sem que ele beijasse.

— Meu amor — Arthur se afastou um pouco somente para dizer —, eu preciso tanto... — mais um beijo e bocas que precisavam uma da outra — ... tanto de você.

Meu amor.

Ele a chamava de amor. Os braços fortes envolveram suas costas e a curvas de suas pernas antes que ele a erguesse em seu colo.

Enquanto Arthur a carregava entre corredores e por uma longa escada circular até seu quarto, Kathelyn nem viu o caminho e ele tampouco, porque mal pararam de se beijar. Não conseguiam.

Arthur a deitou na cama com tanto cuidado que ela acreditou ter se convertido em vidro. Ouviu o barulho da porta sendo trancada e o assistiu voltar se livrando da camisa, os músculos do abdome e do peito cobertos por uma fina camada de suor. Os pelos pretos e esparsos delineavam uma linha no ventre e se perdiam dentro da calça apertada pela ereção evidente.

A boca de Kathelyn secou pela expectativa, e o colchão afundou quando ele se sentou diante dela.

— Sente-se, meu amor.

Os lábios dela tremiam. Talvez estivesse um pouco insegura.

— Kathelyn — ele segurou suas mãos e depois as beijou antes de ir em frente —, uma vez eu ouvi uma expressão para determinar o que vamos fazer agora.

Ela assentiu.

— "Fazer amor." Eu nunca havia entendido tal expressão. Nem sei se entendo agora. Eu sei que o que faremos aqui não será somente pelo prazer. — Abaixou com lentidão o colo do vestido. — Porque, de uma maneira que não compreendo, sinto uma urgência vital de fazer parte de você. Quero que você me receba e em troca eu me darei por inteiro. Entende, meu amor?

— Sim.

— Esqueça tudo o que você acredita que faremos. Não haverá dor alguma. Confia em mim?

— Sim.

— Querida — ele a beijou —, você aceita o meu amor com o seu corpo?

A respiração dela acelerou, no mesmo ritmo do coração.

— Sim.

— Essa é a primeira vez que eu faço amor. Você me daria a honra de ser o primeiro a te amar?

— Sim.

Fita a fita, ele desafez os laços do espartilho, enquanto beijava, lambia e mordia de leve cada porção de pele revelada. Arrepios de puro prazer correram pelo corpo dela desde a cabeça até os dedos dos pés, quando ele a tombou na cama, despiu-se da calça e se deitou sobre ela, nu. A pele toda de seus corpos em contato, os músculos dele se encaixando na suavidade das curvas dela. Segurando o rosto delicado entre as mãos, ele a olhou com tanta paixão, fome e devoção que o ventre de Kathe se contraiu e um gemido lento escapou de sua garganta.

Os lábios dele, em chamas, desceram pelo pescoço enquanto a língua desenhava círculos de fogo em sua pele. Arthur envolveu um seio com os lábios, e um redemoinho de prazer a fez enterrar os dedos nos cabelos dele. Conforme o mamilo foi sugado de leve, lambidas e mordidas tornaram a pele ainda mais sensível para, então, os lábios se fecharem, ávidos, fazendo uma pressão enlouquecedora com a sucção.

Kathelyn já havia experimentado várias sensações prazerosas quando eles se tocaram, mas nada se comparava àquilo. Ela se sentia inteira trêmula, formigando e desperta, como se um raio houvesse despencado em suas cabeças para unir seus corpos, tornando impossível não se tocarem, beijarem e exigirem mais.

Ousada, ela escorregou as mãos pelas costas definidas, sentindo os músculos dele se contraírem sob seus dedos e ele grunhir de prazer quando suas nádegas foram apertadas com desejo.

— Eu quero te beijar — ela protestou quando os lábios dele abandonaram os seus, percorrendo a linha do pescoço dela outra vez.

— E eu quero beijar cada centímetro do seu corpo.

— Cada centímetro? Isso é possível?

Um sorriso de satisfação curvou os lábios masculinos.

— Eu sonho em beijar você assim há séculos.

Enfiando as mãos em suas costas, ele a virou de bruços. Os beijos apaixonados começaram nos ombros, desceram sem pressa pelas costas, quadris, nádegas e pernas até os dedos dos pés. E então a virou de barriga para cima, fazendo o caminho inverso e arrancando choques de prazer e gemidos cada vez mais altos dela.

Quando, lentamente, a boca dele abandonou os seios e desceu por sua barriga, ela estava coberta de suor e com uma vaga consciência do que fazia, friccionando-se atrás de alívio nas pernas dele, nos lençóis, onde alcançava. Os lábios masculinos se aproximaram do ponto que pulsava e precisava cada vez mais de contato, e ela sentiu o hálito quente dele a tocar no seu ponto mais sensível, estremecendo de prazer. A ideia perversa de senti-lo colocar a boca ali e fazer o que vinha fazendo com todo o seu corpo a fez soltar um gritinho e fechar as pernas em reflexo à antecipação do que viria.

— Não, meu amor. Eu quero ter tudo de você. Não se feche para mim.

— Eu também quero — ela foi sincera e ele retribuiu com um sorriso cheio de promessas e devoção.

Ela arquejou quando as mãos dele abriram suas pernas e a deixaram exposta. Então, assistiu a cabeça castanha baixar. E, enquanto os dedos a abriam ainda mais, um toque úmido e morno da língua no botão entumecido a fez gemer de um jeito novo. Mais entregue, mais dele, mais alto.

Arthur prosseguiu trabalhando com a língua, com os lábios e então com os dedos, abrindo-a cada vez mais, atingindo como um mestre os pontos mais sensíveis. O dedo que antes a abria deslizou pelas dobras úmidas e a penetrou devagar. Arthur gemeu com Kathe quando aumentou a velocidade dos movimentos, ao mesmo tempo que sugava com avidez o botão teso. As pernas dela tremeram, o corpo se desprendeu da realidade e foi varrido por uma onda de prazer que começava nos cabelos e se estendia por toda a pele.

Em segundos, Arthur estava em cima dela outra vez, engolindo seus gemidos com um beijo profundo.

— Olhe para mim — ele pediu, com a voz incerta, as mãos emoldurando seu rosto.

Kathelyn abriu os olhos ao sentir a ponta da ereção dele na sua entrada. Com a mão, Arthur direcionou o membro quente e duro a rodeá-la ali, uma, duas, dez vezes. Os músculos todos do corpo dela voltaram a se contrair em espasmos de prazer.

Kathe abriu mais as pernas e pediu, fora de si:

— Pelo amor de Deus.

Com um grunhido satisfeito, ele a penetrou.

— Está tudo bem, meu amor? — perguntou, com a voz rouca, dentro dela, sem se mover. Os olhos quase fechados delineavam uma sombra em seu rosto.

— Sim — ela disse, arqueando os quadris para cima, porque queria mais de todas aquelas sensações, mais dele.

Arthur começou a se mexer.

— Deus — ele gemeu, com o maxilar travado —, você é a coisa mais deliciosa que eu já senti na vida, muito melhor do que nos sonhos. Nunca mais vou sair daqui.

— Não saia.

E ele a beijou tão fundo quanto passaram a ser suas investidas, querendo estar dentro dela o máximo possível. No espaço entre os beijos, perdida de desejo e louca de prazer, Kathe se ouviu dizer:

— Eu te amo.

E o ouviu responder

— Eu sempre te amei, sempre te amarei.

Todos os pedaços quebrados dela, tudo o que havia sido dor na história deles, era reconstruído e curado com aqueles beijos, com a maneira suave e forte como Arthur a amava. A língua dele entrando e saindo, os lábios quentes soltando e exigindo, assim como todo o corpo. Arthur se entregava inteiro naquele ato, mostrava-se por completo, sem reservas, sem medo; existia apenas a entrega. E Kathelyn aceitou com os lábios, com o corpo e com a alma aquela doação, sentindo o coração acelerado do amante na boca, dentro dela, em toda a pele, quando os dois, ao mesmo tempo, atingiram o ápice e a libertação de tudo.

Ela ainda não tinha aberto os olhos. Sentiu uma mão preguiçosa contornar a curva de sua cintura e repousar em sua barriga. Uma respiração quente fazia cócegas em seu ouvido.

Engoliu em seco.

Onde?

Quem?

Com os sentidos entorpecidos e ainda sem raciocinar, deixou escapar um gritinho sufocado. Esgueirou-se tão rápido da cama que, ao se levantar, tropeçou no lençol e caiu sentada no chão. Olhou ao redor. O vulto dos móveis, o tecido azul na parede, as janelas com as cortinas fechadas e a memória de onde e com quem estava voltaram em segundos, com uma avalanche de emoções.

— Meu Deus, Kathelyn. Você está bem?

Em dois movimentos Arthur estava abaixado perto dela, com a respiração acelerada.

— Desculpe, eu me assustei. Você sabe... sabe que horas são?

— Acho que passa das sete da noite.

Ela se lembrou do que fizeram e de tudo o que tinham falado um para o outro. Dividiram os momentos mais fortes e lindos de sua vida. Mas Kathe sabia da impossibilidade de levar adiante o que viveram, de que fosse algo além daquela tarde. Arthur ainda era um duque. Ela ainda era uma cantora de ópera. Uma pária diante da sociedade londrina. Uma mulher que nunca poderia ser nada além de uma querida, uma amante.

Apesar de sentir uma angústia apertando o coração, não se arrependeria do que tinha feito. *Nunca* — prometeu a si mesma.

Lembrou-se de quando era criança e fora a Londres com a mãe escolher tecidos para alguns vestidos. Ela estava na carruagem e viu uma mulher sair de uma loja ao lado da que visitariam. Nunca havia visto mulher mais impressionante que aquela.

— Pare de olhar — dissera sua mãe.

— Ela é linda! — A mulher era loira e pequena, tinha o rosto de um anjo e a pele mais branca do que as nuvens que desbotavam o céu. E usava um vestido de seda rosa que a fazia parecer feita da mesma substância dos sonhos. Então a jovem sorriu para ela e... sua mãe fechou a cortina bruscamente.

— Eu disse para não olhar — repetira a mãe.

— Ela parece uma fada.

— Não é uma mulher que você deva admirar.

— E por quê?

— Ela é a querida de um nobre.

— Querida?

— Não deve admirá-la, entendeu? Não é adequado. Ela destrói famílias e desonra damas decentes como você.

Naquele dia, Kathelyn concordou, mas no fundo desejou ser a dama de rosa, envolta por um raio mágico de sol. Nunca mais se esqueceu de que não conseguira sorrir para a mulher de volta. *Quantas cortinas deviam se fechar na cara dela?* Kathe se perguntava isso sempre que se lembrava daquele dia.

Arthur tinha lhe dado um presente. E ela o guardaria com toda a sua alma. Ele a fizera se sentir amada, e ela não esqueceria jamais. Porém, sabia que nunca poderia ser a dama de rosa. Não conseguiria. Ter fama de amante em meio a um jogo inventado com amigos era uma coisa; ser essa pessoa verdadeiramente era outra. Ela não poderia, não com ele. Provavelmente com ninguém.

— Acho melhor eu me vestir. A sra. Taylor deve estar preocupada e...
— Não.

Um cenho bastante franzido acompanhou a negativa. Sempre que ele fazia isso, os olhos se estreitavam sem formar rugas na testa, somente dois riscos despontando entre as sobrancelhas marcantes.

Kathe sorriu.

— Estamos sentados no chão sem roupas e você me olha como se eu tivesse falado grego.

Os lábios dele agora se curvaram num sorriso fraco.

— Vamos voltar para a cama.
— Eu devo mesmo ir...
— Meu amor, o que você está dizendo? — E tocou seu rosto como se ela pudesse se desfazer. — Eu espero por você há anos. Não a deixarei ir embora nunca mais.

O coração dela dobrou de tamanho. O que Arthur quis dizer com isso? A ideia de que talvez ele passasse por cima de tudo e que, talvez, ficassem juntos, como... como era para ser, fez seu pulso acelerar ainda mais. Kathe sabia que o amaria para sempre, e era provável que nunca mais amasse um homem assim.

Será que a história que as pessoas contavam sobre existir alguém que está destinado a nos completar para o resto da vida era verdade?

Junto a ele, Kathe acreditava que sim.

Ela sentiu o estômago gelar quando foi levantada no colo em um impulso e em seguida jogada em cima da cama. Ele caiu sobre ela com boa parte do peso. O colchão e a cama balançaram. Os dois gargalharam, e dessa vez ela não era mais de vidro.

— Vamos ter nossa lua de mel, meu amor — ele disse depois que pararam de se beijar.

— Nós não somos casados.

— O quê? Está me ofendendo — ele afirmou, com a voz séria.

— É claro, sempre existe a possibilidade de você ter assinado um contrato sem meu conhecimento — ela replicou em tom de brincadeira, mas a expressão dele foi tomada pela angústia. — Estou só brincando — tentou consertar o clima.

— Mas eu não. — Ele segurou seu rosto entre as mãos. — Nunca deveríamos ter nos separado, Kathelyn.

— Acho que já esclarecemos tudo sobre o passado, não acha?

Ele a encarou por um bom tempo em silêncio. Acariciou sua face, ainda em cima dela.

— Eu lembro que nos casamos ontem.

— É verdade, que tipo de noiva eu sou? Se esqueço do casamento no dia seguinte, o que será do meu marido daqui a dez anos?

— O homem mais feliz deste mundo.

Arthur não afirmou que seria ele o homem mais feliz do mundo e também não negou. Kathe não quis perguntar.

— Vamos viajar juntos — disse ele, com a voz muito rouca, após outro beijo que a deixou sem ar e sem capacidade de dizer não.

— Para onde?

— Minha casa na região de Bordeaux, a algumas horas daqui.

— Tenho que cantar na ópera. Um grupo depende de mim.

— Então? Não esquece do seu grupo lírico, somente do seu marido?

— Não é meu marido de fato — ela disse isso com uma risada trêmula nos lábios. Trêmula porque a resposta dele talvez fosse a mais importante de sua vida.

— Sempre fui, Kathelyn, e sempre serei. — E ele a beijou com uma paixão tão grande que a deixou sem entender direito a resposta. Na verdade, a fez esquecer da pergunta.

— Preciso voltar em uma semana — replicou, ofegante.

— Vou para a Bélgica em uma semana; quero que vá comigo.

— Eu não posso. Não posso deixar o teatro desse jeito.

— Cinco dias em Bordeaux. Essa vai ser a primeira parte de nossa lua de mel. Então, você volta para cá, resolve sua situação com a ópera e eu vou para a Bélgica resolver o que preciso por lá. Em três dias estarei de volta e depois faremos uma viagem mais longa.

— Eu não sei.
— Grécia.
— Grécia?
— Um mês na Grécia.

Ela entreolhou o luxuoso tecido que forrava a parede e o rosto do homem que roubava seu direito de pensar. E ele? Fitava sua boca.

— É claro que eu posso ir sozinho, estudar alguns manuscritos, buscar umas relíquias, quem sabe Afrodite não se apaixona por mim e acabo morando lá para sempre — soprou em sua orelha.

Ela soltou o ar com o riso.

— Afrodite não se apaixona por mortais.
— Não me condene — ele continuou em sua orelha.
— Condenar?
— Estou apaixonado por Afrodite. Se ela não se apaixona por mortais, estarei condenado à infelicidade.
— Conheceu Afrodite?
— Sim.

O nariz dele acariciou a curva de sua orelha.

— Paris ousou desejar Afrodite, e isso lhe custou a guerra de Troia.
— É mesmo? Eu nunca tinha escutado isso.
— A maçã de ouro de Éris com a inscrição "à mais bela" foi disputada por Hera, Atena e Afrodite. — Os lábios de Arthur desceram por seu pescoço, fazendo-a arfar. Ela continuou, fingindo não estar afetada. — Então, Zeus pediu a Paris para escolher qual das três deusas ficaria com a maçã.

Ele beijava, mordia e sugava seu ombro. Kathe soltou um gemido involuntário antes de dizer:

— As três deusas ofereceram presentes com seus dotes a Paris. Ah! — A boca quente e sedutora envolveu um mamilo. Ofegante e com dificuldade, ela prosseguiu: — Então, Paris escolheu o amor da mulher mais bela da Terra que Afrodite lhe oferecia, acreditando que ficaria ele mesmo com a deusa.

A mão dele desceu até o meio de suas pernas e, quando ele a tocou no botão sensível, Kathe não conseguiu mais falar, nada além de gemidos.

— Continue, querida — Arthur pediu em sua orelha, sem parar de tocá-la.

— Era de... Ahhh — ofegos —, era de Helena quem Afrodite fala... falava. Mas Helena já era — sibilou — casada, e depois veio a guerra... e...

Terminou de contar, gemendo alto e trêmula pelo êxtase alcançado.

— Acontece que estou com Afrodite em minha cama e não vou deixá-la sair daqui. Arthur abriu as pernas dela com os joelhos e a penetrou com uma investida forte. O pescoço de Kathe arqueou para trás conforme gemia, entregue.

— Nem que para isso tenha que enfrentar Troia, Esparta e todo o Olimpo. Quero cuidar de você para sempre.

Para sempre, ele disse? *O que Arthur quis dizer com isso? Se casaria com ela? Não, claro que não.* Então... Não conseguiu mais pensar em nada além do prazer que dividiam.

⁓

A semana que passaram juntos em Bordeaux foi a mais feliz da vida de Kathelyn. Arthur fazia amor com ela pela manhã, quando acordavam. À tarde, depois do almoço, ele a amava uma vez mais — o que devia ser considerado uma vergonha, já que deixavam a mesa do almoço e subiam para o quarto na frente dos criados, ouvindo os risinhos envergonhados deles.

Kathe não se sentia nem um pouco constrangida. Queria tudo o que pudesse ter dele. Por isso se amavam à noite também, uma, duas vezes.

Eles passeavam a cavalo todos os dias. Durante um desses passeios, ela viu como era feito o vinho produzido na propriedade e participou do pisar em uvas. Teve um de seus ataques de riso quando Arthur se desequilibrou e caiu sentado na bacia das frutas pisadas.

Ele ficou muito sério e a puxou até ela estar mergulhada naquele suco, junto a ele, afogada em seus beijos, alheios à presença das pessoas que faziam o vinho. Quando estavam sem fôlego e inteiros cobertos do caldo das uvas, Arthur a carregou até o cavalo.

— Preciso de você — ele afirmou, com a boca sobre a dela antes de montarem.

Naquela tarde, o calor tornava o ar macio e denso. Nuvens escuras como a borra do vinho decantavam o céu, e um vento forte insistia em grudar as roupas na pele.

Entraram no quarto pouco antes de a tempestade romper do lado de fora. Com a mesma pressa das gotas que regavam a terra, a boca dele veio até a de Kathe. Os dedos masculinos apertando sua nuca, interpondo um ritmo lento ao beijo que a deixou sem ar. A língua dele não a invadiu em momento algum. Arthur apenas sugava, lambia e deixava mordidas leves. Primeiro nos lábios, depois pela face, então no pescoço e no colo, e depois nos seios, na barriga e especialmente entre as pernas.

Ele a bebia lentamente, como se degustasse o vinho sobre sua pele. Kathe respondeu como a chuva, entregue, solta, correndo pela potência do corpo masculino, acompanhando instintivamente a ânsia que transbordava dele.

Arthur foi um amante intenso como o trovão e a fome, e fazia dela uma substância moldável às suas necessidades, como a água e a terra, e a amou com deliberada lentidão, com uma força fluídica, com uma paixão tão entregue que Kathelyn se desfez por completo.

Era como se cada pedaço de seu corpo tivesse se misturado ao dele. Kathe sentiu que, naquele momento, havia sido permanentemente marcada por Arthur. Nunca mais voltaria a ser a mesma. Entendeu que, quando a água é misturada a outro elemento, jamais volta a sua forma original.

— No que está pensando, meu amor? — perguntou ele, enquanto os dedos desfiavam mechas dos cabelos de Kathelyn.

Ela suspirou, contendo a efusão de emoções que se agitavam em seu interior.

— Na água.

— Kathelyn — disse ele, junto a seus lábios —, eu te amo — repetiu, envolvendo-a nos braços. — Prometa que nunca irá me deixar.

— Eu... eu...

— Prometa — ele exigiu, apertando-a ainda mais contra o corpo.

— Eu prometo.

— Não saberia mais viver sem você, nunca soube — Arthur afirmou baixinho. — Eu existia para te amar, antes mesmo de te conhecer. Eu sempre existi para te amar.

Kathe suspirou, rendida.

— Eu te amo — respondeu, sabendo que talvez Arthur enfrentasse as mesmas sensações que a invadiam. Impossíveis de deter, como a tempestade que caía lá fora.

Então ele ficou bem sério, encarando-a em um misto de intensidade e devoção antes de respirar fundo algumas vezes, como se estivesse tenso. O pulso dela acelerou.

— O que houve?

Ele se apoiou sobre os cotovelos a fim de encará-la de frente antes de dizer:

— Eu preciso te contar uma coisa.

— O quê?

Ela arriscou um sorriso tentando descontraí-los.

— Fale.

— Você sabe que eu...

Batidas firmes na porta interromperam a fala dele.

— Sua excelência — era a voz de Scott através da porta —, desculpe incomodá-lo, mas parece que houve um pequeno acidente e o administrador da vinícola precisa lhe falar urgente.

— Peça um minuto, Scott, eu já desço.

Um beijo lento e carinhoso foi deixado na testa de Kathe.

— Desculpe, meu amor, depois nós conversamos. Aliás — um beijo sobre os lábios —, hoje à noite tenho uma surpresa para você.

— Surpresa?

Outro beijo, dessa vez mais lento e profundo, que arrancou um suspiro de prazer dela.

— Um jantar no jardim, ao som de violinos e de um cantor de ópera.

⁂

Ela tinha acabado de entrar em sua casa em Paris. A essa altura, Arthur já devia estar na Bélgica. Deixou as luvas e a capa na chapeleira. Ouviu vozes vindas da sala de visitas.

— Steve e Philipe — reconheceu logo e andou depressa a fim de vencer a distância do corredor. — Bom dia, queridos — cumprimentou ao entrar na sala e abriu os braços para recebê-los.

Steve, Philipe e Elsa se levantaram.

— Bom dia, sardenta.

Steve foi o primeiro a abraçá-la. Depois vieram Philipe e então Elsa.

— Elsa me contou tudo o que aconteceu desde a nossa viagem — o amigo disse, depois de terminados os cumprimentos.

Eles se sentaram, distribuídos entre os sofás e as poltronas.

Kathelyn fitou o chão e afirmou, com certa hesitação:

— É... Dizem que amor e ódio caminham juntos. — E ergueu os ombros. — Parece que eu comprovei a teoria na prática.

Os três ficaram em silêncio, observando-a. Steve estreitou os olhos, tenso, antes de falar:

— Não quero que sofra outra vez por causa desse... duque!

— Não sofrerei... — Os três se analisaram em silêncio. Ela espalmou as mãos para cima e sacudiu a cabeça. — Ele diz que me ama, e não sofrerei, está bem?

— Ele prometeu alguma coisa sobre o futuro? — Philipe perguntou.

— Não. Quer dizer, não diretamente. Nós vamos à Grécia, e ele disse que... que cuidaria de mim, e não estou preocupada com isso.

— Não mesmo? — Elsa perguntou, cruzando as mãos sobre o colo.

— Mas o que é isso? A corte da rainha interrogando um traidor da coroa? — Kathelyn indagou, nervosa.

— Calma, sardenta. Só nos preocupamos com você.

— Estou feliz, muito feliz... Como nunca, nunca senti que já fui.

— Então também ficamos felizes por você — Elsa falou, em um tom de voz apaziguador.

Eles se fitaram por mais algum tempo em silêncio. Como se ainda houvesse muito a ser dito. Porém, ninguém parecia ter a coragem ou ânimo para dizer.

— Como foi em Londres? — foi Kathelyn quem rompeu o silêncio.

— Parece que dobra de tamanho a cada ano que passa. — Steve apoiou os cotovelos nas pernas, levando o rosto para uma linha mais reta com o de Kathelyn. — Tenho notícias de Lilian.

Kathe demorou alguns segundos para processar o nome e, quando o fez, sentiu o coração acelerar de expectativa. *Lilian, minha irmã.*

— Como ela está? Ela está bem? — a voz soou baixa e um pouco trêmula.

— Nos encontramos por acaso em Mayfair. Ela quase não acreditou no que via, e eu muito menos.

— Como ela está?

— Muito bonita e me pareceu bem.

— E o que mais? — prosseguiu, afoita.

— Trouxe uma carta dela para você.

Kathelyn se ergueu em um pulo.

— É mesmo?

Steve tirou o envelope do bolso do paletó e o ofereceu com uma cautela estranha.

— Ela está realmente feliz, Kathe.

A jovem se sentou e abriu o envelope sem dizer mais nada. Leu.

Querida irmã,

Que alegria ter notícias suas. Queria ter escrito antes, mas ninguém sabia onde nem como encontrá-la. Tenho muita saudade. Steve me disse que você está muito bem, e alegro-me com isso.

Casei-me e tenho um filho. Um menino chamado Paul.

A visão de Kathelyn embaçou, e a mão de Elsa apertou o ombro dela pelas costas em um gesto de apoio.

Prosseguiu lendo:

Fiquei viúva há alguns meses. Foi um período difícil, mas encontro-me bem.

Sinto muito pela notícia que vou lhe dar, porque sei que o meu finado marido era uma pessoa a quem você estimava e creio que também se entristecerá com a perda.

Alguns meses depois que você se foi, casei-me com o nosso querido primo Rafael Radcliff...

As letras se misturaram.

Ela tentou buscar o ar três vezes e falhou miseravelmente em cada uma delas. Levou a mão à boca e sufocou um grito.

Ouviu a voz de Steve distante e ausente:

— Ela está bem, Kathelyn. Ela foi feliz com seu primo... Rafael a fez feliz.

— Não.

O papel caiu de suas mãos, sem que se desse conta. Ela se levantou, esquecendo-se totalmente do restante da carta que ainda não tinha lido, e caminhou até a janela. Atordoada e angustiada.

Sua irmã, pequena e desprotegida, casara-se com um monstro. Se Kathe não tivesse sumido, se tivesse procurado a irmã assim que se estabelecera, talvez pudesse ter evitado isso.

— Ai, meu Deus.

Um soluço escapou de sua garganta. Mordeu a mão para se conter — outro soluço. Rafael rasgando sua roupa.

Alguém tocou em seu ombro por trás.

Outro soluço, ainda mais alto.

Rafael a rasgando por dentro, até ela achar que iria morrer. Outro e outro soluço. Mais um e outro.

— Não!

— Ela parecia feliz — era Steve.

— Não — grunhiu.

— Eu sei que é difícil, Kathelyn. — Steve nunca a chamava assim, somente quando estava triste.

Ela se virou e encontrou os olhos do amigo cheios da compaixão exposta em sua voz. Abraçou-o.

— Preciso vê-la. Preciso vê-la e ter certeza de que tudo vai bem. Se não, não terei paz.

— Eu sei — disse o amigo, afagando suas costas.

A sra. Taylor se aproximou e a abraçou.

— Eu vou com você.

34

CHEGARAM A LONDRES NA MANHÃ DO DIA SEGUINTE.

Ela, Jonas e Elsa. Lembrou-se de três anos antes, quando deixara a cidade, com dinheiro contado e as roupas sujas e rasgadas. Agora ela era... a mulher de rosa.

Aquela que um dia quisera ser.

Apesar de saber que isso era somente a aparência — porque acreditava ser impossível aceitar se converter na amante de um homem casado —, a imagem que Kathe construíra era essa. Às vezes parecia tão real que ela mesma acreditava nisso. Diante do que acontecia em sua vida, era ainda mais fácil acreditar.

Somente a recordação de Arthur a lembrava de que tinha um coração bem vivo e forte entre no peito.

Ela não era amante de Arthur, era? É claro que era, mas... Não uma amante que estava com ele pelo dinheiro e status. Estava com ele porque o amava. Isso era o que realmente importava.

Será?

Tinha que devolver o dinheiro do contrato, logo. Não queria que ele pensasse que... Não queria ela mesma se sentir dessa maneira. Havia deixado uma carta para Arthur contando de sua viagem. Informou que retornaria em cinco dias. Talvez chegassem a Paris quase juntos.

Naquele momento, esperava na sala de visitas da casa da irmã. Era uma elegante mansão em Mayfair. Uma casa clássica, decorada com requinte e bom gosto. Podia parecer assim a todos, mas para ela era o cenário de um pesadelo. A casa onde tudo tinha ocorrido, anos antes.

Os móveis haviam mudado, e a cor das paredes também. Jarros de flores e detalhes, como almofadas e cortinas de tons claros, indicavam que agora uma mulher era a senhora da casa.

Minha irmã.

— Kathelyn! — Ouviu da porta a voz sufocada de Lilian.

A irmã atravessou a sala correndo e a abraçou. As duas permaneceram juntas por um longo tempo. Tinham tanto a falar. Entretanto, precisavam chorar antes. Fizeram isso ainda abraçadas. Sentaram-se lado a lado, segurando as mãos uma da outra. Como se soltá-las fosse trazer a distância e a saudade de volta.

— Você está linda — Kathelyn elogiou.

— Você também.

Abraçaram-se outra vez.

— Perdoe-me por não ter vindo antes. Acho que não consegui. Ainda é difícil para mim voltar a esta cidade e...

— Você não tem que me pedir desculpas, Kathe.

— Eu sei. É somente que... Deus, tenho tanta saudade.

— Também tenho. — Lilian suspirou.

Voltaram a se afastar.

— Eu te escrevi, durante o primeiro ano, quase toda semana.

— Oh, Deus — Lilian cobriu os lábios —, eu não recebi nenhuma carta, me desculpe. Não tinha ideia. Papai, tenho certeza, foi ele quem não me entregou.

— Acho que sim — ela afirmou, fingindo que aquilo, a rejeição e a crueldade do pai, não importava mais. — E agora, conte. Como você está?

— Estou bem. Logo conhecerá seu sobrinho e...

— Rafael, como... Você foi feliz com ele? — Kathelyn não conseguiu se conter. Tinha que perguntar. Precisava saber. — O que eu quero dizer é: ele te fez feliz?

— Sim, eu o amava — a irmã olhou para baixo —, acho que sempre o amei. Você lembra como eu o achava bonito e como ele me fazia sorrir?

— Lembro. Sim, claro que lembro e... Ele... ele sempre te tratou bem?

A irmã franziu o cenho, em dúvida. Kathe emendou.

— Como marido. Foi um bom marido? — perguntou, e Lilian franziu ainda mais o cenho. — Pergunto porque estamos há tanto tempo sem notícias uma da outra, e, como sua irmã mais velha, sei que tem coisas que só contaria a mim. Como não estive presente, tenho medo de ter perdido algo importante e...

— Ele foi um marido muito carinhoso e um pai devotado. Fazia questão de que ficássemos com ele o tempo todo. Ainda sinto muito a ausência dele. Muito.

— Que bom. Digo, não que bom que ele morreu, mas que bom que ele te fez feliz.

Um riso triste apareceu nos lábios da irmã.

— Sim, fui muito feliz, e acho que ele também. Rafael tinha muito carinho por você.

— Ah, tinha? — O horror de Kathelyn não podia ser maior. Tentou disfarçar. — É uma grande honra, é claro.

O cenho de Lilian prosseguia franzido.

— Parece tão surpresa.

— Eu? Não, não estou surpresa, estou... — *Indignada, aterrorizada*, pensou, mas respondeu no lugar: — Estou muito feliz de estar aqui com você e...

— Quando ele ficou doente, falava o tempo todo que precisava vê-la. Dizia que tinha algo que precisava lhe falar. Você sabe o que poderia ser?

— Não — mentiu e se sentiu culpada imediatamente.

— Rafael disse que havia acontecido entre vocês um grande mal-entendido.

Kathe fechou os olhos e o matou mentalmente outra vez.

— Mal-entendido?

— Sim, disse que você ficou muito triste com ele e que ele queria falar sobre isso, se explicar.

Não podia estar mais surpresa, indignada.

— Se explicar?

— Acho que ele sabia que iria morrer e... — A irmã observou as próprias mãos entrelaçadas. — Creio que deve acontecer com todos à beira da morte.

— O quê? — Kathelyn indagou, um pouco tonta.

— Se arrepender e desejar conseguir o perdão daqueles que sentimos ter magoado.

Ela suspirou de maneira incerta. Quis contar, pensou em contar. Analisou os olhos ansiosos da irmã, sempre tão doce e bondosa, e desistiu ao vê-la mexer na saia do vestido. Lilian tinha essa mania. Sempre que algum assunto a preocupava, ela mexia com as mãos em algo. Nesse caso, o alvo era o vestido.

— Ele deixou uma carta e pediu que eu te entregasse, se algum dia eu voltasse a ver você.

— Uma carta? — Kathelyn perguntou, sentindo a boca secar. — E sobre o que fala essa carta?

— Não sei. Como Rafael disse ser algo do seu passado e me pediu para não ler, eu respeitei.

— Não leu?

— Claro que não. Ele estava à beira da morte — Lilian afirmou, entre surpresa e intrigada.

— Certo.

Lilian era sempre tão correta. Kathelyn teria aberto a carta quando o marido fechasse os olhos. Não, talvez demorasse alguns dias, ponderando se devia ou não abrir, por respeito ao finado. Mas certamente abriria.

— Vou pegá-la. Espere um pouco aqui.

Kathe assentiu enquanto sentia as vísceras se contraírem e as mãos ficarem molhadas de nervoso. *Uma carta de Rafael. Meu Deus.* Não tinha certeza se devia ler. Não tinha certeza se queria ler. Um tempo depois, Lilian voltou com o envelope nas mãos.

— Tome.

Kathe guardou a carta na bolsinha, lutando para não deixar transparecer o tremor das mãos.

— Se importa se eu não ler agora? Estou realmente muito cansada da viagem. Vim direto para cá.

— Não, é claro que não me importo. Depois, se quiser me contar o que dizia a carta, confesso que fiquei curiosa.

— É claro, querida. Não guardo segredos de você.

E realmente não guardava. Mas naquele caso específico não soube se contar para a irmã resolveria alguma coisa. Agora, tinha certeza de que toda mulher que sofre qualquer tipo de violência deve buscar ajuda e justiça, e o jeito mais fácil e acessível de começar a fazer isso é falando com pessoas de confiança. No entanto, Rafael estava morto, Lilian havia sido casada com ele e fora aparentemente feliz, tivera um filho com ele. *Decido isso depois.*

Ela pegou na mão da irmã outra vez e perguntou, disfarçando a angústia em sua voz.

— E como estão as coisas em casa? Digo, em Milestone House?
— Não sabe, não é mesmo? Claro que não. Como poderia saber?
— O quê?
— Papai está doente.
— Doente?
— Não uma doença física. Outro tipo de doença.

Apesar de estarem falando de uma doença e de seu pai, ela se sentiu aliviada por mudar o rumo da conversa.

— Que tipo de doença?
— Ele está confuso — Lilian franziu os lábios. — Terá que ver com seus próprios olhos. É difícil explicar.
— Ele nunca me receberá, e também não quero vê-lo. Não mais.

Os olhos âmbar da irmã a fitaram, cheios de compreensão e amor.

— Kathe, ele está mesmo doente, e, sim, ele a receberá.
— Por que diz isso? Ele deixou muito claro que nunca mais queria me ver.
— Eu sei. Acontece que é de você que ele fala e pergunta sem parar. — Lilian deu uma risada triste. — Eu sei que é difícil perdoá-lo, mas realmente acredito que deveria ir vê-lo. Podemos ir juntas, se assim for mais fácil para você.

Kathelyn pensou por alguns instantes enquanto olhava para o jogo de chá colocado em sua frente. Bule, xícaras, açucareiro. Todos de louça. Pintados a mão. Flores cor-de-rosa e douradas. Tão inocentes e inertes.

— Está bem, vamos amanhã. Agora vou para o hotel.

As sobrancelhas delineadas de Lilian se arquearam.

— Hotel? Não vai ficar aqui?
— Não quero te causar problemas. — *Não ficaria aqui nem amarrada.*
— Não seria problema algum que...
— Eu prefiro ficar em um hotel. Elsa já está acomodada lá, me aguardando.
— Elsa veio?

— Sim. Amanhã trago ela cedo comigo, está bem?

— Está bem. — E a abraçou uma vez mais. — O que importa é que nos encontramos.

— É verdade. Isso é tudo que importa.

<hr>

Kathelyn chegou ao hotel e foi direto para seu quarto. Nem procurou por Elsa. Vestiu uma roupa mais confortável, sentou-se à escrivaninha e abriu a bolsa. Retirou o envelope; as mãos incertas faziam o papel vibrar. A respiração também. Sentiu os olhos encherem-se de lágrimas antes mesmo de começar a ler.

Kathelyn,

Meu Deus!

Não me sinto digno nem mesmo de lhe escrever esta carta.

Não quero lhe explicar o que, eu sei, não tem explicação.

Mas preciso tentar... De algum jeito preciso tentar explicar. Não para me justificar, apenas para abrandar um pouco o peso de minha culpa. Eu estava bêbado e não percebi que a machucava. Não percebi o que fazia. Eu a desejava tanto, havia tanto tempo. Acho que a amava. Sempre amei. Estava tão ferido por ter sido rejeitado várias vezes.

Eu sei que nada do que escreva aqui vai diminuir ou tirar o peso do que fiz. Mas saiba que tentei de todas as maneiras corrigir ao menos parte do meu erro. Ao menos o que era possível ser corrigido.

Não lembro direito o que aconteceu naquela noite. Sei que acordei na manhã seguinte e você havia ido embora. Foi somente então que vi o sangue. Foi somente naquele momento que me dei conta de que a havia ferido. Pelo amor de Deus, acredite em mim. Fui atrás de você como um louco. Passei dias vagando por todas as ruas de Londres, até que soube do seu casamento com o italiano. Desesperei-me porque entendi que jamais conseguiria dizer tudo isso pessoalmente.

Foi a fim de diminuir meu erro que propus me casar com sua irmã.

Ela já estava malfalada antes mesmo de debutar, por causa do que aconteceu com você. Então, entendo que de certa forma eu a salvei. Fiz de tudo ao meu alcance para fazê-la feliz. Fui o marido mais fiel e devotado do mundo. Tentei compensar meu erro com você acertando com ela. Também fui eu quem pagou todas as dívidas do seu pai e o sustentou até hoje. Deixo sua irmã em segurança e com folga financeira para se manter bem, assim como o nosso filho, fruto do nosso casamento.

Afirmo que aprendi a amá-la. Ela tentou me fazer feliz. Se não houvesse tanta culpa a carregar, sei que eu teria sido.

Se você receber esta carta, por favor, não conte a ela o que aconteceu. Não sei se Lilian suportaria tamanha decepção. Sei que não tenho o direito. Mesmo assim, preciso pedir que me perdoe. Talvez você, que é a pessoa mais bondosa que já conheci, consiga fazer isso.

Me perdoe.

Kathelyn se debruçou sobre a escrivaninha, com o rosto apoiado na carta, e chorou. Não por ser a pessoa mais bondosa do mundo, afinal ela não tinha certeza se algum dia o perdoaria de verdade. Chorou porque tinha certeza de que teria de fazer aquilo que Rafael lhe pedira. Jamais contaria nada a Lilian.

Milestone House era a pintura desbotada do que já fora um dia. Na estrada que conduzia à casa havia pedras deslocadas e mato crescido entre os buracos. No lugar do jardim, o que se via era uma tentativa tosca de a vegetação cobrir lugares que deviam estar sem nada e faltar onde deveria estar presente.

Não era uma visão imponente e alegre, cheia de vida e da cor da natureza recuperando espaço. Era a certeza de que o homem havia passado por ali e de que algo se deteriorava, como uma carcaça.

Lilian segurou a mão de Kathelyn e ela logo entendeu o motivo.

A casa.

Era a distância de dias quentes e frios. Cantos mornos cheios de flores e outros regados por cheiros de coisas boas. Um gosto ruim invadiu sua boca ao ver janelas quebradas e portas que tentavam se esconder de vergonha pelo descuido.

— Meu Deus, o que aconteceu aqui? — perguntou a sra. Taylor, que também tinha passado alguns anos ali.

Era uma pintura sem vida. Uma casa enterrada pelo abandono. Kathelyn tinha a sensação de entrar no lugar que pertencera a um defunto para se desfazer do que era dele.

— Depois que a mamãe morreu, um ano e meio após sua partida, papai desistiu de tudo. — Lilian olhava para a casa pela janela da carruagem. — Rafael tentou ajudar, pagou as dívidas e queria dar dinheiro extra para que ele mantivesse a casa, mas papai, você sabe... É orgulhoso e não aceitava quase nada. Então veio a doença, e ele mesmo acabou destruindo as coisas.

— Meu Deus!

— Os criados foram embora, pois tinham medo dele. Ficaram apenas a sra. Ferrel e Alex.

Kathelyn olhou para baixo.

— Steve tentou me avisar, mas eu preferi não saber. Fui omissa.

— Acho que você não poderia fazer nada. Eu mesma tentei de tudo. Acontece que o nosso pai parecia amar a nossa mãe de um jeito que nunca soubemos. E, é claro, havia você.

— Eu? — Kathelyn sacudiu a cabeça.

— Entre e veja por si mesma.

Ela subiu as escadas cheias de folhas velhas e terra. Entrou no vestíbulo sem móveis, sem tapetes, sem quadros nem espelhos. A sra. Taylor e a irmã a seguiam. Alex a abraçou logo que abriu a porta.

— Meu Deus... senhorita — saudou o mordomo —, como me alegro em vê-la.

— Sra. Ferrel, corra! — gritou Alex. — Venha ver quem está aqui.

A mulher, que levava uma jarra na mão, deixou-a cair no chão ao ver Kathelyn, Elsa e Lilian juntas. Correu até elas, com o rosto vermelho e rechonchudo.

— Kathe? Minha menina — disse a cozinheira, abraçando-a. — Steve não me disse que você viria. — A mulher enxugou as lágrimas com o avental.

— Nem eu sabia. Foi uma decisão não planejada.

— Que bom, que bom que está aqui.

Kathe entreolhou o mordomo e a cozinheira.

— Onde está meu pai?

— No escritório.

Kathelyn respirou fundo e beijou a testa de Alex e da sra. Ferrel. Um gesto de devoção e gratidão por eles ainda estarem ali. Por não terem desistido.

Enquanto abriu a porta devagar, ouviu Lilian atrás de si.

— Vou deixá-la a sós com ele. Estarei logo aqui fora.

Se a casa era uma pintura desbotada, o homem envelhecido, de barbas brancas e magro que ela encontrou era a sombra dela. Ele ia com o olhar perdido no tampo da mesa, ausente. Kathelyn se aproximou, chamando:

— Pai? — Ele não desviou o olhar do tampo. — Pai, eu vim te ver — repetiu e tocou de leve o ombro do homem, que não parecia em nada com aquele nobre forte e orgulhoso que ela conhecera.

O conde levantou a cabeça até encontrar o rosto dela. Ficou em silêncio por um tempo, que pareceu a Kathe longo demais. Então, a sombra de um sorriso apareceu nos lábios do homem.

— Kathelyn?

— Sim, papai.

— Você chegou?

— Sim.

— Está tão atrasada — disse. E ela o fitou, um pouco confusa. — Onde está sua mãe?

Lilian, que havia entrado sem que Kathe percebesse, respondeu à pergunta.

— Ela deve estar cavalgando. Logo estará em casa.

— Lilian, por que você não está em sua aula de piano?

— Minha aula acabou agora, papai.

— Sendo assim — ele pegou a mão de Kathe —, venha, vamos conversar sobre sua apresentação na sociedade.

Kathe olhou para a irmã e a viu assentir com a cabeça, incentivando-a a continuar com aquela encenação.

— Vamos, papai — respondeu, com a voz embargada.

— Onde está a sra. Taylor? Eu pago uma fortuna a ela para estar sempre a seu lado.

— Estou aqui — Elsa disse da porta.

— Bem, então, ótimo. Sente-se, Kathelyn. Tem que ouvir o que planejo para você.

Ela atendeu ao que o pai pedia e sentou-se de frente para ele, lutando contra o choro na garganta, engolindo-o no meio do caminho.

— O seu armário está repleto dos vestidos mais lindos que uma debutante jamais teve. E vou fazer um baile em Milestone House, o maior já feito aqui. Você, meu tesouro, merece tudo o que há de melhor em sua estreia.

Ele olhou para Elsa.

— Anote tudo, o que está esperando? Temos de fazer a lista de convidados, ninguém menos importante que um visconde para a minha princesinha.

O conde olhou para Kathelyn, então para Lilian e depois para Elsa com um sorriso largo no rosto e somente depois prosseguiu:

— Kathelyn, você pode levar sua égua quando se casar, e pode levar tudo o que desejar desta casa, tudo. — Mas logo o sorriso desmontou e os olhos se perderam no fundo de um poço outra vez. Ele encarou Kathelyn novamente. — Você demorou a chegar — voltou a afirmar.

— Eu sei — ela disse.

— Senti sua falta.

— Eu também, papai.

— Me perdoa, Kathelyn. Me perdoa, meu tesouro?

Ela se levantou e correu, dando a volta na escrivaninha. Foi até o corpo magro do pai, abraçou-o e chorou, tentando não fazer barulho. Chorou como quando era criança e o pai mandava que parasse de chorar para não o incomodar. Mas dessa vez era somente ela quem não queria perturbá-lo. O conde chorou junto. E dessa vez era ele quem fazia barulho. Ouviu a voz abafada do pai:

— Eu nunca deveria ter deixado você sair. Sua mãe ficou tão triste, tão triste. Acho que ela não volta mais porque não me perdoa por isso. Eu... eu fui atrás de você, mas era tarde, era tarde.

— Ela o perdoou, papai. Eu sei que sim.

— O que aconteceu? — Após um momento o conde se desfez do abraço e, fitando-a nos olhos outra vez, voltou a perguntar: — Você se perdeu? Por que demorou tanto a chegar?

— Eu me perdi, papai.

— Agora que estamos todos aqui, vá avisar sua mãe de que jantaremos juntos.

— Está certo.

Os ombros, uma vez largos, caíram, e o olhar se fixou novamente no tampo desgastado da mesa.

Ausente.

— Papai — Kathelyn o chamou. — Pai?

— Kathe — era a voz da irmã. Kathe se virou para ela.

— É assim — Lilian contou. — Ele não responderá mais.

— Meu Deus.

— Agora está mais calmo. Antes ele não se ausentava dessa forma. Em vez disso, quebrava os móveis e a casa.

— Entendo.

— Acho que se retira para algum lugar somente dele.

Kathelyn ficou olhando para o pai enquanto ouvia a voz da irmã.

— Às vezes ele fica com um sorriso na boca, assim como está agora. Que bom que você veio — Lilian continuou. — Por mais que não saiba o que está fazendo, ele conseguiu te pedir perdão. Alex me contou que às vezes ele pede perdão durante horas olhando para o seu retrato.

Kathelyn levantou a mão, um pedido de silêncio cúmplice das lágrimas para que a irmã parasse. Elas saíram do escritório no mesmo silêncio e somente quando estavam do lado de fora da casa se abraçaram e se permitiram chorar de verdade.

⁂

Os três dias que passou em Londres foram repletos de Lilian e seu sobrinho. Kathe o amara de imediato. Um amor além de qualquer entendimento. Paul se parecia com Lilian, tinha os mesmos cabelos castanho-dourados.

Era um menino que pegava tudo o que via e perguntava sobre tudo o que pegava. Lembrar como o primo a feriu ainda trazia angústia e dor. Olhar para o sobrinho a fazia entender que era em Paul que estava a libertação que Rafael tinha buscado em sua carta.

Talvez perdoá-lo diretamente fosse impossível. Mas amar o filho dele, como já amava, podia, sim, significar a absolvição da culpa. Ela disse a Lilian que Rafael pedira desculpas na carta por não a ter ajudado quando o conde a expulsou de casa.

Ela achava que Lilian não tinha acreditado. Mas conhecia a irmã e sabia que ela nunca mais tocaria no assunto, mesmo incrédula.

Desde o segundo dia em que estava em Londres, os jornais divulgavam matérias sobre a famosa cantora da ópera de Paris que visitava parentes na cidade. As matérias se referiam a ela como Lysa Borelli.

Kathelyn Stanwell havia morrido. Ou, pior, era como se nunca tivesse existido.

Lysa Borelli era mais interessante.

Se ela e Arthur ficassem juntos, aos olhos da sociedade ela jamais deixaria de ser a famosa cantora de ópera e requisitada amante para se tornar a simples Kathelyn Stanwell. A debutante dentro dos padrões e arruinada, filha de um conde louco.

Kathe não ligava. De verdade, nem se importava que as pessoas inventassem mil nomes e personagens para ela. O único peso dessas notícias era ela saber a verdade sobre cada um desses nomes e personagens. Jamais seria aceita nesse meio outra vez.

O "para sempre" com Arthur teria de ser reinventado e contado de outra maneira. Talvez se ele renunciasse à aceitação desse mundo, como ela fizera de maneira forçada. Talvez assim essa nova história pudesse ter o seu "para sempre", se não...

Dinheiro nunca seria o problema. Arthur tinha tanto que poderia sustentar metade da Inglaterra pelo resto da vida sem precisar ganhar mais nada. O título era hereditário, então ele não perderia o ducado. Só perderia aceitação e prestígio.

Deixe de sonhar, Kathelyn!

Duques não se casavam com cantoras de ópera. Não, duques se casavam com damas como as que ela via, naquele início de tarde, passeando pelo Hyde Park, junto a suas preceptoras e acompanhantes adequados.

Ela sabia que devia deixar de pensar no futuro e viver o agora. No dia seguinte retornaria a Paris, e em alguns dias iria à Grécia com o homem que amava. Quem dera nunca mais sair de lá. Uma porção enorme do coração de Kathe, por mais que ela tentasse não sonhar, via-se vivendo para o resto da vida na Grécia ao lado de Arthur. Ela sabia que isso era apenas um sonho improvável, um pouco infantil, mas não conseguia deixar de tê-lo.

Lembrou de que, na noite anterior, havia contado tudo a Lilian sobre Belmont. A irmã ouvira em um atento silêncio. Quando terminara de falar, Lilian ficara encarando-a por um tempo sem dizer nada. Kathe acreditava que a irmã tinha dificuldade para entender. Devia culpar Arthur por tudo o que ela sofrera. Então, após um breve e pensativo silêncio, Lilian dissera:

— Mas você sabe, não sabe?

— O quê?

— Que Belmont, bem, que ele...

Nesse momento Paul entrou correndo na sala e derrubou um vaso cheio de flores no tapete. Depois de arrumada a bagunça de vidro, flores e água, Kathe perguntou, sem ter sua curiosidade satisfeita:

— O que ia falar sobre Belmont?

— Nada — Lilian dera um sorriso estranho —, esqueci.

— Eu a conheço. Sei que não esqueceu. Desistiu de falar...

— Não — a jovem sacudiu os ombros —, esqueci mesmo. Não devia ser nada muito importante.

— Parecia importante.

— Mas não era.

Kathelyn sabia que cabia a ela esquecer. Lilian não falaria mais.

Agora estavam sentadas embaixo de uma árvore, acolhidas pela sombra fresca das folhas. Era uma tarde ensolarada de junho. O sol reinava sobre tudo, e o mundo estava fervendo. Um calor de tirar as roupas. Como isso não era adequado, a sombra devia bastar para fornecer o alívio.

O sobrinho brincava perto do lago Serpentine, a vinte metros de onde estava sentada com a irmã. A sra. Taylor rolava na grama com ele. Kathelyn sorriu ao ver a sempre impecável ex-preceptora quebrar ao menos umas dez regras de etiqueta em plena luz do dia, em pleno Hyde Park.

A ruína social tinha muitas vantagens. Ninguém falava dessas vantagens. Mas elas existiam, e não eram poucas. Sem tantas convenções a seguir, as pessoas ficavam mais leves e soltas, permitiam-se ser mais... Felizes? Sim, é possível que sim.

— Não — a irmã murmurou. — Vamos, Kathelyn, vamos embora.

— O quê? — Kathe olhou para os lados, confusa.

Viu um grupo de três mulheres vindo em sua direção. Todas olhavam diretamente para ela. Ela era o alvo daquelas três damas tão inglesas. Teve certeza. Lilian já estava em pé acenando para a sra. Taylor. Kathelyn permanecia sentada, sem entender. As mulheres pararam à sua frente.

Ela tomou impulso a fim de se levantar. Afinal, sabia que era isso o que devia fazer conforme as regras de etiqueta.

— Parece uma dama — disse a mais velha do grupo, uma senhora vestida toda de preto.

— A senhora é madame Borelli? — Kathelyn mirou a jovem que acabara de perguntar e, sem perceber, deixou de respirar.

Aquela jovem tinha algo tão familiar no formato do rosto, talvez. Ou eram os olhos? Não soube identificar. Mas havia algo na moça que lembrava a jovem que ela fora três anos antes. Talvez fosse a forma de arrumar o cabelo.

— Sim, sou eu — confirmou e analisou a irmã. Lilian era o retrato da aflição no rosto contorcido.

— Então me informaram corretamente. Disseram-me que poderia encontrá-la junto a lady Wheymouth.

Ao ouvir seu título, Lilian se manifestou.

— Bom dia, srta. Montfort. Estamos de saída. Está muito quente, e meu filho não pode mais ficar no sol.

— Não tomarei o seu tempo. Tenho apenas algumas frases a trocar com madame Borelli. — A jovem não deu tempo para resposta. — Meu noivo está passando uns meses a trabalho em Paris, acho que a senhora o conhece.

Kathelyn ficou em silêncio, e a srta. Montfort prosseguiu:

— O duque de Belmont. Vamos nos casar em alguns meses. A data já está marcada.

Ela permaneceu paralisada, sem entender, sem processar o que a dama tinha acabado de lhe dizer. Não conseguiu responder, nem mais respirar. Tinha de ser algum engano. Kathe tinha certeza de que havia entendido mal.

A jovem não quis deixar dúvidas:

— Tive informações de uma fonte segura que me garantiu que a senhora é a nova amante do meu noivo.

Kathe soltou todo o ar que estava preso nos pulmões e olhou para a irmã.

Precisava da confirmação de Lilian, pois tinha certeza de que a jovem era louca.

Arthur jamais a enganaria desse jeito.

Não depois de tudo o que viveram.

Não depois de tudo o que ela contara para ele. *Não.*

Essa mulher mentia.

Mas o rosto lívido de Lilian e o olhar de piedade que ela lhe lançou denunciavam que a srta. Montfort não era uma louca. E que a irmã não queria que Kathelyn sofresse mais com isso, motivo pelo qual não tinha lhe contado antes. Sobretudo, podia ler no rosto da irmã:

"Seja forte, Kathelyn. Você já superou decepção pior que essa."

Kathe engoliu em seco e se virou para a jovem.

— Vim até aqui para dizer que vou me casar com ele e que não vou permitir que meu marido continue a vê-la depois que eu for a duquesa de Belmont.

Kathelyn não soube como, mas encontrou sua voz:

— Se era isso o que tinha a dizer — assentiu com a cabeça, em uma falsa cortesia —, já pode ir.

— Ele pode até se divertir com a senhora — a jovem soou ríspida —, mas nunca a respeitará. É para o duque uma diversão passageira, nada além disso.

— Chega, srta. Montfort — Lilian tentou dar um basta na conversa.

— Admira-me uma dama como a senhora andar em tão vulgar companhia.

— Sendo que essa companhia é minha irmã e que eu sou uma viscondessa e a senhorita não é ainda uma duquesa, sugiro que respeite a hierarquia presente, peça desculpas pelas ofensas e se retire.

A jovem empinou o queixo com arrogância.

— A senhora vai se arrepender por me tratar assim.

Kathelyn não conseguiu dizer mais nada.
Arthur está noivo.
Fechou os olhos, enquanto buscava o ar com esforço.

— Passar bem, senhorita — Lilian disse ao ver as damas girarem o corpo a fim de sair.

— Oh! Kathelyn. — A irmã a socorreu logo que as mulheres se afastaram.

Kathe encarava o gramado. Era irônico como um dia tão bonito podia simplesmente perder todo o encanto em segundos. A grama mesmo, ela jurava que parecia mais verde e alegre instantes antes.

— Sinto tanto... — A mão da irmã envolveu sua cintura. — Sente-se.

Nem notou que ainda estava em pé.

A sra. Taylor ainda brincava com Paul, sem perceber o que tinha acontecido. Sem perceber que o mundo desabava sob os pés de Kathe, mais uma vez.

Kathelyn se curvou, deixando o peso da gravidade levar seu corpo até o gramado.

— Eu não sabia — afirmou quando a irmã se abaixou a seu lado.

— Desculpe, eu devia ter falado ontem, mas percebi que talvez você não soubesse e perdi a coragem.

— Eu não sabia.

— Eu ia te contar hoje à noite. Desculpe.

— Eu não... — Soltou o ar de maneira falha. — Ele disse que me amava e... Meu Deus, eu não sabia.

— Kathe, eu sinto muito.

— Eu não sei o que esperava acontecer, ainda não tinha pensado muito sobre o futuro. Ele disse... disse que ia cuidar de mim para sempre e isso me bastou. Mas noivo? Não. Eu não sabia, Lilian.

— Querida, não sofra — Lilian a consolava.

Um ar de dúvida se avolumou nos olhos dela junto com as lágrimas.

— Como essa jovem sabia? Como sabia quem eu era?

— Há algum tempo saíram notícias em jornais de fofocas dizendo que o duque de Belmont não voltava de Paris porque havia se envolvido com uma famosa cantora de ópera. E que essa mesma cantora era conhecida por deixar apaixonados os homens com quem se relacionava.

— Então — olhou para o céu — foi assim que ela soube.

— Deve ter se sentido ameaçada e quando leu que estava aqui...

— Veio me procurar.

— Eu também não sabia que você era Lysa Borelli até poucos dias. Desculpe, Kathe.

Um sorriso forçado não disfarçou os lábios incertos.

— Logo vou esquecer tudo isso. Estou ficando experiente em amá-lo e esquecê-lo em questão de dias.

Kathe mentiu. Não sabia nem por onde começar a se reconstruir dessa vez.

— Vai mesmo embora amanhã?

— Sim, parece que Londres não sabe me fazer feliz.

35

ELA ESPERAVA NA BIBLIOTECA DA CASA DE BELMONT, EM PARIS. JÁ ESTAVA na cidade havia dois dias. Foi o tempo que levara para organizar a transferência do dinheiro para o nome de Arthur. Kathe o aguardava fazia quase uma hora. Ele tinha saído para uma reunião.

Scott a deixara entrar e a acomodara na biblioteca. Tinham servido chá com umas massas doces pouco tempo antes. Kathe não encostara em nada. Não se alimentava direito havia três dias. Não era uma greve de fome intencional, apenas não sentia fome. E também não dormia direito.

Nos últimos três dias ela só fazia bem uma coisa: chorar. Nunca gostara de se lamentar na frente dos outros. Nem quando era criança. Então, fechava-se no quarto para fazer isso sozinha. Só saía de lá quando tinha se acalmado e não estava mais com a cara vermelha. Ficara muito tempo no quarto nesses últimos dias.

Tinha resolvido o que ia falar com Belmont, e isso por ora bastava. Não era o suficiente, mas teria que ser. Não havia outro jeito. Ouviu a maçaneta da porta se mexer. Levantou-se.

Era ele.

Seu coração idiota não seguia a razão. Nunca seguia quando se tratava de Arthur. Ali mesmo, batia tão rápido que seus ouvidos zuniram.

— Kathelyn — disse ele, fechando a porta atrás de si. Abriu os braços e atravessou a biblioteca em três passos.

Abraçou-a.

— Que saudade — beijou sua fronte repetidas vezes —, que saudade, meu amor. Achei que fosse enlouquecer.

Ele agarrou o queixo dela entre o polegar e o indicador e levantou seu rosto. Beijou-a nos lábios de leve antes de afirmar:

— Nos últimos dias, eu não conseguia nem mais trabalhar direito.

Kathe não correspondeu aos beijos. Arthur continuou escorregando os lábios no rosto dela, sem perceber que ela estava inerte:

— Nunca mais, meu amor, nunca mais vamos ficar longe um do outro. Nem por um dia.

Ela deu alguns passos para trás, afastando-se dele.

— Eu vim para te entregar algo.

O cenho dele se franziu um pouco.

— Nossa viagem está acertada. Poderemos partir daqui a dois ou três dias.

Arthur parecia não notar que Kathe estava distante.

— E depois da Grécia, o que faremos?

— Voltaremos a Paris. Meu sócio está vindo da Inglaterra para assumir meu lugar. Então, ficaremos mais um mês por aqui.

— E depois?

— Depois?

— Sim, depois de Paris?

— Iremos para Londres, é claro.

Uma risada baixa e sentida escapou dos lábios cheios.

— Ah, é claro!

Arthur ficou por um tempo a analisando em silêncio e depois perguntou:

— O que está acontecendo, Kathelyn?

— Vim devolver seu dinheiro.

— O quê?

Com mãos não muito firmes, ela pegou uma folha de papel de cima da mesa a seu lado, antes de dizer:

— As cem mil libras. Esta carta o autoriza a sacar o dinheiro no banco de Paris.

— Eu não pedi que me devolvesse.

Com os olhos fechados, ela apoiou a folha sobre a mesa.

— É claro que não. Eu cumpri a minha parte do contrato, não é verdade?

Uma expressão atingida sombreou o rosto dele.

— Achava que nosso amor nada mais tinha a ver com esse contrato.

— Eu também achava. Mas, na verdade, meu querido, entre nós sempre houve um contrato. — Suspirou. — Estou cansada. Vou para casa.

— Você não vai para casa — Arthur afirmou, enfático. — Descanse no meu quarto... E, sobre os contratos, já não entendemos tudo o que havia para entender?

— Não. Acho que nunca vou entender.

As mãos grandes esfregaram os olhos e o rosto dele com movimentos fortes.

— O que acontece, pelo amor de Deus?

— Eu vim para te devolver o dinheiro e dizer que não nos veremos mais.

— Hoje? Não nos veremos mais hoje?

— Nunca mais, Arthur. Não nos veremos nunca mais.

Então ele largou o corpo na poltrona atrás de si, boquiaberto.

— Como assim nunca mais?

— Estou indo embora da França.

— Vamos para a Grécia.

— Não vamos. Eu vou embora. Só preciso arrumar tudo.

Ele esfregou com veemência os olhos outra vez enquanto dizia:

— Fale que isso é uma brincadeira, um pesadelo. Me acorde.

Kathelyn tinha certeza de que Arthur se sentia frustrado com sua negação, motivado talvez por seu lado duque, que nunca gostara de ser contrariado.

— Eu te pedi uma noite, você me deu muito mais do que isso. Mas não posso continuar.

Desde que soubera do noivado, ela havia enfrentado todos os estados emocionais possíveis a um ser humano. Da vontade de matá-lo ao desespero por amá-lo. Da raiva de si mesma por ter se iludido à autopiedade depreciativa. Passara pela indignação por ele não ter sido verdadeiro à gratidão por tudo o que compartilharam nos dias em que estiveram juntos.

Arthur nunca prometera nada além de cuidar dela, e Kathe sempre soube que nunca passaria de algo temporário o que viviam. Exceto pela dor de ter que acabar tão cedo e por ainda amá-lo, resolveu que não haveria mais culpa. Nem culpados. Iria embora e reconstruiria sua vida. Levaria dele as boas lembranças.

— Por que está fazendo isso? — Ele deu um murro no braço da poltrona.
— Por quê? — repetiu, exaltado.

Ela mirou o chão. Arthur não concordava com a conclusão pacífica de Kathelyn sobre o término da relação. Ela também não concordava. Queria muito concordar, mas no fundo não concordava. Sendo sincera, a quem ela queria enganar além de si mesma? Estava arrasada; mais uma vez as atitudes dele a magoaram absurdamente. Não guardaria mais. Tinha sangue e sentimentos no corpo. E, o pior, ela ainda o amava.

Por quê?

— Porque você está noivo e vai se casar. Porque não me contou isso.

Conforme ela falava, Arthur baixava a cabeça e fechava os olhos, o rosto mergulhando numa expressão torturada.

— Porque não passou pela sua cabeça, mesmo sabendo que eu ia para Londres e poderia descobrir. Talvez porque eu descobrir ou não seja totalmente indiferente para a sua vida organizada.

Mãos grandes e bronzeadas apoiaram o rosto já sombreado pela barba enquanto ele sacudia a cabeça.

— Então é isso? — perguntou, através dos dedos.

O relógio da biblioteca batia tão alto que a cadência do tique-taque era esmagadora. Ao menos a Kathelyn soou assim.

— Ela não é nada para mim. Nada.

— Ela é sua noiva.

— Você, Kathelyn, é a única mulher da minha vida.

Ela, que ainda olhava para baixo, só percebeu que Arthur havia se levantado quando sentiu a mão dele tocar seu rosto.

— A mulher que eu amo — ele disse —, minha esposa de verdade.

— Não me contou. — Lágrimas encheram seus olhos, lágrimas que ela não queria mostrar.

— Nós ficamos pouco tempo juntos e tínhamos tantas coisas a resolver, mesmo assim comecei a falar em Bordeaux, mas fomos interrompidos, lembra-se?

Sim, eu lembro.

— Por que não retomou o assunto?

Ele encolheu os ombros.

— Eu não sei, no dia seguinte eu fui para a Bélgica e resolvi que te contaria tudo na Grécia.

Então ela se indignou.

— Quando estivéssemos separados de casa por três oceanos?

— Eu não posso, Kathelyn, não posso perder você outra vez.

— E depois? Depois de me contar, o que faria?

— Fique comigo.

Ela sentiu o coração acelerar tanto que perdeu o ar.

— Como?

— Vamos para Londres. Você será sempre a única, não haverá mais ninguém. Nunca, nunca houve.

O coração dela acelerou ainda mais

— Vai romper o noivado?

Tique-taque, tique-taque alto. Cada vez mais alto.

— Eu não sei. Eu acho... acho que não posso.

— Não pode?

Agora era Arthur quem olhava para baixo e apertava o alto do nariz com força.

— Eu a comprometi, maldição. Se terminar o noivado, isso vai arruiná-la, não vai? E eu não posso lidar com a culpa de mais uma vida arruinada.

Kathelyn deu alguns passos para trás, até se encostar na parede. Fez isso para não cair. Não queria ter essa conversa. Ela sabia, tinha certeza de que a conversa acabaria com tudo. Com qualquer possibilidade de restarem boas lembranças. Lembranças que ela queria ter. Precisava ter.

— É isso que sou para você, um peso? Uma dor na consciência? Uma vida arruinada?

— Não, meu amor, não! Você é tudo para mim. Eu te...

— Pare! — Ergueu as mãos sobre o peito, incrédula. — Como você a comprometeu? Disse para mim que nunca, nunca comprometeria uma dama, uma donzela.

Ele inspirou o ar devagar, parecendo pensar na resposta. Apertou outra vez o alto do nariz, nervoso, e somente depois disse:

— Nós ainda não estávamos noivos, eu a estava cortejando. Ela apareceu uma noite em minha casa sozinha, dizendo que brigara com o pai e o irmão sobre um tema familiar. Estava chovendo muito e não foi possível ela ir embora, somente na manhã seguinte. Não sei como, mas o fato é que os jornais espalharam rumores de ela ter sido vista deixando minha casa num horário impróprio. As notícias seguiram durante uma semana inteira, questionando e sugerindo que, se eu não a pedisse em casamento, ela estaria arruinada.

Kathe viu o movimento do pomo de adão subir e descer, antes de ouvi-lo concluir:

— Não aconteceu nada entre nós naquela noite. Mas eu já estava pensando em ficar noivo, então resolvi fazer o que era certo diante dos boatos. E pedi a mão dela em casamento.

As bochechas dela esquentaram.

— Você nunca me deu todo esse privilégio de consciência.

— Eu não respondo com a razão quando se trata de você. Fiquei louco há três anos. Nunca algo me desestruturou tanto quanto a possibilidade de sua traição e a certeza de precisar tirá-la da minha vida. Com ela eu... Eu consigo pensar. Sei o que estou fazendo. Então, como posso fazer, Kathelyn? Me diga como?

Kathelyn se lembrou da jovem que viu no parque. Apesar de parecer corajosa e cheia de si, os olhos verdes estavam cheios de lágrimas. Era apenas uma garota. Provavelmente sonhando com o título de duquesa e se sentindo apaixonada e iludida como ela mesma estivera anos atrás. Ou talvez... como lamentavelmente ainda estivesse.

— Como ela se chama?

— Georgiana.

Sem se controlar, Kathe cobriu os olhos para não mostrar quanto tudo aquilo a afetava outra vez. Arthur passou os dedos na lateral do rosto dela e um arrepio involuntário cruzou a espinha de Kathe.

— Não encoste em mim.

— Sabe por que eu me aproximei de Georgiana?

— Não quero saber.

— Ela me lembra você.

— Acho que você é louco.

— Louco? Sim, definitivamente. É assim que me sinto diante da possiblidade de perdê-la. Eu sou, Kathelyn, completamente louco por você, não percebe? Você é todo meu tormento e também a cura para ele. Na mesma medida.

Os lábios dela tremiam.

— Eu não serei sua amante.

— Por favor fique comi... — A voz dele sumiu.

— Como tem coragem de me propor isso? — gritou ela. — Como pode esperar que eu engula o fato de se deitar com outra mulher?

— Eu não vou, nunca, eu juro. Só desejo a você.

Ergueu o queixo, uma tentativa tola de não deixar as lágrimas à mostra.

— Como amante, e não como esposa!

— Eu nunca quis ter uma amante depois de casado. Você não será minha amante, será a única para mim.

— Mas ainda assim se casará.

— Você será minha esposa.

— Eu serei a mãe de seu herdeiro?

Ele ficou em silêncio.

— Você nunca se deitará com ela?

Silêncio do relógio ecoando pelo ambiente.

— Não, nunca, eu juro. Eu não terei herdeiros, **você é mais importante** para mim que qualquer outra coisa.

— Não minta para mim nem para você mesmo.

O desespero fez a voz dele sair mais alta.

— Eu não estou mentindo.

— Onde ela moraria enquanto você se deitasse comigo?

— Não fale assim.

— Onde ela moraria? — Kathelyn gritou mais alto.

— Em Belmont Hall.

— E você?

— Em Londres, com você.

— Até quando? Até você se cansar? Ou até que não me desejasse mais?

Arthur arregalou os olhos e ela continuou, alterada:

— Até essa chama louca da paixão que nos devora vencer e você passar a me visitar cada vez com menos frequência? — E o empurrou de leve. Ele nem se moveu. — Ou até o momento em que suas visitas vão estar baseadas na pena que sente de mim, largada em uma casa e marginalizada pela sociedade? Ou até nos tornarmos estranhos um para o outro — prosseguiu Kathe,

com o tom de voz firme —, até eu ser a lembrança triste de alguém que você jurou amar um dia, mas entendeu, por fim, que esse amor era insustentável?
— E o empurrou outra vez. Agora ele deu um passo para trás. — E quanto a mim? Envelhecerei sozinha, tendo a sorte de nossos filhos me chamarem de mãe e de serem execrados por isso. Não, excelência — negou com a cabeça, e as lágrimas rolaram pelas bochechas —, obrigada. Não aceito sua proposta. Eu não serei a mulher de rosa. Aquela a quem ninguém sorri de volta.

Os olhos âmbar estavam mais claros, quase verdes pelas lágrimas que os enchiam.

— Eu... O que posso fazer? Como posso destruir a vida dessa jovem e seguir com a minha? Me ajude a achar uma solução, pelo amor de Deus. Me peça qualquer coisa, mas não me deixe.

— A única razão de você se casar com ela é porque sabe que jamais se casaria comigo. Não sou adequada para ser sua duquesa. Na sua opinião, talvez, nunca tenha sido.

Arthur a encarava em silêncio, respirando de maneira entrecortada, duas veias saltadas na testa e as lágrimas finalmente ganhando o rosto.

— Isso não é verdade.

— Você é igual a todos os nobres que jura abominar. — E se virou em direção à porta.

Ele a agarrou pelo braço e a fez girar o corpo até estarem frente a frente outra vez. Segurou o rosto dela entre as mãos com desespero.

— Não vou deixar você sair da minha vida.

— Não, Arthur. Foi você quem me expulsou da sua vida, outra vez.

— Não!

Ele tentou beijá-la, mas ela o deteve, empurrando-o com força. Girou sobre os calcanhares e se afastou. Estava junto da porta quando ouviu:

— Vou pensar em uma saída, vou achar um jeito de ficarmos juntos, eu prometo.

Kathe fechou os olhos para ganhar força e disse:

— Diante de tudo o que você falou e ofereceu e daquilo que eu sei merecer, acho que essa será uma promessa difícil de se cumprir.

— Eu te amo, Kathelyn. Vou te amar para sempre.

Ela apoiou a mão enluvada na maçaneta.

— Se é verdade o que diz, nunca mais me procure e viva feliz com sua consciência.

— Por favor — murmurou ele —, não faça isso.

Kathelyn ainda esperou por alguns segundos. Um lugar dentro dela se agarrou àquela maçaneta como se a peça pudesse salvá-los do mar que os afogava. Foi uma espera involuntária, levada pela parte dela que não tinha orgulho. Essa parte desejou com todas as forças que Arthur voltasse atrás. Que ele lhe dissesse que não iria se casar com Georgiana, porque a amava.

As palavras dele não vieram, e Kathe se viu obrigada a abrir a porta, respirar fundo e sair.

Antes de fechá-la atrás de si, voltou-se e olhou pela última vez para o homem que mudara toda a sua vida e continuava a mudar. O homem que amava e que talvez amasse para sempre. Ele havia caminhado até a janela e estava de costas para ela.

Quando se distanciou um pouco da porta recém-fechada, ouviu o barulho de objetos sendo atirados contra ela. Um, dois e um terceiro objeto. Então, um estrondo enorme se fez dentro da biblioteca, como se a escrivaninha tivesse sido arremessada pela janela. Kathe sentia como se Arthur atirasse os pedaços de seu coração, com móveis pelo ar. Saiu da casa sem querer ouvir mais nada. Saiu antes que voltasse correndo e aceitasse qualquer migalha oferecida. Foi embora sem olhar para trás, nenhuma outra vez.

36

UM MÊS E MEIO DEPOIS..

TINHA ACABADO DE VOLTAR DO ANIVERSÁRIO DA RAINHA. FORA UMA NOITE grandiosa, com toda a sofisticação luxuosa dos bailes no palácio, mas não para Arthur. Um anel havia sido atirado no meio da sua cara. Um bem grande, na verdade, com um diamante enorme e pesado. Conhecia a joia; ele mesmo havia escolhido. Ele próprio instruíra sua ex-noiva do que deveria dizer e como agir. Georgiana espalhara que Arthur tentara seduzi-la e que o ouvira conversar com amigos que a deixaria, assim como fizera com Kathelyn.

Arthur seria condenado como um libertino sem caráter e possivelmente execrado dos círculos respeitáveis da alta sociedade. Mas não se importava com isso, não mais. É claro que, quando a orientara, não contava com o murro que tomaria do sogro e do irmão da noiva, em pleno salão de baile do Buckingham Palace. Arthur nem mesmo reagira, mais uma confissão de sua suposta culpa. Mas nada disso importava.

Deveria estar feliz, aliviado e exultante, mesmo com dois olhos roxos. Finalmente estava livre para ir atrás de Kathelyn. Finalmente poderia tentar corrigir o erro, o crime que cometera quarenta e cinco dias antes. Poderia, enfim, implorar pelo perdão dela. Entretanto, Arthur não estava nem um pouco feliz ou exultante, e o motivo era a carta que acabara de receber.

Duas malditas linhas.

Poucas frases que desestabilizaram de vez o seu mundo:

Kathelyn Stanwell não está mais em Paris. Vendeu a casa e partiu. Não há notícias sobre o paradeiro dela.

⚜

O escritório do duque de Belmont, na Upper Brook Street, em Londres, era um lugar sóbrio, elegante e bastante alinhado. Um enorme contraste com a aparência de seu dono, que nos últimos seis meses, desde que soubera do desaparecimento de Kathelyn, desfilava ali dentro de colarinho aberto e cabelos desgrenhados.

Naquele fim de tarde, além do desalinho habitual, ele se encontrava em uma pose nada elegante, largado com uma garrafa e meia de conhaque esvaziada a seu lado. Tudo isso, com a barba por fazer e um par de olheiras que sombreavam sua expressão, garantia-lhe um adendo ao título, ao menos para seu valete, que o vinha comparando ultimamente a um pirata bêbado.

— E então, excelência? — o sr. Tremore, o mordomo, insistiu.

— Fale para ela voltar outra hora — respondeu e fez um gesto de pouco-caso com a mão.

— Mas é a duquesa viúva... ela... ela...

— Não vou voltar outra hora — anunciou Caroline Harold do batente da porta.

O problema era a teimosia de sua mãe, concluiu Arthur ao olhar para a figura empertigada avançando escritório adentro.

— Eu vim agradecê-lo — a duquesa afirmou, com a voz cadenciada.

Por essa ele não esperava. Passou a mão no cabelo algumas vezes, como se pudesse limpar o álcool do corpo com os dedos.

— Boa tarde, mamãe — Arthur começou, tentando soar como um duque, algo que, apesar de não parecer, ainda era. — Não quer se sentar?

— Vim agradecê-lo por ter colocado o nome da família em destaque nos círculos sociais, mais uma vez — disse ela, sentando-se diante dele com a coluna impecavelmente alinhada.

Cristo! Estava tão bêbado que, se a mãe não parasse de ser irônica — coisa que ela fazia muito bem — e não dissesse logo a que tinha vindo, Arthur temia acabar desmaiado com a cabeça em cima da mesa, o que, levando em conta seu estado, era bem provável.

— Se refere ao escândalo pelo fim do meu noivado com Georgiana? — perguntou, tentando soar casual. — Georgiana se casou com o visconde de Lennox e está muito bem, obrigado.

A mãe bufou e... Bufou?

Sim, aquele exemplo de conduta e imparcialidade aristocrática acabara de soltar ar pela boca e revirar os olhos. Ou era isso ou estava muito bêbado e não enxergava mais direito.

— O fim do noivado?! — Bufou outra vez. — É claro que não. Isso já tem seis meses. Refiro-me ao fato de você brigar com um homem em plena luz do dia, no Hyde Park.

Arthur se esforçou para não fazer uma careta.

— É claro que o homem tinha razão em confrontá-lo — a duquesa prosseguiu com o discurso —, já que você carregou a acompanhante dele...

A voz da mãe se esfumou conforme Arthur se lembrava do que acontecera, cinco dias antes.

Andava a cavalo tranquilo pelo Hyde Park quando a viu.

Florence.

Aquela mulher sem coração, mentirosa, venenosa. Sabia que ela ainda não se casara e que tentava a sorte em sua quinta temporada. Sem pensar em nada a não ser em revidar de algum jeito todo o mal que ela causara, Arthur desceu do cavalo, andou tranquilamente até ela e, ao chegar próximo, fez uma reverência e...

— Com sua licença —, disse ao pegá-la no colo e andar alguns passos até a beira do lago Serpentine.

Isso por si só já seria um escândalo: carregar sem motivo aparente uma mulher nos braços em plena luz do dia e em um local público — mas pouco se importou. Florence arregalou os olhos, mas não se opôs, provavelmente surpresa demais para reagir. Então, ao chegar às margens do lago ele a derrubou nas águas escuras e geladas. Assim que ela se sentou, com a água escorrendo pelo chapéu desmilinguido e pelo rosto, ele disse, com um cinismo latente na voz:

— Perdoe-me. A senhorita é escorregadia e deslizou dos meus braços.

O barulho da duquesa abrindo o leque que segurava e se abanando com força chamou sua atenção para o escritório.

— Eu tenho aturado em silêncio todos os escândalos envolvendo o seu nome há anos, mas, pelo amor de Deus, além de ser conhecido como um libertino que arruína donzelas, agora você carrega uma dama e a derruba dentro do Serpentine?! Você perdeu de vez o juízo?

Arthur sorriu um pouco ao lembrar a expressão de raiva no rosto da mulher ao sair ensopada do lago.

— Eu sei o que você fez há mais de três anos, sua víbora. Nunca mais se aproxime de mim, nunca mais frequente qualquer salão ou parque onde eu possa estar — murmurou com frieza naquele dia e assistiu à raiva deixar o rosto de Florence, dando lugar ao horror.

— Foi um acidente — disse para a mãe, como se isso bastasse.

O olhar estreito da duquesa o avisava em silêncio para Arthur mudar o discurso.

— Além disso, não era uma dama — corrigiu.

— E então agora devo esperar que o duque de Belmont saia atirando mulheres, que não são damas, em lagos pela Inglaterra?

— Não, somente essa em específico. A mulher que destruiu a minha felicidade por capricho. — Ele pegou a garrafa de conhaque e a analisou contra a luz. — Foi ela quem me entregou metade de uma carta que me convenceu de que Kathelyn era leviana, anos atrás. Ela merecia coisa pior.

Caroline ficou encarando-o por um longo momento enquanto Arthur fazia força para manter as pálpebras erguidas.

— Ah, entendo — murmurou por fim. — Mas você não pode fazer justiça com as próprias mãos. — Ela fechou o leque. — Entretanto, apesar de o céu estar cinza em Londres, está mesmo muito quente estes dias, não é mesmo? Se refrescar em lagos não deve fazer mal a ninguém.

Essa era a maneira de Caroline Harold deixar claro que entendera seus motivos. Sim, a mãe tinha razão, a cidade era realmente cinza, cheia de sombras, escura e triste. Arthur fechou os olhos e, por um breve momento, tudo girou e retornou ao eixo junto a um par de olhos turquesa, lábios vermelhos e cachos dourados vivos. A cor do mundo: Kathelyn Stanwell.

Seis meses antes ele havia se dado conta de que a havia perdido outra vez, talvez para sempre. O mundo mergulhara nas sombras. Um suspiro, um ranger de madeira contra o assoalho, seguido por um leve pigarrear de sua mãe, antes de ela dizer com ar tenso:

— Estou preocupada com você, meu filho.

— Eu só consigo me preocupar com ela. — Apertou o tampo da mesa com força. — Onde ela está? Como ela está? Com quem?

A duquesa ergueu as sobrancelhas.

— Kathelyn, não é? A mesma jovem a quem você arruinou e que...

— Estou bêbado, não sofrendo da cabeça.

— Você me decepciona.

Ele riu com ironia.

— A vida decepciona.

— Toque a sineta.

Arthur franziu o cenho e fitou a garrafa de conhaque. Achou que estivesse ouvindo coisas.

— A sineta, toque de uma vez — a mãe repetiu. — Você precisa de um banho. — A mulher se levantou e foi em direção à janela. — E de um café, e eu preciso de um chá.

Arthur sabia do que precisava: perdão. Ele precisava do perdão de uma mulher para voltar a respirar. O problema era que não se podia ser absolvido por alguém que desaparecera.

Caroline abriu a janela e o ar viciado foi renovado por uma brisa fresca.

— É assim tão importante para você encontrar essa jovem?

— É a única coisa que importa em minha vida.

— Muito bem. — Os lábios da mulher se curvaram em um sorriso fraco. — Você tem uma aliada, mas deve parar de beber, de se portar como uma criança, e deve começar a pensar em fazer algo que realmente possa trazer algum resultado.

Arthur sabia que a mãe demonstrava boa intenção, porém as palavras dela o irritaram.

— Eu já fiz tudo o que podia. Contratei os melhores investigadores da Europa, tenho eu mesmo percorrido todos os lugares possíveis atrás dela.

— E afundou as mãos nos cabelos, frustrado. — É como se ela tivesse desaparecido da face da Terra.

— Não estou me referindo ao que você tem feito para encontrar a dama, e sim ao que deve fazer para não afundar na melancolia profunda... o seu estado é lamentável.

— Eu já trabalho o suficiente e...

— Faça algo por você.

Algo por si? Arthur não pensava em si mesmo desde... muito tempo. Ainda praticava esgrima, saía para trabalhar, visitava suas propriedades e se afundava na bebida todas as noites porque era uma maneira de esquecer. Também recebia os advogados e investigadores, mas o ponto alto de seus dias era visitar, uma vez por semana, a irmã mais nova de Kathelyn: Lilian Radcliffe. Ia para perguntar de Kathelyn, ia porque Lilian era a prova de que a jovem existia fora de seus sonhos, ia porque falar com a pessoa mais próxima que ele conhecia de Kathelyn mantinha sua esperança viva.

— Não sei o que poderia ser feito — disse, e foi sincero.

— Certamente você não vai encontrar a resposta em uma garrafa de conhaque, nem trancado aqui dentro.

Enfim, ele tocou a sineta para chamar seu valete.

— Vou pensar em alguma coisa.

A duquesa suspirou.

— Sei que vai, e isso pode abrir seus horizontes e te trazer novas ideias sobre como encontrar a dama.

Arthur subiu para o quarto pensando no que realmente o motivava... Kathelyn.

Tirou a roupa com a ajuda de Scott pensando no que mais poderia ser feito. Viu os olhos de Kathelyn. Entrou na banheira tentando criar algo diferente... Sentiu o cheiro de rosas vindo do jardim. Soube o que iria fazer.

⁓⁓⁓

Arthur estava com lama até os calcanhares. Ali, cercado por vasos, terra, pedras e adubo, já havia desistido de parecer um cavalheiro. O parque das rosas estava quase pronto, e nos últimos meses os termos *sementes*, *terra adubada, tempo de floração, irrigação adequada* e *espera* tinham passado a ser suas palavras favoritas.

Ele esperava um botão desabrochar, uma muda vingar, esperava pelos paisagistas, arquitetos, construtores... Esperava por notícias de Kathelyn.

Kathelyn...

Ele a via sempre ali em meio às flores que ainda surgiam. Como se ela fosse a rainha das rosas. Então, piscava fundo e retomava o comando daquilo que podia controlar. E com o passar do tempo entendeu que não era muita coisa.

O sol se punha e ele estava exausto. O jardim seria inaugurado em poucos meses, e toda a sua energia vinha concentrada em fazer aquilo dar certo. Como se as rosas recém-abertas tivessem o poder de evocar Kathelyn.

Olhou para uma delas, a flor estava na linha do sol e projetava uma sombra, a réplica perfeita da sua imagem.

— Está ficando pronto — a voz do conde Portland chamou sua atenção.

O amigo, que também era um admirador das rosas, ajudara-o a conseguir espécies raras e o acompanhava em algumas de suas visitas ao jardim.

— Sim — ele confirmou, satisfeito.

— Você realmente fez o que se propôs. Este será o paraíso das rosas.

Arthur olhou ao redor. Era impossível não concordar com o amigo enquanto flores de todos os tamanhos abriam-se em numerosos pontos de cor.

— Acho que inauguramos em três meses.

— É engraçado como construir um jardim fez você virar o alvo das mães casamenteiras outra vez. De libertino inescrupuloso a homem sério e excelente partido.

Ele fez uma careta.

— Eu preferia quando as mães casamenteiras ainda fugiam.

O amigo deu uma gargalhada.

— Quão ruim é ser perseguido por damas de todas as idades e de todos os estados civis?

— Quando não se quer nada com nenhuma delas, eu juro — disse, taciturno —, é detestável.

— Sabe o que mais me intriga? — o amigo perguntou, divertido.

— Hum...

— Você não faz nada além de ser distante e imparcial. Começo a questionar se as damas têm uma queda pelo mistério que virou sua vida, por suas poucas palavras e pelo seu jeito mal-humorado.

Nas últimas conversas, o amigo sempre dava um jeito de insinuar que talvez fosse hora de esquecer Kathelyn e se abrir a conhecer novas pessoas, novas mulheres.

— Não estou interessado em mulheres — ele estreitou o olhar —, apenas em recuperar a minha duquesa.

— Ela nunca foi a sua duquesa, homem, pelo amor de Deus e...

— Chega, Portland. Eu sei o que você pensa e não quero discutir sobre isso agora.

O conde ficou em silêncio por um tempo antes de falar:

— Faz quase dois anos, Arthur, e muita coisa pode ter acontecido. Ela pode estar casada, ter filhos. Ela pode nunca mais voltar.

— Eu disse chega! — exigiu, fora de si.

— Sinto muito, Belmont, eu só quero aju...

— Ajudar, eu sei — Arthur inspirou devagar. — Escute, cada rosa deste jardim é para ela. Cada passo que dou em minha vida, cada movimento ou inspiração, eu faço por ela. Se eu perder a esperança, terei perdido tudo.

O amigo apertou-lhe o ombro com firmeza.

— Quem sabe um dia serei agraciado com um sentimento desses e conseguirei entendê-lo.

Arthur quase respondeu que agraciado — no caso dele e havia anos — não seria a palavra adequada, mas ficou quieto. Deixou o comentário perdido entre as mil rosas do jardim e suas sombras projetadas.

37

LILIAN ESTAVA AFLITA. NÃO SABIA SE AGIRA CERTO. ENTRETANTO, FIZERA o que acreditava ser o correto. Havia dois anos que recebia visitas semanais do duque de Belmont e dava a mesma resposta a ele:

— Não tenho notícias de Kathelyn.

Ele enchia o peito de ar, agradecia com a solicitude cabível a um duque e ia embora.

Essa afirmação sempre fora verdadeira. Até seis meses antes, quando ela recebeu a primeira carta de Kathelyn nesse período.

Querida Lilian,

Encontro-me bem. Estou em uma terra distante. Um lugar que aprendi a chamar de casa. É uma cidade nova, que recebeu o nome de um condado do nosso país. Chamam-na de a Nova York. Existem muitos conterrâneos por aqui, e isso torna mais fácil a mudança.

Comprei uma casa em uma rua agradável, dizem ser o melhor lugar para se morar na cidade. Elsa e Jonas estão bem. Jonas está noivo de uma irlandesa, uma menina decente e esforçada. Ela trabalha aqui em casa como minha donzela de quarto. A senhora Taylor é a mesma de sempre. A vida me deu nela uma outra mãe. Sou convidada para cantar nas festas mais sofisticadas da cidade. Aqui as coisas funcionam de maneira diferente, apesar de existirem as classes dominantes, assim como é a aristocracia aí. Entretanto, aqui, as pessoas construíram sua fortuna com muito trabalho e sem contar com título algum. Vim disposta a encontrar pessoas boas e verdadeiras, e assim tem sido.

Tive de mudar de nome outra vez e inventar um marido que morreu durante a viagem para cá, mas estou feliz, muito feliz. Desde que deixei nosso continente, tive uma enorme...

A carta continuava até comunicar no fim que Kathe em breve faria uma visita a Londres. Pretendia ficar por dez dias e depois visitaria Steve e Philipe.

Kathelyn chegara no dia anterior e saíra de casa com a sra. Taylor para comprar tecidos.

Por sorte ela saíra de casa.

Lilian sabia que o duque deveria aparecer nos próximos dias.

A irmã afirmara a ela que não queria encontrá-lo nem ouvir coisa alguma sobre Belmont. Mas, diante de tudo o que acontecera e de que Kathelyn não sabia, e diante do que ela soubera na carta de Kathelyn, teve certeza, ou quase certeza, de que devia contar a ele. E assim fizera.

Belmont acabara de sair de sua casa. Lilian nunca vira um homem tão transtornado ao receber uma notícia. Não acreditara quando ela disse que Kathelyn havia saído. Ele havia percorrido os cômodos da casa como um louco chamando por ela.

Ela precisara sacudi-lo pela lapela do casaco a fim de que voltasse a raciocinar.

Belmont era um homem grande e forte. Não tinha sido fácil sacudi-lo.

Quando se deu conta do louco que parecia, ele se recompusera, pedira desculpas e se conformara com a ideia de encontrar Kathelyn no dia seguinte.

— Ela acabou de chegar de viagem — Lilian disse. — Está cansada, acredite. É melhor se encontrarem somente amanhã.

Ele passou as mãos no cabelo, repetidas vezes.

— Está bem.

— O ideal é que seja em um parque, assim parecerá um encontro ao acaso — ela sugeriu.

Ele fechou os olhos e respirou fundo.

— Leve-a ao parque das rosas da rainha, no início da tarde.
— O parque novo que o senhor construiu?
— Sim.
— Certo, eu a levarei até lá.
— Não fale nada a Kathelyn. Eu preciso, gostaria de ter a chance de contar tudo, pessoalmente. Espero por isso há...
— Eu sei — Lilian o interrompeu.
— Muito obrigado. — Ela jurou que a voz do homem estava embargada, ele a abraçou, surpreendendo-a. — Muito obrigado — repetiu.

Belmont acabara de deixar a casa e Lilian já ensaiava se arrepender do que tinha feito. Não. Não estava errada. No fim seria Kathelyn a decidir o que fazer e não Lilian. Ao menos daria a oportunidade que, acreditava, os dois mereciam e de que talvez até precisassem.

◠◠◠

Dentro da carruagem a caminho do parque das rosas, ele tinha certeza de que nunca uma viagem fora tão longa e angustiante. Não dormira na noite anterior. Nem cinco minutos. Como poderia?

Arthur esperava por essa conversa havia dois anos.

Durante esse tempo, mandara trazer todas as espécies de rosas conhecidas para aquele lugar. Contratara os arquitetos mais famosos e os jardineiros mais bem pagos do reino. Era um parque público.

Que sentido teria fazer ruas de rosas se nunca ninguém passasse por elas?

Cada pessoa que entrava ali tinha a chance de ver o que Kathelyn fizera com sua alma. O parque estava aberto fazia duas semanas, e Arthur o visitava todos os dias.

A carruagem parou e ele parou junto. Kathe já estaria ali? Encheu os pulmões de ar, abriu a porta, desceu as escadas e entrou no parque.

Arthur caminhou entre cores e pétalas de variados tamanhos. Rosas em diversas fases abriam-se em traçados vivos e copiavam lugares do paraíso.

Aproximou-se do lugar em que combinara com Lilian encontrar-se com Kathelyn. Era um canto mais isolado do jardim. Ali estavam as rosas mais raras e especiais de todo o mundo.

Meu Deus, me dê forças para chegar até ela e dizer tudo o que é preciso.

Arthur andou entre os caminhos mais estreitos até que... ela estava ali. Era fácil saber, porque o sol criava um foco em cima da deusa do jardim. Ela estava de costas. Ele se aproximou. Parou a poucos passos de distância.

Kathelyn usava um vestido verde-claro. Os cabelos meio soltos, como costumava pentear. Como se não houvesse passado nem um minuto desde que a vira pela última vez.

O coração explodia no peito dizendo que não era verdade, fazia muito tempo.

Ela ia concentrada entre as roseiras, e ele tomou ar a fim de conseguir falar. Chegou a abrir a boca, mas a voz dela o deteve.

— Não, não, venha para cá. Nós temos que achar a tia Lilian.

Então, um menininho, um pingo de criança, saiu de trás de uma roseira. Ele tinha os cabelos pretos e...

— Mamãe — disse ao se aproximar dela. Estava com a boca torcida e trêmula em uma expressão de choro. — *A osa me modeu.*

O ar do mundo acabou. O chão tremeu. Ou eram suas pernas que faziam isso?

Logo ela se abaixou e disse:

— Arthur, meu amor, furou o dedinho? Deixa a mamãe ver.

O coração dele saiu do parque e foi até as roseiras nas portas do sol.

Nada poderia tê-lo preparado para aquilo.

Nada.

Arthur? Ela chamara o menino de Arthur? Era seu nome, era sua amada Kathelyn. Era uma criança que devia ter um pouco mais de um ano.

Ele fez contas rápidas. Soube antes mesmo de terminar. Era seu filho. Era seu filho com a mulher que ele amava. Já não havia espaço para o ar, nem coração batendo. Só cabiam as lágrimas nos olhos e a euforia da confirmação.

Ela pegou o menino no colo e beijou a mãozinha dele, com a devoção da mãe maravilhosa que, sabia, ela era. Kathe ainda o consolava sacudindo-o de leve, e era Arthur quem precisava ser abraçado, estar ali abraçando os dois. Respirou o que conseguiu de ar e disse:

— Kathelyn.
Ela demorou algum tempo para se mover.
Então, ela se virou.
Todo o jardim se desfez diante daquela imagem.
Ela sorriu para mim.
— Kathelyn, meu amor...

Parte III
À sombra da rosa

38

ERA ELE. KATHELYN O RECONHECERA ANTES MESMO DE SE VIRAR.
Somente uma voz conseguia arrancar de seu corpo tantas reações: os pelos da nuca se arrepiaram, as pernas ficaram bambas, o coração disparou e... era ele. *Kathelyn sabia*. Girou o corpo devagar, não estava preparada para aquele encontro. Talvez nunca estivesse. Os lábios se curvaram em um sorriso involuntário. Os olhos deles se encontraram. Era mesmo ele.

Não podia ser, mas era.

E estava bem na sua frente. Não devia estar, mas estava.

E parecia ainda mais impressionante do que se lembrava. Não era para parecer, mas assim era. E seu coração sabia disso desde que ela colocara os pés naquele jardim. Por algum motivo louco, Kathelyn se sentia inquieta desde que tinham chegado ali.

— Kathelyn — Arthur a chamou, e ela ainda não respirava.

— Ele... esse menino... ele é?

Talvez sua cabeça tenha balançado numa concordância muda. *Meu Deus!* Não conseguia nem mesmo respirar. Sem que ela tivesse tempo de pensar em nada, Arthur os abraçou e começou a beijar sua cabeça, a cabeça do pequeno Arthur Steve, seu rosto e o rosto do menino, repetidas vezes, enquanto falava:

— Meus amores, meu Deus! Meu amor, minha vida!

E então ele a beijou nos lábios de leve, com apenas um toque, o suficiente para ela se lembrar de tudo. Do quanto ainda o amava, do quanto queria não amar. Tonta e perdida, piscou uma torrente de lágrimas, e só porque detestava chorar na frente dos outros, na frente dele, se afastou de maneira abrupta.

— O que você está fazendo aqui? — a voz dela saiu falha.

Arthur esticou os braços em direção ao pequeno Arthur e não respondeu.

— Posso? — perguntou.

Ele queria pegar o filho no colo. Como Kathelyn sonhara com isso, como se odiou por sonhar com isso. *Não*, ela quis dizer. *Você perdeu esse direito quando fez a sua escolha, dois anos atrás*. Contudo, o menino ergueu os bracinhos e se jogou em direção ao pai. Arthur Steve não se dava com estranhos, nunca fazia isso, e Kathelyn mordeu o lábio por dentro, com força, ao se sentir incapaz de segurar as lágrimas. Rendida mais uma vez, ela entregou o filho.

Acreditava que já havia perdoado, superado, esquecido. Até batizou o filho com o nome dele; uma maneira de dar um pouco ao pequeno Arthur Steve do que ele nunca teria: um pai. Mas nunca havia imaginado assistir àquele homem pegar seu filho nos braços, encostar a testa na cabecinha dele e desmontar em lágrimas enquanto repetia:

— Meu garoto, meu menino.

Ela não estava pronta para aquilo e se sentia a apenas um passo de perder todo o controle.

Olhou para o paraíso ao seu redor e nada mais estava no lugar. Sem sentir o corpo e ainda derramando lágrimas involuntárias, tentou andar. Queria sumir dali, queria que Arthur sumisse. Viu Lilian alguns metros à frente parada, junto com a sra. Taylor, observando-os. Era sua salvação.

— Lilian! — Kathe gritou e, sem pensar em nada a não ser em ir embora, tirou o filho do colo dele e foi correndo em direção à irmã.

— Vamos embora — disse, afobada.

— Por favor, deixe-me falar — Arthur veio atrás dela —, explicar tudo, contar tudo o que aconteceu nos últimos dois anos e...

— Eu não quero.

— Por favor, Kathelyn, me escute. Eu só peço alguns minutos. Depois de ouvir o que tenho a dizer, se você quiser que eu desapareça e nunca mais queira ouvir falar de mim, tem a minha palavra de que é isso que acontecerá.

— Não — murmurou, abatida.

Lilian pegou Arthur Steve no colo.

— Kathelyn, vá com ele, escute-o. Nós estaremos logo aqui.

Kathelyn entreolhou Lilian e o duque.

— Por favor — ele suplicou, com os olhos marejados.

Kathe deu um suspiro vacilante e assentiu. Não devia concordar com isso, mas estava atordoada demais para pensar em qualquer outra coisa que não fosse ficar parada tentando respirar. Ele colocou a mão no meio de suas costas e Kathe se afastou, como se o toque fosse brasa.

— Desculpe — pediu com o olhar baixo —, vamos nos sentar ali. — Apontou com a cabeça para um caramanchão alguns metros adiante.

Ela o seguiu sem sentir as pernas, nem o corpo, sem sentir coisa alguma. Uma vez no caramanchão, ele se sentou, e ela, ainda meio tonta e perdida, o acompanhou. A brisa do jardim fez uma mecha do cabelo dela tocar sua face. Kathelyn estava sem luvas e, ao recolher a mecha, sentiu as próprias lágrimas molharem a ponta dos dedos.

Arthur tirou do bolso da casaca um lenço branco com seu monograma bordado e ofereceu a ela, como um cavalheiro. Aqueles dedos longos — ele também não usava luvas, como era devido. Kathe negou com a cabeça, odiando-se por parecer tão frágil e afetada.

— Eu espero por esta conversa há dois anos... — começou ele, com a voz rouca —, talvez cinco. Não, eu espero por esta conversa desde sempre. Não houve um único dia da minha vida em que eu não estivesse sendo levado a este momento.

Ele fez uma pausa, as narinas expandindo conforme inspirava.

— Há dois anos, quando você saiu da minha casa, eu passei a ser a pessoa mais miserável que deve existir. Não, há mais de cinco anos, quando eu fiz aquela estupidez, passei a ser a pessoa mais miserável... Kathelyn. — Ele engoliu em seco. — Depois que você saiu da minha casa em Paris, demorei poucos dias para me dar conta do crime que cometi. O maior da minha vida. Quando você se foi, eu corri para Londres, na verdade eu fugi para Londres. Nada me dava prazer, nada me fazia sorrir, nada tinha vida, nada! Eu dormia bebendo e acordava sem ter vontade de começar tudo outra vez.

Ela, inconscientemente, negou com a cabeça.

Ele se apressou:

— Entendi que não só seria infeliz se me casasse com Georgiana como a faria a mulher mais infeliz do mundo. — Arthur fez uma pausa e olhou para os lados.

O coração dela queria fugir dali. Não tinha certeza se aguentaria ouvir até o fim. Mesmo assim, concordou em silêncio, dando permissão para ele continuar.

— Fui covarde demais para me dar conta disso, naquele dia em Paris. Covarde. Entendi depois que para merecer o amor é preciso ter e agir com coragem.

Ela ergueu a mão, em um pedido mudo para que ele parasse. Sabia que não podia mais ouvir, não aguentaria. Só então notou que suas mãos tremiam.

— Chega — murmurou e fez menção de se levantar.

— Por favor — ele implorou. — Eu não me casei, cancelei tudo. Como poderia, Kathelyn? Como?

Ela parou com o coração acelerado e o encarou.

Arthur cobria os olhos com as mãos.

— Instruí Georgiana a romper o noivado comigo em público, alegando que eu não era bom o bastante para ela, na frente de toda a corte, no baile de aniversário da rainha. — Ele baixou as mãos e voltou a olhá-la. — Eu não me casei e procuro você há dois anos.

Arthur não se casou? Ele... não se casou e me procura há dois anos? Kathelyn teve de fazer força para conseguir respirar. O jardim ao redor girava com as palavras recém-proferidas em sua mente.

— Pouco tempo depois da nossa última conversa, eu voltei para Paris e você havia sumido. Eu queria ter tudo resolvido com Georgiana antes de reencontrá-la, mas ninguém sabia de você, nem sua irmã, nem Steve, ninguém. Contratei detetives, mais de dez. Foram meses insuportáveis, havia dias em que eu acreditava que não iria aguentar. A ausência de notícias, a incerteza do que poderia ter acontecido com você. — Buscou os olhos dela antes de concluir: — E a possibilidade de nunca mais ver você era insuportável.

Kathe fugiu do olhar dele. Não sabia o que sentia. Não conseguia nem respirar direito, que dirá compreender algo.

— Você acredita que eu virei o vilão da nossa história?

Fez uma negação com cabeça, confusa.

— Você sempre teve razão. A sociedade acredita naquilo que acha mais interessante. — Arthur arriscou sorrir, parecendo nervoso. — Fui tachado como um libertino de moral duvidosa. As damas fugiam de mim, como se eu fosse o diabo. Perdi a credibilidade, e você e Georgiana viraram vítimas da minha sedução e desvio de caráter.

Kathe arregalou os olhos, surpresa, e em seguida mirou o chão, murmurando:

— Isso deve ter sido difícil para você... sinto muito.

— Não. Olhe para mim, Kathelyn. Nada faz sentido sem você. Difícil, impossível, foi ficar sem você todo esse tempo.

— Eu... eu não...

— Este jardim — ele a interrompeu — eu construí para você. Cada rosa dele é uma declaração do que sinto por você.

Confusa, ela o viu levantar e estender a mão em sua direção.

— Eu só te peço uma chance para tentar consertar todos os meus erros e assim fazer você me perdoar.

Há dois anos esse gesto teria sido suficiente para ela largar tudo e segui-lo aonde quer que fosse. Agora ela não tinha certeza se ainda existia qualquer possibilidade de futuro para eles. Mesmo diante de tudo o que Arthur dissera, mesmo com o coração querendo jogá-la nos braços dele, Kathe não sabia.

— Por favor — ele repetiu.

Ela se lembrou do primeiro toque dele, na sala de antiguidades de lorde Withmore. O primeiro beijo trocado. *Foi ali que ela soube.* As risadas. Como amava ouvi-lo rir. O dia em que torceu o tornozelo e as maneiras superprotetoras do duque com ela. Os beijos trocados, todos eles. As valsas, as conversas e o mundo sem ar toda vez que ele a olhava. O pedido de casamento. Paris, a primeira noite de amor deles. Os dias felizes e os tristes também. O pai louco, a irmã, o estupro, a fome, a fama. O filho. Arthur Steve. Ele poderia ter um pai.

Ficou tonta e achou que desmaiaria. Foi como se alguém tivesse dado um puxão forte em seu espartilho. Forçou-se a respirar devagar e abriu os olhos.

— Eu não sei — sussurrou. — Eu não posso — disse com mais firmeza e o encarou, mergulhando dentro dos olhos âmbar, e a expressão de dor no rosto dele apertou seu coração.

— Kathe...

Mas ela não podia.

— Você teve dois anos para pensar em tudo isso — justificou-se com a voz tomada de emoção —, enquanto eu curava minhas feridas sozinha e lutava para esquecê-lo. Dê-me um tempo, eu... eu preciso pensar.

Ela se levantou. Em um movimento rápido, Arthur segurou sua mão com firmeza.

— Se você sumir outra vez, eu não vou aguentar.

— Eu preciso de um tempo para pensar em tudo o que você me falou e...

— Quanto tempo? — perguntou, com a voz rouca.

— Não sei.

Eles ficaram em silêncio, enquanto Arthur ainda segurava a mão dela.

— E o meu filho?

Kathelyn não podia proibi-lo de ver o filho, não era certo. Por mais perturbada que estivesse com tudo o que acabara de saber e com a presença de Arthur ali, não o privaria de conviver com o filho.

— Você pode ir vê-lo sempre que quiser.

Arthur assentiu e soltou o ar de maneira falha.

— Está bem.

— Estou hospedada na casa de minha irmã, vou ficar lá e — ela tentou se afastar e ele a soltou — vou passar dois meses em Londres, então você terá bastante tempo para ver o meu... o nosso...

— Eu te amo — ele disse.

Kathe virou o corpo e começou a se afastar.

— Eu te amo — repetiu ele, em um tom mais alto. — Vou te amar para sempre.

Dessa vez foi Kathelyn quem deu as costas a ele.

Quanto tempo um homem adulto poderia ficar sem se alimentar corretamente sem que isso começasse a atrapalhar as funções de seu cérebro?

Era o que Arthur se perguntava com frequência nas últimas duas semanas, desde que Kathelyn o deixara no parque pedindo um tempo para pensar.

Não havia decidido conscientemente fazer uma greve de fome, simplesmente não sentia vontade de comer, ou de dormir, ou de beber ou de qualquer outra maldita coisa que não fosse obter a resposta de Kathelyn. Será que ela não achava que eles já haviam sofrido o suficiente?

E se ela não o aceitasse?

E se Kathe resolvesse voltar para Nova York?! A cidade onde Lilian disse que ela havia fixado residência. Em sua nova vida, Kathelyn mudara de nome outra vez. Tinha feito isso por causa da gravidez, inventara um marido que falecera na viagem até lá. Por isso os detetives não a acharam. Se ela voltasse para Nova York, Arthur seria capaz de largar tudo e ir atrás dela, de morar na cidade, de... O que ele faria? Deus, não gostava nem de pensar nisso.

Ele desceu da carruagem e subiu as escadas em direção à casa de Lilian. Em quinze dias, desde que começara a visitar o filho, ele cruzara com Kathelyn somente duas vezes. Como se soubesse que ele estava para chegar, ela parecia evitá-lo.

Bateu três vezes à porta, com o coração acelerando mais a cada toque do metal contra a madeira. Ela estaria em casa? Iria recebê-lo? No lugar de Kathelyn, a sra. Taylor fora sua companhia durante os dias em que ficara com o menino.

Cristo, como a mulher era mal-humorada! Na verdade, Arthur se lembrava da época em que Elsa costumava lhe tratar bem; isso fora antes do fim do noivado entre ele e Kathelyn, mais de cinco anos antes.

Entretanto, nos dias em que estivera brincando com o pequeno Arthur Steve, a senhora o encarava com a expressão severa e a boca presa em uma linha, praticamente sem piscar. Pensara em fazer comentários sarcásticos, a fim de alfinetá-la, mas calou-se. Não era estúpido, sabia que Kathelyn amava aquela mulher como uma mãe e, se não podia diminuir a aversão da senhora a ele, certamente não iria contribuir para aumentá-la.

A porta foi aberta e ele estendeu o cartão de visita.

— Um momento, por favor — o mordomo pediu, e Arthur observou-o se afastar através do corredor.

Aguardava o retorno do homem quando uma canção, vinda de alguma das salas da casa, preencheu o vestíbulo. Seu coração acelerou e o estômago se contraiu. Não era uma voz qualquer, era a voz mais milagrosa que existia. Sem pensar, e hipnotizado, ele seguiu o som, parando de frente para a porta do cômodo onde, tinha certeza, ela cantava. Ainda sem conseguir se deter, abriu a porta.

Kathe demorou alguns segundos para perceber que ele havia entrado na sala sem pedir licença ou ser anunciado, e então, quando o fez, arregalou os olhos, abaixou o papel que estava em suas mãos — possivelmente uma partitura — e ficou a encará-lo em silêncio, com uma expressão inflexível.

A eletricidade entre eles era tão palpável que pareciam existir fios de linha os ligando, como se fossem marionetes um nas mãos do outro. Ao menos era assim que Arthur se sentia diante dela: rendido, comandado, fora do equilíbrio e entregue ao domínio de um condutor louco, que brincava com seus sistemas e movia as sensações de seu corpo. Ela estava com um vestido amarelo, matinal, os cabelos soltos e, *Santo Cristo*, descalça. Ele inspirou com dificuldade — só a havia visto com os cabelos assim na cama, entre seus braços, gemendo de prazer e...

— Bom dia, excelência! — disse ela, distante. — Acredito que Arthur Steve esteja em outra sala.

Ele piscou lentamente, tentando retomar o controle.

— Bom dia, Kathelyn. — Deu alguns passos à frente.

— O senhor não ouviu o que eu disse?

— Sim, eu ouvi. — E deu alguns passos a mais.

— Então o que sua excelência está fazendo aqui ainda?

Ia pedir para ela parar de chamá-lo de sua excelência quando notou as folhas tremerem nas mãos dela. Sua respiração acelerou.

— Eu vim vê-la.

— Eu disse... — ela umedeceu os lábios — disse que o senhor poderia visitar Arthur Steve e não a mim, e pedi um tempo.

Queria tanto se aproximar, mergulhar os dedos nas ondas dos cabelos macios e senti-la mais perto.

— Kathelyn, eu sei do erro que cometi. Se pudesse gravá-lo a fogo em minha pele todos os dias e, assim, arrancar do seu coração a dor que causei a você, acredite, eu faria.

— Isso não mudaria o passado — murmurou ela.

— Não, mas se sofrer mais do que já sofri com a nossa separação pudesse mudar as coisas e...

— Você escolheu outra mulher, Arthur. — Ela o fitou com ar acusatório.

— E, como se isso não bastasse, me propôs assumir um papel que eu só usei falsamente, por causa dos erros do nosso passado.

— Eu não estava raciocinando direito, não conseguia achar uma saída inteligente, estava desesperado por amar você.

Ela riu de maneira triste.

— Atos que machucam o outro e que são usados como justificativa por causa da urgência do amor?! Seria poético, se não fosse tão mesquinho.

Aquela discussão era tudo que Arthur não queria. Ele não aguentava mais ser infeliz. Queria paz. Olhou ao redor. Um enorme piano de cauda fazia par com um violoncelo encostado próximo a ele e havia algumas partituras espalhadas em cima de uma mesa. Kathelyn deveria usar aquela sala para ensaiar.

— Você canta em Nova York? — perguntou, porque não queria mais brigar. Como Kathe amava a música, acreditou que, se os dois conversassem sobre algo que a distraísse, talvez pudessem se entender de algum jeito.

Só que, em vez de responder, ela gargalhou e, ao parar, estava ofegante e ruborizada. Arthur precisou apertar as mãos com força ao lado do corpo para se manter longe dela.

— Vá ver o seu filho e me deixe em paz.

Ela parecia muito disposta a confrontá-lo.

— O que eu posso fazer para você me perdoar? Diga-me. Estou disposto a fazer qualquer coisa.

Os olhos dela se turvaram e Arthur enxergou um céu azul de mágoas.

— Eu fico de joelhos, eu faço qualquer coisa. — A voz dele falhou. — Apenas me perdoe.

— Eu me tornei um desafio outra vez para você, não é verdade?

E aquelas palavras o acertaram em cheio. Ela não ouvira nada do que ele vinha dizendo? Kathe achava que estava atrás dela como um louco porque se tornara um desafio? Abatido, Arthur entendeu que Kathelyn não acreditara em meia palavra do que ele dizia. E não podia culpá-la: estava colhendo o que plantou.

— É isso que você realmente acha?

Sem responder, ela caminhou até colar o corpo no dele, como uma deusa vingativa. Kathelyn respirava de maneira acelerada, os seios subindo e descendo, acariciando o peito dele por cima do tecido da camisa. Ele sentiu os mamilos dela enrijecerem. Ela não usava espartilho e ele perdeu toda a razão, o ar e a firmeza das pernas.

— Eu te pedi um tempo.

— Eu sei, só não aguento mais — ele arfou.

Suas mãos subiram pela cintura fina, e a necessidade correndo em suas veias levou-o a se pressionar com mais força contra ela. Continuou subindo através do vestido e fechou a mão trêmula em um dos seios macios até apertar um dos mamilos e deixá-lo ainda mais rijo. Um gemido lânguido escapou entre os lábios dela, e tudo se fragmentou na maior onda de desejo que já varrera seu corpo. Ele emoldurou o rosto de Kathe entre as mãos e começou a beijar cada pedaço de pele do rosto, do pescoço, a curva da orelha, a bochecha, a linha do maxilar, enquanto absorvia o cheiro de rosas e outras notas secretas que eram somente dela. Kathe se esfregava contra ele e ofegava, entregue.

— Eu te amo — ele sussurrou e sentiu que ela enrijecia em seus braços, espalmando as mãos no peito dele. Isso o fez parar e se afastar um pouco, desesperado. Tinha certeza de que ela o empurraria.

Foi então que as mãos dela pressionaram seu peito e subiram em direção ao pescoço, fechando-se na nuca dele. Arthur sentiu o coração pulsar no corpo inteiro e as pernas instáveis quando os dedos dela se enroscaram em seus cabelos e ela o puxou para baixo, com força, em direção aos lábios abertos e úmidos, até a boca de Kathelyn cobrir a sua. Ela o beijou como se precisasse dele para o mundo permanecer no eixo. Ele rosnou de prazer conforme a língua dela invadiu sua boca e, com a mesma intensidade, sua própria língua lutava para estar dentro dela.

— Ah, meu Deus, Kathelyn — murmurou, embriagado de desejo, com receio de não aguentar e explodir somente por olhá-la e beijá-la. Por ouvi-la gemer e... Ele precisava tanto dela que todo o seu corpo doía. — Meu amor — balbuciou, ensandecido de desejo, beijando-a no rosto —, eu preciso ter você. Vamos para minha casa.

Certo, concluiu em pensamento pouco depois. *Não fora a proposta mais galante e romântica do mundo*, mas ele era um homem desesperado.

As mãos dela espalmaram seu peito, porém dessa vez ela o empurrou de verdade.

— Nunca mais encoste em mim! — Kathelyn ordenou baixinho.

— Por favor, Kathe...

— Se você voltar a encostar um dedo em mim, eu juro que sumo daqui e você nunca mais verá o seu filho.

E aquela ameaça baixa, fria e cruel fez o fogo do desejo virar decepção e nervosismo em três segundos.

— Que eu saiba, eu não fiz nada sozinho.

— Você não mudou nada, seu arrogante!

— Pelo visto, nem você.

Os olhos dela se arregalaram enquanto o rubor fugia de suas faces, dando lugar a uma palidez atônita. Estúpido, idiota, um milhão de vezes imbecil.

— Kathelyn, me perdoe.

— Saia daqui — ela gritou.

Ainda afetado pelo beijo e mal respirando, ele concordou, abatido, e caminhou até a porta da sala de música. Virou-se para ela.

— Me perdoe — repetiu. — Por favor, eu não quis dizer o que acho que você entendeu.

— O que você pensa sobre mim não tem mais a menor importância — ela declarou, com altivez, mas os lábios tremiam, e Arthur quis se jogar no chão, arrependido, para que ela passasse por cima.

— Eu te amo, Kathelyn.

Dizendo isso, ele virou as costas e saiu da sala de música com a sensação de que, se acaso tivesse enfrentado dois exércitos e cinco generais estrategistas, não estaria tão exausto e derrotado. Sentou-se no primeiro banco que vira no meio do corredor. Ainda estava com as pernas bambas. O que podia fazer para que ela o aceitasse?

Olhou para o jornal em cima do aparador na lateral. Estava dobrado deixando visível a nota anunciando o casamento entre lorde Breeders e a srta.

Grifith. Lembrou-se da maldita nota que ele mandara publicar cancelando seu noivado com Kathelyn. Seus olhos se arregalaram e o coração acelerou contra as costelas. Arthur tivera um vislumbre do que poderia fazer.

⁂

Kathelyn saiu da sala de música horas depois de seu entremeio com Arthur, mas ainda estava tensa. Voltar a brigar, a beijá-lo, havia mexido com todos os seus nervos e emoções. Não sabia o que fazer nem como agir. Não soube nem mesmo por que o beijara. Depois que Arthur saíra, tinha ficado uns bons dez minutos em pé, com as pernas vacilando e a respiração acelerada, olhando para lugar nenhum, tentando entender por que, Deus, a simples presença dele continuava a deixá-la sem raciocinar.

Que tola. É claro que ela sabia o porquê. Vê-lo nunca seria algo calmo e controlado, esse era o problema. E então Arthur lhe pedira para passar uma noite com ele, e se não fosse isso provavelmente não teria parado. Kathelyn suspirou, condoída. Arthur ainda a tratava da mesma maneira que dois anos antes.

Sozinha, quando conseguiu voltar a respirar e se mexer, ela agarrou a partitura e cantou como se as músicas pudessem mudar o curso das coisas, apagar o passado e reconstruir a história deles. Três horas depois, tinha certeza de que Arthur já teria ido embora; não queria mais vê-lo naquele dia. Aproximou-se da sala onde sempre ficavam as crianças. A porta estava entreaberta. Já havia quase entrado quando ouviu uma voz masculina. *Ah, meu Deus, ele ainda está aqui.*

— Então Páris — disse o duque — escolheu o amor da mulher mais bela da Terra, acreditando que teria o amor de Afrodite... porém, a deusa se referia a Helena de Troia. Pobre Páris, se apaixonaria por uma mulher que já era casada.

Kathelyn parou, estarrecida, no batente da porta, diante da cena que se desenrolava do lado de dentro. Enquanto a sra. Taylor dormia profundamente na poltrona, Arthur lia sem a casaca, o colete e a gravata, as mangas da camisa dobradas até os cotovelos e meio deitado no chão, coberto por todos os tipos de brinquedos e livros abertos.

Diante dele, seu filho o encarava, maravilhado, como se entendesse o que o pai contava. Porém, o que fez o coração de Kathelyn acelerar não foram os pelos esparsos do peito à mostra, nem os braços bronzeados e as veias saltadas ou as mãos grandes, ou mesmo aquele corpo forte e masculino esparramado no tapete. O que fez seu coração saltar no peito foi a maneira hipnótica como seu filho prestava atenção às palavras dele.

— E então, meu filho, teve início uma guerra. — Ele pegou uns soldadinhos, batendo um contra o outro, antes de continuar: — Sim, nós homens podemos fazer muitas besteiras quando estamos loucos de paixão, mas também... podemos construir coisas muito lindas.

— Papa — Arthur Steve balbuciou, espontâneo, e Kathelyn mordeu os dedos com força para não arquejar de surpresa.

— O que... o que você disse? — perguntou ele, visivelmente emocionado. — Você disse papai?

— *Papa* — o menino balbuciou outra vez.

— Meu Deus! — murmurou ele, rindo. — Meu filho. — Encostou a testa na do menino. — Que Deus me permita ouvir você me chamar assim muitas vezes — murmurou.

E, antes que corresse até os dois e os abraçasse emocionada, ela virou as costas e se afastou. Subiu as escadas rapidamente. Apenas quando estava na segurança de seu quarto Kathelyn chorou.

39

Minha rosa,

Amo-te de um canto secreto da alma, onde estão os gostos proibidos, os desejos roubados. Amo-te com o ardor de mil poetas com a vida de todas as palavras e, ainda assim, não consumi a chama que me mantém cativo!

Lorde DuskyRose

— QUE ESCÂNDALO! — RECLAMOU A SRA. TAYLOR DE UM CANTO DA SALETA.
— Esses jovens perderam a noção da boa educação e dos bons costumes — resmungou, inconformada. — Admira-me esse folhetim respeitado se propor a publicar essas indecências.

— Ah, sra. Taylor. — Kathelyn riu com prazer da expressão severa da antiga preceptora. — Às vezes parece que não viveu metade das coisas que passamos juntas.

Olhou para Lilian, que havia acabado de ler a nota destacada no folhetim e abaixara o jornal, ruborizada. Fazia trinta dias que notas românticas e provocativas como aquela eram a sensação das fofocas em Londres.

Quem seria o Lorde DuskyRose?

Quem seria a rosa dele?

Kathelyn tinha certeza de que esse era o assunto da temporada e o motivo de apostas em todos os lugares.

— Hoje o lorde DuskyRose estava bastante inspirado — disse Lilian, com ar sonhador.

Kathe ergueu os ombros.

— Ontem ele também estava.

— Você tem algum palpite de quem seja? — perguntou a irmã.

Arthur... para mim. Surgiu em sua mente, e seu coração disparou. Que tola! Agora sonhava em ser a rosa dele, junto com todas as jovens solteiras e casadas do reino?

Lembrou-se do beijo na sala de música três semanas antes, e seu estômago se contraiu. Era o efeito que Arthur provocava em seu corpo, em sua mente. Já havia se conformado com isso.

E desde aquele beijo, apesar de Arthur ser sempre muito educado e atencioso, mal trocavam três frases quando se viam.

Então, Kathelyn se retraiu e não tocou mais no assunto sobre a resposta que Arthur esperava dela. Mesmo que na maioria dos dias acordasse esperando a visita dele, e na maior parte das noites dormisse tendo de se controlar para não chorar por ainda o querer tanto, por se tocar pensando nele, por sentir vontade de ir procurá-lo e dizer que aceitaria tudo, qualquer coisa que ele propusesse.

Era como reviver o passado, uma espécie de pesadelo, entretanto de outra perspectiva. Isso porque em momento nenhum da conversa no jardim ou na sala de música, ou mesmo depois do beijo, ele a pedira em casamento, e Kathelyn acreditava que jamais o faria.

No começo, Lilian insistia para ela ceder e falar com Arthur, dizia ter certeza de que ele a amava. Mas Kathelyn o conhecia, e acreditar que Arthur se casaria com ela e assumiria o filho bastardo que tiveram era quase impossível. Seria escandaloso demais para os padrões aristocráticos dos quais ele nunca conseguira se libertar totalmente. Então ela evitava pensar no assunto. Proibira Lilian de falar sobre Arthur e também evitava ficar sozinha junto dele. Era mais fácil assim.

Orgulho? Vaidade? Medo? Uma mistura de tudo isso?

Talvez. O problema todo era...

E se Arthur a pedisse para ser amante dele outra vez? Talvez a julgasse fragilizada por terem um filho juntos e, assim, precisar ainda mais de sua proteção. E o pior: se ele pedisse, ela seria forte o bastante para dizer não novamente?

— Veja, a nota de ontem era menos... era mais... — Lilian comentou, despertando-a de seus devaneios.

A irmã pegou o folhetim do dia anterior e começou a ler:

— Minha amada rosa, a lembrança dos seus lábios é um mar revolto enquanto o navio da minha alma direciona meus desejos, controla minhas vontades, afunda meu peito na espera e atormenta meus sentidos em...

— Você já leu isso ontem — ela reclamou.

Lilian arregalou os olhos.

— E qual é o problema?

Kathelyn mirou o relógio sobre o aparador da lareira.

— Isso é uma farsa para vender jornais.

— Eu não acho.

Ela olhou o relógio outra vez.

— Daqui a pouco ele estará aqui e eu não quero encontrá-lo.

— Kathe — a irmã suspirou —, até quando você vai fugir dessa situação?

— Eu não quero falar sobre isso.

— Ele está muito apegado ao filho, e o menino já o reconhece como pai. Como será quando você for embora?

Ela se angustiou.

— Maldita hora em que eu permiti que esses encontros acontecessem e que ele viesse ver o meu filho.

Lilian fez uma expressão pesarosa e balançou a cabeça.

Kathelyn passou os dedos nas faces, nervosa.

— Não quis dizer isso, você está certa — soou mais conformada. — Uma hora terei que falar com ele, logo partirei daqui e, por mais que eu odeie admitir, ele realmente parece gostar do meu... do nosso filho.

E tinha sido isso que fizera Kathelyn perder todas as batalhas internas contra seu senso de autopreservação. O filho. Todos os dias o duque ia ver o pequeno Arthur Steve e passava algumas horas brincando com o menino, jogado no chão e em mangas de camisa, entre soldadinhos e cavalos de madeira ou simplesmente fazendo-o dormir em seus braços.

O som de batidas na porta da frente fez o coração de Kathelyn disparar.

Eu vou enfrentá-lo. Inspirou o ar devagar, decidida.

Não sou uma covarde, nunca fui. Ele não vai dobrar o meu caráter, as minhas convicções. Fechou os olhos com força. *Posso lidar com ele*, murmurou para si mesma.

Quando o mordomo entrou na sala, Kathelyn tinha certeza de que seria para anunciar a visita do duque.

— Um convite para lady Radcliffe — o homem disse no lugar, estendendo a bandeja de prata com o convite.

— Obrigada, sr. Wilkes — Lilian agradeceu o mordomo e pegou o envelope, abrindo-o em seguida.

Kathelyn observou uma ruguinha se formar entre as sobrancelhas da irmã.

— O conde Portland e o duque de Belmont vão dar um baile de máscaras na casa do duque, em Londres, daqui uma semana.

Kathelyn ignorou o frio no estômago trazido por aquele anúncio. Não sabia que Arthur era dado a realizar festas extravagantes em sua mansão de Londres. Olhou para a sra. Taylor, que negava com a cabeça.

— Você está convidada também, Kathe — a irmã informou, com um sorriso nos lábios.

— É claro que nós não vamos e... — Parou ao notar a animação da irmã se desfazer.

Lilian deu um sorriso triste.

— Eu nunca estive em um baile de máscaras e os bailes de Portland são os mais famosos do reino.

Kathelyn não cederia a um baile de máscaras no mesmo salão, no mesmo país em que estava Arthur. Não era uma boa ideia.

— Se acha assim tão interessante, por que você nunca foi? — perguntou, tentando soar despreocupada.

Lilian olhou para baixo.

— Você sabe, eu nunca debutei e Rafael não gostava de bailes. Depois que fiquei viúva, houve o luto obrigatório, e agora as pessoas não me convidam para esse tipo de festa, devem supor que recusarei. — Ela suspirou, pesarosa. — Acho que só me convidaram porque sabem que você está hospedada aqui e não poderiam te chamar sem me incluir.

Ah, Cristo! Como poderia dizer não à irmã? Lilian nunca tinha debutado por causa da ruína de Kathelyn, e então se casara com aquele monstro e... que Deus a ajudasse, a irmã parecia fazer questão de participar daquele baile.

— Você realmente quer ir?

— Não, eu entendo. Você não quer se encontrar com Belmont e o baile será na casa dele, não é mesmo?!

Elas ficaram por um tempo em silêncio.

— Vão surgir outros convites como esse, um dia — Lilian murmurou.

Kathelyn soltou o ar pela boca com força. Não poderia negar isso a Lilian.

— Está bem. Se isso vai te deixar feliz, nós vamos.

Lilian se levantou e abraçou Kathe, surpreendendo-a.

— Isso me fará muito feliz. Obrigada, Kathelyn. Estou tão empolgada. — Beijou suas bochechas. — Será o primeiro baile de verdade ao qual eu vou.

— É — ela concordou, retribuindo o abraço —, e que Deus me ajude.

— O quê? — Lilian perguntou.

— Nada.

Iria a mais um baile de máscaras, dessa vez na casa de Arthur.

No ninho do falcão. Deveria estar louca por aceitar uma coisa dessas.

Um arrepio percorreu sua nuca. Talvez ele nem mesmo a procurasse no baile. Provavelmente nem sequer havia pensado nela ao organizar essa festa junto ao amigo, o conde Portland. Mas no fundo Kathelyn sabia que acreditar nisso era mais uma maneira tola de tentar se enganar.

40

DESDE QUE CHEGARA A LONDRES, AS PESSOAS A IGNORAVAM COM UMA soberba indiferença, mesmo ela sendo irmã da correta e respeitada lady Lilian Radcliffe. Kathelyn entendia a maneira como funcionavam as pessoas, então imaginava o que vinham falando a seu respeito. Também tinha certeza de que chamavam seu filho de bastardo do duque de Belmont, apelido fomentado pelas visitas diárias de Arthur à casa da irmã.

Não se importava com o que pudessem falar sobre ela, contanto que não falassem de seu filho. Por isso, tinha que deixar a Inglaterra logo. Sabia também que, depois que o filho tivesse idade suficiente para sofrer com os insultos, nunca mais voltaria para lá. Então — ela se convencia diariamente — não poderia, em hipótese nenhuma, aceitar a posposta de Arthur para ficarem juntos.

Ela examinou o vestido que iria usar no baile daquela noite. O corpete ajustado com mangas baixas dispensava o uso do espartilho e deixava o colo à mostra enquanto saias de uma fina seda se sobrepunham em várias camadas. O vestido era rosa-antigo, nem claro nem escuro. A cor fora uma sugestão de Lilian.

— Discreta, mas realçará o seu tom de pele — disse a irmã, uma semana antes, na costureira.

— Você vai de preto? — espantou-se Kathelyn diante da escolha de Lilian. — Todos saberão que está de luto.

— Kathelyn, estou decidida a ir fantasiada como a noite. Lembra-se do seu primeiro baile de máscaras?

Como Kathe poderia esquecer? Fora seu primeiro encontro com Arthur. Ela aquiesceu.

— Então — prosseguiu a irmã, descontraída —, pode-se usar preto em um baile de máscaras sem que se vincule ao luto.

E Kathelyn não discutira mais. Olhou outra vez o vestido e a máscara larga. Era bordada com organza, imitando as pétalas de uma rosa.

— Posso entrar? — a irmã pediu licença.

— Sim, claro.

Lilian estava segurando o folhetim entre os dedos.

— Você leu a nota do lorde DuskyRose hoje?

Kathe suspirou, sem paciência.

— Você está obcecada por esse lorde, lê as notas dele todos os dias como se fosse a coluna dos desaparecidos, isso, é claro, se estivesse à procura de alguém.

— Eu e toda a cidade, ainda mais agora.

— Como assim?

— A nota de hoje diz apenas: "Adorada rosa, hoje me revelarei para você, no baile de máscaras do duque de Belmont e do conde Portland. Eternamente seu, lorde DuskyRose". — Parou encarando-a com um sorriso no canto dos lábios.

Kathelyn franziu o cenho.

— O quê?

— Ele não é uma farsa como você dizia.

— Pode até não ser, mas, sinceramente, já parou para pensar por que as pessoas se importam tanto com a vi... Que cara é essa, Lilian? — irritou-se Kathelyn.

— E se for ele?! E se for Belmont?

— Meu Deus, você está louca?! Arthur jamais se exporia ao ridículo desse jeito. Além do mais, ele é um duque.

Lilian ergueu as sobrancelhas com uma expressão zombeteira.

— E qual o problema em ser um duque?

Kathelyn bufou, contrariada, apesar de seu coração ter acelerado com essa ideia estúpida e impossível.

— O problema é que duques não declaram seus sentimentos em público. Mesmo que estejam morrendo de dor de barriga, o máximo que fazem é se queixar de um leve incômodo.

— O fato é que... Arthur é um duque bastante atípico.

Ela balançou uma negação contrariada com a cabeça, nervosa com as ondas geladas que percorreram seu estômago.

— Ele é muito passional, Kathelyn — disse Lilian. — Já viu a maneira como olha para você?

— Ele sempre me olhou dessa maneira, e veja só no que resultou.

— Sim, isso é verdade — Lilian se jogou na cama de maneira dramática e exagerada —, ele sempre te olhou com muita paixão. Só que agora é diferente. Ele te olha como se a própria vida e felicidade dependessem de você.

O coração dela acelerou e os olhos se encheram de lágrimas. Que estupidez!

— Não fale isso... não quando nós duas sabemos que tudo é uma grande ilusão. Eu nunca poderia aceitar o tipo de amor que ele tem para me oferecer.

— Não?

— Eu nunca seria amante dele, tampouco voltaria a morar em Londres expondo meu filho a essa condição. Além do mais, e o principal, eu não seria capaz de realmente perdoá-lo.

Lilian sentou-se na cama

— Eu acho, Kathe, que você já o perdoou, e talvez o que mais te angustie seja saber que eu falo a verdade.

Elas ficaram em silêncio por um tempo, até Lilian se erguer e ir em sua direção. Segurando seu ombro, a irmã lhe deu um beijo na testa.

— Você sempre foi minha heroína e merece o seu final feliz. Não lute contra ele.

Dizendo isso, Lilian saiu do quarto e a deixou com lágrimas presas nos olhos e com a certeza de que aquela seria a noite em que enfrentaria Arthur. Ela o enfrentaria, não para ter seu final feliz, como supunha sua irmã — Kathelyn não acreditava mais nesse tipo de felicidade —, mas para poder partir em paz, outra vez.

Uma enorme fila de carruagens, das mais luxuosas e incrementadas até os simples cabriolés, enchia a Upper Brook Street enquanto damas e cavalheiros mascarados desciam diante do suntuoso palacete todo iluminado pelas tochas.

Kathelyn e Lilian entraram no vestíbulo. Ela entregou a capa de noite e, nervosa, checou o laço da máscara atrás do pescoço. Lembrou-se dos dias que passara naquela casa, enquanto ainda era uma debutante sonhadora e mimada, enquanto ainda era noiva do dono daquele palacete. Com o coração batendo mais forte a cada passo que dava, as duas seguiram por um corredor amplo até o salão de baile de Belmont Hall.

Kathelyn deu alguns passos para trás quando seus olhos se apoderaram do cenário criado no suntuoso salão. Milhares de velas pendiam do teto junto aos enormes lustres de cristal em cúpulas de diferentes tamanhos, intercaladas com...

— Céus! — ela murmurou, maravilhada.

Kathelyn nunca havia visto tantas rosas juntas em sua vida. Elas pendiam do teto, enchiam as paredes, lotavam o chão em pétalas. Contudo, o que a fez perder o ar e acreditar que estava sonhando não fora apenas a quantidade de flores junto às velas, os espelhos e cristais, e sim a cor das rosas. Elas não eram vermelhas, nem brancas, nem mesmo cor-de-rosa, amarelas ou champanhe. Elas eram de uma cor nunca vista, uma cor apagada, tão tristes que chegavam a ser belas, como se fossem sombras: elas eram cinza.

Kathelyn ergueu a mão enluvada e tocou em uma das rosas arranjadas a seu lado.

— Nunca vi nada igual — disse, olhando para o salão outra vez.

O desfile de homens e mulheres luxuosamente trajados e mascarados completava aquele cenário surreal. Porém, algo não estava certo, e um frio lhe cobriu o estômago: os homens e mulheres mascarados que desfilavam à sua frente estavam todos, sem exceção, vestidos de preto, e, enquanto ela avançava salão adentro ao lado de Lilian, os rostos se viravam em sua direção.

Kathelyn tentou respirar devagar, mas de repente o corpete pareceu muito apertado. As pessoas abriam caminho para ela passar, surpresas e talvez até mesmo indignadas. Ela sentiu a visão turvar. Era como se estivesse de volta àquele baile em que fora rechaçada pela sociedade.

— Lilian — murmurou atordoada —, por que estão todos de preto menos eu?

Percebendo a angústia de Kathelyn, a irmã segurou sua mão com força e aproximou-se de sua orelha.

— Confie em mim... vai dar tudo certo.

O coração de Kathelyn batia ainda mais acelerado, e, conforme ela andava entre os convidados, as pessoas viraram os rostos e torciam os pescoços cochichando, tinha certeza de que, mais uma vez, falavam sobre ela. Mais uma vez, ela era o centro da atenção daquelas pessoas frias e arrogantes. Em breve alguém a humilharia ou...

— Eu quero ir embora — pediu, nervosa.

— Kathelyn, se as coisas não saírem como imagino — Lilian disse baixinho —, eu mesma cometerei um assassinato e depois você pode me matar, está certo?

— Você... você sabe o que está acontecendo aqui?

— Confie em mim! — sua irmã repetiu, apertando outra vez sua mão.

Elas deram alguns passos a mais e, quando pararam em um dos cantos do salão, Kathelyn se sobressaltou com um toque no ombro.

— Senhorita, me concederia uma valsa?

Ela soltou o ar com dificuldade e girou o corpo a fim de encarar o homem que pedira pela dança.

— Senhoritas, senhoras e senhores! — uma voz imperiosa vinda de algum lugar mais à frente a deteve. — Um momento de atenção, por favor.

Aquela voz sempre colocava todo o seu corpo em alerta. Kathelyn não teve dúvida: era Arthur quem falava. Aos poucos o burburinho das conversas se desfez e o salão mergulhou no silêncio. Kathelyn ouvia apenas o som de sua respiração alterada, o farfalhar de tecidos e o eco da expectativa.

— Meu amigo Portland e eu — principiou o duque — queremos agradecer a presença de todos. Esta é, sem dúvida, uma noite muito especial.

Kathelyn buscou-o com os olhos, erguendo o pescoço, mas só conseguia enxergar plumas, brilhos e cabelos entre um mar preto, dourado e cinza.

— Eu sou o lorde DuskyRose — Arthur anunciou, com a voz estrondosa.

Kathelyn arquejou de surpresa junto a uma onda de exclamações e risadas que ecoaram pelo salão.

— Querem saber quem é a minha rosa? — perguntou ele.

— Sim! — responderam alguns.

— Eu, sou eu — ouviram-se vozes femininas e mais risadas pelo ar.

— Todos aqui gostam de uma boa história? — Arthur perguntou, e várias respostas entusiasmadas confirmaram.

— Então, vou contar uma história para vocês antes de o baile começar... E o que pode tornar essa história ainda mais interessante é saber que ela é real. Aconteceu comigo.

E o salão mergulhou outra vez no silêncio da expectativa. Kathelyn andou um pouco para trás, até encontrar o apoio de uma parede. Lilian ainda segurava sua mão com força.

— Há cinco anos — a voz forte do duque ecoou outra vez — fui convidado para um baile de máscaras, mas na verdade aceitei o convite do destino para mudar a minha vida. Soube quando os meus olhos encontraram os dela pela primeira vez que tudo havia mudado. Essa jovem passou a segurar o meu coração nas mãos dela.

Kathelyn levou uma mão até o peito enquanto as palavras de Arthur entravam em seu sistema, como o ar circulando com o sangue.

— Mas — prosseguiu Arthur — hoje eu sei que, quando encontramos algo de valor único, sentimos medo, não sabemos como agir. Eu acreditei que era traído e cometi o maior erro da minha vida. Um erro de julgamento que levou também muitos de vocês presentes aqui hoje a julgar e a condenar uma jovem inocente e honrada, inclusive a própria família da dama.

Alguns murmúrios foram ouvidos e Kathelyn sentiu-se um pouco tonta enquanto a luz das velas se turvou pelas lágrimas que cobriam seus olhos.

— A minha inconsequência e impulsividade — continuou ele — fez essa dama perder tudo o que tinha, e talvez, por mais que eu a ame, nunca seja capaz de me redimir diante dela. Eu entendi que não existe dor maior do que machucar alguém a quem amamos e assim me condenei a uma vida nas sombras.

Os lábios de Kathelyn tremiam, assim como suas mãos.

— Só que, damas e cavalheiros aqui presentes, depois que se enxerga a luz é impossível ser feliz nas sombras e se acostumar com elas.

Kathelyn notou um movimento de pessoas abrindo passagem, enquanto as lágrimas pela compreensão do que Arthur falava e fazia voltavam a inundar seus olhos.

— Uma vez essa dama me disse que eu não a considerava boa o bastante para ser a minha duquesa.

Então Kathelyn o viu, inteiro de preto, enorme e lindo. Ele caminhava em sua direção. E o mundo ao redor se desfez. Totalmente emocionada, ela puxou o ar pela boca de maneira falha, e conforme ele se aproximava seu coração batia mais forte. Mais rápido. Ainda mais acelerado.

Ele parou de frente para ela.

— A verdade — ele prosseguiu, com a voz firme e alta — é que sempre foi o contrário. Eu é que nunca me considerei bom o bastante para ela.

E, então, ele tirou a máscara.

— Meu Deus! — sussurrou Kathe conforme Arthur se ajoelhava diante dela.

— Senhorita — disse ele —, a sua luz transforma todas as pessoas e coisas em sombras. Vocês mesmos podem ver. Percebem? — Arthur perguntou, olhando para os convidados, que abriram um círculo onde eles estavam. — Ela é a única rosa aqui presente. O resto? É somente a sombra que sua luz projeta... É somente a sombra da rosa.

Ela cobriu os lábios com os dedos e soluçou.

— Lady Kathelyn Stanwell, se for capaz de perdoar os meus erros e aceitar ser a minha duquesa, eu sei que você será a mais bela, bondosa, honrada e corajosa duquesa já vista nesta terra. Se me der a honra de dividir a sua vida comigo e de me levar de volta para a luz, eu juro, diante de todas estas pessoas, que devotarei a minha existência a te fazer a mulher mais feliz do mundo.

Ele a encarou com mais intensidade antes de concluir:

— E uma coisa eu posso te prometer, minha rosa: você será a duquesa mais amada de todo o reino. E ninguém, nem mesmo um duque arrogante — sorriu ao dizer —, tem o poder de quebrar a Promessa feita a uma rosa.

Ela abaixou as mãos incertas e Arthur as segurou com carinho, beijando uma e depois a outra.

— Você me daria a honra da próxima valsa?

Kathelyn sorriu entre as lágrimas que desciam abundantes por trás da máscara e concordou com a cabeça, sentindo-se incapaz de falar.

Arthur a conduziu até o meio do salão, enquanto a orquestra iniciava os primeiros acordes da valsa. A mão dele rodeou sua cintura e ela perdeu o ar. Ele aproximou os corpos, e o coração dela voltou a acelerar. Começaram a girar, e ao redor tudo se misturou.

Kathelyn queria responder a ele, dizer qualquer coisa.

— Eu... eu...

Arthur se aproximou até os rostos se tocarem.

— *Shhh...* — sussurrou. — Apenas dance comigo.

Kathelyn fechou os olhos e se deixou ser conduzida dentro daqueles braços que, sempre soubera, pertenciam ao único homem a quem ela amaria em toda a sua vida.

No meio da peça, enquanto outros casais já lotavam o salão, Arthur conduziu-a com elegância até uma das portas francesas.

— Kathelyn, eu quero te mostrar mais uma coisa. Você viria comigo?

— Sim — disse baixinho.

Arthur conseguira surpreendê-la como ela nunca julgara possível, ajoelhara-se na frente de toda a sociedade, lhe pedira perdão, pedira para ser sua duquesa. Admitira que a amava diante de todos aqueles que, anos antes, a tinham rejeitado. Ele a libertara do passado, a redimira e fora redimido em seu coração.

<hr />

Os dois subiram o enorme lance de escada circular que, Kathelyn lembrava, dava acesso à área íntima dos quartos.

Para onde Arthur a estaria levando?

Com várias questões girando em sua mente e ainda muito emocionada e um tanto quanto nervosa, ela fez a primeira pergunta que lhe ocorreu:

— Como você conseguiu as rosas cinza?

Arthur parou na frente de uma porta dupla e olhou de lado para ela.

— Você se lembra quando te falei que conhecia um químico?

— O sr. Faraday?

— Sim, foi ele quem me ajudou. E também sempre serei grato a Lilian.

Ela sorriu, surpresa, ao comprovar o trabalho que Arthur tivera para criar aquele cenário inacreditável, enquanto observava as mãos grandes girarem as maçanetas de uma vez. Ele entrou e ela o seguiu.

— E, lorde DuskyRose, não sabia que você era um român... — Parou.

Conforme os olhos ganhavam a percepção do local, o coração dela ganhava espaço dentro de si. Era um cômodo muito amplo, com janelas do chão ao teto. As paredes creme haviam sido decoradas com pequenos motivos em cores claras. O chão de madeira estava coberto por todo tipo de brinquedo que uma criança, que muitas crianças, jamais sonharia possuir na vida: cavalos de madeira, casinhas de boneca, carrinhos, mesas e cadeiras de proporções infantis.

Ele segurou seus ombros com gentileza.

— Kathelyn, este lugar e eu precisamos de Arthur Steve e de outros meninos como ele, teimosos e cheios de vida.

Ela tirou a máscara enquanto as mãos de Arthur em seus ombros a viraram de frente para ele.

— Precisamos também — prosseguiu ele — de muitas meninas que ensinem os meninos a arrombar portas e a subir em árvores e quem sabe estudar alguns manuscritos. Mas, especialmente, elas não poderão deixar de enrugar o narizinho ao sorrir e de ter os seus olhos, disso eu não abro mão. Olhe para mim — Arthur pediu com a mesma voz rouca de quando eles acabavam de se beijar. — Entretanto — disse ele —, eu preciso de algo, muito mais que qualquer outra coisa na vida. Sabe o que é?

Ela negou com a cabeça enquanto as lágrimas enchiam seus olhos, outra vez.

— De você. Para ensinar a todos os filhos que venhamos a ter, e principalmente a mim, o jeito certo de amar.

Kathelyn perdeu o fôlego, e o coração ganhou todo o espaço do mundo em seu peito. Ele segurou o rosto dela entre as mãos.

— E então?

— O quê? — ela perguntou, com a consciência entorpecida.

— Você aceita se casar comigo?

Ela ficou olhando para Arthur em silêncio, encantada com ele, por ele.

— Porque, se você disser não — afirmou, fingindo um tom aristocrático —, acho que sou capaz de colocá-la nos om...

Ela cobriu os lábios dele com os dedos e engoliu o choro ao dizer:

— Sim.

E ele sorriu, abandonando toda a expressão brincalhona de forçado autoritarismo. Quando Arthur sorria, ele parecia um garoto. Então, os olhos dele prenderam-se aos dela, e, ainda sorrindo, Arthur a beijou, mas, dessa vez, como um homem apaixonado beija sua mulher.

∽

Ele era um homem muito apaixonado, afinal.
E fazia dois anos desde a última vez.
Kathelyn beijou seu pescoço.
Dois anos desde a última...
Ela desfez o nó de sua gravata.
Bem... fazia muito tempo desde que estivera com...
Os lábios dela deslizaram pela curva do maxilar.
Na verdade, ela havia sido a última a...
As mãos dela passearam por seu abdome.
— Hummm... Kathe — ele gemeu, descontrolado de desejo.
Isso explicava o motivo de ele não estar resistindo. Não... isso não explicava. Os lábios mornos de Kathelyn envolveram sua orelha.
Meu Deus, eu preciso me controlar.
Tinha prometido a si mesmo que agiria como um cavalheiro e que dessa vez faria tudo como era adequado e...
— Eu te desejo tanto — ela disse, e Arthur soltou uma rajada de ar pela boca.
— Ah, Cristo! — ele murmurou quando os dedos dela alcançaram o botão de sua calça. Precisava se controlar e parar logo com aquilo. — Kathe — engoliu em seco —, vamos voltar para o baile... e... e...
Ela o beijou outra vez. Os lábios carnudos se moviam com suavidade sobre os seus, a língua acariciando-os com movimentos circulares.
Ofegante, ele segurou o rosto delicado entre as mãos.
— Meu amor... — ele começou, vendo tudo rodar, porque as mãos da jovem haviam chegado a suas nádegas, pressionando ainda mais sua ereção contra ela.

— Você me trouxe até o seu quarto — ela sussurrou na orelha dele e a mordiscou em seguida.

— Eu sei, foi apenas para podermos ter um momento de intimidade, mas quero fazer as coisas direito desta vez.

Kathe se afastou um pouco, parando embaixo de uma faixa de luz, proveniente das velas. Se Arthur já não estivesse sem ar, ele ficaria. Os lábios dela estavam ainda mais vermelhos e inchados pelos beijos que haviam trocado. As faces ruborizadas e os olhos tão azuis que transformaria em sombra qualquer estrela no céu.

Ela mordeu o lábio inferior, baixando o queixo, e ficou ainda mais corada. Deveria estar envergonhada por tê-lo tocado com tanto desejo. Mal sabia ela que era a resposta aos toques dele, sempre tão apaixonada, que o deixava enlouquecido. Então, ele a observou devagar, com os olhos enviesados. Era o retrato da sensualidade pintado pela inocência.

— Jesus Cristo! — disse com a voz rouca.

— O quê?

— Perdoe-me, Kathelyn, eu não vou aguentar. Preciso demais de você.

Os lábios cheios dela se curvaram em um sorriso discreto.

— Somente hoje — disse ele, livrando-se da casaca —, e então nós faremos tudo como é adequado, correto e...

— E aborrecido — ela concluiu em seu lugar.

Ele sorriu, segurando-a pela nuca. Como amava aquela irreverência, como amava qualquer coisa nela.

— Sim. — Ele se livrou da camisa. — Até estarmos casados — tirou os sapatos —, nós vamos ser o casal lorde Recato e lady Etiqueta.

Ela arqueou as costas, dando acesso aos dedos dele, que trabalhavam para livrá-la do corpete.

— Eu duvido — ela o desafiou, livrando-se das forquilhas.

— Isso é um desafio? — Ele baixou o corpete dela e beijou toda a clavícula exposta.

O vestido caiu, amontoando-se a seus pés, enquanto os dedos dela traçavam linhas por suas costas. Arthur sentiu o estômago se contrair.

— Uma dama jamais desafiaria um cavalheiro — disse ela, com a voz lânguida.

Ele a fitou, cheio de paixão, ao lembrar o que ela trazia de volta. O mesmo diálogo de quando se conheceram.

Resolveu entrar na brincadeira.

— O que eu quero não posso pedir a uma dama.

— Que pena.

Ele soltou os laços da anágua.

— Mas posso pedir para a mulher que eu amo. — Ergueu-a nos braços e andou com ela até a cama, acomodando-a em cima da colcha de seda.

— O que é?

Ele se deitou em cima dela, segurando seu rosto macio e olhando-a com intensidade.

— Beijar você inteira, amar cada pedacinho seu, para sempre.

— Sim — ela confirmou com um suspiro trêmulo. — Mas só se for para sempre.

— Isso, meu amor, é mais uma promessa que terei todo o prazer em cumprir.

41

UM VESTIDO DE NOIVA ERA ALGO TRADICIONAL, CHEIO DE CAMADAS, rendas comportadas e branco. Kathelyn acreditava nisso até madame Valois mostrar para ela sua criação.

Quando Kathe elogiou o trabalho da artista francesa, dizendo que nenhuma outra costureira trabalhava como ela, Arthur a contratara sem hesitar, mesmo tendo que buscá-la em Paris, hospedá-la durante vinte dias na casa dele em Londres e contratar cinco ajudantes para que Valois cumprisse o prazo de entrega do vestido de noiva mais "inesquecível" que o mundo veria.

Em frente à catedral de St. George, em Hanover Square, Kathelyn teve certeza que madame Valois estava com a razão: nunca vira um vestido mais único e bonito do que esse.

O traje carmim bem claro ressaltado no corpete estruturado, sem alças e com decote pronunciado, abria-se abaixo da cintura ajustada em inúmeras camadas sobrepostas, do mesmo tom, numa saia que, Kathelyn tinha certeza, era feita do tecido mais fino que já vira. Mas o que provavelmente ninguém entenderia — nem mesmo ela — era como as rosas vermelhas de um centímetro ou menos haviam sido feitas num material brilhante como os rubis. Elas debruavam o decote e todas as camadas de tecido, fazendo o vestido encorpar e adquirir um aspecto sobrenatural.

Ao entrar na igreja, Kathelyn, que não gostava de chorar em público, precisou apertar os dentes para não ceder à emoção ao ver milhares de rosas em variados tons de vermelho despencando dos bancos, de arranjos no altar e do teto.

E ela amou as rosas vermelhas como nunca.

Ainda mais quando encarou Arthur enquanto caminhava na nave, e se sentiu a única pessoa do mundo pela maneira intensa como ele a olhava de volta. Muito mais quando Arthur segurou sua mão e depois sua cintura, durante as bênçãos do bispo.

Amou ainda mais quando a voz grave disse:

— Mil vezes sim, eu aceito.

E multiplicou todo o amor que sentia pelas rosas-vermelhas, por Arthur e pela vida quando a sra. Taylor conduziu Arthur Steve através dos bancos, passando por um emocionado Philipe e um entusiasmado Steve, sentados junto a Lilian, até o altar. Seu filho carregava o par de alianças, numa almofada em formato de rosa. E, quando Arthur o pegou no colo, pouco se importando com etiqueta ou protocolos e beijou a cabecinha dele dizendo:

— Meu filho, meu maior amor e orgulho.

Kathelyn soluçou sem ao menos lembrar que não gostava de chorar em público. E em seguida gargalhou, quando mais uma vez o duque de Belmont rompeu todas as tradições enlaçando sua cintura com uma mão firme e com a outra sua nuca e, decidido, puxou-a para um beijo apaixonado e pouco convencional. Teve certeza de que nada mais importava, nem o passado, nem as rosas, nem o que fora ou que seria dito, nem a alta sociedade do reino que testemunhava a cena.

Ela soube, também, que algumas histórias de amor levavam mais tempo para desabrochar, mostrar-se ao mundo e dar consciência a quem as experimenta sobre sua maior beleza, mas que, quando se vive com o coração, inevitavelmente elas desabrocham, vencem as sombras e se tornam uma magnífica rosa.

— Eu te amo — Kathe murmurou logo após Arthur beijá-la.

As pessoas comentavam baixinho e se abanavam freneticamente com os leques barulhentos. O bispo tentou dizer algo, pigarreou sem graça, mas Arthur não a deixou ouvir ou entender.

— Eu te amo — respondeu ele e a beijou outra vez com toda a paixão cabível a um duque completamente, irremediavelmente e absolutamente apaixonado por sua duquesa.

Epílogo

ALGUNS ANOS DEPOIS...

O DUQUE E A DUQUESA DE BELMONT DEIXARAM O QUARTO ONDE DORMIAM e a residência ducal com destino ao porto de Londres, para mais uma lua de mel, era a décima que comemorariam. Viajavam em todas as suas bodas para lugares diferentes do mundo.

Acima do aparador do quarto recém-deixado, uma tela emoldurada em ouro era tocada pelo vento carregado de pétalas do jardim.

A pintura exibia o retrato de uma família em meio a milhares de rosas.

Acima do título da obra em óleo vinha registrado o nome e o título do casal: "Arthur George Pierce Harold, nono Duque de Belmont — Kathelyn Stanwell Harold, nona Duquesa de Belmont, e filhos".

Era esperado encontrar em tal pintura uma cena cotidiana de uma família nobre emoldurada pelos rígidos padrões aristocráticos. Assim seria, não fosse a paixão latente e explícita com que o duque de Belmont encarava sua duquesa e pela maneira pouco educada como sua mão segurava a cintura da esposa. Era suposto, pelas normas da etiqueta vigentes, que um casal de duques não estivesse sorrindo em tal retrato, o que excepcionalmente ocorria, e que os filhos não estivessem brincando entre eles tão à vontade, o que, para espanto de todos, também acontecia.

Cada criança trazia uma promessa de alegria e amor cumprida em cinco pares de olhos desabrochados.

Isso talvez explicasse o título da curiosa cena retratada:

A promessa da rosa.

Agradecimentos

Era uma vez uma menina que sempre amou vestidos de época, bailes, carruagens e histórias de amor. Essa menina cresceu e o amor também, de tal forma que hoje ela se sente uma mulher muito sortuda por ter tanta gente sonhando com ela e com os personagens que ela inventa.

Obrigada, meus leitores queridos. Vocês me fazem muito feliz.

Hoel, obrigada por sempre defender meus personagens, mesmo quando eles são quase indefensáveis. Eu te amo.

Malu, obrigada por amar a Kathelyn e por ser minha menina corajosa, inspiradora e forte. Você é minha melhor amiga e meu orgulho, eu te amo.

Alba, querida, obrigada por sentir o amor que estes personagens e esta história inspiram, por embarcar nas minhas ideias e por sempre, sempre fazer delas algo melhor. Eu e meus personagens temos em você uma amiga.

Grupo Editorial Record e Verus Editora, obrigada por receberem Kathe e Arthur de braços abertos e pelo trabalho lindo de edição, como sempre. Esta história não poderia estar em melhores mãos.

Meninas da Increasy, vocês são o time que todo autor quer ter (mesmo que ainda não saiba disso). Trabalhar com vocês é maravilhoso.

Mãe, você foi uma linda rosa aqui na Terra, e tenho certeza de que hoje é uma rosa das mais especiais no céu. Seu amor continua me inspirando a acreditar na beleza e na magia.

Pai, obrigada por amar as histórias e por me ensinar a amá-las também.

A vocês, que amam os livros e espalham esse amor por aí, obrigada. São vocês que fazem todos os sonhos com personagens se tornarem reais.

Impresso no Brasil pelo Sistema Cameron da Divisão Gráfica da
DISTRIBUIDORA RECORD DE SERVIÇOS DE IMPRENSA S.A.